عقد قنات

(شامل سه کتاب)

گدالاله

عطا ثروتی

سه‌گانه‌ی عقد قنات

کتاب دوم

گدالاله

نویسنده: عطا ثروتی

ویراستار: حسین نعمتی

طرح روی جلد: سامان خادم، مسعود زمانی، حمیدرضا باباجان‌نژاد

صفحه‌آرایی: حمیدرضا باباجان‌نژاد

نوبت چاپ: اول / ۱۳۹۹ / ۲۰۲۰

E-Book: ٦_۲_۹۷۷۹۷٤۷_۰_۹۷۸

شابک (Print): ۹۷۸-۰-۹۷۷۹۷۴۷-۸-۸

مقدمه:

همیشـه بـرای مـن سـخت‌ترین قسـمت تحریـر کتاب نوشـتن مقدمـه‌ی آن بـوده اسـت و بـه همیـن خاطـر همیشـه نوشـتن مقدمـه‌ی کتاب‌هایـم را بـر عهـده‌ی دیگـران گذاشـته‌ام، ولـی در مـورد ایـن کتاب لازم می‌دانـم که توضیحاتـی بدهـم. فکـر نوشـتن این کتـاب از سـال‌ها پیش در ذهـن من بود. از زمانـی کـه در دانشـکده‌ی هنرهـای دراماتیک در چهار راه آب‌سـردار درس می‌خوانـدم. در آن زمـان بـرای شـناخت فرهنـگ و آداب و رسـوم قومی خود، بـا دوسـتانم کامـران نـوراد و... مسـافرت‌های زیـادی بـه اقصـی نقاط ایـران و بـه‌خصـوص روسـتاها می‌کردیـم و در ایـن سـفرها همیشـه در جسـتجوی قصه‌هـای محلـی و قومـی پای صحبـت مردمان محلی می‌نشسـتیم. تا اینکه در یکـی از ایـن سـفرها بـود کـه قصـه‌ی عقـد کـردن دخترهـا برای قنات را پیرمـردی در یکـی از قهوخانه‌هـای گلپایـگان برایـم تعریف کرد. من همیشـه بـه همـان انـدازه کـه از شـنیدن این قصه‌هـا شـاد می‌شـدم، گاهی هـم بعضی از آن‌هـا بسـیار غمگینـم می‌کـرد. یکـی از آن‌هـا کـه بسـیار روی مـن تاثیـر گذاشـت، همیـن قصـه‌ی عقـد کـردن دخترهـا بـرای قنات بـود. البتـه پیرمرد فقـط در مـورد عقـد کـردن دخترهـا بـرای قنات را بـرای مـن تعریـف کرد و نـه بـه نوعـی کـه در اینجـا قصـه بـال و پـر گرفتـه و بـه سـه کتاب «آسـیه»، «گدالالـه» و «امامـزاده» در آمـده اسـت. امـا بهرحـال در خـود گریسـتم کـه چطـور قدرتمنـدان مذهبـی آداب و رسـوم باسـتانی تغیـر و بـه مسـخره و بـه خاطـر منافـع شـخصی خـود درسـت مثـل همیـن عقـد قنـات که یک رسـم باسـتانی اسـت را بـه نفـع منافـع خـود تغیـر داده‌اند. البتـه در دوران باسـتان دختـری کـه عقـد قنـات می‌شـد، بـا جواهـرات و پارچه‌هـای رنگارنـگ و گران‌قیمـت ملبـس می‌کردنـد و در حکـم ملکـه در می‌آمـد و قابل احتـرام بـود و لخـت وارد آب نمی‌شـد کـه در اینجـا می‌آیـد. وقتـی می‌بینـی چطـور مردمـان مهربـان مـا را بـه بازی می‌گیرنـد و ایـن چنین درگیـر خرافات و آداب

و رسوم خانمانسوز می‌شوند و چطور قدرتمندان دولتی و مذهبی در تمام ادوار تاریخ غم‌انگیزتر این است که این مردمان به بازی گرفته شده، معمولا بسیار مردمان خوش‌قلب و مهربانی هم هستند. ولی فقط به علت ناآشنا بودن آن‌ها به مسائل اجتماعی و سیاسی روز و گذشته‌ی خود است که دستخوش و آلت دست آدم‌های حقه‌باز و زیرک و سودجو قرار می‌گیرند و بدتر از همه اینکه این خرافات بیشتر ریشه‌ی مذهبی دارند و در تمام مذاهب کنونی معروف دنیا پیدا می‌شوند.

عقد قنات یکی از این خرافه‌ها است.

بر حسب اطلاع در حال حاضر در ایران خودمان و بعد از انقلاب، تعداد امامزاده‌ها از دو هزار (۲۰۰۰) به بیشتر از چهارده هزار و دویست (۱۴۲۰۰) امامزاده افزایش یافته است که همه‌ی این امامزاده‌ها مرکز دزدی و کلاهبرداری دین‌فروشان است. مگر چند امام وجود داشت و این امام‌ها چند نوه و نتیجه داشتند؟ در ثانی چطور شد که ۱۴۲۰۰ تا از آن‌ها همه در مملکت ایران پیدایشان شد و حتی یکی از آن‌ها در دیگر ممالک اسلامی دیده نمی‌شوند. نمی‌خواهم زیاد حاشیه‌پردازی کنم و فقط می‌خواستم به چند نکته اشاره‌ای کرده باشم و تحقیقاتم را برای دریافت بیشتر حقیقت به عهده‌ی خوانندگان می‌گذارم و بر این عقیده هستم که هیچ‌کس نباید چشم‌بسته به نکاتی که در اینجا آمده است یا در هر جای دیگر که می‌خواند و یا می‌شنود توجهی کند تا خود به تحقیق از منابع ذی صلاح نپردازد.

چرا که دین، مذهب و آیین و آداب و رسوم قومی ما در طول تاریخ به وسیله‌ی سردمداران مذهبی و سیاسی و به خاطر منافع شخصی و مالی اجتماعی شخصی و یا گروهی، دچار تجاوز شده و آنها را برای فریب و کنترل و سرکیسه کردن مردم ساده‌دل و مهربان تغیر داده‌اند.

در این مهم، مشکل من فقط با دین اسلام نیست، بلکه این حقه‌های سیاسی و انحرافات مذهبی و به بازی گرفتن مذهب به خاطر منافع و

هدف‌های سیاسی و شخصی و اجتماعی در تمام مذاهب دنیا متداول بوده و شاید هم بیشتر است. همیشه هم دودش به چشم مردم عامی و ساده‌دل رفته است و اگر من فقط اشاره‌ای به یکی دو نکته در مورد ایران کردم فقط به این خاطر است که خود را مسئول می‌دانم. دین قرار بود پیام‌آور محبت، برابری و مساوات فردی و اجتماعی باشد. مذهب در اصل باید مرام و مسلکِ عشق و محبت و احترام و برابری و مساوات و آزادی شخصی و اجتماعی را بین مردمان دنیا و در این کره خاکی ترویج، تشریح و متداول کند، نه دشمنی و خشم و جنگ و کشت و کشتار را. ای کاش روزی بیاید که ما همه، چه مسلمان، چه یهودی و مسیحی و بودایی و زرتشتی و هندو و... همه به عقاید یکدیگر احترام بگذاریم و از روی دوستی، عشق، محبت و همزیستی به یکدیگر نگاه کنیم. ای کاش همه انسان شویم.

عطا ثروتی

فصل ۱

عید تاریک

یـک روز قبـل از عیـد نـوروز بـود. برحسب اتفـاق در آن سـال چنـد روز قبـل از عیـد بـرف سنگینی شـروع بـه باریـدن کـرد و بند هـم نمی‌آمد. هـوای برفـی و بورانـی، حرکت را خیلی سـخت کـرده بـود. در زمان‌های قدیم تـوی دِهـات، ماه‌هـا پیـش از عیـد، بچه‌هـا و حتـی بزرگ‌ترهـا بـه انتظـار عید می‌نشسـتند و بـرای رسـیدن نـوروز، روزشـماری می‌کردند.

در نیمه‌هـای شب برفـی و سـردی چنـد روز مانـده بـه تحویـل سـال نـو، سـوار تنومنـدی بـا قامتـی بلنـد و صورتـی کشـیده، بـا چشـم‌های درشت و گیرایش که نشـان از سـی و چند سـالگی‌اش می‌داد، روی اسبش نشسـته بـود و قالیچـه‌ای را روی پاهایـش پهـن کـرده بود کـه از برف و سـرما خودش را محافظـت کنـد. نقـش و نگارهـای قالیچـه زیـر بـرف گـم شـده بود. سـوار تنومنـد سـوار بر اسـب سـفیدش در پیشـاپیش چندیـن الاغ باربـر در حرکت بـود. کلاه و سـر و صورتـش از بـرف پوشـیده شـده بودنـد و فقـط چشـم‌هایش دیده می‌شـد.

چهـار سـوار دیگـر پشـت الاغ‌هـا دنبالـش می‌رفتنـد. همه سـر و صورت خـود را بسـته بودنـد و بـا احتیـاط حرکت می‌کردنـد که دیده نشـوند. سـوار بـه جلـوی گردنـه‌ای بنـام رسـیده و ایسـتاده بـود. گردنـه‌ی ابوعباس بسـیار معـروف و خطرنـاک بـود. این گردنه به نـام ابوعباس راهـزن و دزد معروف آن زمـان کـه امـوال ثروتمنـدان را می‌دزدید و بین فقرا تقسـیم می‌کرد نامگذاری و معـروف شـده بـود. چـرا کـه در ایـن گردنـه ابوعباس و یارانش چنـد امنیه

را خلع سلاح کرده و اموال و تفنگشان را برده بودند. ابوعباس سردسته راهزنان بود؛ ولی هیچکس او را نمی‌شناخت؛ همین امر هم بیشتر موجب معروفیت او و ترس ثروتمندان و امنیه‌ها شده بود. هیچ امنیه‌ای جرئت رد شدن از گردنه‌ی ابوعباس را به تنهایی نداشت؛ اگر مجبور می‌شدند از گردنه گذر کنند، حتما گروهی عبور می‌کردند و اگر هم مجبور نبودند، اصلا از راه گردنه نمی‌رفتند.

بقیه‌ی الاغ‌ها و سواران پشت سرش به او رسیده و کنار مرد تنومند ایستاده و به داخل تنگه خیره شده بودند. پیرمرد لاغراندامی به نام کلاحمد خطاب به سوار تنومند با صدایی رسا گفت:

‐ کلاعباس دلم به شور افتاده... یه چی بهم میگه این تنگه، تنگه‌ی همیشگی نیست... بذار برگردیم و تو هوای روشن همه‌جا را وارسی کنیم...

مرد تنومند که کلاعباس نام داشت، سوار بر اسب سفیدش در دل تاریکی شب به داخل تنگه خیره شده بود. سبیل کلفتش از برف پوشیده شده‌اش ابهت او را حتی در تاریکی شب بیشتر و چند برابر کرده بود. کلاعباس رو به کل احمد کرده و در جوابش می‌گوید:

‐ کل‌احمد بیشتر از سی ساله که شب عید را از خانواده جدا نبودم... روز عید همه برای خیرات می‌آیند عمارت... چطور می‌شه من آنجا نباشم... درثانی امنیه‌ها که جرئت عبور از این تنگه را ندارند... خصوصا الان که چند روز به شب عید مانده و توی این شب برفی و بورانی... الان همه‌شون باید تنگ بغل زن‌هاشون خوابیده باشند... به خدا امید کن و فکر بد به دل راه نده...

کلاعباس نگاهی به دیگر همراهانش انداخته، برگشته و با احتیاط وارد تنگه شده بود. کل‌احمد و همراهانش هم بعد از کمی مکث به دنبالش راه افتاده و وارد تنگه شده بودند. شب تاریک و سردی بود، بارش

برف بیشتر و بیشتر می‌شد. کلا با احتیاط جلوی الاغ‌ها به آرامی پیش میرفت و باقی گروهش پشت سرش بودند. چند دقیقه‌ای می‌شد که داخل تنگه شده بودند. برف چنان می‌بارید که چشم، چشم را نمی‌دید و تا چند قدمی خودت را هم نمی‌توانستی ببینی. فقط برف بود و سکوت شب و سوارها که پیش می‌رفتند. کلاعباس یقین داشت که امنیه‌ها ممکن نیست در شبی چنین برفی و آن‌هم نیمه شب از تنگه ابوعباس عبور کنند. کلاعباس خیال داشت هر چه زودتر بارهای دزدی را به محل امنی که قبلا آماده کرده بودند رسانده و بعد هم خودش را تا شب عید به خانه‌اش برساند. کلاعباس شب‌های عید به همه‌ی فقرا خرجی می‌داد و خوراک و مایحتاج تمام سال‌شان را بین آنها تقسیم می‌کرد. هر کس نیازی داشت، می‌دانست که روز عید هر کجا بود باید خودش را به خانه کلاعباس برساند.

کلاعباس در آرامش خیال و در فکر اینکه روز عید چه باید می‌کرد و به کی باید می‌رسید، جلو می‌رفت. سکوت محض همه‌جا را فرا گرفته بود. یکباره صدای غرش گلوله‌ای سکوت شب را شکست و توی تنگه پیچید. صدا به اندازه‌ای مهیب بود که انگار هزاران گلوله در تنگه خالی شده بودند. هنوز صدای گلوله داخل تنگه می‌پیچید و در گوشه‌ای کلاعباس نعره می‌کشید که گرگی زخمی از بالای صخره‌ها روی سرش فرود آمده و او را از روی اسبش به زمین انداخت. حالا کلاعباس صدای نفس گرگ زخمی را که توی بغلش دراز کشیده بود، به وضوح می‌شنید و گرمی خون گرگ زخمی را روی صورتش حس می‌کرد. همه چیز برای کلاعباس و همراهانش گنگ و مبهم شده بود. با صدای غرش گلوله تمام الاغ‌ها رم کرده بودند و هر کدام به طرفی فرار می‌کردند. البته همه‌چیز چنان ناگهانی اتفاق افتاده بود که کلاعباس و یارانش برای چند لحظه‌ای در بهت به سر می‌بردند. چنان غافلگیر شده بودند که حتی وقتی هم

کـه امنیه‌هـا را جلویشـان دیدنـد کـه از پشـت تنگـه باریـک ظاهر شـده بودند، نمی‌دانسـتند چـه شـده اسـت و انـگار نه انـگار کـه آنها امنیـه بودند.

امنیه‌هـا هـم وضـع و حالشـان بهتـر از کلاعباس و یارانـش نبـود. آنها هـم انتظـار روبـرو شـدن بـا کلاعبـاس و یارانـش را نداشـتند. حـالا بـا دیدن گـروه کلاعبـاس، آنهـا هـم در تعجـب گـم شـده بودنـد؛ ولـی فرق آنها بـا گروه کلاعبـاس در ایـن بـود کـه تعـداد آنها چهاربرابر گـروه کلاعباس بـود و همه بـه خاطـر تـرسِ عبـور از تنگـه، تفنگ‌هایشـان آمـاده بـرای شـلیک بـود. بـه همیـن دلیـل وقتی رئیـس امنیه‌هـا سـرکار تیمورخان، گـرگ گرسنه‌ای را دیـد کـه روی صخـره‌ای کمیـن کـرده و منتظـر فرصتی مناسـب بـرای حمله اسـت، فـوری بـا یـک تیـر خلاصش کـرده و گـرگ هـم بعـد از تیر خـوردن از روی صخـره سـقوط کـرده و روی کلاعبـاس افتـاده بـود. گرگ بیچـاره کـه به خیـال خـودش در انتظـار طعمه کمین کرده بود تا شـکم گرسنه‌اش را سـیر کنـد، حـالا خونیـن و مالیـن در تاریکی شـب در چشـم‌های کلاعباس چنان خیـره شـده بود کـه انگار کلاعباس را مقصر تیر خوردنش می‌دانسـت. البته گـرگ بدبخت بـا از دسـت دادن جان خـودش کمک بزرگی هم بـه کلاعباس و یارانـش کـرده بـود و بـه نوعی جان آنها را نجـات داده بود. پر مسـلم بود که اگـر رئیـس امنیه‌هـا ـ سـرکار تیمورخان ـ گـرگ را نمی‌دیـد و او را نمی‌زد و گـرگ بیچـاره روی کلاعباس نمی‌افتـاد، کلاعباس بـدون هیچگونـه آمادگی قبلـی بـا امنیه‌هـا روبـرو می‌شـد و تیری که سـینه گرگ نگونبخت را شـکافته بـود، تـوی سـینه‌ی کلاعباس خالی می‌شـد و ایـن کلاعباس بود کـه به حال و روز گـرگ بیچـاره دچـار شـده بـود. حـالا کلاعباس و گـرگ به هـم زل‌زده و چنـان گیـج و گـم شـده بودنـد کـه هیچکدام نمی‌دانسـتند چه شـده اسـت یـا چـه بایـد بکننـد.

چنـد لحظه‌ای همـه گیـج و گـم شـده بودنـد. معلـوم بود کـه هیچ‌یک از دو گـروه انتظـار دیـدن یکدیگـر را نداشـتند. ولـی حـالا هر دو گـروه بدون

هیـچ انتظـار قبلـی مجبـور به درگیـری بـا یکدیگـر شـده بودند. بالاخـره بـا بلند شـدن صـدای غـرش تیرهـای امنیه‌هـا کـه سـکوت شـب را برهـم زده و مثل هـزار ناقـوس کلیسـا در پیـچ و خـم تنگـه می‌پیچیـد، کلاعبـاس بـه خـودش آمـده و متوجـه شـده بـود کـه گـرگ زخمـی تـوی بغلـش داشـت دسـت و پا مـی‌زد و گاز محکمـی هم از دسـت کلاعبـاس گرفته بود تـا کلاعباس رهایـش کنـد. کلاعبـاس بـا سـرعت گـرگ را بـه گوشـه‌ای پـرت کـرده و تـوی برف‌ها کورمـال کورمـال بـه دنبـال تفنـگ افتـاده‌اش می‌گشـت. بالاخـره تفنگـش را پیـدا کـرده و خـودش را بـه کنار صخـره‌ای رسـاند و در جسـتجوی این بود که ببینـد چـه کسـی تیرهـا را شـلیک می‌کنـد. امنیه‌هـا هم کـه ترسـیده بودند، همچنـان بی‌هـدف و بـدون اینکـه چیـزی یـا کسـی را ببینند پشـت سـر هم شـلیک می‌کردنـد. صـدای تیرهـا در میـان کـوه و تنگـه‌ی باریـک و طولانـی پیچیـده و منعکـس می‌شـد. صداهـا چنـان بلنـد بودنـد کـه از چندفرسـخی شـنیده می‌شـدند تـا جایی کـه مـردم ده شـورچه و تیکن که تنگـه ابوعباس بـالای آن دو ده قـرار داشـت، همـه از خـواب بیدار شـده و درهـا و پنجره‌های خـود را از روی احتیـاط بسـته و قفـل کـرده بودنـد؛ حتی چند بـار هم امتحان کـرده بودنـد تـا از قفـل بودنشـان مطمئن باشـند. آنها می‌دانسـتند کـه حتما راهزنـان و امنیه‌هـا بـا هـم سرشـاخ شـده‌اند و می‌دانسـتند کـه اگـر دزدها از دسـت امنیه‌هـا فـرار کننـد، امکان داشـت برای پنـاه گرفتن و پنهان شـدن از دسـت امنیه‌هـا وارد ده و خانـه‌ی آنها شـوند.

حـالا جنـگ و گریـز تـوی تنگـه، بیـن امنیه‌هـا و دارودسـته‌ی کلاعباس در جریـان بـود. ولـی امنیه‌هـا کـه تعدادشـان چهـار برابر بیشـتر بـود و آماده‌تر هـم بودنـد، تـا گـروه کلاعبـاس بـه خودشـان بجنبنـد، دو تا از آنهـا را نقش زمیـن کردنـد. دو تـا از الاغ‌ها هم تیر خـورده و روی زمین افتاده و بارهایشـان هـم پخـش و پلا شـده بـود. البتـه ایـن اتفـاق بـرای کلاعباس و گروهـش، کمـک خوبـی شـد، چرا کـه جنازه‌ی الاغ‌هـا جلوی امنیه‌هـا را سـد کـرده بود

و بـه کلاعبـاس هـم فرصـت داده بـود تا افسـار اسبش را که هنوز در دسـتش بـود، بِکشـد و بـا حامـل قـرار دادن تفنگش بلند شـود. بـا تیراندازی به طرف امنیه‌هـا آنهـا را کمـی بـه عقب رانـد و فرصت پیـدا کـرد تـا با پریـدن روی اسـبش، بـه طـرف دهنـه‌ی تنگـه بتـازد. ولـی امنیه‌ها ول کـن قضیـه نبودند و بـه دنبـال آنهـا می‌تاختنـد و شـلیک می‌کردند. کلاعبـاس بـه کلاحمـد رسـید و دیـد کـه تیـر بـدی خـورده و بـه سـختی خـودش را روی اسب نگه داشـته اسـت. کلاعباس افسـار اسب او را گرفتـه و دنبال خودش می‌کشید ولـی اسـب کلاحمـد تیـر خـورده و بـه شـدت زمیـن خـورد. کلاحمـد هم از پشـت اسـبش سـرنگون و نقش زمیـن شـد. کلاعباس برگشـت و می‌خواست او را پشـت خـود سـوار کنـد ولـی کل‌احمـد کـه بدجور زخمی شـده بـود از کلاعبـاس خواسـت کـه معطـل او نشـده و تـا فرصت داشـت به جـاده تا خـودش را نجـات دهد:

- کلا تـو بـرو ... بـرو... بـه محمـد، بـه علی قسـمات میدم بـرو... کار من دیگـه تمامـه... تیـره خـورده تـو قلبـم... تـا زنده هسـتم جلـوی آنها را می‌گیـرم... جلـد بـاش... راه بیافت کلا...

بعـد هـم کل‌احمـد در پشـت أسـب مرده‌اش پناه گرفتـه و شـروع بـه تیرانـدازی بـه سـمت امنیه‌هـا کـرد تا کلاعبـاس فرصت مناسبی پیـدا کرده و خـود را بـه محـل امنـی برسـاند. کلاعباس همینطور گنگ و مـات مانده بـود کـه چـه کند. نمی‌خواسـت کل‌احمـد را تنهـا رهـا کند. از طرفـی هـم تمـام یارانش کشـته شـده و فقط او و کل‌احمـد مانده بودند. هرچه اندیشـید، چاره‌ای بـه ذهنـش نرسـید. او می‌دانسـت کـه بـه تنهایـی از پس ایـن همه امنیـه برنمی‌آیـد؛ از طرفـی هـم کل‌احمـد بـه‌شـدت زخمـی شـده بـود و زنده بمـان هـم نبـود. بالاخره روی زین اسـبش نشسـت. در همیـن احـوال که هنوز در حـال سـبک و سـنگین کـردن ایـن بـود که چه کنـد و چه نکنـد، تیری به دسـتش و تیـر دیگـری بـه اسـبش اصابـت کرد. أسـب با خـوردن تیـر، ترس

برش داشت و رم کرد و چند قدم جلوتر، نقش زمین شد. کلاعباس از روی أسب پرت شده و محکم به لبه‌های تیز تنگه خورد. وقتی به خودش آمد، روی برف‌ها ولو شده بود. چنان در خودش گم شده بود که هیچ دردی را حس نمی‌کرد، تیزی صخره‌ها کمرش را شدیدا زخمی کرده و باعث خون‌ریزی شدیدی شده بود. باران گلوله‌ها هم همین طور اطرافش می‌خوردند و برف‌ها را روی سر و کول او می‌پاشیدند. او می‌دانست که باید هرطور شده خودش را از معرکه نجات دهد. به سرعت از جایش برخاست و به طرف دهانه‌ی تنگه‌ی کوچکی که به طرف دره‌ی عمیقی باز می‌شد و چندان فاصله‌ای هم با او نداشت، حرکت کرد. کلا می‌دانست که در پیچ و خم راه باید در پناه و کنار صخره‌ها حرکت کنَد تا از تیررس امنیه‌ها دور بماند. سرانجام به دهانه‌ی تنگه رسید، پشت صخره‌ها پناه گرفت و در فکر چاره‌ای برای نجات خود بود.

باد و بوران هم شدیدتر شده بود و داشت کولاک می‌کرد و بر سر و صورت کلاعباس تازیانه می‌زد. چشم، چشم را نمی‌دید. می‌دانست که امنیه‌ها ولکن او نیستند و باید در چند قدمی‌اش باشند. این را هم می‌دانست که به‌هیچ عنوان نباید خودش را تسلیم آنها کند. چرا که با دستگیری‌اش، تعزیه‌ی امام حسین می‌گرفتند و او را دِه به دِه، دست بسته، برای تماشای مردم می‌گرداندند که عبرت دیگران شود. در ثانی، گرفتن کلاعباس برای هر امنیه‌ای افتخار بزرگی بود و برای پز دادن هم که شده، کلاعباس را پیراهن عثمان می‌کردند و حکایت عمرکُشان راه می‌انداختند. به‌هرحال تسلیم شدن کار او نبود و مرگ برایش بهتر از تسلیم شدن و یا زنده گیر امنیه‌ها افتادن بود. حالا می‌توانست صدای امنیه‌ها را که به او نزدیک می‌شدند را حتی توی آن باد و بوران شدید بشنود. سرکار تیمورخان و چند تن از امنیه‌ها از تنگه بیرون آمده و اطراف را به دقت جستجو می‌کردند. کلاعباس می‌دانست که تنها راه

نجاتش، پریدن از صخره است.

حالا یا زنده می‌ماند یا می‌مرد. ولی به دست امنیه‌ها نمی‌افتاد. شاید جسدش را هم پیدا نمی‌کردند و اگر آنها جسد او را نداشته باشند، نمی‌توانستند از او پیراهن عثمان بسازند و آبروی خودش و زن و بچه‌هایش را ببرند.

کلاعباس هنوز در فکر چاره بود که چند گرگ گرسنه که بوی غذا به مشام‌شان رسیده بود، بر سر و کول امنیه‌ها فرود آمدند و جنگ و دعوا بین امنیه‌ها و گرگ‌ها درگرفت. جنگ و گریز گرگ‌ها و امنیه‌ها، کلاعباس را کمی آرام و امیدوار کرد که شاید بتواند از مهلکه جان سالم به در ببرد؛ ولی هنوز به خودش نیامده بود که یکی از گرگ‌ها از بالای سخره ای پایین و روی او پرید و کلاعباس و گرگ همان طور در آغوش هم نعره‌زنان سقوط کرده و به پایین پرت شدند. البتّه شانس دوباره با کلاعباس یار بود و به کمکش آمد. گرگ را بغل کرده و سعی داشت بدن گرگ را حایل کند تا قبل از خودش به صخره‌هایی تیز سنگی اصابت کند و همین هم باعث شده بود که کلاعباس زیاد صدمه نبیند. در طول سفر به پایین صخره کلاعباس و گرگ، همچنان از صخرهای به صخرهی دیگری می افتادند تا بالاخره بند تفنگ کلاعباس به صخره‌ای گیر کرد. حالا هر دو در هوا معلق بودند. کلاعباس بخودش آمده، فوراً گرگ را رها کرد و در حالی که گرگه به پایین سقوط می‌کرد او تفنگش را محکم گرفته و روی زمین و هوا آویزان بود. دوباره صدای امنیه‌ها را شنید:

ـ   تیمورخان جون سگ هم داشته باشه، باز هم نمی‌تونه زنده بمانه...

امنیه‌ها با تیراندازی و کشتن چندتا از گرگ‌ها از شرشان خلاص شده بودند و حالا روی صخره‌ها و بالای سر کلاعباس ایستاده و اطراف را برای یافتن او، وارسی می‌کردند. گرگ‌ها هم که از صدای تیر امنیه‌ها

ترسـیده بودنـد بـه لانه‌هـای خودشـان پناه برده و فقـط یکی دو تـا از امنیه‌ها را زخمـی کـرده بودنـد؛ ولی صدای زوزه کشیدن‌شـان سرتاسـر تنگه و منطقه را گرفتـه بود.

صدای یکی دیگر از امنیه‌ها بلند شد:

- بابـا حداقـل سـه، چهارتـا تیـر خـورده... تـو هـوای بـه ایـن سـردی، جـون سـگ هـم داشـته باشـه دوام نمیـاره... می‌میـره... اگر هـم نمیره، گرگ‌هـا تیکـه پـارش می‌کنـن...

تیمورخـان، بایـد بـه فکـر شـب عیـد خودمـون و بچه‌هـای خودمـون باشـیم... بایـد بـا ایـن بارهـای بی‌صاحب، کاری کـرد...

حالا، یکی دیگر به سخن آمده بود:

- تیمورخـان، کسـی کـه نمی‌دونـه آنهـا بـا خودشـان بـاری داشتند! قلـی درسـت میگه... شـب عیـدی بایـد بـه حـال زن و بچه‌های خودمـون بکنیـم... ما کـه همه شـاهد هسـتیم همه را کشـتیم یکی هم اگـر زنـده بمانـه کـه نمی‌مانـه، می‌گیریمـش و زنجیـرش می‌کنیـم... چـوب تـو آسـتینش می‌کنیـم کـه خفه شـه...

کلاعبـاس، خـوب صـدای امنیه‌هـا را می‌شـنید. حـالا می‌دانسـت کـه رئیـس امنیه‌هـا، کسـی نیسـت به جز رفیق شـفیقش سـرکار تیمورخـان. آنها بـا هـم نـان و نمـک خـورده بودنـد. بـرای همیـن، کلاعبـاس بـه هیـچ عنوان نمی‌خواسـت سـرکار تیمورخـان او را بشناسـد. در حقیقت تمـام امنیه‌ها باید کلاعبـاس را می‌شـناختند، ولـی هیچ‌کـدام نمی‌دانسـتند کـه کلاعبـاس سـر دسـته‌ی راهزنـان اسـت. کلاعبـاس بـرای همه‌ی آنهـا حکم امام را داشـت. در همیـن احـوال، بنـد تفنـگ کلاعبـاس دیگر طاقت نیـاورد و پـاره شـده و او بـاز چند لحظـه‌ی دیگر بین زمیـن و هـوا معلـق مانـد. بعد با سـرعت بـه طرف پاییـن سـقوط کـرد. انگار در یـک لحظه تمـام زندگی‌اش جلوی چشـم‌هایش ظاهـر می‌شـدند و بـاز می‌مردنـد. حـالا او در فکر وصیـت کردن بـود و از خدا

و خانـواده‌اش، طلـب بخشـش می‌کـرد تـا اینکـه روی مقـداری برف انباشـته شـده در پاییـن دره، محکـم بـه زمیـن خـورد. چنـد متـری روی برف‌هـا سـر خـورد و بالاخـره روی برف‌هـا دراز شـده بـود. صورتـش زیر برف‌هـا خاک شـد و جلـوی چشـم‌هایش، تاریـک و تـار بودنـد. سـرش را از برف‌هـا بیـرون آورد امـا جلـوی چشـم‌هایش هنـوز کمی تـار بود.

چنـد لحظـه‌ای طـول کشـیده بـود تـا بـه خـودش بیایـد و بفهمد کـه هنوز زنـده اسـت. حـالا تمـام بدنـش را درد شـدیدی گرفتـه بـود و نمی‌دانسـت بدنـش چنـد تـا زخـم برداشـته اسـت. درد را در تمـام بدنـش حـس می‌کـرد ولـی ایـن را هـم می‌دانسـت کـه نمی‌توانسـت آنجا دراز بکشـد و بـه درد فکر کنـد. می‌دانسـت کـه گرگ‌هـا دیـر یا زود پیدایشـان می‌شـود و کارش را تمام می‌کننـد. ایـن را هـم می‌دانسـت کـه گروهـی از امنیه‌هـا و یـا همـه‌ی آنها سـریع عـازم ده خواهنـد شـد تـا مطمئـن شـوند کلا زنـده نمانده باشـد. پس بـا هـر زحمتـی بود، بایـد حرکـت می‌کرد و قبـل از اینکـه امنیه‌ها خودشـان را بـه ده برسـاندند، وارد ده شـده و جـای امنـی را برای پنهان شـدن دسـت و پا کند.

در ایـن فکـر بـود کـه بایـد خـدا بـا او باشـد کـه از ایـن همـه معرکـه، تـا اینجـا، جـان سـالم بـه در بـرده اسـت. بایـد خواسـت خـدا بـوده باشـد و خدا می‌خواهـد کـه او سـالم بمانـد. شـاید حکمتـی در این بـود کـه از بیـن همـه‌ی رفقایـش او فقـط زنـده مانده، پـس بایـد جواب خواسـت خـدا را بدهد. خلاصه تفنگـش را کـه هنـوز محکـم در دسـتش نگه داشـته بـود حایـل کـرده و بـا هر زحمتـی بـود از جایش بلنـد شـد. حـالا روی پاهایش ایسـتاده و بـه دور دسـت و بـه طـرف ده خیـره شـده بـود. بایـد زودتـر حرکـت می‌کـرد. می‌دانسـت کـه اگـر هـر چـه زودتـر بـه ده و جـای امنـی نرسـد، گرگ‌های گرسـنه هـر لحظه از راه می‌رسـند و در آن صـورت، طعمـه‌ی گرگ‌هـا می‌شـد یـا اینکه از سـرما خشـکش مـی‌زد. بـاد، درد و سـرما هم کولاک می‌کـرد. کلا بی‌توجه به سـرما

و زخم‌هایش، با تفنگش، که حالا برایش عصای دست و وسیله‌ی خیر شده بود حرکت می‌کرد. چند قدمی برنداشته بود که متوجه خونریزی از زخم تیر شد و دستمال سفید بزرگی را از جیبش درآورد و روی زخم را محکم بست. ولی هنوز خون از گوشه‌های دستمال بیرون می‌زد و دنبال کلاعباس در برف‌ها می‌چکید. خط قرمزی، مثل جاده‌ای باریک، دنبالش درست شده بود. کلاعباس، تازه داشت درد زخم‌هایی را که همه‌ی بدنش را گرفته بودند، یکی یکی حس می‌کرد. میدید که از شانه، دست، بغلش و یکی از زانوهایش که زخمی شده بودند خون می‌آمد و درد شدیدی هم داشتند ولی می‌دانست که باید به حرکتش ادامه دهد و به هیچ‌چیز دیگری فکر نکند. پس همین کار را کرد.

صدای گرگ‌ها و شغال‌های گرسنه، حالا مثل ناقوس کلیسا در گوشش زنگ می‌زدند و جسم و روحش را تکان می‌دادند و هر لحظه بیشتر و نزدیک‌تر می‌شدند. گرگ‌ها نیمه‌شب‌ها، بیرون می‌آمدند و به‌طرف ده می‌رفتند تا به طریقی یک گاو، گوسفند و یا حتی آدم‌ها را در تاریکی شب غافلگیر کرده و جانشان را بگیرند تا شکم‌شان را سیر کنند و زنده بمانند. کلاعباس این را هم میدانست که اگر گرگ‌ها به او حمله کنند و مجبور شود از تفنگش استفاده کند، با صدای تیر، امنیه‌ها خبردار شده و می‌فهمند که او هنوز زنده است و فوری می‌آمدند و تا دستگیرش نمی‌کردند، دست‌بردار نبودند. از طرف دیگر، مردم ده هم می‌فهمیدند که راهزن‌ها به ده زده‌اند و از ترسشان دیگر کسی به کمکش نمی‌آمد و هیچ دری به رویش باز نمی‌شد تا پناهش دهد. در هر صورت، کلاعباس لو می‌رفت. پس باید هرچه زودتر، خودش را به ده می‌رساند و جای امنی را مثل مسجد یا حمام، پیدا می‌کرد و آنجا پناه می‌گرفت. یکی دو تا رفیق هم در ده داشت و می‌دانست اگر خودش را به خانه آنها برساند، پناهش می‌دهند.

حـالا یـک سـاعتی می‌شـد کـه در راه بـود. می‌دانسـت کـه بـه ده نزدیک شـده اسـت. راه زیـادی آمـده بـود. فکـر و خیـال گذشـته تمـام وجـودش را گرفتـه بـود و بهشـت و جهنـم، جلـوی چشـم‌هایش ظاهـر و محو می‌شـدند. فکـر اینکـه، اگـر زنـده بمانـد، از آن بـه بعـد چه بایـد کنـد، ذهنش را مشغول کـرده بـود؛ نکنـد تمـام عمرش اشـتباه کـرده بوده کـه، امـوال ثروتمنـدان را می‌دزدیـده و آنهـا را بـه فقـرا می‌داده یا ممکـن اسـت در کار خـدا بی‌خـود و بی‌جهـت دخالـت کـرده و شـاید خـود خـدا بهتـر می‌دانـد که چه کسـی را بایـد ثروتمنـد یا فقیـر کنـد؟!

فکـر و خیـال بـود کـه در ذهن کلاعبـاس می‌آمدنـد و می‌رفتنـد و همین باعـث شـده بـود تـا بـه درد زخم‌هایش، خسـته بودنش و یا سـرما فکر نکند. همینطـور کـه در سـبک و سـنگین کـردن و درسـت و غلـط بـودن اعمـال گذاشـته‌اش گـم شـده بـود، پایـش بـه سـنگ بزرگـی کـه جلـوی پایش سبز شـده بـود بـر خـورد کـرد و محکـم بـه زمین خـورد. سـرش به سـنگ بزرگی اصابـت کـرد و چنـد لحظـه‌ای طـول کشـید تـا بـه خـودش بیاید. سـپس به سـنگ و اطـراف آن دسـت کشـید و فهمیـد که سـنگ قبـری را لمـس کرده اسـت. حالا می‌دانسـت به قبرسـتان ده رسـیده. قبرسـتان روسـتاها، همیشـه بیـرون و بـالای ده قـرار داشـتند. فکـر و خیـال زنـده بـودن و یـا مـردن باز ذهنـش را مشـغول کـرد و از یـاد بـرده بـود کـه کجاسـت. صـدای گرگ‌هـا و شـغال‌هایی کـه نزدیـک می‌شـدند، او را بـاز بـه خـودش آورد. بی‌اختیـار از جایـش بلنـد شـد و سـرش بـه طـرف صـدای گرگ‌هـا برگشـت، حـالا از کوهپایه‌هـا و تپه‌هـا، بـه طـرف ده سـرازیر می‌شـدند. معلـوم بـود کـه گـروه گـروه می‌آیند و از شـنیدن صدایشـان فهمیـد که فاصله‌ی زیادی بـا او ندارند.

به‌سـرعت برخاسـت و دوبـاره بـه راه افتـاد. بـا رسـیدن بـه قبرسـتان، حـالا امیـد بیشـتری در دلـش زنـده شـده بـود و تندتـر قـدم برمی‌داشـت. چند دقیقـه‌ای راه نرفتـه بـود کـه، بـا نشسـتن پاهایش بر جـوی آبی، زیـر پاهایش

خالـی شـد و داخـل جـوی آب سـرد و یخبنـدانـی افتـاد. سـردی آب به حدی بـود کـه در کوتاه‌تریـن زمـان می‌توانسـت کلا را منجمـد کنـد. نفسـش یـک لحظـه بنـد آمـد و بـالا نمی‌آمـد. بـا هـر زحمتـی بـود، قبـل از اینکه نفسـش از سـرما بگیـرد و سـنگ کـوب کنـد، خـودش را بیـرون کشـید و دوبـاره به راه افتـاد. تمـام زخم‌هایـش از شـدت سـرما، بـاز بـه درد افتـاده بودنـد. مثـل بیـد، بـه خـود می‌لرزیـد امـا بـه روی خـودش نیـاورد و یاعلـی، یاعلـی گویـان، در درختزارهـای از بـرف پوشـیده‌ی کنـار جـوی آب بـا هـر زحمتـی بـود، جلـو می‌رفـت. می‌دانسـت کـه جـوی آب، او را بـه خانه‌هـای ده می‌رسـاند.

طولـی نکشـید کـه صدایـی به گوشـش خـورد. خـوب گـوش داد و از صدا فهمیـد کـه بـه آسـیاب بیـرون ده، کـه در آخـر رودخانـه بود، رسـیده است. کمـی نزدیکتـر شـد و سـاختمان کوچـک آسـیاب را دیـد. معمـولا آسـیاب را در بیـرون ده می‌سـاختند تـا سروصدایش، مـردم را در شـب اذیـت نکنـد و شـیب آب هـم، بـه اندازه‌ای باشـد کـه بتواننـد آب را در محلی به مقـدار زیاد جمـع کننـد تـا حرکـت و فشـار آب کافی، بـرای چرخانـدن دو سـنگ بزرگ و سـنگین آسـیاب، فراهـم شـود. در قدیـم دو تا سـنگ بـزرگ را کـه هرکدام هـم چنـد تـن وزن داشـتند را گـرد و صـاف می‌تراشـیدند. سنگ‌ها روی هم قـرار می‌گرفتنـد. در وسـط سـنگ‌ها، سـوراخ بزرگی ایجاد می‌کردنـد. چوب محکـم و بزرگـی هـم، از داخـل سـوراخ‌های هـر دو سـنگ رد شـده بـود و طـول زیـادی از چـوب هـم داخـل زمین فـرو رفته بود کـه سـنگ‌ها را روی هم نگه دارد. چوب‌هـای دیگـری نیـز در زیـر سنگ‌هـا سـاخته بودنـد، جریـان زیـاد و پرفشـار آب بـرای عبـور بایـد از سـد چوب‌هـای زیـر سنگ‌ها رد می‌شـد. بنابرایـن فشـار آب، چوب‌هـا را بـه حرکـت در می‌آورد و حرکـت چوب‌هـای زیـر دو سـنگ، باعـث حرکـت سـنگ بزرگ بالایـی می‌شـد که دایـره‌ای شـکل، روی سـنگ زیریـن بـه حرکـت درمی‌آمـد و در همـان حـال، گندم‌هـا به‌طـور منظـم و کمکـم، بـه داخـل سـوراخ بزرگ وسـط کـه چـوب در آن تعبیه شـده

بود که سنگ‌ها را روی هم نگه دارد می‌ریخت و با عبور از زیر سنگ‌ها له می‌شدند و به شکل آرد، از اطراف سنگ‌ها در بیرون و داخل محلی که یک طرف سنگ‌ها ایجاد شده بود، می‌ریخت و در آنجا جمع می‌شد.

کلاعباس با هر زحمتی بود، خودش را به ساختمان آسیاب رسانده بود. دیگر رمقی برایش باقی نمانده بود. با سختی به دیوار تکیه داد تا زمین نخورد. سر و صدای رودخانه‌ی پرآب و بزرگی که از کنار آسیاب رد می‌شد، با صدای آسیاب همراه شده بود و آن دو هم، مثل گرگ‌ها و سگ‌ها برای خودشان آهنگ سر داده بودند. تنها فرقش این بود که صدای دلنشین رودخانه، داخل صدای دلخراش آسیاب گم شده بود. کلاعباس هنوز به خودش نیامده بود و نفسی چاق نکرده بود که یکدفعه در آسیاب باز شد و نور کم رنگی، برف‌های جلوی در را روشن کرد. کلا خودش را پشت دیواری قایم کرده بود تا جلوی دید نباشد. از صدای گفتگوی آنها می‌توانست بفهمد که یک مشتری گندم‌هایش را آرد کرده و به خانه‌اش می‌رفت تا فردا برگردد و بارهایش را ببرد. کلا منتظر ماند تا نور چراغ در برف‌ها گم شود. بعد از پشت دیوار بیرون آمده و خودش را به پشت در بسته آسیاب رساند. در فکر بود که چه باید می‌کرد؟ در بزند یا نه؟ نمی‌دانست که درون آسیاب چه کسانی و یا اینکه چند نفر بودند. صدای گرگ‌ها نزدیکتر می‌شد. از طرفی هم می‌دانست که نمی‌تواند خودش را به ده برساند، چرا که هنوز فاصله زیادی با ده داشت. می‌دانست که تا بخواهد خودش را به خانه‌ی آشنایی برساند، از سرما یخ می‌زند و یا گرگ‌ها می‌رسند و غافلگیرش کرده و کارش را می ساختند و از کجا معلوم که امنیه‌ها تا حالا به ده نرسیده باشند و در آن صورت، در راه با آنها دوباره روبه‌رو می‌شد. حدسش هم درست بود. چند امنیه به طرف ده در حرکت بودند.

حالا صدای سگ‌های ده هم، به صدای گرگ‌ها و شغال‌ها اضافه شده

بـود. انگـار بـرای هم تعزیـه گرفتـه و جـواب و سـوال می‌کردنـد و آواز کُرشـان تمـام فضـای ده را گرفتـه بـود. گویـا با سـروصدای آسـیاب و رودخانـه هم در مسابقه بودنـد. تمـام توجـه کلا بـه صـدای گرگ‌هـا بـود، زیـرا از صدایشـان می‌توانسـت بفهمـد کـه چقـدر نزدیـک شـده‌اند. حـالا دیگـر رمقـی برایـش نمانـده، پاهایـش سسـت شـده و از تـوان افتاده‌انـد. روی برف‌هـای سـرد می‌نشـیند. دیدگانـش تـار شـده و دیگـر بـه سـختی می‌توانسـت ببینـد.

می‌دانسـت کـه هـر لحظـه ممکـن اسـت، گرگ‌هـا سـر برسـند و در آن صـورت، برایـش چاره‌ای نمی‌مانـد کـه بـه آنها شـلیک کنـد و اگر شـلیک نمی‌کـرد، روشـنی فـردا را نمی‌دیـد. حـالا هـر کاری برایـش حکـم مـرگ را داشـت. اگـر شـلیک می‌کـرد، امنیه‌هـا می‌آمدنـد سـراغش و گیـر می‌افتـاد و رسـوای خـاص و عـام می‌شـد، کـه در ایـن صـورت مـرگ برایـش بهتـر بود. اگـر هـم شـلیک نمیکـرد، طعمـه‌ی گرگ‌های گرسـنه می‌شـد. یکبـاره قالب تهـی کـرد. از خـودش پرسـید: آیـا ایـن زندگـی ارزشـی دارد کـه آدم زنـده بمانـد؟ و هـزاران سـوال دیگـر. حـالا دوبـاره بـا دلـی شکسـته بـرای گناه‌هایـی کـه خیـال می‌کـرد ندانسـته مرتکـب شـده اسـت، از خـدا تقاضـای بخشـش می‌کـرد. کلاعبـاس همـه‌ی عـزم و جزمـش در طـول عمرش، کمک بـه مردم بـود. مخصوصا کمـک بـه فقـرا. حـالا حتـی از زن و بچه‌هایـش هـم، تقاضـای بخشـش می‌کـرد.

مـرگ را جلـوی چشـم‌هایش می‌دیـد. کنـار دیـوار نشسـت. بـه دیـوار تکیـه داد و تفنگـش را آمـاده کـرد. هنـوز نمی‌دانسـت چـه بایـد بکنـد ولـی می‌خواسـت کـه آمـاده باشـد. صـدای گرگ‌هـا بـه قـدری نزدیـک شـده بودنـد کـه می‌دانسـت چنـد دقیقـه‌ای بـا او فاصلـه نداشـتند. از صداهایشـان معلوم بـود کـه دسـته جمعـی بـه طرفـش می‌آینـد. گویـا بـوی کلاعبـاس را شـنیده بودنـد، بـوی خـون او را، کـه کل راه را پوشـانده بـود و برف‌هـا را قرمـز کـرده بـود. خونـش حـالا کنـارش را هـم رنگیـن کـرده بـود. می‌دانسـت کـه چنـد

قدمـی بیشـتر بـا مـرگ فاصلـه نـدارد. بـا شلیک کـردن هـم فقط چنـد تا از گرگ‌هـا را می‌توانسـت بکشـد. یکـی دو تـا کـه نبودنـد. یـک گلـه بودنـد. گرگ‌هـا اینبـار، دسـت بـردار نخواهنـد بـود. حالا دیگـر صـدای نفس زدنشـان را هـم می‌توانسـت بشـنود. حتـی دیگـر سـایه‌ی کم رنـگ گرگ‌ها را نیـز از دور می‌دیـد، کـه چگونـه پوزه‌هایشـان را روی زمین می‌کشـیدند و دنبـال رد خون کلاعباس، کـه روی برف‌ها چکیـده بـود را گرفتـه و بـو می‌کردنـد و کم‌کم به او می‌رسـیدند. بـدون اینکـه بدانـد چـه می‌کنـد گلنگـدن تفنگش را کشـیده و آمـاده شـده بـود؛ ولـی هنوز نمی‌دانسـت کـه می‌خواهد شـلیک کند یا نه.

دیگـر امیـدش را از دسـت داده بـود. چشـمش افتـاد بـه یـک دروازه‌ی کوچـک چوبـی کـه جلـوی آب را گرفتـه بـود تـا بـه رودخانـه کناری سـمت راسـت آسـیاب نـرود و درون محوطـه‌ی آسـیاب بریـزد و بعد کمـی پایین‌تر، دوبـاره بـه رودخانـه برگـردد. دروازه را بـا تکـه چوبـی کـه قالب آن بود، بسـته بودنـد و هـر وقـت کـه آسـیاب بـار نداشـت کـه کار کنـد، در آن دروازه را برمی‌داشـتند و در دروازه‌ای کـه آب می‌ریخـت، درون آسـیاب را بـا آن تکـه چـوب می‌بسـتند و آسـیاب از کار می‌افتـاد. در یـک لحظه، فکـری به ذهنش خطـور کـرد. اندیشـید کـه بهتـر اسـت آب را بـه طـرف رودخانـه هرز کند و آسـیاب را از کار بیانـدازد. در آن صـورت، هـر کـه در آسـیاب باشـد بیرون می‌آمـد کـه ببینـد چـه شـده و کلاعباس می‌توانسـت از فرصت اسـتفاده کرده و وارد آسـیاب شـود. همیـن کار را هم کرد و چوب جلـوی دروازه‌ای را که آب را بـه داخـل رودخانـه می‌بـرد برداشـت. آب را در رودخانه هرز کرد و آسـیاب را از کار انداخـت.

هنـوز صـدای دلخـراش آسـیاب کامـلا قطع نشـده بـود، کـه نـور کم‌رنگ چـراغ زنبـوری آسـیابان برف‌هـای جلـوی آسـیاب را روشـن کـرد. پیرمـرد آسـیابان، بابایوسـف، کـه شـصت تـا هفتاد سـالی هم سـن داشت غرغرکنان از پشـت دیـوار جلـوی آسـیاب پیدایـش شـد و بـه سـراغ آب جـوی رفت،

جایی که آب به دو طرف رودخانه و آسیاب تقسیم می‌شد. با تعجب دید که دروازه‌ی طرف رودخانه، بیرون کشیده شده است. با احتیاط چراغ زنبوری‌اش را بالا گرفته و اطراف را خوب وارسی کرد. کمی ترس و نگرانی هم به دلش افتاده بود که نکند کار دزدها باشد که او را از آسیاب بیرون بکشند و بعد درون آسیاب بروند و آردهای مردم بیچاره را بدزدند. از بدبختی، یکی دو روز به شب عید نوروز بود و همه برای مراسم عید نوروز آماده می‌شدند و بابایوسف، تک و تنها درون آسیاب بود.

بالاخره، بابایوسف به خودش آمد و حالا او بود که داشت سایه گرگ‌ها را می‌دید که داشتند نزدیک می‌شدند. بابایوسف می‌دانست که باید هرچه زودتر، آب را داخل آسیاب بیندازد و به داخل برگردد وگرنه طعمه‌ی گرگ‌ها می‌شد؛ ولی چیزی که برایش گنگ بود، این بود که چرا گرگ‌ها دسته جمعی به طرف آسیاب می‌آمدند. بیشتر نگران شد. خیلی زود، دروازه‌ی آبِ طرف رودخانه را بست و آب دوباره داخل آسیاب افتاد. با به کار افتادن آسیاب، صدای آسیاب، بلند و بلندتر شد. با احتیاط و در حالی که چراغ زنبوری‌اش را تا کنار صورتش بالا آورده بود، اطراف را یکبار دیگر وارسی کرد ولی هیچ چیز به چشمش نخورد. بعد با عجله به طرف در آسیاب به راه افتاد. حالا بابایوسف چشم‌های گرگ‌ها که در تاریکی شب برق می‌زدند را می‌دید. نور کمرنگ چراغ زنبوری، ریش سفید و پرپشت، پیشانی فرسوده و چینوچروک خورده‌ی بابایوسف را که حالا از برف هم پوشیده شده بودند را مثل یک تابلوی نقاشی به نمایش گذاشته بود. چند قدمی به در آسیاب نداشت که گرگ‌ها را در چند قدمی خود دید. یکی از گرگ‌ها جلوی همه خیز برداشته و از بقیه جلو زده بود. بابایوسف شروع به دویدن کرد و حالا با گرگ برای رسیدن به در آسیاب، در مسابقه بود.

بالاخره به در آسیاب رسید و با عجله وارد شد. درست وقتی که

در حـال بسـتن در بـود، گـرگ رسـید و گوشـه‌ی پاچـه‌ی بابایوسف را محکم گرفـت. بابایوسـف، چـراغ زنبـوری را روی زمیـن انداخـت و دو دسـتی بـا هر قدرتـی کـه داشـت، در را فشـار داد کـه به چفت برسد و بتواند چفت در را بینـدازد. حـالا، بقیـه گرگ‌ها هم رسیـده بودند. بالاخره یاعلی گویان، چفت در را انداخـت ولـی هنـوز قسـمتی از پاچـه‌ی شـلوارش زیر در مانـده و گرگ آن را در دهنـش محکـم نگـه داشـته بـود و ول نمی‌کرد. هنوز نبـرد قدرت بر سـر پاچـه‌ی شـلوار، بیـن بابایوسـف و گرگ در جریـان بود و هـر دو هر زوری کـه داشـتند، می‌زدنـد. همـه‌ی گرگ‌هـا از در و دیوار آسـیاب بـالا می‌رفتند. عروسـیای بـه پا کـرده بودند کـه بمانـد. بالاخره پاچه‌ی شـلوار بابایوسف که لای دندان‌هـای گـرگ بـود، پاره شـد و از لای در بیرون آمده بود و بابایوسف کـه بـا تمـام قـوا زور مـی‌زد، با خلاص شـدن پاچه‌ی شـلوارش، محکم زمین خـورد. معطـل نکـرد و بلنـد شـد و فـوری پشـت در را بـا تکه چـوب بزرگی محکـم کـرد تا مطمئن شـده باشـد کـه گرگ‌هـا یک‌دفعـه در را هـل ندهند و بـاز نکننـد. ولـی عروسـی گرگ‌هـا پشـت در ادامه داشت.

بابایوسـف همینطـور روی زمیـن نشسـت، بـه در تکیـه داد و بـرای چند لحظه ای نفـس راحتـی کشـید. هنـوز نگـران گرگ‌هـا بـود و در فکر اینکه چـه کسـی آب آسـیاب را داخـل رودخانـه هـرز کـرده است. می‌دانسـت که حتمـا بایـد یک اتفاقـی افتاده باشـد که گرگ‌ها دسته‌جمعی به طرف آسیاب آمده‌انـد. اگرچـه همـه‌ی ده، از سـر و صـدای تیر خالـی کردن‌های درون تنگـه‌ی ابوعبـاس از خـواب بیـدار شـده بودند ولـی اگر تـوپ نـادری هم بغل و یـا پشـت آسـیاب خالی می‌کـردی، صـدای بلند آسـیاب نمی‌گذاشت هیچ صدایـی از بیـرون بـه گوش بابایوسـف در آسـیاب برسد.

خلاصـه، بابایوسـف کـه حـالا یـاد آسـیاب و آسـیاب‌بانی‌اش افتاده بـود، با خیـال ناراحتـش دسـتش را دراز کـرد کـه چـراغ زنبوریـاش را از روی زمین بـردارد کـه چشـم‌های فرسـوده‌اش بـه قطره‌هـای خون افتاد. حالا بـا تعجب

به قطره‌های خون خیره شده بود. می‌دید که به صورت خطی، از خارج آسیاب و از زیر در داخل آمده بود و از کنار چراغ زنبوری رد شده و به پشت دیوار رفته بود، درست به طرف تنها اتاقک کوچکی که، داخل آسیاب ساخته شده بود.

حالا دیگر بابایوسف شکی نداشت که حدسش درست بوده است. می‌دانست هر اتفاقی بیرون افتاده، حالا داخل آسیاب دنبالش آمده و این را هم می‌دانست که، گرگ‌ها هم، همین رد خون‌ها را گرفته و پشت در آسیاب آمده بودند. حالا بابایوسف را ترس برداشته بود. نمی‌دانست چه کند. بیرون آسیاب که نمی‌شد برود، گرگ‌های گرسنه و وحشی، خون دیده و منتظر بودند تا طعم‌هشان را تکه و پاره کنند. بلند شد و چند دقیقه‌ای همینطور سر جایش ایستاده و اطراف را وارسی کرده و سبک و سنگین کرد. خون‌ها از چه کسی می‌توانست باشد؟ با ترس و لرز و احتیاط و چراغ به دست راه افتاد و دنبال رد خون‌ها را گرفت و شروع به وارسی آسیاب کرد. سر راهش، چوب‌دستی‌اش را برداشت و آماده در دستش، روی هوا نگه داشته بود. ترس بابایوسف بیشتر شده بود ولی چاره‌ای نداشت و باید می‌فهمید خون از چه کسی است. از طرفی هم میترسید که نکند گرگ‌ها، دنبال سگی زخمی کرده یا راهزن و دزدی را دنبال کرده باشند، چرا که اگر آدم عادی را دنبال می‌کردند، می‌توانست در بزنند. حالا نور چراغ زنبوری‌اش رد خون‌های چکیده شده داخل گرد سفید آردها را، که کف آسیاب نشسته بودند دنبال می‌کرد. بابایوسف هم نگران و لرزان با احتیاط دنبال نور پیش می‌رفت. انگار نه انگار که آسیابان بود و آسیاب و آسیاب‌بانی یادش رفته بود. گندمی که باید داخل سوراخ وسط دو سنگ می‌ریخت هم تمام شده بود و سنگ‌ها داشتند روی هم می‌چرخیدند و صدای نخراشیده و نتراشیده‌ای هم از گردش سنگ‌ها بلند شده بود. طبق معمول، تمام آسیاب هم تقریبا به خاطر

نشستن گرد آردها به سفیدی می‌زد.

بابایوسف به دنبال رد خون، از یکی دو پیچ و خم در داخل آسیاب رد شد. میدید که رد خون به داخل اتاقک کوچکی که بابایوسف کمی دورتر از سنگ‌های آسیاب درست کرده بود، می‌رسد. اتاقک، محل استراحت خودش بود و اگر کسی از راه‌های دور گندم زیادی برای آرد کردن می‌آورد و مجبور می‌شد، یکی دو روز آنجا بماند، از آن اتاق برای استراحت استفاده می‌کرد. اتاق را هم کمی دورتر از سنگ‌های آسیاب و در قسمت پایینی آسیاب ساخته بود که سر و صدای آسیاب کمتر اذیت‌شان کند. بابایوسف به در اتاقک که کمی هم باز بود، خیره شده بود و نمی‌دانست چه کند. صدای گرگ‌ها از صدای آسیاب، بلندتر به گوش می‌رسید. انگار بابایوسف صدای دلخراش آسیاب را نمی‌شنید و شاید هم به آن عادت کرده بود.

با احتیاط یکی دو قدم دیگر برداشت. آن‌قدر در فکر خودش غرق شده و ترسیده بود که دیگر هیچ صدایی به گوشش نمی‌رسید. سکوت محض، تمام وجودش را گرفته بود. حالا می‌توانست داخل اتاقک را ببیند. خوب نگاه کرد و بالاخره چشمش به مرد تنومندی که کنار دیوار روی زمین نشسته بود، افتاد. نمی‌دانست باید چه کار کند؟ چراغ زنبوری‌اش را بالاتر و جلوتر گرفت تا مرد تنومند را که خون اطرافش را گرفته بود، بهتر روشن کند. نگاه بابایوسف افتاد به دست خونی او که، تفنگش را نگه داشته بود. با دیدن تفنگ، در یک لحظه بابایوسف به فکرش آمد که باید امنیه باشد که گیر گرگ‌ها افتاده است ولی می‌دید که لباس‌هایش به امنیه‌چی‌ها نمی‌خورد.

بالاخره، کلاعباس که تا حالا سرش را پایین انداخته بود و صورتش را نمی‌شد دید، به آرامی سرش را بالا آورده و چشم‌هایش به چشم‌های بابایوسف افتاد ولی چشم‌های کلا تار بودند و به سختی می‌توانست چشمانش را باز نگه دارد. سر و صورتش هم، زخم و زیلی شده بودند. دو

نفــر، چنــدی بــه هــم خیــره شــدند. هیچ‌کــدام نمی‌دانســتند چه کننــد و چه بگویند.

بابایوســف یــادش رفتــه بود کــه هنوز چوب‌دســتی‌اش را در هــوا آماده نگه داشــته و بالاخــره صــدای ضعیف و خســته‌ی کلا که به ســختی از تــه گلویش در می‌آمــد، بلند شــده بود:

- رهگذر هستم... گرگ‌ها زخمی‌ام کردند...

و بعــد چشــمانش به آرامــی چنــد بــار بــاز و بســته شــده و دیگــر بــاز نشــدند. کلا از هــوش رفت و همــه چیــز جلــوی چشــمانش، ســیاه شــده بــود.

❋ ❋ ❋

فصل ۲

وقتی آسیابان پیر، با مردم خود غریبه می‌شود ...

خورشـید درخشـان بهـاری، از پشـت تپه‌هـای بلند کوهسـنگ به‌آهسـتگی نمایان شـده و نوک صنوبرهای بلند و پوشـیده از برف را، روشـن کـرده بـود. گرمای خورشـید و رنگ سـرخش، زیبایی طبیعت از برف پوشیده شـده‌ی ده ِ کوهسـنگ را، دو چنـدان کرده بـود. ده تازه از خواب بیدار شـده و جنـب و جوش ِ پـارو کـردن بـرف پشـت بام‌هـا، دیده می‌شـد. تکه برف‌های بزرگـی کـه از بـالای بام خانه‌هـای مردمی کـه مشـغول پارو کـردن بودند جدا می‌شـد و بـه پاییـن سـرازیر می‌شـد، در یکـی از کوچه‌هـای خلـوت ده، تکـه برفـی جلـوی پـای بابایوسـف محکـم به زمین خـورده و پخش و پلا شـده بود. چیـزی نمانـده بـود کـه تکـه برف‌هـا روی سـر بابایوسـف هوار شـوند.

افتـادن تکـه برف‌هـا جلوی پای بابایوسـف، حـواس پـرت او را به خودش آورده بود. بابایوسـف صبح زود، آسـیاب را تعطیل کـرده و با گذراندن فاصله‌ی یـک کیلومتـری، به ده رسـیده بـود. از کنـار دیوارها بـا احتیـاط پیش می‌رفت تـا از برف‌هایـی کـه از بـالای بام‌هـا بـه پاییـن می‌ریختنـد کتـک نخـورد. از چنـد کوچـه گذشـت و بـه بقالی کوچک ده رسـید که هنوز بسـته بـود. در زد. می‌دانسـت کـه میـرزا تقـی بقـال، شـب‌ها را بـه خاطـر اینکـه دکانـش را دزد نزنـد، همان‌جـا می‌خوابـد. سـال‌های پیـش، یک‌بـار دکانـش را دزدها زده بودنـد و از آن بـه بعـد، هیچ‌وقت شـب‌ها دکانـش را تنهـا نمی‌گذاشـت:

ـ کیه...؟

- منم... میرزا تقی. بابا یوسف...

در دکان باز شد و میرزا تقی، خواب‌آلود جلوی در ظاهر شد. با دیدن بابایوسف تعجب کرد که چرا بابایوسف، صبح به این زودی، آن هم در این برف سنگین و هوای سرد، به بقالی آمده. هنوز دهانش باز نشده بود که نگاهش به دست بابایوسف افتاد که، با تکه پارچه‌ای بسته شده و زیرش هم کمی خونی بود.

- سلام بابایوسف... خدا بد نده؟ دستت چی شده؟

- هیچی. حواسم پرت شد و دستم رفت زیر سنگ آسیاب... آمدم کمی مرکور، کوروم و دواجات بگیرم...

- بیا تو... نمی‌خواستم درو باز کنم... می‌ترسیدم یکی از راهزن‌ها باشه...

بابایوسف که هیچ خبری از اتفاقی که در تنگه‌ی ابوعباس افتاده بود نداشت، با تعجب به میرزا تقی خیره شد. میرزا تقی یک شیشه کوچک مرکور، کنار ترازو گذاشت و همین‌طور که دنبال بقیه دواجات می‌گشت با نگاهی به بابایوسف فهمید که او حتما از قضیه تنگه‌ی ابوعباس بیخبر است.

- حتما از تیر در کنی و جنگ راهزنا و امنیه تو گردنه‌ی ابوعباس نباید هیچ خبری داشته باشی...حق هم داری ندونی بابایوسف... وقتی آسیاب کار می‌کنه اگر توپ نادری هم در کنند اون صدای بی‌صاحب آسیاب که نمی‌ذاره چیزی به گوش آدم برسه...

بعد درحالی که مشغول بستن نسخه بابایوسف بود، ادامه داده و برایش تعریف کرد که چه اتفاقی در تنگه‌ی ابوعباس افتاده است. با شنیدن حرف‌های میرزا تقی، بابایوسف ذهنش مشغول شد و دیگر آنجا نبود. همانطور که بابایوسف جنس‌های خریده شده را برمی‌داشت، از داخل دکان نگاهش به چند امنیه که از بالای سربالایی پیدایشان شده و داشتند

به طرف بقالی میرزا تقی می‌آمدند افتاد.

- بـرای همینـه کـه امنیه‌هـا ریختـن تـوی ده... میگـن یکیشـون تیـر خـورده و در رفتـه و آمـده تـوی ده قایـم شـده... مـن میگـم از تنگـه تـا اینجـا، بـا ایـن سـرما و تـوی ایـن برفـی کـه دیشـب می‌آمد و سـر و صدایـی کـه گرگ‌هـا راه انداختـه بودنـد، اگـر جـون سـگ هم داشـت بـازم محالـه زنـده مونـده باشـه...

بابایوسـف جنس‌هایـش را برداشـته و بـدون هیـچ حرفـی از بقالـی بیـرون می‌زنـد، سـپس درحالی‌کـه زیـر چشـمی، امنیه‌هـا را کـه بـه او نزدیـک می‌شـدند زیـر نظـر داشـت، راهـش را عـوض کـرد تـا بـا آنهـا برخـورد نکنـد و تنـد راه می‌رفـت کـه امنیه‌هـا بـه او نرسـند و از او سـوال و جـواب نکننـد.

پشـت سـر بابایوسـف، خاور حسـین، کـه سـی و چند سـالی هم از سـنش می‌گذشـت، راه می‌رفـت. خاور کـه همسـایه‌ی روبروئـی و هم حصـی بابایوسـف بـود، متوجـه شـد کـه او مخصوصـا راهش را عـوض کـرد تا بـا امنیه‌ها روبه‌رو نشـود. خـاور هـم راهـش را عـوض کـرده و دنبال بابایوسـف افتـاده بـود. طوری کـه خـاور، چادرش را سـرش می‌کـرد و سـرخاب و سـفیدابی کـه زده بـود و رفتـار و کـردارش، اگـر کـور هـم بـودی **بـه** راحتـی می‌توانسـتی بفهمی کـه خـاور، یـک زن عـادی دهاتـی نبـود. البتـه کـه او بسـیار زیبـا بـود و همیـن خوشـگلی‌اش هـم کار دسـتش داده بـود. همـه‌ی مـردان ده خاطرخواهـش بودنـد و ول کنـش هـم نبودنـد؛ امـا خاور، خاطرخواه پسـر یکـی از خان‌های ده شـده بـود. بعـد هـم آوازه‌اش همـه جـای ده پیچیـده بـود و مـردم از طرف شـدن بـا او هرطـور کـه می‌شـد، خـودداری می‌کردنـد. ضمن آنکـه، آوازه‌ی هرزگـی او تمـام ده را گرفتـه بـود و مـردم از تـرس آبرویشـان از روبه‌رو شـدن بـا او گریـزان بودنـد. امـا او زن شـجاعی بـود کـه نمی‌خواسـت مثـل زن‌های دیگـر تحـت فرمـان مـرد خود باشـد و بـه نوعـی، علیه مـردان بلند شـده و از حـق آزادی خـودش دفـاع می‌کـرد. خلاصـه، خـاور قدم‌هایـش را تنـد کرده و

خودش را به بابایوسف رسانده بود.

- بابایوسف! از چی داری در می‌ری؟ مگه کار خلافی کردی که تا امنیه‌ها رو دیدی راهت و کج کردی؟...

بابایوسف برگشته و نگاهش به خاور افتاده بود.

- خاور! دیوانه‌گی دیگه حدی داره... عاقل شو...

در یک لحظه، بابایوسف حرف‌هایش را قطع کرده و چندی به خاور خیره شد. انگار با دیدن خاور فکری به ذهنش خطور کرد ولی باز با افتادن نگاهش به امنیه‌ها که داشتند به آنها نزدیک می‌شدند، در این فکر بود که به راهش ادامه بدهد و برود یا با خاور وارد صحبت شود و پیه‌ی سوال و جواب امنیه‌ها را به تن خود بمالد. از طرفی هم ذهنش حسابی مشغول بود. حالا می‌دانست کسی را که در آسیاب پناه داده بود و داشت برایش دواجات می‌برد، دزد و راهزن است و امنیه‌ها دنبالش‌اند.

در همین احوال که بابایوسف افکارش را سبک و سنگین می‌کرد که چه کند و چه نکند، درون آسیاب سوت و کور بود. چشمان کلاعباس هم به سختی باز و بسته می‌شدند. کلاعباس زیر لحاف مندرسی دراز کشیده بود. باز و بسته شدن چشمانش، چندبار تکرار شد ولی هنوز هم تار میدید. چند لحظه طول کشید تا به خودش بیاید. یکدفعه از جایش بلند شد. از جا بلند شدن یکدفعه‌اش، باعث درد شدیدی در تمام بدنش شد. یادش آمد که چرا در شب قبل، از هوش رفته بود. لحاف را از روی پایش کنار زد و دید که پای تیر خورده‌اش، با پارچه‌ای محکم بسته شده است. با تعجب اطراف خود را وارسی کرد ولی جز اتاقی ساده، چیزی نبود. در هم بسته بود و هیچ صدایی از آنطرف در شنیده نمی‌شد و معلوم بود که آسیاب هم از کار افتاده است. تنها صدایی که به گوشش می‌خورد صدای رودخانه‌ی کنار آسیاب بود. اتاق را هم درست کنار و مشرف به رودخانه ساخته بودند. یک پنجره‌ی کوچک به‌طرف رودخانه داشت و از نوری که

از پنجـره داخـل می‌شـد، کلا فهمیـد کـه آفتـاب در آمـده و بایـد مدتـی هم از صبح گذشـته باشد.

بـا هـر زحمتـی بـود، از جایـش بلنـد شـد و بـا احتیاط به‌طرف در رفت. در از پشـت قفـل بـود. بـا قفل بـودن در کلاعباس نگران شـده و فکـر و خیـال بـه سـراغش آمد، فکر اینکـه نکنـد پیرمرد آسـیابان، درون اتاق حبسـش کرده و دنبـال امنیه‌هـا رفته اسـت. خواسـت در را بشـکند و از آسـیاب بیـرون برود ولـی نـه رمـق شکسـتن در را داشـت و نـه قـدرت بیـرون زدن و فرارکـردن. ناگهـان به یـاد تفنگـش افتاد.

برگشـت و تفنگـش را دیـد کـه بـه دیـوار تکیـه داده شـده؛ اندیشـید کـه اگـر پیرمـرد سـراغ امنیه‌هـا رفتـه، پس چـرا تفنگ را بـا خودش نبرده اسـت؟

کلا در فکـر بـود کـه بـا شـنیدن صـدای بـاز شـدن در آسـیاب، سـریع دسـتش سـراغ تفنگـش رفت و گلن گدن تفنگش را کشـید. خوب می‌دانسـت کـه اگـر امنیه‌هـا باشـند، بایـد یـا کشـته شـود یا بـه طریقـی آنهـا را غافلگیر کنـد و فـرار کنـد. بـه هیـچ قیمتـی حاضـر نبـود کـه زنده بـه دسـت امنیه‌ها بیافتـد. حـالا صـدای پچ‌پـچ چند نفر که داشـتند بـه اتاقک نزدیک می‌شـدند بـه گـوش می‌رسـید. بعد هم صـدای قفل پشـت در، کـه یک نفر داشـت بازش می‌کـرد. کلاعبـاس تفنگـش را بـه طرف در نشـانه گرفته بـود و دل تـوی دلش نبـود. کلا تـا بـه آنروز، به کسـی شـلیک نکرده بـود. بالاخره چفـت در افتاد و بـاز شـد. دیـد کـه بابایوسـف آسـیابان، درقـاب در ظاهرشـده و مقـداری خورد و خـوراک دسـتش اسـت و لبخنـد مهربانانـه‌ای هم، بـر چهره‌اش دارد. هنوز تـو فکر بـود کـه قامـت زن زیبایـی از پشـت او، بیرون آمده و ظاهر شـد. سـه نفـری بـه هـم خیـره شـده بودنـد و هیچ‌کس نه حرفـی می‌زد و نـه حرکتـی از خـود نشـان مـی‌داد. بابایوسـف و خـاور، به تفنگ کلا کـه به طرف آنها نشـانه رفتـه بـود، خیـره مانده بودند. بالاخره بابایوسـف سـکوت را شکسـت:

-       تفنگـت و بـذار وقتـی حالـت بهتـر شـد در کنـی... رفتـم یـه خـورده

دواجـات و مرهـم بـرات بگیـرم...

بعد هم هرچه در دستش بود را زمین گذاشته و رو کرد به خاور:

- خاور، جفـت در آسیاب رو انداختی که یک دفعه کسـی سـرزده نیاد تو؟ ...

- اره بابایوسف انداختم...

خاور کنار دیـوار نشسـت و چشـمانِ او و کلاعباس در هـم قفل شـده بودنـد و انـگار هیـچ کلیـدی هـم نمی‌توانسـت بازشـان کنـد.

حـالا کلاعبـاس چنـان گیـج و گنـگ شـده بـود کـه نمی‌دانسـت هنـوز تفنگـش را بـه طـرف خاور نشـانه رفتـه اسـت. بـه هرحـال، بـودن خـاور در آسـیاب و آن هـم بـا آن سـر و وضعـش نشـان میـداد کـه کلا بـا یـک زن عادی کـه صاحـب شـوهر و بچـه باشـد، طـرف نیسـت و می‌دانسـت دختر یـا زن آسیاب‌بان هـم نمی‌توانسـت باشـد وگرنـه اینجا و بـا این سـر و وضـع پیداش نمی‌شـد، درثانـی دربـاره‌ی آسیابان هـم هیچ نمی‌دانسـت. دسـت بابایوسف روی تفنـگ کلا نشسـته و دسـت کلا و تفنـگ را پاییـن آورد و بعـد تفنـگ را از او گرفت:

- اگـه می‌خواسـتم لـوت بـدم، تـا الان امنیه‌ها از سـر و کول آسیاب بالا رفتـه بیدنـد... یـه گله‌شـون شـبونه ریختـن تـوی ده...

بابایوسف، تفنگ کلا را کنار دیوار گذاشت و رو به خاور گفت:

- خـاور چـرا ماتـت بـرده زن؟ مگه اومـدی مهمونـی؟ خب بیا دسـت به کار شـو دیگـه...

به کلاعباس نگاهی کرد:

- کلا، خاور همسـایمه... مطمئنـه... گفتـم بیـاد کمـک کنـه... زخمـات خیلـی زیـاده و مـا هـم چیـزی از ایـن دکتـری نمی‌دونیـم...

خاور بلنـد شـد و بـا ادا و اطوارهـای سـاده‌ی زن‌های دهاتـی، به کمک

بابایوسـف رفتـه و مشـغول مـداوای کلا شـد.

کلا در فکـر و خیـال گـم شـده بود و باورش نمی‌شـد چه چیزی داشت اتفـاق می‌افتـاد. نمی‌دانسـت کـه چـرا بابایوسف او را لـو نـداده و تصمیـم گرفتـه تـا کمکـش کنـد. برایش تعجب‌آور بود کـه بابایوسف نه تنهـا او را لو نـداده، بلکـه بـه زخم‌های او هم رسـیده و حتی آسـیابش را هم بسـته و بـه ده رفتـه تـا برایـش دوا دسـت و پا کند و یـک زنی را هم آورده کـه از او نگهداری کنـد. چـرا کـه در آن دوره و زمانـه اگر اسـم دزد و یا راهزن می‌آمد، بلافاصله مـردم دسـت بـه کار می‌شـدند و آنهـا را می‌زدنـد و لت و پـار می‌کردند.

پلک‌هـای کلا هنـوز هم، به‌سـختی می‌توانسـتند بـاز بماننـد و دوبـاره روی هـم رفته و چشـمانش دوباره سـیاه شـده و از هـوش رفته بود.

فصل ۳

وقتی غریبه‌ای، تو را بیشتر از خودت می‌شناسد.

چشمان کلا، چند دفعه‌ای باز و بسته شد. هنوز تار می‌دید و فقط شبح دو تا آدم را می‌دید. کمی طول کشید تا کلا، خاور را کنار خودش ببیند و به یاد بیاورد که کجا بوده و هست. می‌دید که زخم پاها و سرش با چند دستمال و پارچه بسته شده‌اند. نگاه کلا، از خاور سفر کرد و به بابایوسف رسید، او کنار منقلی نشسته و دود چپقش در هوا می‌رقصید و نگاهش به کلا بود. هر دو، لحظه‌ای در چشم هم نگاه کردند. خنده‌ی ملایمی صورت چروک خورده‌ی بابایوسف را روشن کرده بود:

ـ   حتما من و یادت نمیاد کلا...؟

کلا با تعجب و با تکان سرش، به بابایوسف حالی کرد که نه. اما بعد متوجه شد که بابایوسف او را به اسم صدا کرد، پس باید او را بشناسد اما، کلا چیزی در مورد بابایوسف یادش نمی‌آمد. بابایوسف بهطرف خاور برگشت که حالا او هم در این فکر بود که بابایوسف از کجا کلا را می‌شناسد. حالا آنها خیره به بابایوسف، منتظر بودند که زبان باز کند. ولی او ساکت بود و همین‌طور کلا را می‌پایید و انگار در افکار گذشته‌اش غرق شده بود. کلا و خاور، نمی‌دانستند که فکر بابایوسف دیگر پیش آنها در آسیاب نیست و یاد خاطرات گذاشته‌اش افتاده است. بابایوسف در زمان‌های قدیم سیر می‌کرد. او یاد گذشته‌اش افتاده بود و یادش می‌آمد که:

پانزده سال قبل...

وقتـی کـه خیلـی جوان‌تـر بـود، داخـل کوچه‌باغ‌هـای دِه شورچه ، زیـر آفتـاب گـرم، دنبـال الاغـش حرکـت می‌کـرد. ایسـتاده بـود و دسـتمالش را از جیبـش در آورده و عـرق پیشـانی‌اش را پـاک می‌کـرد. هنـوز دسـت و دسـتمالش، روی پیشـانی‌اش مشـغول بودنـد کـه، سـیب سـرخی از یکـی از شـاخه‌های درخـت سـیب، کـه از روی دیـوار بـه بیـرون بـاغ تجـاوز کـرده بـود جدا شـد و سـقوط کرد و از جلوی چشـمان بابایوسـف رد شـد و پیش پایش بـه زمیـن افتـاد. بـا افتـادن سـیب، بابایوسـف ایسـتاد و بـه سـیب خیـره شـد. در خیـال ایـن بـود کـه، سـیب را بـردارد یا نـه. دلش بـرای خوردنش لـک میزد. بـه خیـال اینکـه، سـیب مـال او نبـود و اگـر آن را می‌خـورد، مال حـرام خـورده بـود. از سـیب گذشـت و بـه راهـش ادامـه داد ولـی چنـد قدمـی بر نداشـته بود کـه، برگشـت و یـک نـگاه دیگر بـه سـیب انداخـت و در فکر ایـن بود کـه نبایـد از سـیب می‌گذشـت. پـس بـا عجلـه برگشـت، سـیب را برداشـت، آن را پاک کـرد و خـودش را بـه الاغـش رسـاند. سـیب، جلـوی دهانـش بود. ولـی هنـوز در شـک و تردیـد خـوردن، بـه آن خیـره شـده بـود. سـرخی سـیب دهانـش را آب انداختـه بـود و بالاخـره تشـنگی بر شـک و تردیدش غلبه کـرد و برخلاف میلـش، سـیب را گاز زد تـا تشـنگی‌اش را کمـی از بیـن ببرد. بابایوسـف، سـر گـرم خـوردن سـیب بـود و بـه ایـن فکـر می‌کـرد کـه چـه می‌شـد اگـر خـدا به او هـم گوشـه چشـمی نشـان می‌داد و یـک بـاغ کوچک هم بـه او عطا می‌کـرد. فکـر می‌کـرد، اگـر او هـم، یکـی از ایـن باغ‌هـا را داشـت دیگـر مجبـور نبـود در ایـن گرمـای داغ سـعدآباد، بـرود و گرمـک و طالبـی بار کند و به ده سـنگ کوه ببـرد و می‌توانسـت در همـان بـاغ، آلونکـی بسـازد و از همـان باغ امـرار معاش کنـد. در فکـر و خیـال خـودش گـم شـده و چنـان بـا خـدای خـودش در راز و نیـاز و منتظـر جـواب بـود و انـگار متوجـه نبـود کـه خـدا جـواب راز و نیازش را چنـد لحظـه پیـش داده بـود.

چنـد جـوان، کـه سـر و صورتشـان را پوشـانده بودنـد، از دیوارهـای اطراف پاییـن پریـده و تـا بابایوسـف آمـده بـود بخـودش بجنبـد، او را روی زمیـن داغ دراز کـرده و بـا چـوب و چمـاق و لگـد، مشـت و مال خوبـی بـه او داده بودنـد:

ـ صدات در بیاد سرت را می‌بریم... خفه میمونی...

خـون جلوی چشمان بابایوسف را پوشـانده بود و به سختی می‌توانسـت چیـزی را ببینـد. بعـد بـا دسـتمالی چشمانش را بسـتند. دسـتهایش را هـم پشـت سـرش درحالی‌کـه هنـوز سـیبی را کـه نصفـش را خـورده بـود محکم گرفتـه بـود، بسـتند. بابایوسـف نفهمید کـه چه اتفاقـی افتاده. فقط می‌شـنید کـه الاغ و بـارش را هـی می‌کردنـد و می‌بردنـد و بعـد از چند دقیقـه‌ای، دیگر صدایـی از آنها شـنیده نشـد، فقـط سـکوت بـود. با هـر زحمتـی بـود، خودش را از زمیـن بلنـد کـرد و بـه دیـوار داغ تکیـه داد. دوبـاره یـاد خدایـش افتاد و بـه بـالا رو کـرد، جایی‌کـه خیـال می‌کـرد خـدا آنجاسـت و دارد همـه چیـز را می‌بینـد و مشـغول اختـلاط بـا خدا شـد:

ـ خـب، حالا کـه تقـاص سـیب را پـس دادم، پـس دسـتامو وا کـن کـه بقیشـو بخـورم...

بعـد هم شـروع بـه داد و بیـداد و طلـب کمک کرد. ولی این‌بـار از بنده‌های خـدا طلـب کمـک می‌کـرد، نه خـود خـدا. صدایـش به سـختی از تـه گلویش در می‌آمـد و انـگار صدایـش بـه بنده‌هـای خـدا هـم نمی‌رسـید. بنابرایـن، دوبـاره بـه فکـر ایـن افتاد که بـه خدا پنـاه ببرد و از خـدا یک‌بـار دیگر کمک بخواهـد، ولـی ترسـیده بـود. بابایوسـف، ایـن را هم می‌دانسـت که در تابسـتان داغـی مثـل آن روز و در صلـات ظهـر هیچ‌کـس از خانـه‌اش بیـرون نمی‌آمد، مگـر اینکـه کار مهمـی داشـته باشـد و یـا مثل او، رهگذر باشـد.

حـالا اشـک، چشـمهایش را پُـر کـرده بود و نمیدانسـت از چه کسـی کمک بخواهـد. می‌ترسـید کـه دوبـاره از خـدا تقاضـای کمـک کند. بنده‌های خدا هـم کـه به خانه‌هایشـان رفتـه بودند و صدایش را نمی‌شـنیدند. حـالا می‌دید

که از الاغ و طالبی و گرمکش خبری نیست. هنوز باور نمی‌کرد که در روز روشن و آن هم در صلات ظهر، چنین اتفاقی برایش افتاده باشد.

در همین فکر و خیال‌ها بود و سبک سنگین می‌کرد که چه باید کند که سر و صدای یکی دو نفر به گوشش رسید که داشتند به او نزدیک می‌شدند. سرش را به طرف صدا برگردانده و گوش‌هایش را تیز کرد. رهگذران، بالاخره به او رسیده و او را از جا بلند کرده و دستمال را از جلوی چشمش باز و دستهایش را، از بند رها کردند. تازه بابایوسف فهمید که چهارپادارانی بودند که برحسب اتفاق از آنجا رد می‌شدند و با دیدنش به کمکش آمده بودند. الاغ و بارش هم، حالا دور شده بودند. بعد هم نجات دهندگانش، سر و صدا راه انداخته و با داد و بیدادشان، برای او تقاضای کمک می‌کردند و درنهایت چند نفر از باغ‌های اطراف، برای کمکش بیرون آمده بودند. چهارپاداران هم که نگران الاغ و بار خود بودند، وقتی دیدند که برای بابایوسف کمک آمده، با عجله خودشان را به بار و الاغهایشان که دور می‌شدند، رساندند.

حالا مردم زیر شانه‌های بابایوسف را گرفته و به باعث و بانی آنهایی که چنین بلایی را سرش آورده‌اند، دشنام داده و ناسزا می‌گفتند. خلاصه چندنفر دیگر هم اضافه شد و به کمک آمد و او را به زیر سایه‌ی درختی برده و به مداوایش مشغول شدند و خون‌های روی صورتش را پاک کردند.

در همین احوال، صدای سلام و صلوات یکی از حاضران بلند شد و بقیه هم به او پیوستند. نگاه بابایوسف از گوشه‌ی چشمش که هنوز هم کمی خونی بود به ته کوچه افتاد و دید که سواری از دور به طرف آنها در حرکت است. سوار بالاخره با سلام و صلوات مردم رسید و از اسبش پایین آمد. بعد از ادای احترامش به پیرمردان حاضر، به طرف بابایوسف آمد و کنارش نشست. مردم هم معطل نکرده و اطراف سوار جمع شدند،

هـر کسـی هم بـرای خـودش نظری مـی‌داد و قصه‌ای می‌ساخت کـه ـ کلا چنیـن شـده و کلا چنان شـده...

بابایوسف فهمید که نام سـوار، کلاعباس اسـت. کلا، دسـت بابایوسف را گرفتـه و بـا مهربانـی خطـاب به او سخن آغاز کـرده بود:

ـ   پدر، انشاءالله کـه به خیر گذشته باشـه و حالت خـوب باشـه... اگر جاییـت نشکسـته؟ نگـران بقیـه‌اش نبـاش، همـه چیـز درست میشه...

هیچ‌چیـزی بـه ذهـن بابایوسـف نمی‌رسـید تا جوابـی بدهد. ماتـش برده بـود کـه مـردم چطـور اطـراف کلا می‌چرخند. انـگار خدا بـه آنها رسـیده بود. بالاخـره، یکـی کـوزه آبـی آورد و کلا مشـغول آب دادن بـه بابایوسف شـد. بابایوسـف نمی‌دانسـت چطـور آب را بخـورد. کلا، کـوزه را از بابایوسف گرفت:

ـ   پدر، زیادش هم خوب نیست... کمی صبر کن و بعد بخور...

کلا، کـوزه را دسـت نفـر دیگری داد و بابایوسـف را، مثـلِ پرِ کاه از جایش بلند کرد و روی اسـب خودش گذاشت:

ـ   پـدر نگـران نبـاش... هر جوری باشـه باعـث و بانیش و پیـدا می‌کنیم... حـالا بهتـره چنـد روزی مهمان ما باشـی تا حالـت بهتر بشـه... اگر هم خواسـتی آدم می‌فرسـتم بـه خانـوادت بگـن که سـلامت هسـتی...

بعـد بلافصلـه، یکـی افسـار اسـب کلا را گرفتـه و کلا و جمعیـت، به دنبال بابایوسف که روی اسـب سـوار بود، بـه راه افتادند.

بابایوسـف در راه مـردم را تماشـا می‌کـرد که می‌آمدنـد و به کـاروان آنها اضافـه می‌شـدند، البتـه کوچک و بـزرگ، ابتـدا ادای احتـرام بـه کلا را به‌جـا می‌آوردنـد. در طـول راه، جمعیـت مـدام بیشـتر می‌شـد تا اینکـه به آبادی شـورچه رسـیدند. در همیـن احـوال، مردعلـی کـه حـالا دیگر جـوان هم نبود و از سـی‌سالگی هـم گذشـته بـود، دوان دوان بـه آنهـا نزدیـک شـده و سـلام بلنـدی بـه کلا داد. بعـد هـم طبـق عـادت همیشـگی‌اش مـدام می‌خندیـد و سـاکـت می‌شـد و چوب‌دسـتی‌اش را هم در دسـت می‌چرخاند، رفت و افسار

اسب کلا را گرفت و با نگاه‌های خنده‌دارش به بابایوسف و کلا، صدایش در آمده بود:

- کلا کتکش زدی؟ بدی کرده بود که زدی خونین و مالینش کردی؟

دست کلا از جیبش خارج شده و یک مشتِ پر از نقل را به جیب مردعلی ریخت و مقداری پول هم در جیب او گذاشت:

- نقل‌ها مال خودته که بخوری ولی پوله را باید بدی به مادرت... گمش نکنیا...

- ارباب، حقا که اربابی بهت میاد... گور پدر هرچی آخوند گداست...

مردعلی، از بچگی عقلش پاره‌سنگ برمی‌داشت و حالا سنی هم از او گذشته بود. مردعلی از اول بچگی‌اش برای این و آن خبر و پیغام می‌برد. از کارش لذت هم می‌برد و اگر کمکی از او می‌خواستی، خوشحالش می‌کردی و سریع رفته و انجامش می‌داد. مردعلی، با مادر پیرش که برای امرار معاش خودش و پسرش، کلفتی دیگران را می‌کرد زندگی می‌کرد و هیچ کار دیگری هم نداشت. کارش فقط خبر بری بود و کمک در مسجد و حسینیه در ایام ماه محرم. هر وقت هم می‌خواستی مردعلی را پیدا کنی، همیشه در مسجد یا جلوی مسجد بود و ماه محرم هم که می‌رسید، باید در حسینیه پیدایش می‌کردی. در حالیکه مردعلی گرم شوخی و مزاحش بود، سر و کله‌ی کد خدا پیدا شد. خنده‌ی مردعلی و به دنبال خنده‌اش، صدایش دوباره بلند شد:

- کدخدا کچل، پیداش شد...

البته کدخدا خودش را به کوچه‌ی علی چپ زد و رو به کلا ادای احترام کرد. با رسیدن کدخدا، صدای کلاعباس بلند شد:

- کدخدا چو بنداز توی ده و بگو کسانی که این مرد غریبه را کتک زدن و بار و الاغش و بردند تا فردا ظهر وقت دارند پا بذارن جلو و از مهمان ما طلب بخشش کنند... اگر خودشان آمدند جلو که

تقاصشان با مهمان ماست... و گرنه، وقتی پیداشون کنیم سر و کارشان با ماست... خدا شاهده می‌بندمشون توی طویله و کاه میریزم جلوشون و به خوردشون میدم... بگو تو تمام دهات اطراف هم چو بیندازن...

بابایوسف هنوز در حیرت بود که این کلا دیگر کیست. هاج و ماج مانده بود که خان ده است یا سر امنیه؟ می‌دید که مردم مثل بت کلا را می‌پرستند. می‌دید که کوچک و بزرگ، زن و مرد، پیر و جوان همه با عجله از خانه‌هایشان بیرون می‌زدند که فقط به کلا سلام داده باشند و با او خوش و بش کنند و برایش شربت بیاورند. می‌دید که همه به او مثل خدا احترام می‌گذارند. بنابراین باید آدم با ایمان، خداشناس و خوبی باشد. جمعیت کاروان دیگر چنان زیاد شده بود که انگار بابایوسف، شاه داماد بود و داشتند دامادی را به خانه‌ی عروس می‌بردند. هنوز به عمارت کلا نرسیده بودند که، با بلند شدن صدا و خنده‌ی مردعلی، نگاه و حواس بابایوسف به ملامحمود پرت شد که از دور پیدا شده بود:

-     کلا، عزراییل پیدایش شد...

بعد جمعیت به ملامحمود رسید و بابایوسف دید که ملامحمود، چه احترامی به کلاعباس می‌گذارد و جلوی او چگونه خم و راست می‌شود. ملامحمود، وقتی کلاعباس را دید، مثل موش شده بود. از ملامحمود گذشته و بالاخره به عمارت بزرگی رسیدند و جلوی عمارتی که حالا درش باز شده بود و بیشتر از صد اسب و سوار جلویش جا می‌گرفتند، توقف کردند. کلا جلو آمده و بابایوسف را دوباره مثل پرِ کاه، از روی زین اسب کند و زمین گذاشت:

-     مشهدی بفرما توو... چند روزی مهمان ما باش... نگران هیچی نباش زیر سنگ هم رفته باشن پیداشون می‌کنیم و بار و الاغت

رو پس می‌گیریم... بفرمائید... آلونک درویشی است... درش به روی همه و همیشه بازه...

بابایوسف هنوز چند قدمی بر نداشته بود که، پیرزنی که حدود شصت سالی هم می‌توانست سن داشته باشد، هنوز پا از خانه‌اش بیرون نگذاشته بود که، با دیدن کلاعباس نصیحت وشوخی و مزاحش با کلا شروع شد. بابایوسف می‌شنید که او را «عمه سکینه» صدا می‌زدند و احترام خاصی هم برایش قایل بودند. کلا به او سلام بلندی داد. ولی در جواب سلام کلا، عمه سکینه به نصیحت کلا نشسته بود:

ـ   صد بار بهت گفتم کلا، این گدا گشنه‌ها رو دور بر خودت جمع نکن... یادت باشه که چند دفعه بهت گفتم... این مردم بی چشم و رو هستن... فردای روز اگر خدایی نکرده، برات اتفاقی بیفته و ندار و محتاج بشی، دیگه نگاه سگ هم بهت نمی‌کنن... تازه یه چیزی هم بهشون بدهکار میشی... اگر سرتم نریزند و کتکت نزنند و از ده هم بیرونت نکنند خدا رو باید شکر کنی... هر چی بهت میگم، هیچی به خرجت نمیره که نمیره... همین مردم، همین گدا گشنه‌ها که حالا به به و چه چه تو میگن اولین آدمایی میشن که پدرتو در بیارند و لگد مالت کنند و محل سگ هم که بهت نذارن هیچ، بدتر خوشحال هم میشن که بدبخت شدی... حالا از ما گفتن و از تو هم پشت گوش انداختن...

بعدش راهش را گرفت و رفت. منتظر هم نشد که جوابش را از کلا بگیرد ولی کلا به هرحال با شوخی و مزاح جواب عمه سکینه را با صدای بلند داد:

ـ   عمه، گوش می‌کنم ولی به خرجم نمیره...

کلا رو به بابایوسف گفت:

ـ   بفرمائید پدر... بفرمائید...

البتـه بـدون چاشنـی و اسـتقبال مردعلـی، ورود بابایوسـف بـه عمارت کلا هیـچ فایده‌ای نداشت:

- بفرمایید... گداها الان پیداشون میشه... کلا مهمون غریبه داره ...

بـا سـلام و صلـوات، بابایوسـف، کلا و همراهـان از در بـزرگ چوبـی وارد عمـارت شـدند. با ورود به داخل عمارت، چشمان بابایوسـف بـه باغچه بزرگی افتـاد کـه بـا انـواع درخـت میـوه پر شـده بـود. از سـیب و زردآلـو و آلبالـو بگیـر تـا آلـوزرد و گوجـه و هلـو و گیـلاس و شفتالو. خلاصه هر میـوه‌ای که می‌توانسـت بـه فکـر بابایوسـف بیایـد و خیـال می‌کرد در بهشت پیدا بشـود، در ایـن باغچـه بـود. بابایوسـف، بعضـی از ایـن میوه‌هـا را به خواب هـم ندیده بـود و اسمشـان را هـم نشـنیده بـود. درخت گـردوی تناوری هم در گوشـه‌ی باغچـه سـر بـه فلک کشـیده بـود و نصف باغچـه را زیر سـایه‌ی خـود گرفته بـود. دو جـوی آب هـم از دو طرف باغچـه روان بـود و در انتهـای باغچـه هم، عمـارت دوطبقـه‌ی بزرگـی بـود. مرد میانسـالی، جلو آمده و افسـار اسـب کلا را گرفـت و بـه طـرف چندین طویلـه که در طبقه همسـطح عمارت بـود، بُرد. چشـمان بابایوسـف به صدها گاو و گوسـاله که در قسـمت عقبی عمارت سـر گـرم خـورد و خـوراک بودنـد، افتـاد. حـالا حـواس او پـاک پرت شـده بود که کجاست:

- بفرمایید بالا، پدر.

صـدای کلا، کـه دوبـاره بابایوسـف را بـه داخـل عمارت دعـوت می‌کـرد، او را بـه خـودش آورد و او را بـا سـلام و صلـوات، از چندیـن پلـه‌ی پیـچ و خـم دار، بـالا بردنـد. سـرانجام وارد ایـوان بزرگـی شـدند کـه چندیـن درب بـه آن بـاز می‌شـد. بابایوسـف و همراهـان وارد اتـاق بزرگی شـدند. بابایوسف می‌دیـد کـه، کلا همیشـه پشـت سـر او بـود و هیچ‌وقت جلوی بابایوسف قدم برنمی‌داشـت. حـالا چشـمان بابایوسف، چهارطـاق بـاز مانده بـود. می‌دید که اتـاق، گنجایـش چهارصـد تـا پانصـد نفـر را داشـت بـا سـی تا چهل پنجـره‌ی

قدی. هنوز تمام اتاق را وارسی نکرده بود که نصف اتاق پر از مردان قد و نیم قد شده بود. کلا بابایوسف را برد و با سلام و صلوات نشاند؛ در کنار چندین پنجره‌ی بلند، که جلوی هر کدام ایوان کوچکی بود که دو تا سه نفر درونش، جا می‌شدند. بابایوسف از پنجره‌های زیادی که دور تا دور اتاق بودند و همه، نمای دشت سبز وسیع اطراف را نشان می‌دادند، به بیرون خیره شده بود و باز چشمش به کلا افتاد، که داشت وسط اتاق با مردم صحبت می‌کرد. تازه متوجه شلوار دبیت و گشاد کلا، که باید حداقل هشت تا ده متری پارچه برده باشد و پیراهن سفید و حریر بدون یقه‌اش شد. همان موقع، زمزمه‌ی آمدن دکتر بلند شد. مردی کوتاه‌قد با کیف نسبتاً چاقی، وارد شد. آقای دکتر را برده و کنار بابایوسف نشاندند و او مشغول مداوا شد.

سپس حاجی نصیر، با سلام و صلوات وارد شد. با ورود او، عده‌ای هم جلوی پای او بلند شدند و کلا کنار خودش، برای او جا باز کرد و حاجی نصیر، بین کدخدا و کلا نشست. هنوز حاجی نصیر ننشسته بود که دو تا چای جلویش گذاشتند و البته بعدش هم قلیان تازه‌چاق آوردند.

حالا تمام هوش و حواس بابایوسف، از بین دست‌های آقای دکتر که مشغول مداوای زخم‌های او بود به کلا که به کنار منقل نشسته و با دوستانش سر گرم بذله گویی و خوش و بش بود، متمرکز شد. البته در اصل، آقای دکتر هیچگونه مدرک تحصیلی نداشت و می‌گفتند فقط مدتی در شهر زیردست دکتری کار کرده بود و چیزهای اولیه، مثل و پانسمان را یاد گرفته بود و چندتا داروی گیاهی هم داشت و از همین طریق هم به مقام و منزلت دکتری نائل شده. مهم نبود به خاطر چه دردی پیش او می‌رفتی، تجویز آقای دکتر، فقط یک داروی گیاهی ضد درد بود و فقط مقدار و زمان خوردن آنها تفاوت داشت تا آبروی خود را هم حفظ کرده باشد. کار درمان بابایوسف تمام شد و پارچه‌ی سبزی

را نیـز دور سـرش پیچیدنـد. کلا از جایـش بلنـد شـده و کنـار خـودش بـرای بابایوسـف، جـا بـاز کرد:

- پـدر، بیـا اینجـا کنـار مـا بنشـین... شـما مهمـان هسـتید و مهمان همیشـه حبیـب خداسـت و روی چشـم مـا جـا دارد و صاحب خانـه اسـت...

البتـه هـر وقـت کلا از جایـش بلنـد می‌شـد، همـه بـه احتـرام او و از جایشـان بلنـد می‌شـدند و صـدای سـلام و صلـوات، داخـل اتـاق می‌پیچید و بـا نشسـتن کلا، بقیـه هـم نشسـتند. بابایوسف هنـوز کنـار کلا، کنـار منقل گـرم ننشسـته بـود کـه کلا، چـای داغـی جلوی او گذاشـت و قنـدان بلورین پر از قنـد شـاهزند هـم کنارش قرار داد. بابایوسـف، هنـوز لب به چایـی نزده بود کـه قلیـان تـازه چاق شـده‌ای را هـم جلویـش گذاشـتند و کلا باز بـا فروتنی، صدایـش بلند شـد:

- پـدر اینجا کلبه‌ی درویشـی اسـت و مثـل خانه‌ی خودتـه... راحت باش ... اگـر جـا بـرای مـا باشـه بایـد جا برای شـما هم باشـه.. خـون زیادی بایـد ازت رفته باشـه... باید چند روزی اسـتراحت کنی تا سـالم بشـی و توانـت برگـرده... هـر چنـد روزی که دلت خواسـت و هـوای خانوادت رو نکـردی، قدمـت مبارک...

بابایوسـف کـه تـا این لحظـه، کلامی به زبـان نیاورده بود. چایـی را زمین گذاشـته و دسـتش را دراز کرده و دسـت کلا را گرفت تا ببوسـد:

- اربـاب، انشااله خدا همیشـه بیشتر بهت بده که دل دریا داری...

کلا، فـوری دسـت دیگـرش را درازکـرد و دو دسـتی دسـت بابایوسف را گرفـت و اجـازه‌ی بوسـیدنِ دسـتش را بـه او کـه نـداده بـود هیـچ، اینبـار او قصد بوسـیدن دسـت بابایوسـف را داشـت، کـه البته بابایوسف فوری دسـتش را کنـار کشـیده بود.

- پدر؛ اربـاب خداسـت... و من بنده و خدمتکار خدا هسـتم...

در همیـن احـوال داد مـرد میانسـالی از تهِ اتاق که حـالا گوش تا گوش پرشـده بود، بلند شد:

- خودتون و جمع کنید می‌خواهیم سفره را بیندازیم...

مردعلـی در حالی کـه به پیرمـرد کمـک می‌کـرد، هـر چـه او می‌گفت مردعلـی هـم تکـرار می‌کـرد و البتـه، خنده‌اش هم پشـت سـرش بـود. مردم خودشـان را جـم و جـور کردنـد تـا سـفره را بیاندازنـد. چند نفر مشغول پهن کردن سـفره‌ها شـدند.

- پدر، چایی تو بخور که اشتهات باز بشه...باید گرسنه باشی...

طولـی نکشـید کـه دور تا دور اتاق، سـفره‌ها پهن شـدند. ماسـت، سـبزی، ترشـی، پیـاز و دو سـه نـوع غـذای مختلـف خـورش و پلـو، سـفره‌ها را تزئین کـرده بـود. در همیـن احـوال، کدخـدا رو به بابایوسـف کرد و به پـرس و جو از بابایوسـف صدایش بلند شـد:

- خب غریبه، بگو به سر شما چه آمده است؟...

کلا بلافاصلـه، کلام کدخـدا را بریـد و قبـل از اینکـه بابایوسف زبان بـاز کنـد، گفت:

- کدخـدا، بـذار مهمـان مـا اول لقمـه‌ای بـردارد و قوتـی بگیـرن... برای گفتـن مصیبـت مهمان وقت زیاد اسـت ... گفتـار غیـر انسـانی و اخلاقـی، وقتـی نعمـت خدا پهن اسـت جایـز نیسـت... پـدر بفرمایید... حاجی... کدخدا...معطل چی هسـتید؟ شـما که دیگر مهمان نیسـتید... بفرمایید..

و بـا کلام کلا، خـورد و خـوراک شـروع شـده و دسـتها در کاسـه‌ها و بشـقاب‌ها می‌چرخیدنـد و لقمه‌ها بسـته می‌شـد و داخـل دهان‌هـا گذاشـته می‌شـدند. جماعـت کـه انـگار عروسـی رفتـه بودنـد، به خـوردن و بذله گویی مشـغول شـده و روغـن، لب و لوچه‌شـان را پوشـانده و چیزی هـم نمانده بود کـه روغـن روی زمیـن بچکـد.

در همیـن احـوال، صـدای رقـص و پایکوبـی حسینعلی‌خان از بیـرون بـه گـوش بابایوسف کـه کنار پنجره مشـرف بـه جـاده‌ی جلـوی عمـارت نشسـته بـود، خـورد. بابایوسف برگشـت و دیـد کـه طبـق معمـول همیشـگی، حسینعلی‌خان جلـوی عمـارت کلا داشت بـا بچه‌ها بـازی و شـوخی و مزاح می‌کـرد. حسینعلی‌خان، همیشـه شلـوار منـدرس و کهنـه‌ای را کـه کمـی هـم از سـاق پاهایـش بالاتـر بودنـد، می‌پوشـید. همیشـه کیسـه‌ی کوچکی روی شـانه‌اش حمـل می‌کـرد، تـا هـر چـه مـردم بـه او می‌دادنـد همـه را داخـل همـان کیسـه بریـزد. گیوه‌ی مندرسی هـم پایش بـود کـه هیچ‌وقت، پاشـنه‌هایش را بـالا نمی‌کشـید. علتـش ایـن بود کـه گاهی گیوه‌هایـش را به طـرف بچه‌هـای تخـس و پـررو، پـرت می‌کـرد، کـه البتـه آن هم قسـمتی از حقه‌هـای نمایشـی او بـود کـه همـه و به‌خصوص بچه‌هـا را بـه بـازی بگیـرد و آنهـا را بخندانـد. یـک کلاه نمـدی بـر سـر داشـت و هیچ‌وقت هـم جـوراب نمی‌پوشـید.

ده سـالی می‌شـد که حسـینعلی‌خان پیداش شـده بود و فوری هم درتمام روسـتاهای اطـراف و دور افتـاده، زبانـزد عـام و خاص بود و هر چنـد ماه یکبار پیـداش می‌شـد و گاهـی هم مـدت زیادی از او خبری نمی‌شـد و مـردم بدون اسـتثنا او را دوسـت داشـتند و از بودنش خوشـحال می‌شـدند. حسینعلی‌خان در اصـل، گـدای دوره‌گـردی بود ولـی به هر دلیلـی، مردم به او بـه عنوان گدا نـگاه نمی‌کردنـد و او را مثـل رفیـق و شـفیق خـود می‌دانسـتند. او تنها گدایی بـود کـه سـر سـفره‌ی همه، بـا فامیل‌هایشـان نشسـته و نـان و نمـک خـورده بـود. از صـدای خوشـی هـم بـر خـوردار بود و شـعرهایی کـه می‌خوانـد، همه عرفانـی و بـا ریتـم رقص‌هـای بسـیار دلنشـین بودنـد و گاهی هـم از خودش شـعر می‌سـرود و می‌خواند. هوش و حواس بابایوسـف، دنبال حسـینعلی‌خان بـود و غذاخـوردن ازیـادش رفتـه بـود تـا اینکـه، بلند شـدن صـدای کلا، او را بـاز به خـودش آورد:

ـ   مـرد خـدا کـه میگـن، همین اسـت و بـس... اصلا بـه مال و منـال دنیا چشـمی نـداره و پشـیزی بـرای مـال دنیا ارزش قائل نیسـت... هر چی هـم داره بـا دیگـران می‌خوره... جـاش وسـط بهشـته... ای کاش یـک روزی مـن می‌تونسـتم مثـل خـان باشـم و بچه‌هـا را بخندانـم و مثـل خـان، خوشحال‌شـون کنـم و مثل خان، پشـیزی برای ایـن دنیا و مال دنیـا ارزشـی قائل نباشـم...

بابایوسـف دید کـه با چه حسـرتی کلا، بـه حسـینعلی‌خان نـگاه می‌کند. حـالا بابایوسـف در فکـر ایـن بود کـه، ای کاش حسـینعلی‌خان بـالا می‌آمد و کنـار آنهـا، لقمـه‌ای می‌خـورد. در همیـن فکـر، دوبـاره به خان چشـم دوخت کـه دو بـاره صدای کلا، بابایوسـف را حیـرت زده کرد:

ـ   پـدر، نگـران نبـاش... خـان اینجا رو مثـل خانـه خـودش می‌دونـه و حتمـاً میـاد بـالا. بـه خـودت بـرس...

همیـن هـم شـد و خـان بعـد از شـوخی و مزاحـش بـا بچه‌هـا، رقصـان و خنـدان آمـد و بـه تعـارف کلا هـم توجهی نکرد و جلـوی در کنار چند گدای دوره‌گـرد که مشـغول خـوردن بودند، چمباتمـه زد. خوب می‌توانسـتی ببینی کـه، گداهـای دیگـر از خـان زیاد خوششـان نمی‌آمد. مسـلم بود که دشـمنی و حسـودی آنهـا بـه خـان، به‌خاطـر توجـه و احترامـی بـود که مـردم به خان داشـتند. بنابرایـن بـا وارد شـدن خـان، اخم همه در هـم رفتـه بـود. با ورودش صدای کلا باز بلند شد:

ـ   نگفتـم اینجـا مثـل خانـه‌ی خـودش میمونـه و خـودش میـاد بـالا... همیشـه هـم همـان جلـوی در می‌نشـینه و اگـرم بکشـیش از آنجـا جلوتـر نمی‌اد...

بابایوسـف نمی‌دانسـت کـه حسـینعلی‌خان بـا کلا خیلی جور و نـدار بود و هـر وقت در دِه شـورچه پیدایـش می‌شـد و به شـب می‌خورد تنها جایی که می‌خوابیـد خانـه‌ی کلا بود.

اواخـر غـذا بـود و کم‌کم داشـتند سـفره‌ها را جمـع می‌کردنـد. بابایوسف، هنـوز از فکـر و خیـال خـان فـارغ نشـده بـود کـه صدایـی شـنید. بـرای کلا مهمـان ناخوانـده آمده، سروصدا بلند شـده و یکباره همهمـه‌ای بین جمعیت افتـاد و همـه بـه جـز یکـی دو نفر، مثـل کدخـدا و حاجـی نصیـر، مجلس را تـرک کردنـد. بابایوسف میدیـد کـه دِر خانـه‌ی کلا بـه روی همـه بـاز اسـت. می‌دیـد کـه تقریبـا همـه‌ی مـردم ده، از فقیـر و غنـی، کـر و لال، همـه و همه بـا هـم سـر یـک سـفره می‌نشـستند. بنابرایـن، هـر چه فکر می‌کـرد، عقلش بـه جایـی قـد نمی‌داد کـه ایـن مهمانـان ناخوانـده، چه کسـانی می‌توانسـتند باشـند. چند دقیقه‌ای نگذشـته بود کـه چشـمان بابایوسف از پنجره‌ی مجاور جلـوی عمـارت، بـه چنـد امنیـه، کـه سـوار بـر اسب‌هایشـان جلـوی عمارت کلا سـبز شـده و یکی‌یکی از اسب‌هایشـان پاییـن آمـده و دنبـال هـم، وارد عمـارت کلا شـدند، افتـاد. ولـی کلا، همینطـور نشسـته و از جایـش تکان هم نخـورده بـود. در زمان‌هـای قدیـم، امنیه‌هـا در روسـتا ارج و قـرب زیـادی داشـتند و تقریبـا حکـم خـدا را. و وقتـی در دهـی پیدایشـان می‌شـد، بچه‌ها حاضـر بودنـد هـر سـوراخی پیدا کننـد و قایم شـوند. برخورد بـا امنیه‌ها برای بچه‌هـا، حتـی بدتـر از برخـورد آنها بـا معلمان‌شـان بـود. بچه‌های روسـتایی در زمان‌هـای قدیـم، از معلمان‌شـان هـم خیلی حسـاب می‌بردنـد و هر کاری می‌کردنـد کـه جلـوی آنها ظاهر نشـوند و اگر هـم مجبور بودند، سـلام بلندی هـم بـه آنهـا می‌دادنـد. البتـه، ایـن فقـط بچه‌هـا نبودنـد کـه از طرف شـدن و برخـورد بـا امنیه‌هـا طفـره می‌رفتنـد. حتـی بزرگترها هم از سـبز شـدن سـر راه امنیه‌هـا خـودداری می‌کردنـد. از طرفـی حق هم داشـتند. قیافـه امنیه‌ها، همینطـوری بـا آن سـبیل‌های ضمخـت و قیافه‌هـای نخراشـیده و نتراشـیده، وحشـتناک بـود. لبـاس امنیه‌چـی و کـلاه و تفنگ‌شـان هم که اضافه می‌شـد، بـه آنها ابهت بیشـتری می‌داد.

امنیه‌هـا یـک بـه یـک از پله‌هـا بالا آمده و وارد اتاق شـدند. حاجی نصیر

و کدخدا، به پای آنها بلند شدند و با ورود سَر امنیه، سرکار تیمورخان، کلا از جایش بلند شد. معلوم بود سرکار تیمورخان و کلا دوستانی صمیمی هستند. امنیه‌ها نشستند. بابایوسف می‌دید که کلا به فقرا، پیران و زیر دستان بیشتر احترام می‌گذارد تا آدم‌های صاحبِ نام و منصب. بابایوسف زیاد از امنیه‌ها خوشش نمی‌آمد. بابایوسف حالا ایستاده و منتظر فرصت مناسبی بود تا اتاق را ترک کند. تا اینکه، بالاخره کلا متوجه او شد:

- پدر، نکنه از قیافه‌ی مهمان‌های ما خوشت نیامده؟ کجا داری میری؟ هنوز اسمت را هم به ما نگفتی؟...

تیمورخان مهلت نداد که بابایوسف لب باز کند و رو به او کرده و با مزاح، خطاب به او صدایش بلند شد:

- حتما از قانون می‌ترسه و می‌خواد قایم بشه؟ پدر سر و صورتت رو کی لت و پار کرده؟...

- سرکار هیچی نشده، خوردم زمین...

بعد رو به کلا گفت:

- غلام شما یوسف، ولی بابایوسف صدام می‌کنن...

کلا چرخشی به سبیل‌هایش داده و دستش را پشت او گذاشت:

بابایوسف، ما خودمون غلام خدا هستیم و شما مهمان ما و سرور ما. حالا اگر از ریخت و قیافه‌ی رفقای ما خوشت نمیاد، احمد آقا می‌بردت تو اتاق سَردری. جات پهنه. خوش بخواب تا مال و منالت را برات پس بگیریم که از ده شورچه ، خاطره‌ی بدی با خودت نبری...

بعد هم کلا، رو به تیمورخان کرد:

- بابایوسف، کاسبه. طالبی و گرمک می‌فروشه. چند تا جوان نادون ریختن سرش و زدنش و مالش رو بردن...

تیمورخان با خنده:

- تو ده شما کلا؟ به حق چیزهای نشنیده!...

بابایوسف، وسط حرف‌شان پرید:

- سـرکار، آدمـی کـه کفـن نداشـته باشـه دیگه مـردن و زنـده بودنش چه فرقـی داره؟ آخـه مـال و منـال مـا کـه، بـودن و نبودنش فرقـی به حال مـا نمی‌کـرد. فدای سـر همیـن اربابمـون...

بعـد هـم بابایوسـف بـه کلا احترامی گذاشـته و خوشـحال از اینکه مجلس را تـرک می‌کـرد، دنبـال احمدآقـا راه افتاد و بیـرون رفت.

احمدآقـا، پنجره‌هـای اتـاق سَـردری را بـاز کـرد تـا اتـاق خنک شـود و از اتـاق بیـرون رفت و در را پشـت سـر خودش بسـت. چشـمان بابایوسـف، مات و مبهـوت از زرق و بـرق قالی‌هـای نـخ فرنـگ و ابریشـمی روی هم پهن شـده و رختخواب‌هـای مخملـی و رنگارنـگ روی هـم چیـده شـده، چیـزی نمانـده بـود از تعجـب کـور شـود. تـا جایی که بابایوسـف اول دلـش نمی‌آمـد لحاف را روی خـودش بکشـد. در عمرش هیچ‌وقـت، چنیـن رختخواب‌هایـی را ندیـده بـود. بعـد هـم نگاهـش افتـاد بـه داخـل عمـارت، دو نفر کنـار دیوار، داشـتند سـر بـره‌ی معصومـی را می‌بریدنـد تـا سـور و سـات و کبـاب امنیه‌هـا را آمـاده کننـد. زیـر لـب زمزمه‌ی بابایوسـف کـه فقط به گـوش خودش هم می‌رسـید، بلند شـد:

- کوفت بخوریـد...

بعـدش دل شـور افتـاد و نگاهـش برگشـت به طرف اتاقی کـه امنیه‌هـا در آن نشسـته بودنـد و میخواسـت مطمئن شـود کـه امنیه‌ها حرفش را نشـنیده باشند.

مدتـی از شـب گذشـته بـود. بابایوسف هنـوز بـا متکا و لحـاف نـو دسـت و پنجـه نـرم می‌کـرد. مسلـم بـود کـه به لحـاف نو با پارچـه دبیت و مخملـی عـادت نداشـت و نمی‌توانسـت بخوابد. خصوصاً متکایی کـه به‌خاطر نـو بودنـش تـا چرتـش می‌بـرد سـرت از روی آن لیـز می‌خـورد و چرتـت را

می‌شکسـت. البتـه سـر و صـدای امنیه‌هـا هـم، بی‌دخالـت نبود. خنده و سـر و صدایشـان تـا چهـارده آبـادی آن‌طرف‌تر هم می‌رسـید. حالا داشـتند کباب بـره را می‌خوردنـد و مشـروب را هـم کـه نـوش جـان کـرده بودنـد و مسـت مسـت بودنـد و یکـی از آنهـا زیـر آواز هـم زده و بـوی تریاکشـان نیـز تا هفت پارچـه آبـادی آن طرف‌تـر می‌رسـید. خلاصـه بابایوسـف کـه سـرش هنوز هم درد می‌کـرد، می‌دانسـت کـه بایـد یـک جـوری خـودش را خـواب می‌کرد کـه سـردردش بهتر شـود.

فصل ۴

وقتی خوبی کردن به دیگران، معنی پیدا می‌کند.

هنوز پلک‌های بابایوسف گرم نشده بود که جمال، پسر کلا را بالای سر خودش دید:

- بابایوسف، بابام معطل شماست. باهاتون کار داره؟...

بابایوسف، که هنوز سردردش تمام نشده بود بلند شد و به جمال، پسر دوازده-سیزده ساله‌ی کلا، که مثل خود کلا، شیک‌پوش بود و قد و قامت بلندی هم داشت، نگاه انداخت. جمال سلامی به بابایوسف داد و بیرون رفت و منتظر بابایوسف شد. بابایوسف بلند شد، کتش را پوشید و از اتاق بیرون زد. هوا روشن روشن شده بود. بعد از گذشتن از چند ایوان بزرگ و کوچک و چندین اتاق، بالاخره به اتاقی که کلا در آن، منتظرشان بود رسید و وارد شدند. بابایوسف می‌دید که کلا، بالای اتاق چهارزانو روی تشکی نشسته و به رختخواب بزرگی تکیه داده بود. سمت راستش هم پیرزنی نشسته و چادرش را محکم گرفته بود. با ورود بابایوسف، همه از جایشان بلند شدند و بابایوسف را با سلام و صلوات برده و کنار کلا نشاندند. بعد از سلام و جوابش، صدای ملایم و مهربانِ کلا بلند شد:

- بفرمایید... بنشینید... بابایوسف بفرمایید اینجا کنار ما...

کلا فوری چایی خودش را که هنوز داغ بود جلوی بابایوسف گذاشت و یک چای دیگر هم جلوی بی‌بی معصومه گذاشت:

- بی‌بی معصومه چاییتو بخور ... نگران نباش... جوانه و جاهل و دیوانگی کرده...

بابایوسف تازه نگاهش به جوان شانزده‌هفده ساله‌ای که کنار در ورودی نشسته و سرش را پایین انداخته بود تا چشمش به چشم کسی نیافتد، افتاد. بابایوسف شستتش خبردار شد که او باید یکی از آن جوان‌هایی باشد که کتکش زده بودند. صدای کلا بلند شد:

- بابایوسف، انشاالله که خوب خوابیده باشی و سردردت خوب شده باشه...

- نمک پرورده هستیم، خان...

کلا که دلش نمی‌خواست مردم با تعارف و تمجید از او یاد کنند، رو به بابایوسف کرد و در حالی که دوباره چرخی به سبیل‌های پر پشتش می‌داد گفت:

- بابایوسف، ما که با هم شوخی نداشتیم...

بابایوسف دستپاچه شد و دست و پایش را گم کرد، نمی‌دانست که کلا بنای شوخی با او گذاشته و یا واقعاً از او عصبانی بود. حالا درب‌به‌در دنبال چیزی می‌گشت که جواب کلا را بدهد ولی چیزی به فکرش نمی‌رسید. کلا که می‌دید بابایوسف دستپاچه شده و دست و پایش را هم گم کرده بود، لبخند روی صورتش پیدا شده و به کمک بابایوسف آمد:

- بابایوسف آنچه مسلم است من از این حرف‌های قلمبه سلمبه و تعارفی، زیاد دل خوشی. من هر کاری بکنم برای رضای خداست و نه بنده‌های خدا. به هرحال بابایوسف، بی بی معصومه صبح به این زودی آمده اینجا که شما رو ببینه. آن جوانک نادون که سرش را انداخته پایین، یکی از آن نادان‌هاست که به شما حمله کردند و مال و منال شما را بردند. بی بی معصومه وقتی پسرش ابولی چند تا طالبی و گرمک می‌بره خانه و بعدش چو میافته که بر سر شما چه آمده. به ابولی شک می‌کنه و بالاخره، ابولی نادون اینبار را دانایی میکنه و حقیقت و به مادرش بی‌بی معصومه

می‌گه. بی‌بی معصومه هم صبح زود آوردتش اینجا که از شما طلب بخشش کنه. من به بی بی معصومه گفتم ضرر مال شما با من ولی رضایت اذیت و آزاری که به شما رسیده با شماست. شما باید ببخشی نه من، حالا هم ریش و قیچی دست شماست...

بی‌بی معصومه که اشک در چشمانش حلقه زده بود، در حرف کلا پرید و خطاب به بابایوسف با زبان التماس صدایش بلند شد:

- عمو، شما به بزرگی‌تون ببخشید. جوونه و نادونی کرده. گول دوست‌های ناباب رو خورده. بخشش با بزرگ‌ترهاس. آخه اون تنها نان‌آور خانواده است. هر چه باشه عمر شما باشه، باباش تو جوانی سل گرفت و عمرش داد به شما و مرد...

کلا، نوبت را از بی‌بی معصومه پس گرفت و دوتا اسکناس یک تومانی جلوی بابایوسف گذاشت:

بی بی معصومه - درست میگه بابایوسف. چه میشه کرد، جوونه و جاهل و نادونه و نادونی کرده. بابایوسف این هم غرامت بارت. اگر هم بیشتر می‌خواهی بگو. رضایت کتک زدنت هم دست خودته...

بابایوسف پنج تومانی را برداشت و جلوی کلا گذاشته بود:

- ارباب، ببخشید، رفیق، قابلی نداره مال دنیاست میاد و میره. درس انسانیتی که من از شما گرفتم بیشتر از همه‌ی مال دنیا ارزش داره...

- نه بابایوسف این هم دو تومان دیگه که از سر تقصیر این جوان نادون هم بگذری و بی بی معصومه را امروز خوشحال کنی. الاغت هم اگر پیدا نشد، غرامتش با من...

بابایوسف، فقط دو تومان را برداشت:

- همین ما را راضی میکنه و از سر تقصیر ابولی هم، به‌خاطر بزرگواری شما می‌گذریم...

کلا دو تومانی را از دست بابایوسف گرفت و همراه دوتومان دیگر، همه‌ی چهار تومان را در جیب کت بابایوسف گذاشت:

- حالا ما را هم خوشحال کردی. الاغت هم پیدا می‌شه، اگر پیدا نشد، چند تا الاغ توی طویله بسته است، هر کدام را خواستی انتخاب کن...

از برق خوشحالی چهره‌ی بی‌بی معصومه، انگار تمام اتاق روشن شده بود. بی‌بی معصومه رو به پسرش کرد:

- برو دست کلا و عمو رو که از سر تقصیرت گذشتن، ببوس...
هنوز ابولی از جایش بلند نشده بود که کلا، فوری خطاب به بی‌بی معصومه صدایش بلند شد:

- بی‌بی معصومه گناهش بخشیده شده و نیازی به دست بوسی نیست، در ثانی ابول میدونه که مرد هیچوقت دست کسی را نمیبوسه. مگر اینکه مرد خدا یا پیرمرد و بزرگتر باشه. برو ابول، از راه راست نان بخور جوان. مرد کسی است که به ضعفا، خدمت کنه نه خیانت و آزار. به فقرا بذل و بخشش کنه، نه ازشون بدزده. اگر مردی برو جلوی زورگوهارو بگیر و مال و منال بادآوردهی ثروتمندار و تاراج کن و به فقرا ببخش. برو و از این نادونیت درس عبرت بگیر...

بعد بی بی معصومه، دست پسرش را گرفته و دعاگویان رفت. کلا، صدای رفقای امنیه‌اش را که حالا چند نفری از آنها هم از خواب بیدار شده بودند را شنید، بلند شد و پیش آنها رفت.

طلوع صبح روز بعد، بابایوسف با آواز خروس‌ها از خواب بیدار شد و به ایوان رفت تا وضو بگیرد و نماز صبح را به‌جا بیاورد. هنوز آبی به صورتش نزده بود که نگاهش به الاغش افتاد که بیرون و جلوی عمارت کلا، کنار

نهـر آب بـه درخـت بسـته شـده بود. مقـداری از بـار طالبی‌هـا و گرمک‌ها هم هنـوز، بـار الاغـش بـود. بابایوسـف می‌دانسـت کـه شـب هنـگام دزدان الاغش را آورده و بـه درخـت بسـته و راهشـان را گرفتـه و رفتـه بودند. بابایوسـف بـا دیـدن الاغـش یـادش رفـت بـه ایـوان آمـده تـا وضـو بگیـرد. همین‌طور بـه الاغـش خیـره شـد و بـه فکـر رفـت، کـه صـدای سـلام کلا، بابایوسـف را بـه خودش آورد:

-      صبـح بخیـر بابایوسـف، نمـازت قضـا نشـه. گفتـم نگـران نبـاش هر که بردتش چشـمش کـور می‌شـه و بـا دسـت خـودش بـرش می‌گردونـه...

بابایوسـف بـه طرف صدای کلا برگشـت و دیـد که کلا در ایوان مشـرف به او نشسـته و درحال وضو گرفتن بود. او هم مشـغول شسـتن دسـت و صورتش شـد. کلا بلند شـد، به اتاق دیگری رفت و ناپدید شـد. بابایوسـف هم ایسـتاده بـود و بـه الاغـش خیـره مانـده بـود و در این شـک بـود که آیـا بیدار است یا دارد خـواب می‌بیند.

روبـه‌روی خانـه‌ی کلاعبـاس، خانـه و اتاقـی بـود کـه آسـیه، مدت‌ها پیش، در آن زندگـی می‌کـرد. حـالا خانـه‌ی آسـیه، بـه خراب‌هـای تبدیل شـده بـود. پنجـره‌ای کـه آسـیه همیشـه از داخـل آن، بـه کلاعبـاس در زمان جوانی‌اش نـگاه می‌کـرد، دیگـر وجـود نداشـت و فقـط سـوراخی در دیـوار دیـده می‌شـد. کلاعبـاس، اتـاق روبـه‌روی خانـه‌ی آسـیه را تعمیـر کـرده و برایـش در و پنجره‌هـای جدیـد گذاشـته بـود و از تمام مهمان‌هایـش در آنجا پذیرایـی می‌کـرد. البتـه، باغچـه و بـاغ بزرگـی هـم به عمـارت اضافـه کرده و درخت‌کاری زیـادی کـرده بـود. عمـارت را نیـز سـفیدکاری و نـو کـرده بود.

امنیه‌هـا هـم، بعـد از چنـد روز بخور و بپـاش راهشـان را گرفتـه و رفتند. کلا هـم بـا زور بابایوسـف را چنـد روزی دیگـر نگـه داشـت تـا سـر و صورتش بهتـر شـود. یـک روز صبـح زود، کـه خروس‌هـا هـم هنـوز خـواب بودنـد، بابایوسـف کـه دیگـر خجالت می‌کشـید تا بیشـتر خانـه‌ی کلا بماند، از جایش

بلند شده و با احتیاط پایین رفته، در طویله را باز کرد تا الاغش را بردارد و راهش را بگیرد و به ده خودش برگردد. چشمان بابایوسف، چند الاغ و چهار اسب را که در طویله بسته شده بودند، تماشا می‌کرد. همان‌طور که افسار الاغش را گرفته بود و هنوز پایش را از در طویله بیرون نگذاشته بود، دوباره صدای کلا او را سر جایش میخکوب کرد:

–   بابایوسف، نکنه تو هم فیلت یاد هندستون کرده و خیال داری راهزن بشی. آخه صبح به این زودی خیال کجا را داری؟ از کی بدی دیدی؟ از ما؟...

برای چند لحظه، بابایوسف به جای جواب دادن به کلا، در این فکر رفت که نکند کلا آدم نباشد و از ما بهترون باشد. آخر هر طرفی که بابایوسف سرش را برمی‌گرداند، کلا حاضر بود. شب و روز هم نمی‌شناخت. انگار که هیچ‌وقت نمی‌خوابید و همیشه بیدار بود. از بقچه‌ی حمامی که دست آقا جمال، پسر کلا بود، بابایوسف فهمید که او و پسرش باید عازم حمام باشند. در این چند روزه، بابایوسف فقط جمال و یکبار دخترش فاطمه را دیده بود. البته، یکبار که در ایوان ایستاده بود و به دشت روبه‌روی عمارت و به رودخانه‌ای که از باغچه عمارت رد می‌شد، نگاه می‌کرد؛ چشمش به قسمت آخر عمارت خورد. دید که خاله زینب، زن کلا، وارد عمارت شده و با چادر گلگلی همراه فاطمه دخترش، عازم حمام هستند. دو زن دیگر هم که معلوم بود برای خاله کار می‌کردند، همراهش بودند. تا خاله زینب پایش را از عمارت بیرون گذاشت هر که سر راهش بود فوری به خاله زینب نزدیک می‌شد و می‌خواست بقچه حمام خاله زینب را حمل کند ولی خاله، همچون کلا، با فروتنی بقچه‌اش را نمی‌داد و خودش آن را حمل می‌کرد. بعد آن‌ها پشت دیوار عمارت گم شدند ولی بابایوسف دختر کلا را که می‌شلید، هنوز در ذهنش داشت و برای سلامتی او دعا می‌کرد و این صدای کلا بود که دوباره او را از فکر و

خیالش بیـرون آورد:

- آخـه چطـوری می‌تونی بعـد از ایـن همـه مصیبـت، آنها را بـا خودت ببـری؟ باید بـری حمـام و مصیبت‌هـای ده شـورچه رو از خـودت بشـوری و بعـد هـم اگـر خواسـتی بیشـتر بمانـی. قدمـت روی چشـم مـا. اگر هـم از مـا خسـته شـدی و می‌خواهی بـروی که مـی‌روی. بیا بابایوسـف... آب حمـام و امـروز عـوض کـردن و آبـش پاک پاکـه...

هـوا هنـوز تاریـک بـود و به‌سـختی می‌توانسـتی جلـوی خـودت را ببینی. بابایوسـف همـراه کلا، در کوچه‌هـای ده شـورچه عـازم حمـام بود. بابایوسف بـاز میدیـد حتـی در تاریکی هم مـردم چطـور از در و دیوار ظاهر می‌شـوند و چطـوری بـرای سـلام و علیک کـردن با او سـر و دسـت می‌شـکنند و چطوری وقتـی کلا وارد حمـام شـد. سـلام و صلـوات تمـام فضـای حمام را بـرای چند دقیقـه‌ای گرفتـه بـود. تماشـا می‌کـرد کـه چطـور مثـل گُل از کلا و پسـرش پذیرایـی مـی کردند و آب نبات و شـربت بـرای کلا و پسـرش می‌آوردند و هر بـار کـه کلا می‌خواسـت وارد خزینـه‌ی آب داغ حمـام بشـود، بانـگ صلوات و دعـا و ثنـای اللّه‌اکبـر فضـای حمـام را می‌پوشـاند. البته بابایوسف هـم، چون مهمـان کلا بـود آنچنـان ازش پذیرایـی می‌شـد کـه در عمرش به خـواب هم ندیـده بود.

چنـد سـاعت بعـد کـه بابایوسـف بالاخـره عـازم ده خودش بـود، باز هم داشـت بـا کلا در کوچه‌هـای شـورچه جلـو می‌رفت. کلا افسـار کـره اسـب سـفیدی را در دسـت داشـت کـه چهار پایـش تـا سـاق‌هایش سـیاه بودند. بابایوسـف هـم، افسـار الاغـش را در دسـت داشـت و بـه طرف بقالی مشـهدی محمـد کـه دوسـت صمیمـی کلا بـود و یکـی از دکان داران ده شـورچه بود، می‌رفتنـد. تـا بـه دکان مشـهدی محمـد برسـند، جیب‌هـای کلا کـه پـر از نقل‌هـای رنـگ و وارنـگ بودنـد، خالـی شـده بـود. سـر راهـش به هـر بچه‌ای کـه می‌رسـید، دسـتش را از نقـل پـر می‌کـرد. مهربانی کلا در برابـر بچه‌ها و

مسن‌ها بسیار مشهود بود. بابایوسف می‌دید که چطور، زن و مرد و پیر و جوان با اشتیاق و از صمیم قلب هرطوری بود جلوی کلا ظاهر می‌شدند و سلام و علیک می‌کردند و چقدر خوشحال می‌شدند که کلا فقط جواب آنها را داده است. می‌دید که وقتی کلا به پیرمردان یا پیرزنان می‌رسید چطور جلوی آنها خم و راست می‌شد و سعی در بوسیدن دست پیرمردان را داشت و البته، آنها هم دستشان را عقب می‌کشیدند که کلا نبوسد و صورت کلا را می‌بوسیدند.

بالاخره به دکان مشهدی محمد رسیدند. او داشت جلوی در دکانش را آب و جارو می‌کرد. کلا بعد از سلام و علیک، افسار کره اسب را دست مشهدی داد و به او گفت که برای پسرش آورده است. پسر مشهدی که سرو کل‌هاش از ته کوچه پیدا شد، از شوق دیدن کره اسب دیگر دل در دلش نبود. افسار کره اسب را گرفته و به داخل خانه برد. مشهدی محمد یک دکان کوچک جلوی حیاط خانه‌اش زده بود و خانه و طویله و حیاطش بالا و پشت دکانش بود. البته مشهدی محمد از رفیق‌های دوران جوانی کلاعباس و به او وفادار بود. برای همین هم، کلاعباس دکان را برایش زده بود و صاحب دکانش کرده بود. خلاصه با هر زوری بود، کلا مقداری قند، چایی و شکر هم از دکان مشهدی محمد خریده و داخل بار بابایوسف گذاشت و بالاخره، بابایوسف راهش را گرفت و به ده خودش کوه‌سنگ برگشت. در طول راه، آن‌قدر در فکر بود که نفهمید کِی راه بین ده شورچه و تا کوه‌سنگ را آمده است.

برگشت به زمان حال...

داستان دیدارش با کلا، برای خاور تمام شد ولی خاور هنوز مات بابایوسف بود. هنوز در ده شورچه و قصه‌ی بابایوسف گم بود. بابایوسف رو به کلاعباس کرد:

- هنـوز هـم کـه هنـوزه، نمیدونم خـان صدات کنم یا ارباب یا مشـتی...
اما اربـاب اگرانعـام و مسـاعدت آن روز شـما نبید... ما این آسیاب را
نداشـتیم و هنـوز دنبـال خرمـون گرمک مـی فروختیم...

آری، حـالا بعـد از سـال‌ها بود که بابایوسف، کلا رو دوباره می‌دید. خیلی
هـم خوشـحال بـود که دوباره کلا را دیده اسـت. البته، بعد از گذشـت سـال‌ها
از دیـدار بابایوسـف و کلاعباس، شـکل و شـمایل آنها خیلی عوض شـده بود.
خصوصا بابایوسف که خیلی شکسـته شـده و ریش و موهای بلندی که سـر
و رویـش را پوشـانده بودنـد، قیافـه‌اش را خیلـی عـوض کـرده بـود. به‌خاطـر
همیـن بـود که هنوز هـم کلا، بابایوسـف را بخاطر نمـی‌آورد. کلا در هر روز از
زندگـی‌اش، بـا آدم‌های زیادی مثل بابایوسف طرف می‌شـد و تعدادشـان هم
آنقـدر زیـاد بود که حسـاب از دسـتش در رفته باشـد. ولی بابایوسـف با همان
نـگاه اول کلا را شـناخته بـود. البتـه او چندبـاری هـم به ده شـورچه رفته بود
کـه دیـداری بـا کلا تـازه کند و قالیچـه‌ای هم بـرای هدیه برده و جا گذاشـته
بـود ولـی از بخـت بـد او، هر بـار که بابایوسـف به دیـدار کلا رفته بـود کلا در
ده نبـود. بعدش هم که دسـتش بند کار و کاسـبی آسـیابانی شـده بود و وقت
سـرخاراندن هـم نداشـت و پـاک کلاعباس از یـادش رفته بود.

حـالا آن دو، بعـد از سـال‌ها از قضـای روزگار دو بـاره سـر راه یکدیگـر
قـرار گرفتـه بودنـد. البته ایـن بار قضیه برعکس بود و کلا به کمک بابایوسـف
نیـاز داشـت. بابایوسـف به‌خاطـر احترامـی کـه بـه کلا می‌گذاشـت و علاقه‌ی
خاطـری کـه بـه مـرام کلا پیـدا کرده بـود، یک کلام هـم از کلا نپرسـید که
آنجـا چـه می‌کنـد و چه اتفاقـی برایش افتاده اسـت. ولـی با خبرهایـی که در
ده افتـاده بـود و بـا آمـدن امنیه‌هـا کـه دنبـال یک راهـزن فراری می‌گشـتند
کـه شـبانه از دسـت آنها فـرار کـرده و بـه ده آمـده، دلـش آگهی مـی‌داد
کـه کلا بایـد همـان راهـزن باشـد؛ ولـی مطمئـن نبـود. بـرای بابایوسف مهم
نبـود کـه کلا چـه کسـی اسـت و حاضـر بـود هـر کاری بـرای کلا بکنـد. البتـه

امنیه‌ها هم نمی‌دانستند که کلا هنوز زنده است. آنها خیال می‌کردند گرگ‌ها باید کلا را خورده باشند؛ چراکه هیچ اثری از او نبود. امنیه‌ها هنوز هم به‌خاطر این که برای خود شهرتی پیدا کنند همه‌ی سوراخ سنبه‌ها را دنبال کلا می‌گشتند و اکثر این امنیه‌ها، همان‌هایی بودند که از دوستان نزدیک کلا حساب می‌شدند و نان و نمکش را خورده بودند. حتی بابایوسف یکی دو تا از امنیه‌ها را که به ده کوه‌سنگ آمده بودند و دربه‌در دنبال کلا می‌گشتند را شناخته بود. بابایوسف آنها را در خانه‌ی کلا با چشم خودش دیده بود که نان و نمکش را خورده بودند. از بابایوسف هم سوال و جواب کرده بودند که آیا کسی را دیده است یا نه؟ و البته جواب بابایوسف نه بود.

فصل ۵

وقتی که عشق و هوس گریز می‌زنند، عقل و منطق و ایمان چه جایی می‌تواند داشته باشد....!؟

چنـد ساعتی بیشـتر به تحویل سـال نـو نمانـده بـود. روی طاقچـه، تک شـاخه‌ی درخـت آلبالـوی پوشـیده از شکوفه‌های بسـته و بـاز، بـا رنگ‌ هـای سـفید و صـورتی و قرمـزش، بـه طاقچـه‌ی گِلـی اتـاق، زیبایـی خـاصی داده بـود. خصوصـاً اینکـه گل‌های بهاری، کنـار دیوارهای سـاده و گِلی خانه‌های دهاتـی، زیبایـی‌اش صدچنـدان می‌شـود. معمـولا رسـم بـود کـه شـاخه‌های درختـان میـوه را داخـل آب می‌گذاشـتند و از بو و زیبایی گلبرگهایشـان لذت می‌بردنـد و از طرفـی هـم نمایشـگر و نماینـده‌ی نویـد سـال نـو و آغـاز بهـار بـرای همـه بـود. البتـه کـه جـای بـو و عطـر برنج شـب عیـد را نمی‌گرفت. در زمان‌هـای قدیـم، در دهـات از برنـج و پلـو خبـری نبـود. پلـو فقط شـب عید پختـه می‌شـد و همـه‌ی بچه‌هـا بـرای خـوردن پلـوی شـب عید روزشـماری می‌کردنـد. فقـط عـده‌ی انگشت‌شـماری بودنـد کـه وُسـع پختـن پلـوی شـب عیـد را داشـتند. به‌هرحال چه پلـوی شـب عید داشـتند یا نه، همـه‌ی خانواده کنـار هـم جمـع می‌شـدند. وقتی هم کـه حـرف پلـو به میـان میآمد، کسـی دیگـه سـراغ آبگوشـت، کـه غـذای همیشـگی دهاتی‌هـا بـود را نمی‌گرفت. در ده اگـر پلـوی شـب عید نبـود در حقیقت عیـد معنی نداشـت. درسـت مثل اینکـه تخم‌مـرغ رنـگ کـرده و تخم‌مـرغ بـازی عیـد را از مردهـا و جوان‌هـای ده بگیرنـد و یـا مـن گرممـه بـازی را از دختـرهای جـوان ده. مـن گرممـه

رقـص دسـت جمعـی دخترهـا بـود کـه در ایـام عید همـه‌ی همسایه‌ها کنار هـم جمـع می‌شـدند و دور از چشـم مردهـا بـا هم می‌رقصـیدند و بـا هم بازی می‌کردنـد.

پسـرهای ده هـم هرجـوری بـود جایـی قایـم می‌شـدند و بـه تماشـا می‌نشـستند و بیشـتر در ایـن مـن گرممـه بازی‌هـا بـود کـه دخـتر مـورد علاقه‌شـان را می‌دیدنـد و بعـد بـا مـادر و پدرشـان صحبت می‌کردنـد و البتـه معمـولا ایـن مادرهـا بودنـد کـه در ایـن جلسـات و خصوصا حمام‌هـای ده، دخـتر مـورد علاقـه‌ی خـود را می‌دیدند و می‌پسـندیدند و بعد هم مسـلم بود کـه خواسـتگاری بـود و عقـد و عروسـی. معمـولا در ایـام عیـد نـوروز همه‌جا منقـل و وافورهـا بـه راه و بسـاط چای و شـیرینی و دیـد و بازدیدها بـه‌راه بود و طبـق رسـم و رسـوم، همـه اول بـه دیـدن بزرگ‌ترهای فامیـل می‌رفتند و بعد بازدیدهـا پـس داده می‌شـد.

خلاصـه ایـام عیـد و پایکوبـی و شـادی بـود و مهـم نبـود اهل چـه ده و منطقـه‌ای هسـتی. وقتـی عیـد می‌شـد، همه‌چیـز بایـد نو می‌شـد. ولـی این عیـد بـرای کلاعبـاس فـرق می‌کـرد. در تمـام طـول عمـرش، هیـچ وقـت از خانـه و خانـواده‌اش دور نبـود. آوازه‌ی کلا و خیـر و خیراتـی کـه در روز عیـد و ایـام عیـد می‌داد، تـا چنـد آبـادی آن‌طرف‌تـر هـم رفته بـود. همـه‌ی فقرا می‌دانسـتند کـه ایـام عیـد را هـر کجـا باشـند بایـد خـود را بـه خانـه‌ی کلا برسـانند و از خیـر و خیـرات او بهره‌منـد شـوند و مایحتـاج سـالانه‌ی خـود را بگیرنـد و برونـد. خلاصـه صبـح زود، قبـل از آفتـاب، جلوی خانـه‌ی کلا صف می‌کشـیدند و البتـه سـر و صـدای دده رقـی هم طبـق معمول بلند می‌شـد و نصیحت‌هایـش را بـرای کلا آغـاز می‌کـرد ولـی نـه کلا به خرجـش می‌رفت و گـوش بـه نصیحت‌هایـش می‌داد و نـه دده رقـی از نصیحت کـردن کلا کوتاه می‌آمـد.

داخـل اتاقـک کوچـک آسـیاب، کـلا روی متکای صـورتی رنـگ کهنه‌ای

کنار منقل لم داده و پاهایش را زیر کرسی دراز کرده بود. خاور خم شده و وافور را به لب کلا نزدیک می‌کرد. چشمان کلا در چشمان خاور خیره شده بود. کلا سرش را جلو برد که وافور را در دَمش بگیرد. حالا صورت کلا جلوی سینه‌ی بلورین خاور قرار داشت و چشمان کلا در سینه‌ی خاور، گم شده بودند. کلا با پُک‌هایی که به وافور می‌زد، انگار در این دنیا نبود. فضای اتاقک را دود تریاک پر کرده بود. با چند پک به وافور، حالا کلا در عالم هپروت سیر و سیاحت می‌کرد. خاور هم مثل بچه گربه‌ی ماده‌ای بود که با عشوه‌گری‌هایش کلا را از خود، بیخود کرده بود. خاور و رفتار و کردارش برای کلا تازگی داشت و انگار به خاطر همین هم بود که کلا را از دنیا و آخرت و اینکه کی بود و کجا است، جدا و بی‌خبر کرده بود.

ایام نوروز بود و آسیاب هم تعطیل شده بود و حالا کلا و خاور دو نفری در آسیاب مشغول عیش و نوش بودند و از دنیای بیرون هم بی‌خبر بودند. بابایوسف هم به خاطر اینکه، کسی از بودن کلا در آسیاب شکی نبرد، خانه مانده بود و به دید و بازدید نوروزی مشغول بود. البته قبلا با پولی که کلا به او داده بود، سور و ساط کلا را جور کرده و خاور را هم برای پرستاری از کلا به آسیاب برده بود ولی ته دلش همیشه نگران این بود که بعد از بازکردن در آسیاب چطور، بودن کلا و خاور را در آسیاب از دید مردم فضول مخفی نگه دارد.

بوی برنج شب عید همه‌ی اتاقک و فضای آسیاب را گرفته بود. خاور از هیچ‌چیز کوتاهی نکرده بود. حتی برنج شب عید را هم پخته بود. کلا به‌قدری خودش را ول کرده بود که همه‌چیز از یادش رفته بود. یادش رفته بود که کی بوده، از کجا آمده و به کجا باید می‌رفت. فراموش کرده بود که هنوز صبح نشده، فقرا همه در خانه‌اش صف کشیده بودند و منتظر بودند که روز شود و کلا به آنها برسد. ولی بعد از این همه سال در خانه‌ی کلا را برای اولین بار بسته می‌دیدند و طبق شب‌های عید

گذشـته از دیگ‌هـای بـزرگ برنـج و خورش، در عمـارت کلا بـرای پذیرایـی آنها خبـری نبـود. حتـی در هم کـه زده بودند هیچ‌کـس در را باز نکرده بود. نمی‌دانسـتند کـه بایـد تا صبح منتظـر شـوند یا نـه. نمی‌دانسـتند کـه آیـا صبـح روز عیـد درِ خانـه‌ی کلا بـاز می‌شـود و خیـر و خیراتـش مثل گذشته نصیـب آنها می‌شـود یا نـه. دده رقی هم سرش را چندین دفعه از پنجره‌ی اتاقکـش بیـرون آورده بـود و سـر آنهـا داد و بیـداد کـرده بـود کـه در بارگاه بسـته شـده و دیگـر هـم بـاز نمی‌شـود، پـس راهتـان را بگیریـد و برویـد؛ ولی هیچ‌کـس بـه حـرف او اعتنایـی نکرده و همـه، مانده بودند. حتی برف و سـرما هـم آنهـا را از درِ خانـه‌ی کلا نرانـده بود.

کلا حتـی یـادش رفتـه بـود کـه شب عیـد است و زن و بچه‌هـاش بایـد حـالا منتظـرش باشـند و هیـچ خبـری از او نداشـتند و برنج شب عیـد بایـد کوفتشـان شـده باشـد. فرامـوش کـرده بـود کـه دو تـا بچه‌ی قـد و نیم قـد داشـت. پسـرش جمـال، کـه حالا دوازده‌ساله شـده بود و دختـرش فاطمه که ده‌سـاله بود. زنـش زینـب کـه همه او را خالـه زینب صـدا می‌کردند. خاله زینب زن مهربـان و خانـه داری بود. زیـاد هم بـه خـودش نمی‌رسـید و با کلا جـور نبـود. کلا مشـتی بـود و راهـزن و خـوش‌گذران. خالـه زینب هم حرفـی نمی‌زد، چرا کـه کلا را دوسـت داشـت و کلا بـه زن و بچه‌هایش خوب می‌رسـید و از شـیر مـرغ تـا جان آدمـی‌زاد را برایشـان تهیـه می‌کرد. خاله زینـب مثـل زنِ خان‌هـا زندگـی می‌کرد. پس دیگـر چه می‌خواسـت. خصوصاً اینکـه زن سـاکت و خانـه‌داری هـم بـود. مثـل دیگر زن‌های سـوگلی ده کـه بـرای نشـان دادن خودشـان صـد قلم آرایش می‌کردنـد و حنا می‌گذاشـتند و سـرخاب می‌مالیدند نبـود. نه سـرمه و نه سـرخاب و سفیدآبی به صورتش نمی‌زد. فقـط هـر چنـد صباحـی حنایـی روی دسـتش می‌گذاشت و از گُلی کـردن لب‌هایـش هیچ خبـری نبود.

به‌هرحـال کلا همه‌چیـز یـادش رفتـه بـود. حتـی یـاد گرگ‌هـا کـه

چندی پیش، نزدیک بود پاره‌پاره‌اش کنند. از تیره‌ایی که ژاندارم‌ها در پاهایش خالی کرده بودند، دیگر خونی نمی‌آمد و زخم‌هایش تا اندازه‌ای خوب شده بودند و دردی را احساس نمی‌کرد. حالا دیگر، کلا پرنده‌ی بال‌داری شده بود که هیچ‌کس نمی‌توانست بال‌هایش را بشکند. حالا کلا پاهایش روی زمین بند نبود. آخر کلا حالا دیگر دلش بند و پاهایش زمین‌گیر شده بودند. قلبش داغ، چشمانش کور و گوش‌هایش کر شده بودند. آخر انگار که کلا حالا دیگر عاشق شده بود. عاشق خاور؛ که شهره‌ی عام و خاص بود و همه او را خراب می‌دانستند. زنی که همه، وقتی او را می‌دیدند از او فرار می‌کردند و نمی‌خواستند با خاور بگو مگو کنند. خاور هم فاتحه‌ای برای هیچ‌کس خصوصاً مردها نمی‌خواند و این با آداب و رسوم ده در آن زمان جور نبود و مطابقت نمی‌کرد، تازگی داشت و همه را هم ناراحت کرده بود.

خاور هم که در عشقش شکست خورده بود، به سیم آخر زده بود و دیگر هیچ‌چیز برایش اهمیت نداشت و به نوعی هم میخواست از مردم انتقام بگیرد. وقتی که در ده چو افتاده بود که خاور، خاطرخواه حیدر، پسر یکی از خانه‌ای قلعه شده، شوهرش، خاور را ول کرد و حالا خاور با مادر پیرش زندگی می‌کرد. حالا برای رابطه برقرار کردن با خاور بین مردان و البته در خفا مسابقه بود. ولی خاور همه آنها را سر کار گذاشته بود. همین رفتار و کردارش هم لج مردم به‌خصوص معممین ده را درآورده بود و هر لحظه در فکر این بودند که چطوری از شر او خلاص شوند.

ولی حالا، خاور با ورود کلاعباس امید تازه‌ای در دلش جوانه زده بود و پاک حیدربَک را فراموش کرده و در فکر کلاعباس رفته بود. خاور فهمیده بود که کلا چه کسی بود و در این فکر بود که اگر به کلا کمک کند و کلا را خاطرخواه خودش کند، او خاور را با خودش می‌برد و جانش

از شـر مـردم کوه‌سنگ خـلاص مـی شـود، البته خـاور هـم از زنـدگی راضی نبـود و بـدش نمی‌آمـد از ده کوه‌سـنگ کـوچ کنـد و یـک طرفـی بـرود و سـر و سـامان بگیـرد. جایـی کـه دیگـر او را بـه اسـم فاحشـه نشناسـند و صدایـش نکننـد. خـاور می‌دانسـت کـه فـدای عشـق شـده بـود و گناهـش هم عاشـق شـدن بـود، بـرای همین هم سـنگ تمام گذاشـته بود و سـفره‌ی هفت سـین عیـد را هـم چیـده بود. حتی برنج شـب عید را هـم پخته و منقـل و وافور کلا را هـم تهیـه کـرده بـود. دوتـا ماهـی رنـگ و وارنگ هـم داخل تنگ شیشـه‌ای گذاشـته بود.

کلا بـه ماهی‌هـای قرمـز درون تنـگ سـفره‌ی هفت‌سـین، خیـره شـده بـود. می‌دیـد کـه ماهـی بزرگتر کـه باید مـرد می‌بود، دنبـال ماهـی کوچکتر کـه بایـد زن می‌بـود، می‌رفـت و بـه رقـص و بازی مشـغول بودنـد. کلا می‌دید کـه هرچـه ماهـی کوچـک از دسـت ماهـی بـزرگ فـرار می‌کنـد، ماهـی بزرگتر بیشـتر و بیشـتر سـعی می‌کنـد کـه خـودش را بـه او برسـاند و انـگار به هیچ عنـوان دسـت بـردار هـم نبـود کـه نبـود. هرطور شـده بـود می‌خواسـت او را در آغـوش گرفتـه و بـا او برقصـد و او را بـا بوسـه‌های خـودش گُلبـاران کنـد. حـالا کلا تـه دلـش می‌خواسـت مثـل ماهـی بـزرگ، بلنـد شـود و دنبـال خاور کنـد و آن دو هـم مثـل ماهی‌هـا بـه رقـص و شـادمانی مشـغول شـوند. ولـی نـگاه کلا بـه قرآنـی کـه کنار سـفره‌ی هفت‌سـین جلوی آینـه بود، افتـاد و با دیـدن قـرآن، عرق سـردی سرتاسـر وجـود او را گرفـت. عرق گنـاه و معصیت. تمـام وجـود کلا تـکان خـورد و لرزید کـه نکند با ایـن فکر و خیال‌هـا گناهی مرتکـب شـده باشـد و مرتکـب شـدن یـا نشـدن گنـاه فکـر کلا را بـه کلی به خـود مشـغول کـرد و شـروع بـه سـبک و سـنگین کـردن اعمال خـودش کرد. بـه ایـن فکـر می‌کـرد کـه او کـه قصـد بـدی نـدارد. تمام فکر و ذکـرش این بـود کـه خـاور را صیغه کنـد و از این زندگی اسـفناک بیرونش بیـاورد و به راه راسـت هدایتـش کنـد و بـا ایـن کارش به خیـال خودش گناه که نکـرده بود

هیـچ، بلکه صواب هـم باید کرده باشـد.

خلاصـه جـدال بیـن بد و خوب تمام وجـود و فکر و ذکـر کلا را به خودش مشـغول کـرد. ولـی به‌محض اینکه خاور جلوی کلا ظاهر می‌شـد، چشـمان کلا بـه قـد و بـالا و در چشـمان درشـت و زاغ خـاور کـه می‌افتـاد، کلا دوباره همه‌چیـز از یـادش می‌رفـت. گنـاه و معصیـت و پیغمبر و امام فرامـوش می‌شـد و همـه ی دیـن و ایمانـش بـاز می‌شـد خـاور. حـالا جسـم و روح و اعتقـاد و ایمـان کلا همـه و همـه در اختیـار خـاور بـود. خاورغمزه‌کنـان پلوی شـب عید را کشـید و در سـفره گذاشـت. کلا دوباره با دیدن پلوی شـب عید در فکـر و خیـال رفـت و همین‌طـور کـه به برنج شـب عید خیره شـده بود به یـاد زن و بچه‌هایـش افتـاد. یـادش آمـد کـه تـا به حالا کـه اینقـدر عمـر کرده بـود حتـیٰ یک شـب عیـد را هم بـدون زن و بچه‌هایـش نگذرانده بـود. یادش افتـاد کـه حـالا خالـه زینـب، زن کلا و هـر دو بچـه‌اش باید کنار هفت‌سـین شـب عیـد نشسـته باشـند و بـرای خـوردن پلوی شـب عید دقیقه شـماری می‌کردنـد. ولـی خالـه زینـب پلـو را نمی‌کشـید و هنـوز منتظـر کلا نشسـته بـود کـه در را بـاز کنـد و بیـاد. فکـر می‌کـرد کـه سـفره باید کنـار منقـل و سـماور پهـن شـده و همه‌چیـز در سـفره چیـده شـده باشـد به غیر از پلوی شـب عیـد کـه خالـه زینـب منتظـر ورود کلا بـود و بـا ورود او برنج شـب عید را هـم بـه سـفره اضافـه کنـد و بعد بـه این فکـر می‌کرد کـه حـالا دیگه همه بایـد پلوهایشـان را خـورده باشـند و بچه‌هـا داشـتند لب و لوچه‌هـای چرب و چیلی‌شـان را بـا لب آسـتین‌هایشـان پاک می‌کردنـد، به جز فاطمـه و جمال، بچه‌هـای کلا کـه هنـوز منتظـر پدرشـان بودنـد کـه بیایـد و پلـوی شـب عید را بکشـند و بخورند.

بعد فکـر می‌کـرد آنها آنقـدر منتظر شـده‌اند که حـالا باید خـواب در چشمانشـان باشـد و دیگر اشـتهایی به خوردن پلو نداشـته باشـند. حالا خاله زینـب دل تـوی دلـش نبـود و بالاخـره بـر آن شـده بـود کـه پلـوی بچه‌ها را

بدهد. ولی می‌دانست خاله زینب خودش منتظر می‌ماند و نمی‌خورد تا کلا برسد. دوباره خاور کنار کلا ظاهر شد که سفره را رنگین‌تر کند و دوباره چشمان خاور در چشمانش کلا قفل شدند و کلا از خودش بی‌خود شد و همه چیز را باز از یاد برد. با ظاهر شدن خاور درست مثل آدمی می‌شد که از چشم کور، از زبان لال، از گوش کر و از بدن بی‌حس است. انگار که هوش از وجودش می‌رفت و هوس جای عقل را می‌گرفت. مثل جوانی که انگار دیروز پشت لب‌هایش سبیل سبز کرده باشد. مثل جوانی که عقل و هوشش فقط در ستون فقراتش است و بس.

ولی آخر وقتی عشق یا هوس لامذهب گریز می‌زند؛ از بیخ و بن چشم و عقل آدم را کور می‌کند و دیگر جوان و پیر و سیاه و سفید نمی‌شناسد. آخر چند تا بچه می‌توانند پلوی شب عید را پس بزنند و نخورند یا به جایش آبدوغ‌خیار میل کنند. خلاصه حالا دنیا شده بود دنیای کلا و خاور. زمان و مکان به آن دو تعلق داشت و این عید، عید آنها بود و بس. عقل و هوش و منطق هم کاری نمی‌توانست بکند. آنها در آسمان‌ها پرواز می‌کردند و مهم نبود که آسمان برفی بود یا بارانی، برای آنها همه‌جا آفتابی بود و آفتابش هم، چنان داغ بود که همه‌چیز را جلوی روی خودش می‌سوزاند.

خاور پلو را کشید و بشقاب کلا را پر کرد و گذاشت جلوی کلا و بعد هم کمی برای خودش کشید و کناری نشست. هر دو مشغول خوردن شدند. خاور مقداری از سهم پلوی خودش را در بشقاب کلا خالی کرد و کم‌کم خودش را به کلا چسباند. کلا هم همین‌جور قد و بالای خاور را برانداز می‌کرد.

صدای رودخانه‌ی کنار آسیاب هم آهنگ دلنشینی می‌نواخت و با آهنگ دل کلا و خاور قاطی شده بود. کلا و خاور چنان در فکر هم گم شده بودند که دنیای بیرون آسیاب برایشان وجود خارجی نداشت. خاور

خودش را به کلا نزدیک‌تر کرد و برنج شب عید را قاشق به قاشق به خورد کلا می‌داد. کلا هم مثل بچه‌ای که مطیع مادرش باشد درچشم‌ها و قد و بالای خاور گم شده بود و با هر آهنگی که خاور می‌زد، می‌رقصید. خاور هم کم‌کم خودش را در بغل کلا جا داده بود. بدن داغ خاور حالا جسم و روح فرسوده و زخمی کلا را چنان داغ کرده بود که دیگر هیچ دردی را حس نمیکرد. فقط خاور بود و خاور. کلا دست‌هایش را دور کمر باریک خاور انداخته و خاور را بغل خودش کشید. حالا خاور در بغل کلا لم داده بود و هر دو چنان داغ شده بودند که برنج شب عیدشان هم یادشان رفته بود. خاور و کلا حالا در عالم دیگری بودند.

کم‌کم کار داشت به جاهای باریک کشیده می شد. ولی بالاخره خاور با هر زحمتی بود، خودش را از بغل داغ کلا بیرون کشیده و کنار رفت و کلاعباس بدبخت را در خماری گذاشت. برای خود خاور هم چندان راحت نبود که از بغل کلا خودش را بیرون بیاورد. خاور حالا پاک گرفتار و خاطرخواه کلا شده بود. خاور نمی‌خواست با کلاعباس هم مثل بقیه رفتار کند. انگار خاور می‌خواست کلا را چنان فریفته‌ی خودش کند که خاور را به زنی بگیرد و او را برای همیشه از آنجا ببرد.

✷ ✷ ✷

فصل ۶

وقتی‌که در عیش و عشرت گم شده‌ای، هر روز برایت عید است...

چند روزی از عید گذشته بود. بابایوسف هم به بهانه‌ی عید، آسیاب را تعطیل کرده بود تا بلکه کلا حالش بهتر بشود و بتواند راهش را بگیرد و برود. شب‌ها هم دور از چشم مردم در تاریکی سری به آسیاب می‌زد و سور و ساط کلا و خاور را هم برایشان می‌برد. خاور و کلا هم تریاک و کبابشان به راه بود و کارشان هم شب و روز عیش و عیاشی شده بود و دنیا و آخرت و فک و فامیل‌شان از یادشان رفته بود و انگار هیچ دنیایی غیر از دنیای خودشان وجود نداشت.

تب عید کمی فروکش کرده بود ولی تب کلا و خاور هر روز بیشتر و داغ‌تر می‌شد. بابایوسف هم بالاخره باید در آسیاب را باز می‌کرد. یکی دو نفر هم چندبار رفته بودند سراغش تا نوبت بگیرند و بارشان را به آسیاب ببرند، ولی چند روز دیگر هم، بابایوسف محض خاطر کلا، خودش را به مریضی زده بود. بالاخره چند، بار گندم از راه دور رسید و دیگر بابایوسف مجبور شد که در آسیاب را باز کند. حالا کار بابایوسف در آمده بود. مجبور بود با هر حیله و ترفندی که بود، مردم را از اتاق پشت آسیاب دور نگه دارد. چرا که خاور و کلا در اتاقک پشت آسیاب مخفی شده بودند. البته همه هم می‌دانستند که اتاقک پشت آسیاب جایی بود برای مشتری‌هایی که از راه دور می‌آمدند. شب‌هایی که دیر می‌شد و نمی‌توانستند برگردند، در اتاقک پشت آسیاب می‌خوابیدند. بابایوسف هم به همه گفته بود که یک مار بزرگ زرد رنگی در اتاقک پیدا شده و یک

نفـر را هـم زده و نمی‌خواهـد خدایـی نکـرده مـار برگـردد و کـس دیگـری را بزنـد. بـرای همیـن هـم در اتاق را بسـته بـود تا مـار، بیـرون نیایـد.

چنـد روز دیگـر هـم از بـودن کلا و خـاور در آسـیاب گذشـت و بابایوسف هـم حـرف و ذکـرش فقط مـار زرد رنـگ بـود و بس. هنـوز تب عیـد در تمام ده حاکـم بـود. مـردان و جوانـان بـه تخم‌مـرغ بـازی و قمـار نوروزی مشـغول بودنـد و دخترهـا هـم بـه مـن گرممه بـازی و بقیـه هم بـه دیـد و بازدیدهای نـوروزی مشـغول بودنـد. شـب بـود و کلا کنـار پنجـره‌ی مشـرف بـه رودخانه در آینـه‌ی کوچکـی کـه بـه دیـوار بـود، بـه صـورت صابونـی‌اش خیـره شـده و درفکـر فـرو رفتـه بـود. تیـغ تنـدی روی صورتش قـرار گرفت و از بـالا به پاییـن حرکـت کـرد ولـی هـوش و حـواس کلا آنجا نبـود و صـدای دلپذیـر رودخانه هـم بـه گوشـش نمی‌رسـید. کلا، پـاک رفتـه بـود در فکر ایـن کـه چـه بایـد بکنـد. کمکـم داشـت پاگیـر خـاور می‌شـد. فکـر می‌کـرد کـه خـاور هـر چقدر هـم خوشـگل و انسـان خوبـی بـود، ولـی در چشـم مـردم ده و اطـراف، بـه یـک زن خـراب مشـهور شـده بـود. در فکـر ایـن بـود کـه بـا زن و بچه‌هایش چـه کنـد. در ثانـی بـا قانـون درگیـر شـده بـود و در همـه‌ی سـوراخ سـمبه‌ها دنبالـش می‌گشـتند. در ایـن فکـر گـم شـده بـود کـه از ایـن بـه بعد بـا زندگی چـه بایـد می‌کـرد. کلا هنـوز هـم مقـدار زیـادی پول نقـد در جیبش داشـت و یـک ده تومانـی هـم بـه بابایوسـف داده بـود و او هـم همه‌چیز برایشان فراهم کـرده بـود. ده تومـان در آن زمـان خـرج یـک سـال یـک خانـواده‌ی چند نفره بـود. خلاصـه تـا کلا مـی رفـت در فکـر کـه چـه کند و چـه نکند صـدای خـاور کـه بـه گوشـش می‌خـورد و یـا چشـمش کـه بـه رخ خـاور می‌افتاد پـاک همه چیـز از یـادش می‌رفـت و فقـط خـاور بـود و خـاور.

ولـی بـه محـض افتـادن چشـمانش بـه رخ خـاور کـه پشـت او و در گوشـه آینـه نمایـان شـد، هـوش و حـواس کلا چنـان پـرت شـد کـه نمـی دانسـت صـورت خـود را بریـده بـود. حتـی خـون را هم کـه از لای صابـون و چرک‌ها

بیرون زده بود, را نه حس می‌کرد نه می‌دید.

خاور دست کلا را گرفته و کلا مثل یک بچه حرف‌شنو با اشاره‌ی خاور کنار دیوار نشست. خاور دستمال را برداشت و مشغول پاک کردن صورت کلا از صابون‌های خونی شد. با افتادن نگاه خاور به چشمان کلا، انگار که آفتاب داغ عربستان به جسم و روح کلا می‌تابید و چنان جسم و روح او را به آتش کشید که کلا دوباره پاک تمام دین و ایمانش را فراموش کرد و انگار فقط کلا بود و خاور. کلا دوباره از چشم کور، از زبان لال و از گوش کر شد. خاور صابون تازه به صورت کلا مالید و بعد هم تیغ را از دست کلا که حالا حکم مجسمه‌ای را داشت، گرفت و شروع به تراشیدن صورت کلا کرد. کلا حالا داغ‌تر و داغ‌تر می‌شد. خون در رگ‌هایش به‌جوش آمده بود. خاور صورت کلا را اصلاح کرد و همه‌ی وسایل اصلاح را برداشت و گذاشت کنار پنجره‌ی مشرف به رودخانه که بعداً تمیزشان کند، مشغول انداختن جای کلا کنار پنجره بود که صدایش بلند شد:

- کلا امروز مثل این که حالت خیلی بده... دراز بکش، وقتی غذا درست شد، بیدارت می‌کنم...

کلا هم مثل بچه‌ای که حرف مادرش را گوش کرده باشد دراز کشید و خاور هم روی کلا:

- الان براتون یک لیوان شیر داغ و عسل میارم... خیلی داغید... انگار که تب دارید کلا...

کلا هنوز از زبان لال بود و انگار تمام رگهای بدنش را درد گرفته بود. آن هم چه دردی، درد عشق، درد اینکه می‌خواست خاور را در بغل بگیرد ولی نمی‌توانست. خاور باز هم با ناز و ادا و اطفار و خجالت زنانه‌اش رفت و مشغول تمیز کردن لوازم اصلاح شد.

نیمه‌های شب بود و صدای سگ‌ها و شغال‌ها گاه به گاه از بیرون

شنیده می‌شد که برای یکدیگر خط و نشان می‌کشیدند. کلا دراز کشیده و با چشمانش از سوراخ پنجره به بیرون خیره شده بود. رودخانه هم طبق معمول آهنگ دلپذیری می‌نواخت. ستاره‌ای را دید که حرکت کرد و رفت و به ستاره‌های دیگر پیوست. در ده حرکت ستاره‌ها این معنی را می‌داد که یک نفر مرده است یا می‌میرد. فکر کرد که ای کاش، آن یک نفر خودش باشد. کلا در فکر بود و دید که ستاره‌ای بزرگ‌تر و نزدیک‌تر و نورانی‌تر کنارش نشسته و لیوانی در دست دارد. خاور لیوان شیر را به دست کلا داد:

- میگم کلا، حالت چندان خوش نیست، حواسم بهت بود... چشمت و هنوز روی هم نذاشتی... بیا این شیر و عسل و بخور که خوابت ببره...

خاور لیوان را دست کلا داد و با دستش سینه‌ی کلا را لمس کرد تا ضربان قلب کلا را امتحان کند:

- قلبت خیلی تند می‌زنه... انشاء الله که مرض قلبی نداری...؟

با نشستن دست‌های خاور روی سینه‌ی کلا اگر مرض قلبی هم نداشت، حالا پیدا کرده بود و قلبش مثل زیبزیب حلاجی می‌زد. خاور هم کوتاه بیا نبود و روی کلا خم شده بود که دستمال را از آن طرف کلا بردارد. سینه‌های خاور جلوی صورت کلا قرار گرفت و سینه‌های بلورینش به صورت کلا نزدیک و نزدیک‌تر شدند. انگار خاور می‌خواست کلا پاک سنگ کوب کند. معلوم بود که دیگر اختیار از دست خاور هم در رفته بود. مدتی بود که از زندگی خسته شده و همیشه دعا می‌کرد که مردی پیدا شود و او را با خودش از ده کوه‌سنگ ببرد. خاور آرزو می‌کرد که سر و سامان بگیرد و مثل تمام زن‌های دیگر، شوهر و چندتا بچه داشته باشد. ولی به‌خاطر علیلی مادرش و فقری که داشتند، مادرش او را به یک مردی که سی سال از خاور مسن‌تر بود، شوهر داده بود. شوهرش

دست و پا چلفتی هم بود و با خاور که خیلی باهوش و زرنگ و پرحرف بود، اصلا جور در نمی‌آمد و همین هم سبب شد که خاور خاطرخواه حیدربک بشود. البته قصه‌ی عشق و عاشقی او بعد از مخالفت خانواده‌ی حیدربک، که زن و چندتا بچه هم داشت برملا شد و خاور رسوای عام و خاص شد. خاور هم مثل یک شیرزن یک تنه جلوی همه‌ی مردم ده قد علم کرد و فاتحه‌ای هم برای هیچ‌کس نمی‌خواند و مثل این بود که همین متفاوت بودن و اقتدار خاور، باعث شده بود که همه‌ی مرده‌ای ده، دشمن و یا دنبال خاور باشند و کلا را هم زمین‌گیر خودش کرده بود.

آری، حالا خاور می‌خواست زندگی‌اش را عوض کند. ولی این را هم می‌دانست که اگر به پسر شاه هم شوهر می‌کرد و در ده کوه‌سنگ می‌ماند باز هم همیشه به او مثل یک زن خراب نگاه می‌کردند و حالا با پیدا شدن کلا امیدی در دلش جوانه‌زده و هر لحظه به خدا و امام و پیغمبر دعا می‌کرد که عاقبتش را خیر کند و کلا او را از آنجا ببرد. کلا هم دیگر همه‌ی دین و ایمانش خاور شده بود و حالا اختیار از دست کلا هم در رفته بود. کلا داشت سینه‌های خاور را که حالا به صورت و لب‌هایش چسبیده بودند با بوسه‌های خود گل باران می‌کرد. دست‌های کلا بدون اختیار به دو طرف شانه‌های خاور خم شد و خاور را در آغوش گرفت. اختیار از دست خاور هم در رفته و بدون هیچ مقاومتی روی سینه‌ی کلا دراز کشید و از هوش و حواس رفت. هر دو به عرق افتاده و از زبان لال و از گوش کر شده بودند. حالا هر دو مثل کوره‌ی آتش می‌سوختند. صدای ضعیف خاور سکوت را شکست:

- کلا عقدم می‌کنی...؟

صدای کلا که به‌سختی از گلویش بیرون می‌آمد بلند شد:

- عقدت رو خودم می‌خوانم... همین الان...

- آخه کلا مگه میشه آدم خودش عقد خودش و بخوانه...؟

- آره...اگـر نیـت آدم پـاک باشـه چرا کـه نـه... در ثانی می‌برمـت امام رضـا و آنجـا آب توبـه روی سـرت می‌ریـزم و آنجا دوبـاره کنار امـام رضا(ع) عقـدت می‌کنـم و از امـام رضا طلب بخشـش می‌کنیـم... امام رضا(ع) ضامـن می‌شـه و اگـر گناهـی هـم کرده باشـی خدا می‌شوره و می‌بخشـه...

- کلا مردها چرا گناه نمی‌کنند... چرا گناه فقط مختص زن‌هاست...؟

- مردها هم گناه می‌کنند....

بعـد هـم کلا شـروع بـه خوانـدن خطبـه‌ی عقـد کـرد. خـاور هـم در ایـن دنیـا نبـود و داشـت بـا دسـت‌های نرمـاش بـا موهـای سـینه‌ی کلا بـازی می‌کـرد. ولـی مگـر خـاور می‌گذاشـت کـه کلا در فکـر خطبـه خواندنـش باشـد. تـا انکهـت و زوجـت بیشـتر بـه ذهـن کلا نیامـد و زبانـش بند آمـد و دیگـر خـودش هـم صـدای خـودش را نمی‌شـنید. خـاور هـم گوش‌هایـش کـر شـده و در دنیـای خـودش گـم شـده بـود. خـاور داشـت بـه عروسـی‌اش فکر می‌کـرد. بـه جمعیتـی کـه آمـده بودنـد عروسی‌شـان. بـه مطرب‌هـا کـه نمایـش می‌دادنـد. بـه مـادرش کـه چقـدر خوشـحال بـود و انگار دیگـر علیـل نبـود و داشـت در عروسـی خـاور می‌رقصیـد و سـنگ تمـام هـم گذاشـته بـود. بعـد هـم دوبـاره صـدای کلا بـه گـوش خـاور خـورد کـه زیـر لـب زمزمـه می‌کـرد:

- خدایـا مـا دوتـا رو ببخـش... مـا هـر دو هـم دیگـر را می‌خواهیـم و بـه خدایـی خدایـت قسـم قـول می‌دهم کـه خطبـه‌ی عقـد و رسـمی بدم بخواننـد... می‌برمـش قـم یـا مشـهد و آنجـا میـدم عقـد رو بخواننـد... خدایـا مـا دوتـا را بـه هـم حـلال کـن...

بعـد هـم کلا لحـاف را رویشـان کشـید. خـاور از خوشـحالی حـالا دیگـر نمی‌توانسـت در صـورت کـلا نگـاه کنـد. بـا خجالـت در حالی کـه هر دو عـرق می‌ریختنـد از کـلا دوبـاره پرسـید:

- آکلا؟ من و از اینجا می‌بری ده خودت...؟
- حتما تو دیگه زن منی...

در بیرون همه چیز درست مثل کلا و خاور لخت و عور بود. حالا فقط صدای دلپذیر و آرام رودخانه بود که با نواختن آهنگی دلنشین در شادی آنها شریک شده بود. خاور از خوشحالی خیس عرق شده و تمام وجودش در آتش گر گرفته بود. کلا هم حالش بهتر از خاور نبود. سینه‌های بلورین خاور همه‌ی وجود کلا را در آتش گر داده بود و دیگر کلا نمی‌دانست کجاست و چه می‌کند. حالا هر دو زیر لحاف با همدیگر در آتش گر گرفته بودند و انگار داشتند پرواز می‌کردند و دیگر روی زمین سیر نمی‌کردند. درست مثل دو تا کبوتر رفته بودند آن بالا بالاها و در آسمان‌ها گم شده بودند. چند متر آنطرف‌تر دوتا ماهی شب عید هم توی تنگ به دنبال هم ورجه وورجه می‌کردند و انگار حرارت آتش خاور و کلا به آنها هم سرایت کرده بود. خلاصه در آن اتاق و در آن لحظه محشر کبری برپا شده بود و زمان و مکان فراموش شده و عالم و آدم همگی داشتند در حرارت عشق می‌سوختند و از دنیا و آخرت بی‌خبر شده بودند.

صدای گرگ‌ها و شغال‌ها هم حالا در آمده بود و انگار آنها هم در عروسی خاور و کلا شریک شده و آواز سر داده بودند ولی کلا و خاور صدای گرگ و شغال که سهل بود، اگر توپ و تانک نادری هم بغل گوش‌شان خالی می‌شد، انگار نه انگار که هیچ صدایی را می‌شنیدند. مثل این بود که در این دنیا نبودند تا صدایی را بشنوند. حالا سینه‌های بلورین خاور روی سینه‌های مودار و عظلانی کلا می‌رقصیدند و بر هم بوسه می‌زدند. هر دو از خود بی‌خود شده بودند. برای آن دو در آن لحظه دیگر گناه و ثواب معنی و مفهومی نداشت که نداشت. حالا همه چیز برای آنها و در چشم آنها ثواب به حساب می‌آمد. گویی با هم یکی شده و از این دنیا سفر کرده بودند و داشتند در بهشت برین سیر

می‌کردند. هـردو می‌ترسـیدند چشمان‌شـان را بـاز کننـد. می‌ترسـیدند کـه یـک دفعـه ببیننـد کـه دنیایـی کـه در آن سـیر می‌کردنـد، حقیقت نداشـته باشـد و رویایـی بیـش نباشـد. آخر برای هر دو به رویا بیشـتر شـباهت داشـت تـا حقیقـت و نمی‌خواسـتند بـه گذشـته‌ی خـود برگردنـد.

❊ ❊ ❊

وقتی‌که یک اتفاق ساده باعث می‌شود تا از سایه‌ی خودت هم بترسی...

دو ماهـی بـه همیـن منوال گذشتـه بود. بابایوسـف هرطور شـده بود با بازی‌هایـش توانسـته بود کلا و خاور را در آسـیاب از چشـم مشـتری‌ها مخفی نگـه دارد. ولـی کار راحتـی نبـود و کم‌کم همـه داشـتند شـک می‌کردند. از طرفـی خـود کلا و خـاور هـم حالا در اتاقک زندانـی شـده بودنـد. توالت هـم کـه بیـرون آسـیاب بـود و بایـد بـا آرتیست‌بازی نصـف شـب توالت می‌رفتنـد. بابایوسـف یک نردبان کوچک گذاشـته بـود در اتاقک و هر وقت هـم می‌خواسـتند دستشـویی برونـد، نردبـان را پاییـن پنجره پشـت آسـیاب و جهـت رودخانـه می‌گذاشـتند. پایه‌هـای نردبـان هـم داخـل و کنـار رودخانه خروشـان می‌نشسـت و مسـلم بـود کـه بایـد بـا احتیـاط پاییـن می‌رفتنـد تا داخـل آب نیفتنـد. خصوصـاً اینکـه بایـد بـا عجلـه و آن هم نیمه‌هـای شـب کـه همـه در ده و داخـل آسـیاب خواب هسـتند، برای رفـع نیاز بـه خدمت توالت می‌رفتنـد. وقتی هـم کـه از توالت برمی‌گشـتند آفتابـه را از آب رودخانـه پر کـرده و بـالا می‌بردنـد. دسـت و رویشـان را هـم در پنجـره و البتـه در زمـان تاریکـی می‌شسـتند.

در یکـی از ایـن نیمه‌شب‌ها، وقتی کلا داخـل توالـت بـود یکـی از مشـتری‌ها بـه نـام آصـف کـه نیـاز بـه توالت رفتن داشـت، بیـرون آمـده بود. البتـه در هنـگام شـب، همیشـه بایـد چـوب دسـتی قهاری برمی‌داشـتی کـه

اگر گرگ یا سگی حمله کرد بتوانی از خودت دفاع کنی. توالت هم پشت آسیاب بود و در هم نداشت. پارچه‌ی کهنه‌ای هم پشتش آویزان شده بود. صدای رودخانه و خصوصاً صدای آسیاب هم که آنقدر بلند بودند که اگر توپ هم در می‌کردی کسی داخل آسیاب صدایش را نمی‌شنید. حالا چه برسد به اینکه در حین توالت رفتن برایت اتفاقی می‌افتاد و برای کمک فریاد هم سر می‌دادی. الحمدالله که صدات به گوش هیچ احدی نمی‌رسید که به کمکت بیاید. برای همین هم کلا همیشه تفنگش را با خود می‌برد. به خاور هم یاد داده بود که چطوری از تفنگ استفاده کند.

خاور هم که همیشه با کلا می‌آمد که اگر یک دفعه اتفاقی افتاد با کلا باشد. کلا هنوز هم به‌سختی می‌توانست راه برود. خاور حالا در توالت کنار کلا ایستاده بود و داشت به او کمک می‌کرد که صدای آمدن اخ و تف آصف از بیرون بلند شده بود و داشت به طرف توالت می‌آمد. در یک لحظه هر دو هل شده و عقل‌شان نمی‌رسید که چه کاری کنند. کلا فوری نور بسیار ضعیف چراغ نفتی کوچکی را که داشت، کشته بود. خاور هم فوری تفنگ کلا را که کنار در به دیوار تکیه داده بود برداشته و گلنگدن تفنگ را کشیده و آمده بود که تیر را در کند. کلا با دیدن خاور در یک لحظه درد و زخم یادش رفته و از جایش پریده و تفنگ را از دست خاور گرفته بود که یک دفعه خاور تیری در نکند. ولی درد شدیدی که بخاطر یک دفعه بلند شدنش ایجاد شده بود چند لحظه‌ای او را سر جایش میخکوب کرد و درست در لحظه‌ای که آصف جلوی در توالت رسید و معلوم بود تنگش هم گرفته و عجله هم داشت. دستش را با خیال راحت دراز کرد که پرده‌ی جلوی توالت را کنار بزند و داخل شود، اما با شنیدن صدای آه کلاعباس از داخل توالت که از درد شدیدش بلند شده بود، دست آصف در زمین و هوا خشکش زد.

چند لحظه‌ای صبر کرد و بعد پرده را ول کرده و چراغ زنبوری

کوچکی را کـه همراه داشـت تـا نزدیک صورتـش بالا آورد. چوب دستیش را در مقـام دفـاع در هـوا بلنـد کـرد و آماده بـود کـه هر کـی و هر چـی از داخل توالت بیرون آمـد را لـت و پـار کند. ولـی آقا آصـف چنان از ترس خشـکش زده بـود کـه نـه داخل توالت می‌رفت و نه راهـش را میگرفت و برمی‌گشت داخـل آسیاب. خلاصـه حالا داخـل و خـارج توالت را سکوت محـض گرفته بـود و هـر کـدام منتظـر آن دیگری بودنـد کـه حرکتـی از خـود نشـان دهد. ولـی هیچ‌کـس نه حرکتـی می‌کرد و نـه حرارتـی از خودش نشـان می‌داد. کلا می‌دانسـت کـه آصـف نبایـد به داخل آسـیاب برگـردد. اگر آصف برمی‌گشت، آنهـا لـو می‌رفتند.

کلا کنـار دیـوار ایسـتاده و در فکر فـرو رفتـه بـود کـه چـه بایـد کـرد. بیـرون توالـت، آصف هـم مدتـی همینطور سـاکت ایسـتاده و منتظـر بود کـه ببینـد کـی از توالـت بیرون میآیـد یـا صدایـی دوبـاره بـه گوشـش می‌خورد یـا نـه، ولـی هـر چـه منتظر شـده بـود هیـچ صدای دیگـری از داخـل توالت نشـنید. یـک لحظـه خیـال کـرد کـه شـاید اشـتباه کرده باشـد یا اینکه سـگ یـا گرگی داخـل توالت رفتـه و حالا می‌ترسـد که بیـرون بیایـد. از طرفی هم اوضـاع مزاجـی آصـف خیلـی بـد بود و فشـار زیادی داشـت و هرطور بـود باید توالـت می‌رفـت. بالاخره چـوب دسـتی را دراز کـرد و پـرده‌ی جلـوی توالت را بـا احتیـاط کمـی کنـار زد و چـراغ زنبـوری را بـالا گرفت که داخـل توالت را بهتـر ببینـد. ولـی چیـزی نمیدیـد و هیچ‌چیـز هم دسـتگیرش نشـد. چوب دسـتی حـالا تـا نیمـه داخـل توالت رفتـه بود.

کلا کنـار دیـوار، در تاریکـی قایـم شـده و شـش‌دانگ نگاهـش به چوب دسـتی آصـف بـود. خـاور هـم پشـت کلا به دیـوار چسـبیده بـود. هنـوز پای آصـف کـف توالـت را لمـس نکرده بـود کـه کلا در حالی که بلند صدای سـگ را در می‌آورد، دسـت آصـف را گرفتـه و بـا هـر قدرتـی کـه داشـت او را داخل توالـت کشـید. آصف داشـت بـا صورت بـه کف توالت سـقوط می‌کـرد که کلا

با قنداق تفنگش محکم پشت سر آصف کوبید. چراغ زنبوری آصف از دستش جدا شد و جلوی صورتش روی زمین افتاد و نور کم آن صورت آصف بی‌هوش دراز کشیده در کف توالت را روشن کرده بود. کلا فوری چراغ خودشان را برداشت و روشن کرد. با احتیاط اطراف را وارسی کرد، خاور را دید که ماتش زده و جیکش در نمی‌آمد. بعد هم فوری چاقویش را از جیبش در آورده و با نوک تیزش چند دفعه به ساق پای آصف زده و زخم کوچکی ایجاد کرد و چند بار هم دستش را گاز گرفت:

- بهتره فکر کنند مار زدتش... یا سگ گازش گرفته... باید از اینجا بریم... هر لحظه از داخل دنبالش می‌آیند... جای امنی مثل خرابه‌ای سراغ نداری که شب و صبح کنیم...؟

- کجا از خانه‌ی خودم بهتر؟... می‌ریم خانه‌ی ما تا بهتر بشی... تو که با این حالت نمی‌تونی در این سرما و برف جایی بری؟»

خاور با عجله از نردبان بالا رفت و داخل اتاقک شد و لباس‌های خودش و کلا را جمع و جور کرد. داشت از پنجره به طرف نردبان می‌رفت که یاد منقل و وافورش افتاد. اسباب‌ها را زمین گذاشت، منقل را برداشت و از پنجره به رودخانه پرت کرد. کمی هم اتاق را به‌سرعت راست و ریس کرده و بعدش هم وافور و اسباب‌هایش را برداشت، از نردبان با عجله پایین رفت و بعد هم نردبان را داخل رودخانه هول داد. جریان آب، نردبان را با خودش در تاریکی شب برد. خاور با عجله رفت و زیر بغل کلا را گرفت و توی تاریکی شب به طرف خانه‌ی خاور حرکت کردند. هنوز صد متری از آسیاب دور نشده بودند که در آسیاب باز شد و دوست آصف چراغ به دست، به دنبالش آمد. صدایش هم بلند شد و از پشت در توالت چند باری آصف را صدا کرد. ولی جوابی از آصف بلند نشد. پرده‌ی توالت را با احتیاط کنار زد و آصف را دید که کف توالت از هوش رفته است. با تعجب نگاهی به اطراف انداخت. معلوم بود ترس هم برش

داشـته. بـا عجلـه درون آسیاب برگشـت و چنـد لحظـه‌ای طـول نکشـید که بابایوسـف و یکـی دو نفـر دیگر از در آسـیاب بـا عجله بیـرون زده و وارد توالت شـدند. طولـی نکشـید کـه آصف را بـه داخل آسیاب حمـل کردند. حالا هر کـس چیـزی می‌گفـت و نظـری مـی‌داد. نـگاه بابایوسف بـه زخم پای آصف افتـاد. شسـتش خبـردار شـد کـه کار بایـد کار کلاعباس باشـد. می‌دانسـت کـه بایـد کلا توالت آمـده باشـد و از بخـت بـدش آصف هم سـرزده بیـرون رفته کـه توالـت بـرود و بـا هم شـاخ به شـاخ شـده بودنـد. بابایوسف با عجلـه و احتیـاط، پشـت آسیاب رفـت و اطراف و پنجره را وارسـی کرد. نمی‌دانسـت کـه کلا هنـوز در اتاقک است یـا نـه. بابایوسـف می‌دانسـت کـه آصف دیر یا زود بـه هـوش می‌آیـد و زبانـش بـاز می‌شـود ولی نمی‌دانست کـه آصف کلا را دیـده یا نـه و یـا چقـدر می‌داند. بابایوسـف با صدای بلنـد داد زد:

- اینجا که پرنده پر نمی‌زند...

بعـد هـم منتظر شـد کـه ببیند حرفـی یا علامتـی از خاور یا کلا می‌گیرد یا نـه. انتظارش بی‌فایده بـود. همانطـور که چراغ زنبـوری را جلویـش گرفته بـود چشـمش بـه نردبان افتـاد که کمـی آن‌طرف‌تـر کنار رودخانـه و داخل آب، گیـر کـرده بـود. فهمیـد که خاور و کلا باید رفته باشـند ولـی این،که کجا رفتـه بودنـد را خـدا می‌دانسـت. فوری بـه داخل آسـیاب برگشـت و دوباره به پـای زخمـی آصـف خیـره شـد و بـا اشـاره به زخـم پای آصف صدایش بلند شـد :

- نـگاه کـن ایـن زخـم زخم سگـه یـا گرگـه یـا مار پدرسـگ صاحـب... غافل‌گیـرش کردنـد... بایـد همـان مـاری باشـد کـه داخل اتاقک آمده بـود...

بعـدش هـم بابایوسـف از فرصـت اسـتفاده کـرده و بـا احتیـاط و عجلـه رفـت بـه طـرف اتاقک و فـوری در اتاقک را باز کـرد. هیچ‌کس در اتاق دیده نمی‌شـد. اتـاق تـر و تمیـز بـود. تـا برگشـت، دیـد کـه یکـی از مشـتری‌ها

پشتش ایستاده و دارد داخل اطاقک را نگاه می‌کند. صدای بابایوسف سکوت را از بین برد:

- مار پدر سگ صاحب زدتش... بیاریدش اتاق... عادت مارا اینه که وقتی می‌زنندت راهشان و می‌گیرند و میرن...

* * *

بیرون آسیاب، خاور در تاریکی شب با احتیاط در کنار سایه‌ی دیوارها زیر بغل کلا را گرفته بود و داشت کلا را به طرف خانه‌اش می‌برد. سگ‌ها و شغال‌ها هم که ول کن معامله نبودند و جواب همدیگر را می‌دادند و عروسی‌ای به پا کرده بودند که بیا و ببین. کلا و خاور را هم که می‌دیدند، سر و صدایشان را چند برابر می‌کردند. کلا تفنگش را هم آماده زیر پالتوی بلندش نگه داشته بود. بالاخره با هر زحمتی بود، خاور کلا را به خانه‌اش رساند. خوشبختانه خانه‌ی خاور لب رودخانه بود و همسایه‌ای نزدیکش نداشت غیر از مسجد ده، که دیوار به دیوار خانه‌اش بود و آن طرف هم باغ بزرگی بود و پشت باغ هم زمین‌های زراعتی بودند. خاور کلا را روی سکوی جلوی در نشاند و از درختی که کنار دیوار بود بالا رفت و وارد ایوان خانه شد. چند لحظه‌ای طول نکشید که در باز شد و خاور در قاب در ظاهر شده و کلا را داخل برد و در پشت سرشان بسته و چفت شد.

خاور با بابایوسف در یک ساختمان زندگی می‌کردند و از یک حیاط مشترک استفاده می‌کردند. خاور با مادر پیرش زندگی می‌کرد و به خاطر رفتار و کردار خاور مردم هم از ترس آبرویشان، با خاور و مادر پیر و علیلش کاری نداشتند و رفت و آمد هم نمی‌کردند. مادر خاور زمین‌گیر شده بود و برای همین هم بابایوسف تا آنجا که دستش به آنها می‌رسید به آنها کمک می‌کرد.

ولی حالا که کلاعباس پیدایش شده بود، سه نفری آن‌ها در یک

اتـاق و کنـار هـم روزگار می‌گذراندنـد و اگر چه خاور شب‌هـا جـای خود را در کنـار دیگـری و دور از کلا می‌انداخت ولـی در نیمه‌هـای شب کـه بـه خیال آنهـا مـادرش خوابـش بـرده، می‌رفت سـراغ کلا و زیـر لحـاف کلا دوتایی در آغـوش یکدیگـر، شب را صبـح می‌کردنـد. چنـان در عیش و عشرت از خود بی‌خـود می‌شـدند کـه دیگـر یادشـان می‌رفت کـه مـادر پیر و علیـل خاور یکـی دو متـر آن‌طرف‌تر خوابیده اسـت. مسـلم بود کـه از بـودن کلا کنار خاور بـا بقیـه‌ی آدم‌هـا کـه بـه دنبـال خـاور بودنـد، راضی‌تر بـود. ولـی از همه چیز هـم آگاه بـود. البتـه بیچـاره کار دیگـری هـم از دسـتش برنمی‌آمد کـه بکند. جـز ایـن کـه غصـه می‌خـورد و چشـمانش را می‌بسـت و درون خـودش در سـکوت می‌گریسـت و بـه درگاه خـدا دعـا می‌کـرد کـه اگر دخترش گناهی کـرده اسـت او را ببخشـد. انـگار کـه فقـط ایـن خـاور بـود کـه گنـاه می‌کرد. گنـاه خـاور هـم فقط ایـن بود کـه در چشـم مردم یـک زن بود و مثـل بقیه‌ی مـردم ده در خرافـات و آداب و رسـوم پوسـیده گـم نشـده بود. ولـی نـه خدا به کمکـش می‌آمـد کـه بـه آنهـا حالـی کند کـه من همـه‌ی بنده‌های خـود را با یـک حـق مسـاوی آفریده‌ام و همه‌ی آنها خودشـان مسـئول اعمال خودشـان هسـتند و هیچ‌کـس حـق تهمـت و یـا قضـاوت در مـورد اعمـال دیگـری را نـدارد و نـه هیچ بنـده‌ی خدایـی بـود کـه بـه او حالی کند کـه خـاور، دختر معصـوم و بی‌گناهـی اسـت کـه فدای آداب و رسـوم کهنه، پوسـیده و اشـتباه مردم شـده و گناهش هم عاشـق شـدن اسـت و در مکتب خدا عاشـق شدن نـه تنهـا گنـاه نیسـت بلکـه ثواب هـم هسـت، در ثانی خـاور از مـردم ده چند بـاری پرسـیده بود کـه یکی نیسـت از شـما بپرسـد کجای کتاب‌های آسـمانی آمـده اسـت کـه زن از مـرد کمتـر اسـت و یا اینکه حقش از مرد کمتـر اسـت. بنابرایـن اگـر گناهـی اتفـاق می‌افتـاد، کـه آن را زنـا می‌گفتنـد، زن و مرد هر دو نفـر بایـد مقصـر شـناخته می‌شـدند و یـا اگر برچسـب فاحشـه و یا خراب را بـه زن بدبخت و بی‌گناهی می‌چسـباند، بایـد همیـن برچسـب را هـم بر

تنـه‌ی مـرد هـم بچسبانند. ولی مـردم نـه تنهـا جوابی بـرای خاور نداشتند بلکـه او را نامسـلمان و کافر می‌دانسـتند؛ اما در چشـمان کلا، خـاور مثل یک شیرزن جلـوه می‌کـرد کـه یک تنه بـر علیه همـه‌ی مـردم و خرافـات آن‌ها قـد علم کـرده و ایسـتاده بود.

❊ ❊ ❊

حـالا بـا پیـدا شـدن کلا در زندگـی خـاور، او بـرای مدتـی زیادی بـود کـه از دیـد همـه ناپدیـد شـده و ناپدید شـدنش بـرای همه معما شـده بـود. خاور از خانـه بیرون نمی‌رفت و این بابایوسف بـود که بـرای آن‌ها خریـد می‌کرد. حـالا مـردم فضول و بیـکار ده می‌خواسـتند بدانند که چه بر سـر خـاور آمده اسـت. خصوصا کسـانی کـه قصد داشـتند بـا او در خفا روی هـم بریزند و بـرای همیـن هـم در بـه در دنبالـش می‌گشـتند. خاور عادتـش بـود گاه گاهی چند روزی غیبـش مـی‌زد ولـی ایـن بار مـدت غیبتش طولانی شـده بـود. حالا چو افتـاده بـود کـه خـاور را برده‌اند و کشـته‌اند.

بـرای همیـن مـردم هـم جسـته و گریخته بـا هـر بهانـه‌ای می‌شـد بـا بابایوسـف سـر صحبت را بـاز می‌کردنـد و بعد هـم صحبت‌شـان را بـه خاور می‌کشـیدند و می‌خواسـتند بداننـد کـه بابایوسـف خبـری از خاور دارد یـا نـه. بابایوسف هـم کـه یـک سـر و گـردن از آن‌ها بالاتـر بـود فـوری آن‌ها را سرجایشـان می‌نشـاند و در خمـاری نگه می‌داشـت و البته این بابایوسف بود کـه بـاز هـم برای آن‌ها سـور و سـاط تهیه می‌کـرد و تقریبا یـک روز در میان بـه قصابـی محـل سـر مـی‌زد. البتـه رفـت و آمد بیشـتر بابایوسف بـه قصابی و بقالـی، حـالا حـس کنجـکاوی مـردم را هـم برانگیخته بـود و یکـی دوباری هـم کـه از بابایوسـف پرس و جـو کـرده بودنـد. بابایوسف دوباره آن‌ها را سـر جـای خودشـان نشـانده بـود و بـا سیاسـت حالی‌شـان کـرده بـود کـه بـرای مشـتری‌های آسـیاب خریـد می‌کنـد و بـرای رد گم کـردن هم کـه شـده بود، از قصابـی یـا بقالـی کـه بیـرون می‌آمد، یک راسـت بـه طرف آسـیاب می‌رفت

و وانمـود مى‌کـرد کـه بـراى مشـترى‌هاى آسـیاب خریـد کـرده اسـت و در نیمه‌هـاى شـب بـود کـه سـور و سـاط را بـه خانه مى‌آورد.

❊ ❊ ❊

حـالا چنـد ماهـى از بودن کلا در خانه‌ى خاور گذشـته بـود و کلا دیگر سـالم سـالم شـده بود ولـى هنوز هیچ یک از اهالى ده نمى‌دانسـتند که کلا چنـد ماهـى اسـت که در خانـه‌ى خاور بیتوته کرده اسـت. کلا روزهـا در خانه مى‌مانـد و فقط شـب‌ها، آن هـم نیمه‌شـب‌ها یواشـکى بـه توالت مى‌رفـت. توالـت در حیـاط و طبقـه‌ى پاییـن بود. قبل از ایـن که کلا از اتـاق در ایوان، در تاریکـى از پله‌هـا پاییـن بـرود، خـاور و یا بابایوسـف اول به بهانـه‌ى این که کارى در ایـوان دارنـد، بیـرون مى‌رفتنـد و همه‌جا را خوب وارسـى مى‌کردند. وقتـى مطمئـن مى‌شـدند کـه همه‌چیـز امـن و امـان اسـت، بـه کلا علامـت مى‌دادنـد کـه از اتاق بیـرون بیاید.

❊ ❊ ❊

فصل ۸

وقتی هوس، چشمان عقل و منطق را کور می‌کند ...

حـالا مدتـی می‌شـد کـه خـاور، از دیـد مردم قایم شـده بود. بسیاری هـم از غیبتـش خوشـحال بودند. مـردم خیـال می‌کردند که از ده کوه‌سنگ رخـت بسـته و رفتـه اسـت. ولی یکـی دو نفری کـه همواره فکر عیـش و نوش بـا خـاور را در دل داشـتند، به هیچ عنوان خیال دسـت برداشـتن از سـر خاور را نداشـتند و بـرای همیـن هـم در بـه در بـه دنبـال خـاور می‌گشـتند. البتـه حـق هـم داشـتند کـه نتوانند خاور را به فراموشـی بسـپارند. یکـی از آنها ابولی پسـر بـزرگ ملا باقـر، آخوند ده بـود. ملا باقر با سیاسـت و حیله‌ی خدادادی خـود از بقیـه ی آخوندهـای ده پیشـی گرفتـه بـود. هیچ‌کـس مثـل مـلا باقر ایـن هنـر را نداشـت کـه هـر روز دربـاره‌ی هـر موضـوع و مطلـب و اتفاقی کـه می‌افتـاد چنـد لغـت بـه اصطلاح عربی سـرهم کنـد و از امام و خـدا و پیغمبر مثـال بیـاورد و آخـر کار هـم بـه دین و بهشـت و جهنـم ربطـش داده و مردم را از بهشـت و جهنـم بترسـاند. یکـی دوتـا جیره‌خـور هـم داشـت و هـر وقت کـه دهـن مـلا باقر بـاز می‌شـد، جیره‌خورهایـش بهبـه و چهچـه می‌کردند و گاهـی هـم لقب امام و نایـب امام هم بـه او می‌بسـتند. مـردم نـادان هم که نمی‌دانسـتند دنیـا دسـت کـی بـود و ملا اصـلا عربی حـرف نمی‌زند. حتی بلـد نیسـت و فقـط یکـی دو تـا جملـه و کلمـه عربـی از قـرآن حفظ کـرده و تکـرار می‌کنـد. در ضمـن معنـی آنهـا را هـم نمی‌دانـد و همان دو سـه جمله را هـم بـرای هر چـه بخواهـد، اسـتفاده می‌کند. حتی بیشـتر وقت‌هـا همه‌ی

گفته‌ها و مطالب‌ش ساخته و پرداخته‌ی ذهن خودش و دروغ است و نه عربی.

ابولی یکی دو دفعه هم در خفا با خاور صحبت کرده بود و البته و طبق معمول خاور او را سر کار گذاشته بود. و به همین خاطر هم امیدی در دل ابولی زنده شده بود. بنابراین به هیچ صراطی مستقیم نبود و کوتاه نمی‌آمد و عزمش جزم این شده بود که سر از ناپدید شدن خاور در بیاورد. بنابراین روز و شب در خفا و اطراف خانه‌ی خاور کشیک می‌داد. اگر از ترس بابایوسف نبود تا حالا چندین بار از دیوار خانه‌ی خاور بالا هم رفته بود. بابایوسف با یکی دو نفر از مردم ده هم درگیر شده و به آنها هشدار داده بود که دور و بر خانه‌ی او که با خاور توی یک حص مشترک بودند پیدایشان نشود. همین رفتار بابایوسف هم باعث شده بود که بسیاری از مردم فکر کنند بابایوسف آب توبه روی سر خاور ریخته و حالا خاور را عقد خودش کرده و خانه‌نشینش کرده است. ولی از ترس بابایوسف، جلوی او صدایشان در نمی‌آمد و همه‌چیز پشت سر بابایوسف نقل و بیان می‌شد. هرچند که خبرش به گوش بابایوسف هم رسیده بود، ولی بابایوسف فکر می‌کرد که بهتر است مردم در همین خیال باشند تا شاید برای مدتی خاور را ول کنند و خاور یک جوری با کلا سر و سامان بگیرد و راه‌شان را بگیرند و از ده بروند که بروند. حتی به آنها گفته بود از مادر پیر و علیل خاور هم نگهداری می‌کند که خیال آنها راحت باشد.

ولی اگر همه‌ی مردم هم رضایت می‌دادند باز هم ابولی ول کن معامله نبود. ابولی شب و روز در تاریکی قایم میشد و خانه‌ی خاور را می‌پایید و منتظر فرصت بود که از دیوار خانه بالا برود و از ته و توی قضیه‌ی خاور سر در بیاورد. ابولی مطمئن بود خاور در خانه‌اش قایم شده و خودش را نشان نمی‌دهد. یکی دوبار هم در شب سایه‌ی او را دیده بود که از جلوی پنجره رد می‌شد. اتاق خاور به طرف رودخانه و صحرا

باز می‌شد و یک جاده از پایین خانه‌اش و یکی هم از آن طرف رودخانه مشرف به خانه‌اش رد می‌شد. برای همین هم همیشه شب و روز پنجره باز نمی‌شد و فقط شب‌ها کمی باز می‌شد که هوای اتاق را عوض کنند. ابولی فکر می‌کرد اگر خاور در خانه‌اش نیست، پس چه کسی نیمه‌شب‌ها پنجره را باز می‌کند؟ مادر خاور که علیل بود!

بالاخره یک شب که ابولی می‌دانست بار زیادی برای بابایوسف آمده و بابایوسف درگیر آسیاب است و وقت سر خاراندن هم ندارد تا به خانه بیاید. ابولی در تاریکی روی درخت کنار خانه‌ی خاور نشست و ساعت‌ها کشیک کشید تا وقت مناسبی پیدا کند و به خانه‌ی خاور برود.

شب به نیمه رسیده بود و همه‌ی ده در خواب بودند. فقط صدای گرگ‌ها و سگ‌ها و رودخانه بود که به گوش می‌خورد. ابولی با احتیاط از روی درخت رفت روی دیواری که به ایوان می‌رسید. سگ ولگردی از آن‌سوی مسجد در جاده شروع به پارس کردن کرد. ابولی حالا رسیده بود به ایوان و پشت دیوار کوتاه ایوان قایم شده و در این فکر بود که چه کند و چه نکند. همین‌طور به در و پنجره‌ی اتاق خاور که به ایوان باز می‌شد خیره شده و در فکر فرو رفته بود. سگ هم حالا کوتاه بیا نبود و همینطور پای دیوار ایوان و کنار رودخانه به بالای ایوان که ابولی پریده بود خیره شده و پاس می‌کرد. ابولی دلش می‌خواست پایین جاده برود و سگ را بکُشد. ابولی می‌دانست که سگ بالاخره کار دستش می‌دهد. می‌دانست که اگر کسی از جاده رد شود شک ببرد که شاید اتفاقی در خانه‌ی خاور افتاده باشد که سگ ول کن نیست، حتما در آن صورت نگران می‌شد و در میز که مطمئن شود که دزدی سراغ خانه‌ی بابایوسف یا دنبال خاور نرفته است.

حالا ترس هم ته دل ابولی را گرفته و نمی‌دانست چه کند. برود سراغ اتاق خاور یا برگردد و پایین برود و سگ را خفه کند و دوباره

برگـردد بـالا و یـا ایـن کـه یـک شـب دیگـر سـراغ خـاور بیایـد. بالاخـره تصمیـم گرفـت از پلهها پاییـن و از در بیـرون بـرود و سـگ را خفـه کنـد و یک شـب دیگـر برگـردد و سـراغ خـاور بیایـد. میدانسـت اگـر از درخـت پاییـن بـرود، سـگ گیـرش میانـدازد و پاچـهاش را میگیـرد.

    در تاریکـی شـب بـا تـرس و لـرز از پلههـا بـه طـرف حص پاییـن رفت. بـه پاییـن پلههـا کـه رسـید، خیال بـرش داشـت کـه در تاریکـی سـایهی کسـی را دیـده اسـت کـه پشـت دیـواری کـه بـه طـرف توالـت میرود، گـم شـد. حالا ابولـی از یـک طـرف از سـایهی خـودش هـم میترسـید و از طرفـی هـم فکر میکـرد کـه خـاور خـودش را در توالـت قایم کـرده اسـت. بـرای همیـن هم در تاریکـی بـه طـرف توالـت رفـت. هنوز پایـش را داخـل توالـت نگذاشـته بود که قنـداق تفنـگ کلا تـوی صورتـش نشسـت و ابولـی پشـت پشـتی هول برداشـت و وسـط حـص و کنـار توالـت دراز شـد. صـدای نعـرهی ابولـی حالا تـا چندین خانـه آنطرفتـر هـم رسـید. کوتـاه هـم نمیآمـد و تـا کلا آمـد بـه خـودش بجنبـد و صـدای ابولـی را خفـه کنـد، ابولـی بـا نعرههـای خود همـهی ده را از خـواب بیدار کـرده بود.

    کلا و خـاور بـالای سـر ابولـی ایسـتاده بودنـد و نمیدانسـتند چـه بایـد کننـد. البتـه دوبـاره بـد شانسـی بـه کلا و خـاور رو کـرده بـود. چرا کـه چند وقتـی میشـد کـه آنها یکـی از طویلههـای پاییـن را تـر و تمیز کـرده بودند و تقریبـا بـه اتاقـی تبدیـل کـرده و بیشـتر وقتشـان را آنجا میگذرانـدن کـه جلـوی دیـد مادر خـاور نباشـند. هـر چنـد بـه او گفتـه بودنـد کـه عقد هـم شـدند, ولـی بـا ایـن حـال جلـوی او در اتاقـی کـه او همیشـه حاضر بود دسـت و پـای آنها بسـته بـود و احسـاس خجالت و گنـاه میکردنـد خصوصا در شـبها کـه پیـر زن همیشـه بیدار بـود. در ثانـی فقط خـر بابا یوسـف را داشـتند کـه آن هـم در طویلـهی بغلـی بسـته بـود. در طویلـه حالا از چشـم همـه دور بودنـد و هیچکـس نـور چراغـی را نمـی دیـد و مادر خـاور هم مزاحم

آنها نبـود. از بدشانسـی درسـت زمانـی کـه کلا و خاور از زیـر دالان به حص رفتـه و چنـدی مشـغول هـوا خوردن بودنـد و قصد بر داشـتن آب خـوردن از رودخانـه ای کـه از جلـوی خانـه در جریان بود را داشـتند, ابولی هـم به خانه آنهـا گریـز زده بـود و داشـت از پله هـا پایین می آمد کـه از طریق حص از در خارج شـود. و ایـن درسـت وقتـی بود کـه آنها در حص بودنـد. صدای سـگ کـه حـالا پشـت در حس بیـرون توی کوچـه هم آمده بـود بلندتـر و نگران تر شـده بـود. همیـن هـم باعث شـد کـه آنها را نگران کنـد ابولی کـه از دیدن خـاور نامید شـده بود

بـا ایـن فکر که اگـر از درخت پایین بیایـد، سـگ در تاریکـی او را غافل گیر کـرده و بـه او حملـه می کـرده و گازش می گرفـت و کار دسـتش مـی داد، تصمیـم گرفتـه بـود از در خارج شـود و از بخت بد و اتفاقی بـا کلا و خاور زیر دالان شـاخ بـه شـاخ شـده بـود. کلا کـه پشـت دیـوار تـوی تاریکی قایم شـده بـود, تـا ابولـی آمـده بـود بخـودش بیایـد بـا قنداقـه تفنگـش چنـان بر فرق ابولـی کوبیـده بـود کـه بـا همـان ضربـه ی اول و بعـد از اینکه نعـره ی بلندی زده بـود. روی زمیـن ولـو شـده و از هـوش رفته بود

سـگ هـم کـه دیگـر ول کـن معاملـه نبـود و معرکـه ای پشـت در و در جـاده بـه راه انداختـه بـود که بمانـد. کلا و خاور هم بالای سـر ابولی ماتشان بـرده بـود و در سـکوت خـود بـه بخت و شـانس بد خودشـان فکر می کردند. دنیایـی از غـم و غصـه، همـه ی وجودشـان را فـرا گرفت. هر دو می دانسـتند کـه دنیای خوشـی کـه بـرای خود سـاخته بودنـد به آخر رسـیده اسـت. صدای مـردم را می شـنیدند کـه از خانه هایشـان بیـرون زده و هـر لحظـه ممکن بود از در و دیـوار خانـه ی خاور بـالا بیاینـد. کلا می دانسـت که باید قبـل از اینکه مـردم پیدایشـان شـود و لـو بـرود، جـول و پلاسـش را بـردارد و هرچـه زودتر در تاریکـی شـب بزنـد بـه چـاک. جیک از هیـچ کدام شـان در نمی آمد. چند لحظه بیشـتر طول نکشـید که فریاد دزد دزد مردم از دور و نزدیک بلند شـد

و گوش آدم را کر می‌کرد. از صدایشان مشخص بود که به‌طرف خانه‌ی خاور می‌آیند. کلا بالاخره به خودش آمد و با عجله از پله‌ها بالا رفت و وارد اتاق شد. هنوز خاور که یک دنیا غم تمام وجودش را گرفته بود به ایوان نرسیده بود که کلا از اتاق بیرون زد و کت و پالتویش را در دست داشت:

-       برمی‌گردم و از اینجا می‌برمت...

بعدش هم با عجله از دیوار ایوان که به دشت پشت خانه‌ی خاور می‌خورد، پایین پرید و در علف‌زارها در تاریکی شب، گم شد. تفنگش را هم زیر پالتوی بلندش در دستش آماده داشت که هر کسی جلویش سبز شود، روی زمین درازش کند. کلا توی درخت‌زارها و از میان درختان، دوان دوان به طرف بیرون ده و قبرستان در دل تاریکی از دید خاور گم شد.

مردم هم از چپ و راست چوب و چماق و بیل و چراغ به دست، از خانه‌هایشان بیرون زده و دنبال دزد می‌گشتند. وقتی هم که شنیدند، دزد به خانه‌ی خاور رفته، تعدادشان بیشتر هم شده بود.

چند دقیقه بعد، مردم مثل مور و ملخ از در و دیوار خانه‌ی خاور درون حص ریخته بودند. حالا دور و بر ابولی که هنوز کف حص بی‌هوش دراز کشیده بود، جمع شده و نور چراغ‌های زنبوری هم صورت غرق به خون ابولی را روشن کرده بود. هر کس هم طبق معمول همیشگی نطقی می‌کرد و نظری می‌داد.

از آن‌طرف و کنار مسجد سر و صدای ملا باقر پدر ابولی بلند شده بود که چراغ به دست به‌طرف خانه‌ی خاور می‌آمد. عده‌ی زیادی هم ملا باقر را همراهی می‌کردند. همین‌طور که به جمعیت رسید، صدای سلام و صلوات مردم بلند شد. بعد هم صدای صلوات جای صدای دزد دزد را گرفت. ملا باقر هم باد به غبغبش انداخته و بدون اینکه خبردار باشد که دزدی که مردم دنبالش می‌گردند، پسرش ابولی است که حالا

کـف حـص خـاور غرق بـه خـون دراز خوابیده و بی‌هوش اسـت، معتـل نکرده و صدایـش بلنـد شـده بود:

- نگفتـم ایـن زن خـراب هرجایی، توی شیشـه‌اش هم کـه بکنی بالاخره کار خـودش را می‌کنـد... آخـه مـردم چـرا بـه خرجتـان نمیـره... چند دفعـه بگـم کـه وجود ایـن زن توی ده باعث می‌شـه که خـدا غضبمون کنـه... بایـد از شـر این هـرزه و هرجایی خـلاص بشیم... جوان‌های ده رو منحـرف می‌کنـه... دزد آمـده دنبـال هوا و هـوس این زنـا کار... این زن هـرزه و اون دزد بیدیـن و ایمـان زنـاکاری کـه دنبال ایـن زن هرزه آمـده رو بایـد از ده بیرون کنیم... باید به سـزای اعمال شـون برسونیم کـه عبـرت بقیه بشـه... باید سـنگ سرشان کنیم ...

در تمـام ایـن مـدت، خـاور سـاکت تـوی ایـوان نشسـته بـود و به بخت بـد خـودش فکـر می‌کـرد. بـه مـادرش کـه تازگی‌هـا امیدی تـه دلـش جوانه زده بـود کـه خاور بالاخره سـر و سـامان گرفتـه و مثل باقی زن‌های ده شوهر می‌کـرد و زن خانـه‌داری می‌شـد. بـه اینکه مگر او خـدا ندارد و اگـر دارد چرا خـدا هـر روز یک‌جـوری تمـام بدبختی‌ها را بـرای او می‌آفریند و سـر او خالی می‌کنـد. خـاور رو بـه خدا کـرد و از خدا پرسید:

- مگـر نمیگـن کـه تـو بخشـنده هسـتی؟ و هـر کس بـه درگاهت بیاید و ازت طلـب بخشـش بـرای گناه‌هـاش بکنـه او را می‌بخشـی؟ مـن نمی‌دانـم چـه گناهـی کـردم...؟ آیا گناهـم ایـن اسـت کـه مـرا زن آفریـدی؟ پـس چـرا صـدای مـن و نمی‌شـنوی و مـن را نمی‌بخشـی؟ مگـر مـن رو جـزو بنـدگان خـودت نمی‌دونـی... اصـلا بـه مـن بگو من چـه گناهـی کـردم؟...

با بلند شدن صدای ملا باقر، خاور دوباره رو به‌طرف خدا کرد:

- پس جوابم این بود...؟

مـردم گـوش تـا گـوش درون حـص جمع شـده بودند. مـلا باقـر همچنان

که به نطقش ادامه می‌داد وارد حص خاور شد. هنوز ابولی را ندیده بود:

- مردم باید بدانید که در درگاه خداوند مردان عیاش و از خدا بی‌خبری که دنبال زن‌های هرزه می‌روند از آنها بدتر و گناهکارترند... اینها هستند که تخم فساد و بین مردم مسلمان می‌پاشند و جهنم را به جای بهشت برای مردم می‌خرند... خداوند می‌گوید باید با آنها باید همان رفتاری را کرد که با زن‌های هرزه باید کرد... سنگ‌باران‌شان باید کرد...

ملا باقر از لای جمعیت که حالا همه ساکت شده و به او خیره شده بودند رد شد و بالاخره بالای سر ابولی رسید، پسر رشیدش که هنوز غرق به خون و بی‌هوش روی زمین دراز بود. ملا باقر با دیدن ابولی پسرش چند لحظه‌ای جا خورد و از صدا افتاد. حالا سکوت محض برقرار شده و همه به ملا باقر خیره شده بودند که با پسرش چه خواهد کرد و چه خواهد گفت.

صدای خاور سکوت را شکست:

- ای مرم با دین و ایمان... گناه مردی که دنبال زن زناکار می‌رود از گناه زن بیشتر است و باید سنگسارش کنید.... ابولی پسر ملا باقر آمده بود دنبال من.... پس معطل چی هستید مگه رساله و فتوای ملا باقر را نشنیدید ...

بعدش هم چندتا خرده سنگ از ته ایوان که لب آن ایستاده بود پیدا و به طرف ابولی پرتاب کرد. حالا همه منتظر ملاباقر بودند که چه فتوایی می‌دهد.

ملا باقر که جا زدن در مرامش نبود و در عوض کردن حرفش و تغییر اوضاع به نفع خودش استاد زمان خود بود؛ معطل نکرده و شروع کرد به لگد زدن به ابولی و سر او داد زدن:

- بلند شو پدرسوخته... نفهم... چند بار به تو گفتم آب توبه ریختن

سر این زن‌های هرزه فایده‌ای نداره... عنتر می‌خواد برام ثواب بکنه... نفهم چند بار بهت گفتم در راه خدا خدمت کردن راه و چاه خودش و داره و تو هنوز نفهمی و نمی‌دانی راه درست خدمت کردن در چیست... چند دفعه گفتم به آب توبه ریختن سر این زن هرزه در راه خدا فکر نکن... الاغ...

بعدش هم ملا باقر رو کرد به‌طرف مردم و در حالی که همینطور ابولی را زیر لگدهای خود گرفته بود، داد می‌زد:

-   جوان نفهم می‌گفت، به خاطر خدا من خودم خاور و می‌برم آب توبه می‌ریزم سرش و به راه راست هدایتش می‌کنم که ثواب ببرم.. صد بار بهش گفتم نفهم این کار درستی نیست و... وقتی یکی هرزه‌س هرزه می‌مونه...

در همین احوال که مردم آب آفتابه را روی سر و صورت ابولی خالی کردند که آقا ابولی را به‌هوش بیاورند به نطق ملا باقرهم گوش می‌کردند والبته سر و صدای نوچه‌های ملا باقر هم در تایید ملایشان بلند شده بود. آقا ابولی بالاخره به‌هوش آمد و از جایش بلند شد و با به‌هوش آمدن ابولی نطق ملاباقر هم ناتمام ماند؛ ولی ملاباقر معطل نکرد و دوباره به ابولی حمله‌ور شد و او را زیر لگد و مشت‌های خود گرفت. یکی دو نفر از نوچه‌های ملاباقر بالاخره جلوی ملا را گرفتند و پیرمردی صدایش بلند شد:

-   بابا ملا، بذار ببینیم اول چی شده و بعد اعدامش کنیم... شاید امر خیری داشته ملا... شاید او هم دنبال دزد بوده و غافلگیرش کرده باشند... بذار پسره حرف بزنه و بگه چی شده...

و بعد همه با نطق پیرمرد ساکت شده و منتظر ابولی بودند که به حرف بیاید و بگوید چه اتفاقی افتاده. ابولی که هنوز گیج و گنگ بود به پیرمردی که گفته بود شاید غافلگیرش کرده باشند چندی خیره شده و

بالاخره یک در میان به حرف آمد:

- مـن داشتـم از کوچـه رد می‌شـدم کـه داخـل مسجد بـرم و چندتا نمـاز غـذا بخوانـم... کـه چند نفر داشتند از دیـوار خانه‌ی ایـن زنه بالا می‌رفتند... مـن رو کـه دیدنـد سـه نفرشان پاییـن پریدنـد و تـا آمدم بـه خـودم بیایـم یکـی از تاریکـی و از پشـت بـا قنـداق تفنـگ محکـم کوبیـد پشـت سـرم و بعد هـم، همه‌شـون ریختنـد سـرم... و مـن دیگه چیزی نفهمیـدم...

مـلا باقـر وسـط حـرف ابولـی می‌پـرد و بعـد هـم محکـم می‌زنـد تـوی سـرش:

- مگـر آدم نبـودی کـه از پسشـان بـر بیـای؟ خـاک تـوی سـرت... امام حسـین یـک تنـه جلـوی لشـکر چنـد میلیونـی کفـار ایسـتاد...

و بعد هم مـلا باقر رو کرد به مردم:

- بعـدش هـم حتمـا ابولـی را داخـل حـص آوردنـد کـه کسـی نبیندش و برونـد سـراغ زنیکـه و پدرسوختگی‌هاشـون رو بکننـد... آخـه مـردم مگـر کوریـد یـا خودتـان را بـه خـری زدیـد... بیـا ایـن اسـت ثمره‌ی یـک فاحشه...

دوبـاره بـا بلنـد شـدن صـدای خـاور مـلا باقر خامـوش شـد و همـه‌ی نگاه‌هـا هـم برگشـت بـه خـاور کـه روی پله‌های داخـل ایـوان ایسـتاده بود و خـاور را می‌دیدنـد کـه بـالای پله‌هـا روی ایوان مثل یک شـیر زن ایسـتاده و زده بـود بـه سـیم آخر:

- مـلای نامسلمون... می‌دونـم دلـت از کجـا می‌سـوزه؟ از آن شـب کـه از بـالای دیـوار سـراغم آمـده بـودی و می‌خواسـتی صیغه‌ام کنـی و بـا اردنگـی بیرونـت کـردم... ای نـا ملا... اگر بـه همه بدم تـو باید آرزویش را بـه گـور ببـری... وقتی پسـرت هسـت چـرا باید بـا توی پیر سـگ رابطـه داشـته باشـم... خـوب آمـده بـود سـراغم... به پسـرت حسـادت

می‌کنی ملا... فقط می‌تونی بیای و از این کونـم بخوری...

بعدش هم خاور پشتش را کرد به طرف ملا باقر و مردم و دولا شد و پشتش را به آن‌ها کرد:

- بیا آ ملا، بیا از کونم بخور که قابل تو نامسلمان فقط همینه...

خاور برگشت و دوباره رو کرد به ملاباقر و ادامه داد و ول کن هم نبود.

- چرا معطلی آ ملا ... د... بیا بخور... پسرت که هی داره می‌خوره... خوب تو هم باباشی...

ملاباقر که انتظار چنین حرکتی را از خاور نداشت چند لحظه گیج و گم شد و نمی‌دانست چه باید کند:

- آخر مردم مسلمان ببینید که یک زن خراب بیدین و ایمان چطوری داره یک مرد خدا را با دروغ‌های شاخ و دم دارش بدنام می‌کنه... پس شما خیال می‌کنید بدبختی از کجا میاد...

در این هنگام خاور شروع به بالا و پایین پریدن کرد و به ملا باقر و بقیـه دشنام می‌داد. بعـد هم با عجله داخل اتاق رفت و فوری با یک جلد قرآن کهنه در دستش برگشت و با عجله از پله‌ها پایین رفت و قرآن را جلوی ملا باقر گرفت:

- ای نامـلا بـزن رو قـرآن و بگـو دروغ میگـم... بـزن دیگـه... بـزن رو این قرآن و قسم بخور که تو سراغ من نیامدی... د بزن نا ملا...

بعـد هم خـود خـاور روی قـرآن زد و قسم خـورد که ملا باقر دنبالش آمـده. ملا باقر هم که می‌دید از پس زبان خاور بر نمی‌آید و پای چراغ را تاریک می‌دید فکر کرد تا بیشتر آبرویش نرفته، از آنجا برود درحالی‌که همینطـور تـو سر ابولی می‌زد و هولش می‌داد، از در خانه خارج شد و مردم هم به دنبالش رفتند:

- این قرآن رو از دست این نجس لعنتی بگیرید... سر به سر گذاشتن با یک فاحشه گناه کبیره است...

مـردم آن روز سـراغ کارشـان رفتنـد ولـی آنچـه معلـوم بود نبرد مـلا باقر و خـاور از همانجـا بـالا گرفتـه بود و البته شـایعه بعد از شـایعه بـود که دنبال خـاور سـاخته می‌شـد ولـی خـاور هـم حـالا دیگـر بـه سـیم آخـر زده بـود و دنبـال مردمـی کـه باهـاش سـر و کلـه می‌زدنـد، کـرده و هرچـه از دهنـش در می‌آمـد بـار آنها می‌کـرد. اگـر هـم کسـی سـر بـه سـرش نمی‌گذاشـت و خـاور از او خوشـش نمی‌آمـد، بـاز دنبالـش می‌کـرد و فحاشـی‌هایش را نثار آو می‌کـرد.

فصل ۹

وقتی عشق و تراژدی به مبارزه برخیزند... بنیاد آدم و عالم را با هم می‌سوزانند.

باران داشت نمنـم بـر بـالای ده هیـکل می‌بارید. مردم بـه کار روزانه مشـغول بودنـد. در همـان احـوال کـه خـاور در غم هجـرت کلاعبـاس، روزگار می‌گذرانـد، چنـد روزی می‌شـد کـه کلاعبـاس از ده کوه‌سنگ بیـرون زده و از بیراهـه و تـا آنجایـی کـه امـکان داشـت دور از چشـم مـردم کـه مبـادا او را بشناسـند به‌طـرف ده شـورچه در راه بـود. حـال و روز کلاعبـاس هـم بهتر از خـاور نبـود. کلاعبـاس بعـد از گذرانـدن مدتـی چنـد با خـاور دیگر بـه او خـو گرفتـه بـود. بـا اینکـه زن و بچه داشـت، در دام عشـق خـاور هم گرفتار شـده بـود و تـازه بـا مشـکل بزرگ‌تـری مثل درگیـری بـا امنیه و امنیه‌خانـه و قانون هـم روبـه‌رو بـود و قانـون همه‌جـا دربه‌در دنبالش می‌گشـت. یـاد و خاطرات خـاور، یـک لحظـه از فکر و خیالـش بیـرون نمی‌رفت. آنقدر در فکر خـاور بود کـه نفهمیـد چگونـه خـودش را به شـهر خوانسار رسـانده اسـت. انـگار بدون آنکـه خـودش هـم بدانـد و به‌خاطـر بیراهـه زدنـش کـه گیـر امنیه‌هـا نیافتد از قضـا، روزگار او را بـه بـالای شـهر خوانسـار آورده بـود، بعد هـم در یکی از قهوه‌خانه‌هـای کنـار شـهر خوانسار، روی نیمکتـی بیرون قهوه‌خانه نشسـته و مشـغول خـوردن آبگوشـت چـرب و چیلی شـد. مسـلم بـود کـه کلاعباس تمـام سـعی خـود را می‌کـرد کـه از دیـد همـه در امـان باشـد. البتـه ریش و

موهـای بلنـدش کـه چنـد ماهـی هـم می‌شـد کـه دسـت بـه آنها نـزده بود،
سـر و شـکل و شـمایل او را عـوض کـرده بـود و به‌آسـانی شـناخته نمی‌شـد.
خصوصـا اینکـه حـالا کمـی هم می‌شـلید ولـی تنها چیـزی کـه در آن لحظه،
در فکـر و ذهـن کلاعباس جایی نداشـت طعم و مزه‌ی آبگوشـت بود. چشـمان
کلاعبـاس کـه بیـن انبـوه موهـای سـر و ریش و سـبیلش گـم شـده بودند به
قهوه‌خانـه‌ای کـه در نقطـه‌ی مقابل او قرار داشـت خیـره شـده بـود. کلاعباس
بی‌خـود و بی‌جهـت بـه آن قهوه‌خانـه خیـره نشـده بـود. دیـدن آنجـا او را به
یـاد سـال‌های دور و گذشـته انداخـت. به‌یـاد زمانی کـه چهـارده پانزده سالی
بیشـتر نداشـت. بـه زمانی کـه بـا نشسـتن در آن قهوخانه سرنوشـت کلاعباس
بـرای همیشـه ورق خـورده بـود... بـه زمانـی که حـالا تمـام و کمال بـه یاد او
افتـاد و در ذهـن و فکـرش بـه نمایـش در آمـد و کلاعبـاس را بـه سـی سـال
گذشـته بـرد...

سی سال قبل...

بخـار از چنـد منقـل بزرگ قهوه‌خانه‌ی سـعادت که چندتا دیـزی آبگوشت
داخـل آنهـا کنـار آتیـش مشـغول پختـن بودند، بلند شـده بـود. بـوی دلپذیر
آبگوشـت هـر آدم سـیری را هـم گرسـنه می‌کـرد. در یکـی از منقل‌ها چندین
قـوری چـای کنار سـماور برنجی بـزرگ قهوه‌خانه، به آنجـا آب و رنگ دیگری
داده بـود. قهوه‌خانـه‌ی سـعادت نزدیـک بـازار کوچـک شـهر و کنـار رودخانه
معروف خوانسـار قرار داشـت.

تخت‌هـای داخـل و خـارج قهوه‌خانه بـا قالـی و زیلوهـای رنگـی و کهنه،
فـرش شـده بودنـد. یکـی دو تـا از تخت‌هـا را مشـتری‌ها اشـغال کـرده و گـرم
صحبـت و خـوردن آبگوشـت و نوشـیدن چـای بودنـد. عباس جوان کـه پانزده
سـالی بیـش نداشـت در جلـوی قهوه‌خانـه، روی تختـی کـه روی جـوی آب
گذاشـته شـده بـود، مشـغول نوشـیدن چـای و گرم صحبت با محمد بـود. در

زیـر تختـی کـه آن دو رویـش نشسـته بودنـد، سـر و صـدای رودخانـه آهنگ دلپذیـری را می‌نواخـت. آب رودخانـه از چشـمه‌ی معروفـی کـه از زیـر کـوه خوانسـار بیرون می‌زد سرچشـمه می‌گرفت. سرچشـمه‌ی خوانسار باصفاترین محلـی بـود کـه در سراسـر آن منطقه می‌توانسـتی پیدا کنی و مرکز توریسـتی آن منطقـه بـود. خصوصا لاله‌هـای واژگونی کـه در بهار تمـام کوه‌های منطقه را می‌گرفت، زیبایـی و جـلـای خاصی به شـهر خوانسـار مـی‌داد و آب و هوای خوانسـار را از تمـام مناطـق دیگـر متمایـز میکـرد. خصوصاً درخت‌هـای صنوبرش. خوانسـار به‌خاطر گز پسـت‌های, سـوهان و سرچشـمه‌ی معروف و باصفایـش معـروف عام و خواص شـده و مرکز توریسـتی آن منطقه به حسـاب می‌آمـد.

مـرد میـان سـالی کـه حـدود شـش تـا هشـت اسـتکان پـر از چـای را در دسـت راسـتش داشـت بـه عبـاس و محمد نزدیـک شـد و دو تـا از چای‌ها را کنـار آنها گذاشـت. بعد هم دو اسـتکان خالی را با دسـت چپـش از جلوی آنها برداشـت. عبـاس و محمـد با تعجب به دسـت مـرد قهوه‌چی کـه هنـوز چهارتا اسـتکان چـای دیگـر در دسـتش داشـت خیره شـده بودنـد. مـرد قهوه‌چی به تخـت دیگـری سـفر کـرده و مشـغول پذیرایـی از مشـتریان دیگـر شـد. هنوز چـای از گلـوی عبـاس و محمد پاییـن نرفتـه بـود کـه قهوه‌چی دیگری سـینی بزرگـی جلـوی آنهـا گذاشـته بـود. داخـل سـینی دو عدد دیـزی، دو تا کاسـه و دو تـا گوشت‌کوب و پیـاز و نـان و سـبزی دیـده می‌شـد. عبـاس و محمـد مشـغول خـوردن شـدند. حـالا چنـد ماهـی می‌شـد کـه عبـاس ومحمـد از ده شـورچه بیـرون زده و در خوانسـار قایم شـده بودنـد:

-    محمـد تـو بهتـره برگـردی و ببینـی تـوی ده چـه خبـره. بی‌بی باید حـالا دیگـه دل تـو دلـش نباشـه. اگر تو بری و بهشـون بگی مـن کار و بـارم درسـته نگرانی‌شـون کمتـر می‌شـه...

-    اگه پرسیدند کارتون چیه, چی جواب بدیم...؟

عباس به فکر رفت و بالاخره صدایش در آمد:

-    خوب خوب می‌گیم چوب‌داری می‌کنم...

محمـد چشـمش افتـاده بـه دو سـه تـا امنیه کـه از دور پیدایشـان شـد و بی‌اختیـار جـواب داد:

-    میگم امنیه شیم که ترس بیفته به تنبان همه...

ولـی حـواس عبـاس بـرای چنـد لحظـه‌ای پـرت پیرمرد فقیـری شـد که آن‌طرف‌تـر و کنـار دیوار نشسـته بـود و به دهن پر آنها که داشـتند آبگوشـت را نـوش جـان می‌کردنـد، خیـره شـد و انـگار صـدای محمـد بـه گوشـش هم نخـورد و چنـد لحظـه‌ای یـادش رفت که داشـت با محمـد صحبـت می‌کرد. بعـد هـم بلنـد شـد و کاسـه‌ی آبگوشـتش را برداشـت و برد و گذاشت جلوی پیرمـرد فقیر:

-    اگر سیر نشدی بگو باز هم بهت بدم...

عبـاس هنـوز سـر جایش برنگشـته بود که سـر و صـدای شـاگرد قهوه‌چی بلنـد شـد کـه سـر فقیر بدبخت داد و بیـداد می‌کرد کـه جول و پلاسـش را جمـع کنـد و راهـش را بگیـرد و از کنـار قهوه‌خانـه گورش را گـم کند و جای دیگـری بـرود. اعتـراض شـاگرد قهوه‌چـی بـه پیرمـرد فقیـر عبـاس را آزرده خاطـر کـرد و در مقـام دفاع از فقیـر بیچاره برخاست:

-    چـه کارش داری... مگـه اون بنده خـدا نیسـت... مـال تـو را که
      نمی‌خوره... پولش رو مـن دادم...

بعـد هـم عباس رو کـرد به فقیـر بیچاره کـه به لقمـه‌ی آبگوشـتی که در دسـت داشـت خیـره شـده و در ایـن فکر بود کـه لقمـه را در دهانـش بگذارد یا نـه و بیـن زمیـن و آسـمان معلق بود و نمی‌دانسـت کـه باید بـه حرف کی گـوش کند:

-    بنشـین سـر جـات و آبگوشـتت و بخـور... پـدر اصلا بیا بنشـین پیش
      مـا... مهمـون منـی...

عبـاس رفـت و کاسـه‌ی آبگوشـت را از جلـوی پیـر فقیـر برداشـته و پیرمرد فقیـر را هـم بلنـد کـرد و بـا هـم برگشـتند و روی نیمکت کنار محمد نشسـتند. صـدای عبـاس هم به‌طرف شـاگرد قهوه‌چی بلند شـد و دسـتور یک آبگوشـت دیگـری را داد. اگـر چـه شـاگرد قهوه‌چی از دخالـت عباس خشـنود نبود ولی چـاره‌ای نداشـت جـز اینکـه کوتاه بیایـد. شـاگرد دیگـری که شـاهد ماجرا بود فـوری یک آبگوشـت دیگر جلوی عباس گذاشـت.

بعـدش هـم بـه مغـازه‌ی قالی فروشـی روبه‌روی قهوه‌خانه رفـت و یکی از استکان‌های چـای را گذاشـت جلـوی مـرد سـی و چند سـال‌های کـه جلوی در مغـازه‌ی قالـی فروشـی نشسـته بـود و در تمـام ایـن مـدت تمـام و کمـال حواسـش گـرم تماشـای عبـاس، فقیـر و قهوه‌چی شـده بود:

- جمشیدخان وقتی گرسنه شدی خبر کن...

- نـه صفـر امـروز زن و بچه‌ها ناهـار می‌آرند... صفـر بـه اون فقیـر بیچاره یـه چـای هـم پـای من بـده...

صفـر در راه برگشـت یکـی از چای‌هـا را هـم جلوی فقیر گذاشـت و چندتا قند هـم کنارش:

- عمو انگار امروز بختت وا شـده... جمشـیدخان هم چای برات سـفارش داده...

بـا اشـاره‌ی صفـر، شـاگرد قهوه‌چی به‌طـرف جمشـیدخان، نـگاه عبـاس به‌طـرف او برگشـت و از دور بـا تکان دسـتش سـلامی هم بـه او داد و جوابش را هـم بـا لبخنـد رضایـت بخشـی از جمشـیدخان گرفـت. ولـی حـالا تمـام حـواس جمشـیدخان قالـی فـروش بـه عباس بـود. جمشـیدخان می‌دانسـت عبـاس اهـل خوانسـار نیسـت ولـی از رفتاری کـه بـا فقیـر کرد، خـودش را در دل جمشـیدخان جـا کـرد:

- هنوز هم آدم‌های خوب تو دنیا پیدا می‌شند...

هنوز زمزمه جمشـیدخان با خودش تمام نشـده بود که زن سـی سـاله‌ای

با دختر پانزده یا شانزده ساله‌ای جلویش ایستاده بودند. از گذاشتن دستمال غذا جلوی جمشیدخان معلوم بود که زن و دخترش هستند. نگاه دختر از پدرش به‌طرف قهوه‌خانه افتاد. چشمانش عباس را که حالا با دیدن دختر جمشیدخان دهن پر از گوشتش انگار قفل شده بود را دید. انگار دختر را تمام عمر می‌شناخت. چند لحظه‌ای طول کشید که عباس متوجه شباهت زیاد دختر جمشیدخان با آسیه شد. انگار سیبی را از وسط جدا کرده بودند. در همین احوال مشتری هم برای جمشیدخان آمد و حواس جمشیدخان از زن و دخترش پرت شد. هنوز عباس به خودش نیامده بود که مادر دختر با سقرمه‌ای که به پهلوی دخترش زد به او حالی کرد که راه بیافتد. با سقرمه‌ی مادرش، دختر جمشیدخان به خودش آمد و نگاهش را از عباس دزدید و همراه مادرش از جلوی چشم عباس در بازار غیبش زد. حالا عباس پاک یادش رفت که کجاست و به دهنه‌ی بازار و جمعیت اندکی که وارد و خارج می‌شدند، خیره شد.

عباس بدون آن که خودش هم بداند چه شده، خیر آبگوشت خوردن را زد و محمد و فقیر را فراموش کرد. از جایش کنده شد و با عجله وارد بازار شد. محمد هم جا خورد و نمی‌دانست چه خبر شده. چند قدم بیشتر به دنبال عباس برنداشته بود که با صدای قهوه‌چی سر جایش میخکوب شد:

- کجا در میری؟ پول دیزی چی شد؟

محمد در حالی که همه‌ی حواسش به داخل بازار بود، ایستاد و کیسه‌ی پولی را که به بند تنبانش بسته بود را جستجو کرد و پول قهوه‌چی را داد و بعد هم با عجله به دنبال عباس وارد بازار شد.

فقیر هنوز مشغول آبگوشت خوردنش بود که شاگرد قهوه‌چی خارج شد و فقیر را تنها دید، نگاهی به اطراف انداخت و نه عباس را دید و نه محمد را. با ندیدن آنها شاگرد باز شیر شد و به طرف فقیر بیچاره رفت

و پشت یقه‌ی او را گرفت و با ناسزاگویی از جلوی قهوه‌خانه هولش داد و دورش کرد:

- برو گم شو کثافت... اینجا دیگه پیدات نشه‌ها. برو دنبال کارت...

در تمام این مدت جمشیدخان قالی‌فروش با یک مشتری مزاحم مشغول بود. با رفتن مشتری نگاهش برگشت به‌طرف قهوه‌خانه و تختی که عباس و محمد روی آن نشسته بودند را دید. هیچ خبری از آن دو نبود ولی بیشتر آبگوشت‌شان هنوز توی سینی، نخورده باقی مانده بود:

- سلام حاجی آقا...

جمشیدخان با شنیدن سلام و اسمش برگشت و دید که عباس و محمد کنارش ایستاده‌اند. چند لحظه‌ای طول کشید تا جمشیدخان به خودش بیاید و جواب سلام عباس را ناپخته داد:

- سلام و علیک کن...

- سلام حاجی‌آقا...

هنوز جواب سلام عباس را نداده، باید جواب محمد را می‌داد. جمشیدخان هنوز داشت اتفاقاتی که افتاده بود را سبک سنگین می‌کرد و حالا کمی هم گیج شده بود. بعد هم چند لحظه‌ای سکوت بود. حالا عباس و جمشیدخان به هم خیره شده و هر کدام منتظر دیگری بودند که لب باز کند. محمد ماتش برده بود. بالاخره محمد که دید عباس و جمشیدخان لال شده‌اند، صدایش بلند شد:

- حاجی دنبال قالی هستیم...

بعد محمد و چند لحظه بعد عباس وارد حجره شده و مشغول وارسی قالی‌ها شدند. جمشیدخان هم کنار در مغازه روی چهارپایه‌ی نسبتاً کوتاهی که با یک قالیچه‌ی بسیار کوچک فرش شده بود، نشسته و در فکر رفته و همین‌جور آنها را می‌پایید. ته دل جمشیدخان می‌دانست که آن دو قالی بخر نبودند. در فکر بود که آخر دوتا جوان پانزده شانزده

ساله کـه پـول خریـدن قالـی را ندارنـد. بـه ذهنش خـورد کـه شـاید فروشـنده باشـند و داشـتند قالی‌هـای حجـره را وارسـی می‌کردنـد کـه قیمت دست‌شـان بیایـد. در زمان‌هـای قدیـم همـه‌ی قالی‌هـا به‌وسـیله‌ی زن‌هـای دهاتـی بافته می‌شـدند. حـالا جمشیدخان هـم خیـال می‌کـرد کـه شـاید عبـاس و محمد هـم قالی‌باف‌هـای دهاتـی باشـند:

- اگـه قالـی بافیـد و قالی بـرا فـروش داریـد، قروفرتونو بذاریـد بـرای بعد... بریـد قالی‌تـون و بیاریـد ببینیـم بـه درد می‌خـوره یـا نـه...

- قالیباف؟ حاجی کسی که یه پارچه آبادی و صدها کلفت و نوکر داشته باشه که قالیباف نمی‌شه...

بـا جـواب محمـد قضیه‌ی آن دو بـرای جمشـیدخان گنگ‌تـر و پیچیده‌تر شد :

- پس قالی برای کی هست...؟

- حاجی حتما که برای کار خیره...

محمد پرید وسط حرف عباس:

- حاجـی وقتـی وصلتـی بسـته می‌شـه و دختـر و پسـری بهـم وصل می‌شـند کارش از خیـر هـم خیرتـره... خصوصاً کـه شـما هـم حاجی آقـا در ایـن کار خیـر سـهیم باشـید و کلیـد و قفـل ایـن کار خیـر هم دسـت شـما باشـه حاجـی آقـا...

جمشـیدخان حـالا واقعـا گیـج گیج شـده بود. نمی‌دانسـت محمـد از چی حـرف می‌زنـد. همین‌طـور هـم داشـت سـر و وضـع عبـاس و محمد را از سـر تـا پـا وارسـی می‌کـرد. بالاخره عباس سـکوت را شکسـت:

- راستش حاجی آقا خدمت رسیدم برای امر خیری...

- خـوب مـا سـر بـه گوش شـنیدن امـر خیـر شـما هسـتیم... حاجی هم نیسـتیم... زرتشـتی‌ایم... اسـمم جمشـیده...

محمد باز بین حرف آن دو پرید:

- حاجی... اه... می‌بخشید جمشیدخان... ولی نعمت ما، عباس آقا آمده خواستگاری دخترتون...

جمشید خان چند لحظه‌ای گیج و گنگ به محمد و عباس خیره شد. اول باور نمی‌کرد چه شنیده؟ آیا درست شنیده بود. در ذهنش جنگ و گریز اینکه محمد و عباس چه کسی هستند و دختر او را از کجا می‌شناسند و هزاران فکر و خیال دیگر در ذهن و فکرش شروع به سبک و سنگین کردن بود و تمامی هم نداشت تا جوابی به آن‌ها بدهد.

عباس که دید جمشیدخان گیج و گم شده است؛ گفت:

- جمشیدخان خیال بد نکنید... جلوی قهوه‌خانه روی تخت نشسته بودیم و دیدیم خانم بچه‌های شما با دخترتون برای شما ناهار آوردند. برحسب اتفاق چشم ما هم افتاد به دختر شما... البته خدا شاهده با چشم پاک بهشون نگاه کردم... حالا هم آمدم خواستگاری...

جمشیدخان حالا نمی‌دانست چه بگوید و چه کند. پاک رفته بود توی فکر. تا آن روز اینطور خواستگاری را نه دیده و نه درباره‌اش شنیده بود. با اشاره به محمد، جمشیدخان اولین چیزی که به ذهنش رسید شوخی بودن ماجرا بود.

- حتما این آقا هم پدر و مادرته که آمدند برات خوستگاری...؟
- نه جمشید خان ... محمد رفیقمه...

باز هم محمد وسط حرف آنها پرید:

- جمشید خان.. بابای من پاکار بابای عباس آقاست... آقا عباس رو باباش فرستاده شهر تا سواددار بشه... من هم همراهیش کردند که باهاش باشم و تنها نباشه...
- عباس آقای شما بعد از اینکه با سواد بشند, می‌خواند چه کاره

بشند ...؟

- همـه کاره... جمشـیدخان بگیـد چه کاره نیسـتند؟ ملاکنـد... ده دارند ... گاو دارنـد... چوبـداری هـم می‌کنند... جمشیدخان وضع و حالشـان تـوپ تـوپـه... خیال‌تـان از آن بابـت راحـت باشـه...

- کار عباس آقای شما فقط همین چندتاست...؟

عبـاس که نمیدانسـت که جمشـیدخان راه طعنـه و کنایـه را اختیار کرده بـود یـا نـه، بـا دیـدن دو، سـه‌تا امنیـه که حـالا جلـوی قهوه‌خانه رسـیده و از اسب‌هایشـان پیـاده شـده بودند، شـوخیش گل کرد:

- جمشیدخان آمدم شهر برم امنیه بشم...

- امنیه...بشی...؟

- آره جمشـیدخان مگـه امنیـه شـدن بـده؟... اسـب و تفنـگ مجانی که بهت میـدن... هـر کجـا هـم پا بـذاری مثل سـگ ازت میترسـن و بهت احتـرام میـذارن... در ثانـی اگـر آدم خوبـی باشـی می‌تونی بـه مـردم بیچـاره هـم کمـک کنی کـه حقشـونو نخـورن...

محمـد بـاز پاممبریـاش گل کـرد و جـواب جمشـیدخان را داد. در همین احـوال کـه محمد بـا جمشـیدخان در مزاح بود، عباس پرید بین حرف‌شان:

- ببخشید جمشیدخان...

عبـاس بعـد از اجـازه به‌طـرف قهوخانـه رفـت و جلـوی تخـت امنیه‌ها ایسـتاد و بـا آن‌هـا مشـغول خـوش و بـش شـد:

- می‌بخشید ژاندارم... یه سوال داشتم...

تیمـور یکـی از امنیه‌هـا بـود کـه سـبیل نسـبتاً کمـی هم جلـوی دماغش سـبز شـده و معلـوم بـود کـه تـازه هم به مرز هجده‌سـالگی پا گذاشـته اسـت، بعـد از کمـی برانـداز کـردن قـد و بـالای دهاتی‌مآب عبـاس، بالاخـره صداش بلند شـد:

- بستگی داره چه سوالی باشه دهاتی...

- می‌خوام بدانم چه جوری میشه امنیه شد؟
- می‌خواهی امنیه بشی...؟

تو این فکرم... برای همین آمدم شهر...

امنیه‌ی دیگر که کمی هم مسن‌تر از تیمور بود صدایش بلند شد:

- به امام‌زاده‌ی درستی متوصل شدی... بابای تیمورخان رئیس امنیه‌خانه است و کلید کارت دست اونه...

در همین احوال قهوه‌چی با دوتا سینی در دست، جلوی آن‌ها ظاهر شد. سینی‌ها را جلوی امنیه‌ها گذاشت:

- سرکار چیزی که کم و کسر نیست...؟

چشمان عباس به سینی‌ها افتاد. دید که داخل سینی کنار دو دیزی که بخار هم از دهانه‌ی آنها بیرون میزد، مقداری نان و سبزی و پیاز و گوشت‌کوب، اطراف دیزی را تزیین کرده بودند:

- چرا ماست یادت رفته... دوتا ماست هم بیار... ترشی هم یادت نره... یه دیزی هم برای من... دوتا هم ببر آنطرف برای جمشیدخان و رفیق ما آقا محمد... حساب همش هم پای منه...
- بروی چشم ارباب...

تیمور و هم قطاریش با تعجب شاگرد قهوه‌چی را که حالا وارد قهوه‌خانه شده بود بدرقه کردند. با جواب و احترامی که شاگرد قهوه‌چی به عباس داده و گذاشته بود، تیمورخان و هم قطاریش به عباس که خیراتش شامل آنها هم شده بود خیره شدند. هنوز تیمورخان و هم قطارانش به خودشان نیامده بودند که شاگرد قهوه‌چی با دیزی و ماست از در قهوه‌خانه خارج شد، درحالی‌که مشغول گذاشتن سینی جلوی عباس بود، چشمانش افتاد به چند فقیر دیگر که حالا کنار دیوار و گوشه‌ی قهوه‌خانه جمع شده و به عباس خیره شده بودند. با دیدن آنها شاگرد قهوه‌چی که از جمع شدن آنها خشنود نبود اخمش در هم رفت و بالاخره

نتوانست دندان روی جگر بگذارد و صدایش بلند شد:

- ببین خان، برای همین بود که گفتم خیرات نکنید...تا چند ساعت دیگه تمام گداهای شهر اینجا جمع می‌شند...

عباس با شنیدن صدای شاگرد قهوه‌چی نگاهش به جمع فقرا افتاد. دید که دو فقیر دیگر کنار آن که عباس به او غذا داده بود، جمع شده‌اند. فقرا احتیاج به زبان باز کردن نداشتند. از نگاه و اشاره‌ی چشم و حرکت‌شان معلوم بود که داشتند از عباس تقاضای کمک می‌کردند. عباس می‌دانست که گویا آن‌ها خبر بذل و بخشش عباس را شنیده و فوری خودشان را به قهوه‌خانه رسانده بودند:

- خُب جمع بشند، یکی دوتا دیزی هم به آنها بده... پولش که از جیب تو نمیره... پای منه... مگه آن‌ها بنده‌ی خدا نیستند...

شاگرد قهوه‌چی هم با اینکه خشنود نبود با این حال هرجوری بود دندان روی جگر گذاشته و لب باز نکرد و وارد قهوه‌خانه شد.

حالا حواس تیمورخان و هم قطارش پاک پرت عباس و فقرا شد و با کنجکاوی به عباس ماتشان برده بود. هنوز هیچ‌کدام فرصت لب باز کردن نکرده بودند که شاگرد قهوه‌چی با دوتا سینی و به دنبالش قهوه‌چی با سه تا سینی از قهوه‌خانه خارج شدند. شاگرد از تخت عباس و تیمور رد شد و با احتیاط که به الاغ و بارش و عابرهای دیگر که از بین آنها در رفت و آمد بودند برخورد نکند، خودش را به آنطرف کوچه و به دکان جمشیدخان رساند و سینی‌های غذا را جلوی جمشیدخان و محمد که هنوز مشغول اختلاط بودند، گذاشت. با دیدن سینی‌های دیزی حواس جمشیدخان دوباره به طرف عباس برگشت. دید که عباس یکی از سینی‌های دیزی را که قهوه‌چی روی تخت جلوی آنها گذاشته بود، برداشت و برد و گذاشت روی تخت آخر قهوه‌خانه که فقرا نزدیک آن جمع شده بودند و با اشاره‌ی عباس هر سه فقیر خندان و فوری

خودشان را به تخت رسانده و مشغول خوردن شدند. شاگرد قهوه‌چی که فقیر بیچاره را از جلوی قوه خانه بیرون کرده بود، خارج شد و با دیدن فقرا روی تخت، دوباره اخمش بیشتر درهم رفت و دیگر طاقتش تاق شده و نتوانسته بود بیشتر دندان روی جگر بگذارد و رو به عباس کرد و صدایش در آمد:

- خدا بیامرزه پدر خیرخواهت رو مشدی... اما خواهش می‌کنم پای این گدا گشنه‌ها را این طرفا وا نکن... که از شر آنها خلاص شدن کار حضرت فیله...

بعدش هم رویش را کرد به طرف فقرا و فریادش بلند شد:

- زود کوفت کنید و برید پی کارتون...

با شنیدن حرف قهوه‌چی عباس که حالا خونش به جوش آمده بود، سینی غذای خودش را هم برداشت و رفت کنار فقرا نشست. با کار او به دنبالش تیمورخان و هم قطاریش هم به آنها ملحق شده و جمع درویشان تکمیل شد. قهوه‌چی همه چیز را تماشا می‌کرد و انگار تا اندازه‌ای هم با درسی که از رفتار عباس گرفته بود از گفتار و کردار شاگردش ناخرسند بود و برای همین خودش بقیه‌ی بساط تختی را که تیمورخان و عباس روی آن نشسته بودند را برد و جلوی آنها گذاشت. شاگردش هم حالا دیگر شرمنده بود و بعد هم وارد قهوه‌خانه شد.

در تمام این مدت جمشیدخان و محمد که آنها هم حالا همچون بقیه‌ی حضار از رفتار و کردار عباس جوان به‌اصطلاح دهاتی، گیج شده بودند، به عباس و جمع آنها خیره شدند. البته حق هم داشتند. اگرچه عباس وضع مالی کوکی داشت و پدرش ملاک بود. ولی با تمام این احوال شکل و شمایلش از دور داد میزد که اهل ده است و مسلم بود که چنان رفتار و کرداری از یک جوان دهاتی در شهر دیده نمی‌شد و برای همه تازگی داشت.

* * *

دیـری نگذشـته بود که شـوخی شـوخی عباس حـالا در دفتـر امنیه‌خانه جلـوی رئیـس امنیه، سـرکار قلی‌خان ایسـتاده بود. سـرکار قلی‌خان بالاخره به حـرف آمد:

- خوب حاتم تایی... اهل کدام ده هستی...؟

- اهل شـورچه م سـرکار... اسـمم عباسـه سـرکار... خلاف به شـما گفتند کـه اسـمم حاتمـه سـرکار...

خنـده روی چهره‌ی سـرکار قلیخـان رئیس امنیه‌خانه نشسـت. با چرخش سـبیل‌های پرپشـتاش کـه هیبتـی هم بـه او می‌داد، بـه طرف تیمور پسـرش و محمـد کـه کنـار در ایسـتاده بودنـد نگاهـی انداخت. تیمـور بعد از ملاقات عبـاس، انـگار کـه صدسـالی بـود کـه او را می‌شـناخت و بـا او رفیـق شـده و بعـد هـم عبـاس را پیـش پـدرش آورده بود کـه رئیـس امنیه بود تا به عباس کمـک کـرده باشـد که امنیه شـود:

- می‌دانـم اسـمت عباسـه ... حاتـم طایـی صـدات کـردم به‌خاطر اینکه قصـه‌ی بـذل و بخششـت رو شـنیدم... رفتـار و کـردارت به یک جوان دهاتـی نمی‌خـوره... بیشـتر بـه جوانمـردان قصـه‌ی حاتـم طایـی می‌مونـه...

- حاتم طایـی...؟›

سـرکار قلیخـان وقتـی دیـد کـه عبـاس حاتم طایـی را هیچ نمی‌شـناخت، در مقـام توضیـح برآمد:

- حاتـم مـردی بـود جوانمـرد و ثروتمنـد کـه تمـام ثروتـش را بـه فقـرا می‌بخشـید... مثـل بسـیاری دیگـر از جوانمـردان تاریخ که پـول و مال و منـال ثروتمنـدان را می‌گرفتنـد و یـا می‌دزدیدنـد و صـرف فقـرا و نیازمنـدان می‌کردنـد.... رفتـار و کـردار تـو مـا را یـاد او می‌انـدازد...

بـا شـنیدن این حرف‌هـا، هوش و حواس عبـاس از اتاق رئیـس امنیه‌خانه

و آن‌جا پرت شد و رفت حول و هوش حرف‌های سرکار قلی‌خان. آنقدر حواس عباس پرت شد که نصف حرف‌های سرکار قلی‌خان را هم نشنید. حتی سرکار قلی‌خان مجبور شد، یکی دو دفعه سوالش را تکرار کند که عباس را به خودش بیاورد:

- حتماً اسمت عباس خالی که نمی‌تونه باشه... یه پس وندی، پیش وندی هم باید بهش چسبیده باشه... مثل کلاعباس... مثلاً...

و البته از همان روز به بعد کلمه‌ی کلا به اسم عباس اضافه شد و از آن به بعد او را با اسم کلاعباس صدا می‌کردند.

❊ ❊ ❊

فصل ۱۰

وقتی‌که برای فرار از حقیقت خودت را گول می‌زنی...

هـوا تاریـک شـده بـود. درختـان بلنـد صنوبـر و بیدهـای مجنـون اطـراف رودخانـه‌ی خوانسـار در تاریکـی شـب، گـم شـده بودند. فقـط صدای وزش ملایـم بـاد از بیـن شـاخ و برگ‌هـای درختـان بـود کـه آهنـگ ملایمی را درگوش‌هـای عبـاس و محمـد می‌نواخـت. قدم‌هـای کوتاه عبـاس و محمد در کوچه‌هـای خلـوت و سـاکت خوانسـار بـر زمیـن و زمان منت می‌گذاشت. رقـص پاچه‌هـای شـلوار عبـاس کـه هـر کـدام از پنج تا شـش متر دبیت سیاه دوختـه شـده بـود، نمایـش حماسـه‌ای دیدنـی را زیـر نـور کـم چراغ دسـتی همـراه محمـد در کوچه‌هـای خلـوت و سـاکت خوانسار، اجرا می‌کـرد. نصف روزی طـول کشـید تـا عبـاس همـراه محمـد و تیمورخـان امنیه‌چـی، کـه حالا رفیـق عبـاس هم شـده بـود، در بـازار خوانسـار پارچـه‌ی شـلوار دبیـت خود را خریـداری و بـه دسـت خیـاط داده بدهنـد تـا بـرای آن شـب دوختـه و آماده کنـد تـا بپوشـد. در آن زمـان هـر چـه پاچـه‌ی شـلوارت گشـادتر بـود یعنی وضع مالـی بهتـری داری. عبـاس جـوان کـه احسـاس می‌کـرد حـالا چندین سال از سـن خـود بزرگ‌تـر اسـت، آن شـب، برایـش شـب بزرگـی بـود. او داشت به خواسـتگاری دختـر جمشیدخان قالـی فـروش می‌رفـت. محمـد رفیقش هم حـالا شـده بـود پـدر و همـه کارهـاش.

بـه محـض پیچیـدن از خـم کوچه‌ای تنـگ، چشمانشـان به چـراغ توری پرنـوری افتـاد کـه از تـه کوچه‌ای کـه خانه‌ی جمشیدخان در آن قرار داشت،

به طرف آنها در حرکت و رقص بود. آنها جلوتر از عباس و محمد به در خانه جمشیدخان رسیده و ایستاده بودند. عباس دید که انگار منتظر آنها بودند و در خانه را نمی‌زدند. نور چراغ‌شان فقط پاهای آنها را روشن کرده بود و صورت و شکل و شمایل‌شان از دور دیده نمی‌شد:

-        انگار مهمان هم دعوت کردند...

-        باید از فک و فامیل‌های نزدیک‌شان باشند...-

بده بستان‌های عباس و محمد هنوز تمام نشده بود که به خانه‌ی جمشیدخان رسیدند و با تعجب دیدند که چراغ به دست‌ها کسی جز تیمور و پدرش سرکار قلی‌خان نبودند:

-        بالاخره خواستگاری خودش رسم و رسوماتی داره... پدر و یا بزرگتر داماد که باهاش نباشه احترامش از اول کمتره... خیال کردم امشب ما نقش بابای امنیه جدیدمان را بازی کنیم...

هنوز حرف‌های سرکار قلی‌خان تمام نشده بود که در خانه باز شد و جمشیدخان چراغ به دست جلوی در ظاهر شد. انگار که پشت در منتظر بود که در نزده، در را برای مهمان‌هایش باز کند ولی با دیدن سرکار قلی‌خان، رئیس امنیه خانه و تیمورخان پسرش کنار عباس و محمد پاک حواس جمشیدخان پرت شد و یادش رفت که مهمان‌ها را به داخل دعوت کند.

شب به نیمه رسید. پلوخورش صرف شده بود. حالا چای و شیرینی جلوی مهمان‌های جمشیدخان را رنگین کرده بود. صدای ضخیم سرکار قلی‌خان رئیس امنیه که با آن هیکل گنده، تمام رختخوابی را که به آن تکیه داده بود، گرفته بود، از لابه‌لای سبیلش که انگار از هیکلش هم بزرگ‌تر بود، بیرون زد و داخل اتاق منعکس شد:

-        عرض شود جمشیدخان... کی بهتر از کلاعباس خودمان برای دومادی شما... خانواده‌دار نیست که هست... عرض شود آقا

جمشیدخان، نمی‌دانم کلاعباس به شما گفته یا نه... که چرا ترک ده و خانواده کرده... آقا داماد اهل ده شورچه و باباش حاجی امیر از مالکان اصلی دهاند... از قدیم و ندیم بین ده شورچه و ده تیکن دعوا و بزن بکش بوده... سر چی؟ سر آب زراعتی... آقا کلاعباس ما هم نمیخواد تو این دوست و دشمنی‌ها قاطی بشه و آمده امنیه بشه که بتونه بین دو ده صلح بیاره... این خودش قابل تقدیره جمشیدخان... برای همین هم بود که مثل پسر خودم تیمورخان بهش علاقه‌مند شدم و تصمیم گرفتم در نبودن باباش حاجی امیر و به نمایندگی ایشان خدمت برسم و از دختر شما خواستگاری کنم...

- از حضور شما سر کار خیلی ممنونم... ما را شرمنده کردید... والا من هیچ حرفی ندارم... ولی قبل از هر چی بالاخره ما باید پدر و مادرش رو ببینیم...

- هیچ اشکالی نداره جمشیدخان... می‌فرستم دنبال پدر و مادر کلاعباس که بیایند اینجا و رضایت خودشان را بدهند که خیال شما راحت بشه... مهریه را هم معلوم کنند...

- در آنصورت ما که حرفی نداریم و خیال نمی‌کنم که عیال هم حرفی داشته باشند...

- فقط مانده رضایت پدر شاه داماد، که من در آن هم هیچ اشکالی نمی‌بینم... پس مبارکه...

و با صدای «پس مبارکه» سرکار قلی‌خان، کلاعباس داماد شد. حالا محمد و تیمور معطل نکرده و با روبوسی با کلاعباس داماد شدنش را به او تبریک گفتند. بعد هم نوبت سرکار قلی‌خان شد که با دادن قلیان تازه چاق شده به دست کلاعباس داماد شدنش را به او تبریک بگوید. طولی نکشید که دود قلیان از گوشه‌های دهان کلاعباس بیرون زد و رقص کنان

در فضـای اتاق پخـش شـد.

رقـص دود قلیـان کلاعبـاس حـالا از گوشـه‌ها و جـداره‌ی پنجره‌هـای قـدی اتـاق بیـرون زده بـود و انـگار همـراه محمـد بـا سـرعت به‌طرف خانه‌ی حاجـی امیـر، پـدر کلاعبـاس در سـفر بود که خبر داماد شـدن پسـرش عباس را بـه او بدهـد. دیـری نکشـید کـه محمـد شـبانه بـه ده شـورچه برگشـته بـود. مسـلم بـود کـه کلاعبـاس همراهـش نبـود. ولی پیغـام کلاعباس و خبر نامزدیـش سـوغاتی بود کـه محمد بـرای حاجی امیر آورده بـود. بعد از خوردن یکـی دو تـا چـای و تعریف آنچه گذشته، لبخند شـادی‌آفرین حاجـی امیـر از هیچ‌کـس نمی‌توانسـت مخفـی بمانـد. به نظر می‌رسـید کـه نگرانی از دسـت دادن پسـر بزرگـش قـدرت، تـا انـدازه‌ای از تـن و وجـود حاجی امیـر رخت بر بسـت. حـالا حاجـی امیر به عروسـی پسـر کوچکش عباس و امنیه شـدنش فکـر می‌کـرد. بـه ایـن فکـر می‌کـرد کـه بـا امنیه شـدن پسـرش عباس حالا قانـون بـا او کاری نـدارد، زیرا پسـرش حالا خـودش اجرا کننـده‌ی قانون بود. حـالا حاجـی امیر از شـادی و طـرب بـا دمـش گـردو می‌شکسـت و یکـی دو روز بعـد از رفتـن محمـد، زن و دختـرش را برداشـت و از ده شـورچه بیـرون زد. البتـه بـه همـه هـم گفتنـد کـه عازم مشـهد بـرای زیارت امام رضا هسـتند.

❉ ❉ ❉

بـاد ملایمـی کـه از میـان برگ‌هـای درخت‌هـای بلند صنوبـر جلوی خانه جمشـیدخان در سـفر بـود رقص دلنشـینی را بـا حرکت شـاخ و برگ‌هـای صنوبرهـا برپـا کـرده بـود. باد ملایـم تنها بـه برپا کـردن رقص اکتفـا نکرده و بـا برخـورد برگ‌هـا و عبـور از لابه‌لای آنها، انگار کـه باد آهنگ مبـارک بادی را سـر داده بـود و در سـفر خـود بـا صـدای سـاز و دهلی کـه در کوچه‌هـای خوانسـار به‌پـا بـود قاطـی شـده و یکی شـده و در سـفرش بـه خانه‌ی جمشـیدخان رسـید و بـا صـدای کمانچـه و تـار و آواز مطرب‌هـا هـم همـراه شـده بـود و صدایشـان کیلومترهـا آن‌طرف‌تر شـنیده می‌شـد.

حیـاط جمشیدخان بـرای عروسی کلاعباس چراغانی شـده بـود. چندین تخـت کـه بـا قالی‌هـای رنگارنـگ فرش شـده بـود و مقـداری صندلـی برای نشسـتن مـردم حیـاط را تزئیـن کـرده بـود. روی حـوض وسط حیـاط را هم بـا چـوب پوشـانده و قالـی انداختـه بودنـد و جای مطرب‌هـا بود. حتـی بیرون و داخـل کوچـه هم شـلوغ شـلوغ بـود. خصوصاً کـه عـروس خانم تنهـا دختر جمشـیدخان بـود. در ثانـی مهمان‌هـای عروسـی هم بسـیار معـروف و صاحب منصب هـم بودنـد. سـرکار قلی‌خـان رئیـس امنیه‌خانـه‌ی وقـت، مـا بیـن حاجـی امیـر و اسعدخان نشسـته بود.

اسـعدخان همـه کاره و خـان ده تیکـن بـود. هـر سـه نفر هـم چنـان به قلیان‌هـای خـود پُک می‌زدنـد کـه انـگار در مسابقه‌ی المپیک قلیان‌کشـی شـرکت کرده بودنـد. انـگار هـر دو در مسـابقه‌ی ایـن بودنـد کـه از دهان کدامشـان دود بیشـتری بیـرون می‌زنـد. دود قلیـان تمام فضـای را گرفته بود. انـواع میـوه و شـرینی جلـوی مهمان‌هـا را تزئیـن کـرده و بـه آن‌ها چشـمک مـی‌زد ولـی انـگار کشـیدن قلیان طرفدار بیشـتری از خـورد و خـوراک برای مدعویـن را داشـت. سـرکار قلی‌خـان رئیـس امنیه که از دوسـتان اسعدخان هـم بـود او را بـه در خواسـت کلاعباس بـه عروسـی دعـوت کـرده بـود که بین ده هـای شـورچه و تیکن به خواسـته‌ی کلاعباس صلح برقرار کند. اسـعدخان هـم روی او را زمیـن نینداختـه و آمـده بـود و حـالا دو دشـمن دیرینه اسـعد خـان و حاجـی امیـر بـه ظاهـر هـم کـه شـده، کنـار هـم به شـادی مشـغول بودنـد. حـالا چـه در دل آنهـا می‌گذشـت خـدا می‌دانسـت. ولـی از نگاههـای اسـعدخان می‌شـد فهمیـد کـه او از نـدادن دختـرش بـه کلاعباس پشـیمان اسـت. جمشـیدخان هـم مشـغول پذیرایـی بود و در پوسـت خـود نمی‌گنجید. از لابـه‌لای جمعیـت نگاهـش بـه دامادش کلاعبـاس افتاد و دید که کلاعباس بـه کمانچـه‌زن خیـره شـده و انـگار تمـام ذهـن و روحـش در اختیـار نوازنده‌ی کمانچـه بـود و انـگار نـه انـگار شـب عروسـی‌اش اسـت. جمشـیدخان اشـتباه

نکـرده بـود. کمانچـه‌زن کلاعباس را به یـاد رحیم شـیره‌ای و آسـیه انداخته بـود و حـواس و ذهـن او را پـاک از آنجـا بـه گذشـته بـرده بود. چنـان که اگر سقرمه‌ی تیمورخـان کـه کنـارش نشسـته بـود، نبود، شـاید کلاعباس هیچ وقـت از فکـر گذشـته بیـرون نمی‌آمد.

چنـان مجلـس گـرم شـده بـود کـه هیچ‌کس متوجـه نشـد که کِی شب بـه آخـر رسـید. دیگـر صـدای سـاز و دهـل و کمانچـه و تـار و ضربی شـنیده نمی‌شـود. حـالا شـهر کوچک خوانسـار بـه خـواب رفتـه اسـت. کوچه‌های سـنگی و خاکـی دوبـاره سـاکت شـده‌اند. فقـط صـدای رودخانه‌ی پـر آب بود کـه آوای دلنشـین‌اش در تمـام شـب در جریـان بـود و خسـته و سـاکت هـم نمی‌شـد و از پا هـم نمی‌افتـاد. هـوا بـه روشـنی میـزد. صبـح کلـه‌ی سـحر شـد. کلاعباس نگـران بـا تیمورخان در کوچه‌های خوانسـار به‌طرف خانه‌ی سـرکار قلی‌خـان رئیـس امنیـه در حرکـت بودنـد. هـوا هنـوز روشـن نشـده بـود کـه تیمورخـان کلاعباس را از حجلـه‌اش بیـرون کشـید. تیمورخان هم نمی‌دانسـت قضیـه از چـه قـرار اسـت. پدرش او را سـراغ کلاعباس فرسـتاده بـود. تیمورخـان بـه کلاعباس گفـت کـه خُلق پدرش و اسـعدخان بسـیار تنگ و درهـم اسـت. بالاخـره بـه خانـه‌ی سـرکار قلی‌خـان رسـیده و وارد حیـاط بـزرگ خانه شـدند. اسـعدخان و سـرکار قلی‌خـان در ایوان منتظرشـان بودند. کلاعباس از نـگاه نکـردن اسـعدخان به چشـمانش، شسـتش خبردار شـد که هـر چـه هسـت بایـد مربوط بـه اسـعدخان باشـد. دید کـه تعـدادی از نوکران اسـعدخان در حیاط و گوشـه و کنار ایسـتاده‌اند. تعدادشـان بیشـتر از کسـانی بـود کـه بـا اسـعدخان بـه عروسـی آمـده بودنـد. چشـمان کلاعباس هنـوز از روی اسـعدخان برنگشـته بود کـه دسـت‌های سـرکار قلی‌خان روی شـانه‌های کلاعبـاس نشسـت و همـراه سـرکار قلی‌خان به گوشـه‌ی دیوار حیاط و کمی از بقیـه دورتـر رفتنـد. سـرکار قلی‌خـان منتظـر نشـد کـه به گوشـه‌ی حیاط برسـند و سـخن آغـاز کرد:

- شـاه دامـاد مـن مهـر تو رو مثل تیمور پسـرم بـه دل گرفتـم... می‌خوام تـوی چشـمای مـن نـگاه کنـی و به مـن بگی کـه از اتفاقی کـه دیشـب تـوی ده تیکـن افتـاده خبـر داری یـا نه؟»

- سـرکار قلی‌خـان مـن کـه اینجـا پیش شـما بـودم... چطـوری می‌تونم از آنجـا اطلاعـی داشـته باشـم؟

اسـعدخان نتوانسـت طاقـت بیـاورد و به‌طـرف آنهـا حرکت کرد و بـه آنها رسـید. نـگاه کلاعباس باز هم به چشـمان سـرخ شـده‌ی اسـعدخان افتاد که داشـتند از عصبانیـت از حدقـه بیـرون می‌زدند. اسـعدخان را کارد می‌زدند خونـش در نمی‌آمـد. صدای کلاعباس بلند شـد:

- مگه توی ده تیکن چه اتفاقی افتاده؟ کسی کشته شده؟

- دیشـب وقتـی کـه همـه مشـغول عروسـی تـو بودیم، صـد نفـری دزد بـه خانـه‌ی اسـعدخان زدنـد و تمـام اموالـش را غـارت کردنـد... تفنگ هـم داشـتند... اسـعدخان در ایـن خیـال اسـت کـه این نقشـه‌ی شـما شـورچه‌ای‌ها بـوده کـه اینجـا دعوتـش کنید کـه در نبودنـش زهرتون رو بـه او بریزیـد...

- اسـعدخان مـا شـورچه‌ای‌ها هرچی باشـیم دزد نیسـتیم... خدا شـاهده که مـن و بابـام از ایـن قضیـه روحمون هم خبـر نـداره... در ثانی شـورچه‌ای‌ها هیـچ وقـت تفنگ دسـت نمی‌گیرنـد... اما قول مـی‌دم دزدت و پیـدا کنم و مالـت رو پـس بگیـرم... یکـی دو مـاه وقت می‌خـوام...

حـالا هـر دو؛ سـرکار قلی‌خـان و اسـعدخان چهـار چشـمی و مـات بـه کلاعبـاس جـوان خیـره شـده بودنـد. چنـدی طـول کشـید تا دوزاری‌شـان بیافتـد و بفهمنـد کلاعباس چـه گفـت و چه قولی بـه اسـعدخان داد. بالاخره صـدای سـرکار قلی‌خـان بلنـد شـد:

- کلاعباس هنوز امنیه نشده بازرس هم شده؟

- نه بازرسـی کار ما نیسـت اما خیـال می‌کنم بدانم کار کیه... اسعدخان

خــودش شــاهده مــن خــودم دل بــه دریا زدم و رفتم و دســت دوســتی پیشــش دراز کردم...

بــاز هــردو دوبـاره بــه او خیـره شــدند کــه ادامه بدهـد و بگوید کــه کار، کار چه کسـی می‌توانسـت باشـد و کلاعبـاس بـه اجبار بـاز هم ادای سـخن کرد:

- خیال می‌کنم کار، کار دسته‌ی مرتضی‌خان تیدجونی باشه...

- مرتضی‌خان تیدجونی دوماد حسنبک امنیه...؟

- آره سـرکار قلی‌خـان ... امـا مطمئیـن نیسـتم... امـا تـه و تـوش رو درمیـارم...

- مــن خیـال نمی‌کنـم کـه کار آنها باشـه... دسـته‌ی آنها کار بـه این بزرگـی را نمی‌کنـه... کار بایـد کار لرهـا باشـه...

کلاعباس رو کرده بود به سرکار قلیخان:

- زود روشـن می‌شـه... ولـی مـن یـه مـدت تا تـه و تـوی این قضیـه را در بیـارم مرخصـی می‌خوام... که با بابام برگردم شـورچه ... حسـنبگ رفیق بابامـه... ته تـوش رو در میـارم...»

❋ ❋ ❋

بهـار بـا تمـام زیبایی‌هایـش بـه پایان رسـید و اوآخر تابسـتان بـود. فصل خرمنکوبـی و برداشـت دسترنج و محصول سـالانه‌ی کشاورزان رسـیده بود. فصـل بادهـای موسـمی کـه بـرای بـاد دادن خرمن‌ها کمـک بـود، شـروع شـد و بـه هـر طرفـی نـگاه می‌کـردی مـردان کشـاورز پیر و جـوان ارچون به دسـت را می‌دیـدی و بـه هـوا رفتـن ارچون‌هـای چوبیِ آنهـا که مشـغول بـاد دادن خرمن‌هـای کوبیـده بودنـد را تماشـا می‌کردی.

معمـولا در اواخـر تابسـتان بـود کـه کشـاورزان تمام محصـولات گندم خـود را درو کـرده و در محلـی کـه بـه آن خرمنجا گفته می‌شـد، می‌انباشـتند. سـاقه‌ی گندم‌هـای درو شـده، حالا خشـک شـده و آمـاده کوبیدن بـود. البته قبـل از انباشـته کـردن گندم‌هـای درو شـده، تکـه زمیـن همـوار و بزرگـی را

انتخـاب و آب می‌انداختنـد و سـطح آن را صـاف و محکـم می‌کردنـد و بعد گندم‌هـای درو شـده را از تمـام اطـراف بـه آنجـا کـه حـالا اسـم خرمنجا به خـود گرفتـه بـود، می‌آوردند و در وسـط خرمنجا و زیر تیغه‌ی آفتاب انباشته می‌کردنـد. بعـد هـم نوبـت چـون بود کـه بـه راه می‌افتـاد. چـون از دو پره‌ی بـزرگ، کـه تیغه‌هـای آهنیـن نوک‌تیز دور تا دور آن تعبیه شـده بود تشکیل می‌شـد و بـه چهارچوبی کـه شـباهت به نیمکت پارک داشـت وصل شـده بود. معمـولا ابتدا مقداری از سـاقه‌های خشـک شـده‌ی گندم را دور تا دور خرمن کـه در وسـط انباشـته شـده بود ولـو می‌کردند و دوتـا الاغ بدبخت از صبح تا غـروب آفتـاب چـون را دور تا دور خرمن و روی این سـاقه‌های ولو شـده روی زمیـن می‌چرخاندنـد و البتـه یـک نفر هـم روی نیمکت چون و برای سـنگین شـدن آن می‌نشسـت کـه ایـن کار معمولا مخصوص نوجوانان بـود. یک یا دو ساعتی هـم فقط بـرای صـرف ناهار توقف می‌کردنـد. مرحله‌ی بعد این بود کـه سـاقه‌های گنـدم نیمه خرد شـده را به طرف خارج خرمـن و دورتا دور آن بـالا میزدنـد و فقـط دو تا سـه راه خروج و ورود بـه داخل خرمن بـاز بود. این کار ادامـه داده می‌شـد تا تمام سـاقه‌های خشـک شـده‌ی گندم‌ها نیمه خرد شـوند و مرحلـه‌ی بعـد شـروع می‌شـد. مرحلـه‌ی بعد ایـن بود که سـاقه‌های نیمـه خرد شـده را به شـکل دایـره روی زمین مثل جاده‌ای در نزدیکی وسـط خرمـن پخـش می‌کردنـد و چـون دوباره بـه راه می‌افتـاد تا این بار سـاقه‌های نیـم خـرد شـده را کامـل خـرد کنـد و بـه کاه تبدیل کنـد. بعد هم دوبـاره در وسـط خرمن انباشـته می‌شـدند. این کار آنقدر ادامـه داشـت تا تمام ساقه‌ها کامـلا خـردِ خـرد شـوند. مرحله‌ی بعد بـاد دادن خرمـن بود کـه معمولا چند نفـر ارچون به‌دسـت مشـغول می‌شـدند و کاه‌هـا و گندم‌های خرد شـده را به هـوا پـرت می‌کردنـد و باد هـم کار خودش را می‌کـرد و کاه‌ها را که سـبک تر از گندم‌هـا بودنـد را بـا خـود می‌بـرد و کمـی آنطرف‌تـر روی زمین می‌نشـاند. ایـن کار ادامـه داشـت تـا گندم‌هـا کامـل از کاه‌ها جدا شـوند. سـپس گندم‌ها

و کاه‌ها را جداگانه به خانه‌ها حمل می‌کردند. ارچون‌ها را شبیه چنگال درست کرده بودند ولی سطح پهن و بزرگی داشتند و گندم‌ها از وسط باز آنها رد می‌شد و به زمین می‌ریخت، البته نوک تیز ارچون هم باعث می‌شد که راحت‌تر به داخل کاه‌های انباشته، فرو برود.

در میان کشاورزان پیرمرد سالخورده‌ای به چشم می‌خورد که به تنهایی مشغول باد دادن خرمن خود بود. از کمی خرمناش مشخص بود که زمین زیادی برای کشت ندارد و تنهایی باد دادن خرمن هم از این خبر می‌داد که کس و کاری و نوه و نتیجه‌ای هم ندارد. البته همین‌طور هم بود. مشهدی نصرت از ایوان کیف در ساله‌ای جوانی به ده شورچه سفر کرده بود. شغلش هم تعزیه‌خوانی بود و از صدای خوبی هم برخوردار بود. حالا هم که پیر شده بود، تکه زمینی را هم با قرض و قوله خریده و خودش در آن کشت می‌کرد. نگاه خسته‌ی مشهدی نصرت به دور دست و جاده افتاد و گوشه‌ی چشمان نیمه بسته‌اش به شبح سواری که تازه وارد صحرای ده شورچه شده بود، افتاد. با پیدا شدن و نزدیکتر شدن سوار حالا همه‌ی کشاورزان برای چند لحظه هم که شده، دست از کار کشیده و با تعجب به سوار خیره شدند. بعضی‌ها هم که نزدیکتر بودند با بلند کردن دست به سوار که امنیه‌ی جوانی بود ادای احترام می‌کردند. سوار به یکی دوتا پسر بچه که زیر سایه ی درختی مشغول بازی بودند رسید. پسر بچه‌ها با دیدن سوار و لباس امنیه‌اش از ترس دست از بازی کشیده و خودشان را جمع و جور کردند. سوار از آنها رد شد و حالا رسیده بود به پایین تپه‌ی کوچکی که خرمن مشهدی نصرت بالای آن در تکه زمین کوچکی قرار داشت.

سوار با دیدن مشهدی نصرت که حالا از کار هم دست کشیده و به او خیره شده بود اسبش را به‌طرف بالا و خرمن او راند و با رسیدن به خرمن با سلام بلندی مشهدی نصرت را به‌خودش آورد. اگرچه مشهدی

نصرت جواب سلام او را داد ولی هنوز از بین پلک‌های چشمان نیمه بازی که به‌سختی باز میشدند به سوار خیره شده و در تعجب بود. مشهدی نصرت در تمام مدتی که سوار پیاده شده و کلاه و ژاکتش را درآورد و ارچون را از دست مشهدی نصرت گرفت و مشغول باد دادن خرمن مشهدی نصرت شد همین‌جور با تعجب به او خیره شده بود:

-       سلام سرکار عباس آقا...

و بالاخره مشهدی نصرت مطمئن شد که امنیه‌ای که داشت به او کمک می‌کرد کسی نبود جز عباس پسر حاجی امیر. هنوز لبخند خوشحالی روی چهره‌ی مشهدی نصرت باقی بود که دیگر کشاورزان هم با دیدن امنیه‌ای که مشغول باد دادن خرمن مشهدی نصرت شده بود، باد دادن خرمن خود را رها کرده و برای اینکه مطمئن شده باشند که او کیست به طرف خرمن مشهدی نصرت سرازیر شدند. دیری نگذشت که دور و بر خرمن مشهدی نصرت جمع شده و با تعجب به تماشای عباس امینه مشغول بودند. عده‌ای از آنها هم حالا به فکر مشهدی نصرت تعزیه خوان پیر خود افتاده و به عباس پیوسته و مشغول باد دادن خرمن او شده بودند. ولی هنوز هم که هنوز بود هیچ‌کدام باورشان نمیشد که داشتند عباس جوان را می‌دیدند که امنیه شده است. البته شش تا هفت ماهی می‌شد که عباس از ده دور بود و گفته بودند که به شهر رفته است:

-       خسته نباشید عباس آقا...

بالاخره صدای یکی از کشاورزان بلند شد، ولی قبل از اینکه عباس فرصت جواب دادن داشته باشد مشهدی نصرت با صدای بلند و آمیخته با لبخند پر از شادیاش صدای همه را خاموش کرد:

-       سرکار عباس آقا خان...

دیری نکشید که بیست نفری به جان خرمن مشهدی نصرت افتاده و جان خرمن را گرفته و تقریبا خرمن را باد داده بودند. یکی زیر آواز هم

زد و یکی دو نفر هم با او بده و بستان هم می‌کردند و یکی دو تا هم به رقص چوب مشغول شدند. خلاصه انگار همه به عروسی دعوت شده بودند. غروب نشده بود که خرمن مشهدی نصرت تعزیه خوان به باد داده شد .

نزدیک غروب می‌شد که عباس دوباره سوار بر اسب و با لباس امنیه وارد ده شد. به دنبالش هم عده‌ی زیادی از بچه‌ها و مردم در حرکت بودند و عده‌ی آنها رفته رفته زیادتر هم می‌شد. هنوز از چندتا خانه نگذشته بودند که مردعلی از دور دوان دوان لبخند بر گونه و لبش پیدایش شد و مسلم بود که مردعلی فوری عباس را شناخته بود. با دیدن او خوشحال و مسرور شد و پا منبری را هم شروع کرد. مردعلی فوری دور را از دیگران گرفت و جلوی اسب سفیدِ با پاهای سیاه عباس در حرکت بود و به پامنبری‌اش ادامه می داد:

- عباس آقا امنیه شده... عباس آقا قانون شده... آمده ملامحمود و ببره به آخور ببنده...

و البته خنده‌های مداومش هم که نمک و آهنگ صحبتش بود، مثل قبل ادامه داشت. سر راه درها و پنجره‌ها باز می‌شد و مردم از کوچک و بزرگ، زن و مرد، ظاهر شده و به تماشا مینشستند. عده‌ای هم به قافله‌ی او می پیوستند.

صدای اذان مغرب از مسجد شروع شد و اذان هنوز تمام نشده بود که عباس و قافله‌اش به سرکردگی مردعلی به جلوی مسجد رسیدند. با رسیدن کلاعباس و قافله، انگار که خبر هم به داخل مسجد رسید و همه‌ی مردم خواندن نماز را فراموش کرده و از مسجد بیرون آمدند و به تماشا و استقبال کلاعباس آمدند. حالا جلوی مسجد جای سوزن انداختن نبود.

در همین احوال بود که سر و کله‌ی ملامحمود که از کوچه‌ی کنار

مسجد بـه جلوی مسجد پیچد، پیدا شـد و با دیدن جمعیت جلوی مسجد چند لحظـه بـا تعجب ایستاده و جمعیـت را برانداز کرد تا بفهمد چه خبر است. نگاه ملامحمود از پشـت جمعیت به عباس افتـاد که چند سـر و گردن بالاتـر و وسط جمعیت روی اسبی نشسـته بود. چنـد لحظه طول کشید تا او را بشناسـد ولـی چیـزی کـه بـرای ملامحمود گـران آمده بـود این بود کـه انگار جمعیـت طبـق سـنت قبـل، از ورود ملامحمود اطلاع نداشـتند و یا بـا دیدن عبـاس روی اسب، دیگـر بـه او اهمیتـی نمی‌دادنـد. ملامحمود یکـی دوبـاری هـم بـرای جلـب توجـه مـردم صلواتـی هـم ختم کـرد ولـی انگار نه انگار که ملامحمودی وجـود داشـت. همـه ی حـواس مـردم بـه پرتِ عباس شـده بود. ملامحمـود بـه ناچار بـا هـل دادن مـردم و بلند کـردن صدایش وارد جمعیت شـد و راه خـودش را بـاز کـرد و بالاخره به وسط جمعیت رسـید. حـالا روبروی عباس کـه روی اسبش بـا اقتـدار نشسـته بود ایسـتاد و بـه او خیره شـده بود. چند لحظـه‌ای هـر دو به هـم خیره شـدند. البته ملامحمـود انتظار داشـت که عباس بـا دادن سلام بـه او ادای احترام را بـه‌جا بیاورد. ولی عبـاس همین‌طور بـه او خیـره شـده و لـب هـم از لب باز نمی‌کـرد که هیـچ بلکه انگار بـا نگاهش داشـت بـا ملامحمود گفتگو می‌کـرد. گفتگویـی کـه ملامحمـود از آن چندان خوش‌حال کـه نبـود هیـچ، بلکه ناخرسـند هم شـده بود.

ولـی ملامحمـود نمی‌خواست بـه‌اصطلاح بی‌احترامـی عباس به خودش را بـه رو بیـاورد و آبـروی خـودش را جلـوی مـردم ببـرد. البته با دیدن عباس در لبـاس امنیه، چنـان گیـج شـده بود کـه دسـت و پای خود را هـم گم کرده بـود ولـی از آنجایـی کـه ملامحمـود زیـرک و دانـا بود بـرای حفـظ ظاهر هم کـه شـده بالاخـره به صحبـت آمد:

— خـوش آمدیـد عبـاس آقـا... ببین چه شـیر پاکـی خـوردی... امنیه هم کـه شـدی خـدا را فرامـوش نکـردی... ببینیـد مـردم یک راسـت آمده مسـجد... کـه خـدا کمکـش کنـه کـه قانـون و با عدالـت اسلامی اجرا

کنـه... ببینید...

ملامحمـود کمکـم داشـت داغ‌تـر می‌شـد و دور میگرفت کـه عبـاس تـو ذوقـش زد:

- مـلا؛ عـدل و عدالـت اجرا کردن به مسجد رفتن و دعـا خواندن و روزه گرفتن نیسـت... بایـد تو ذات آدم باشـه... تو قلب آدم باشـه... مسـجدت ارزونـی خـودت... آمـدم بـه همه بگـم از امروز بـه بعد شـورچه ی‌ها بـا تیکـن ای‌هـا هیچ دوسـت و دشـمنی ندارند... مـن با اسـعدخان تیکن ای صلـح کردم...

بعد هم رو به‌طرف جمعیت کرد:

- اگـه کسـی آب تیکـن ای‌ها را بالا کند و دم دوسـت و دشـمنی و مردم آزاری بـا مـردم تیکـن را بزنـد خـودم میـام و کت بسـته می‌برمـش و می‌کنمـش تـو طویلـه... اگـر کسـی هم آشـوب کنـه و مسـئله‌ی بد و حـرف مفت بزنـه و مردم و تحریـک کنه اون رو هـم می‌گیرمش و می بندمـش بـه آخور پیـش الاغ هـا... فرقی هـم نمی‌کنه که آخوند باشـه یـا کشـاورز... حـالا ریـش و قیچـی دسـت خودتونه... خـدا و پیغمبر هم کـه طرفدار صلح و دوسـتی هسـتند نه دشـمنی و بـزن و بکش و بخل و حیله...

بعد هم با هی کردنِ اسبش راه افتاد. هنوز جمعیت را ترک نکرده بود که صدای مردعلی بلند شد:

- سرکار عباس ملا محمود را می‌بنده به آخور...

بـا بلند شـدن خنـده‌ی مردعلی، ملامحمود با سـرعتی که داشـت خودش را بـه او رسـاند و بـا هر قدرتی کـه در توان داشـت محکـم پس‌گردنی محکمی نثـارش کـرد. ملامحمـود انـگار داشـت دق و دلی‌های خودش از عباس را سـر مردعلـی خالـی می‌کـرد. مردعلی هـم کوتـاه بیا نبـود. کتـک می‌خـورد و حـرف خـودش را تکـرار می‌کرد:

- مگه کفر گفتم... خب کلا خودش گفت اگه ملامحمود غلطی بکنه اون رو به آخور می‌بنده...

مردعلی هرجوری شده بود خودش را از زیر دست و پای ملامحمود بیرون کشید و از بین جمعیت رد شد و دوان دوان به طرف اسب عباس رفت و بالاخره خودش را به عباس رساند. در جلوی اسب حرکت می‌کرد و به نطق خودش ادامه می‌داد؛ البته که خنده‌هایش هم بلندتر و شادتر هم شده بود:

- سرکار عباس, ملامحمود رو میبنده به آخور... گاه می‌ریزه جلو ش ...

حالا در سر راه مردم دوباره در پنجره‌های خود ظاهر میشدند و با تعجب به او خیره می‌شدند. البته اول باورشان نمیشد که عباس را در لباس امنیه‌چی می‌بینند. تازه بعد از اینکه عباس و اسبش از آنها رد می‌شد، به‌خود می‌آمدند. عباس سر راهش به پیرمردان و پیرزنان ادای احترام و سلام را هم بجا می‌آورد و البته جواب هم دریافت می‌کرد ولی انگار مردم هنوز در ناباوری بودند. عباس اولین کسی بود که از ده شورچه امنیه شده بود و البته امنیه بودن در آن زمان ارج و قرب زیادی هم داشت؛ خصوصاً که او پسر حاجی امیر هم بود.

بالاخره عباس به جلوی خانه‌ی پدریاش رسید. دید که جمعیت زیادی جلوی در عمارتشان جمع شده و منتظرش بودند. مردعلی هنوز در جلوی اسب در حرکت و مشغول نمایش بود و علمداری عباس را به عهده گرفته بود. هرچند که پدرش حاجی امیر و بقیه خوشحال و مسرور منتظر او بودند ولی او به تنها کسانی که فکر نمی کرد پدرش و جمعیت بود. تمام هوش و حواس عباس به سگش و پنجره‌ی آسیه و خاطرات گذشته بود. انگار داشت پاس کردن سگش را می‌شنید. اسبش به جلوی عمارت رسید و صدای ساز و دهل و رقص و پایکوبی بلند شد و دود اسفندهای

داخـل منقل‌هـای کوچـک و بـزرگ فضـا را گرفتـه بـود. اسـفند دودکنان چند نفـر بودنـد کـه مشـت مشـت روی آتـش منقل‌هایـی کـه در دسـت داشـتند، اسـفند می‌ریختنـد. امـا عبـاس انـگاری کـه پـاک از هـوش و حـواس رفتـه بـود. تنهـا چیـزی را کـه می‌دیـد صـورت آسـیه بـود کـه مثـل گذشـته در پنجـره‌ی کوچـک خانـه‌ی رحیـم شـیره‌ای بـه او خیـره شـده بـود و لبخند به لـب و چهره داشـت و سـگش داخل ایوان مشـغول پـاس کردن بـود. آنقدر در خاطـرات گذاشـته گم شـده بـود کـه خون ریختـن و جان دادن گوسـفند زبان بسـته‌ای را هـم کـه به‌خاطـر او سـرش را از تن جـدا کردند را ندیـد. تنها بعد از ایـن کـه اسـبش با رسـیدن خـون گوسـفند بیچاره بـه او عقـب زده بود کـه دسـت و پایـش بـه خـون و قتـل و کشـتار گوسـفند زبان بسـته آلـوده نشـود، کمـی به‌خـودش آمـد و نگاهـش بـه صـورت خنـدان پـدرش افتـاد کـه حالا خـود را بـه پسـرش رسـانده و بـه اسـتقبالش آمـده بود. دسـته‌ای لـرزان حاجی امیـر روی دسـت پسـرش نشـسـت تـا از اسـبش پیـاده شـود. حالا شـوق و شعف از اسـتقبال عبـاس بـه جایـی رسـیده بـود کـه دیگـر هیچ‌کس بـه فکـر مردعلی و لاشـه‌ی گوسـفند سـربریده و بـه خـون آغشـته نبـود. حالا عبـاس در آغوش مـادر و خواهـرش بـود کـه بـه پیشـواز او آمـده بودند.

طولـی نکشـید کـه تاریکـی، چـادر سـیاهش را بر سـر ده شـورچه کشـید. پاسـی از شـب گذشـته بـود ولـی ده شـورچه طبـق معمـول بـه خـواب نرفته بـود. حـالا داخـل عمـارت حاجـی امیـر جـای سـوزن انداختـن نبـود. گـوش تا گـوش پـر از جمعیتـی شـده بـود کـه بـرای دیـدن عباس آمـده بودنـد. در تمام اتاق‌هـای عمـارت هـم گـوش تـا گـوش آدم نشـسـته بـود. پیرمـردی هم مشـغول کمانچـه‌زدن بـود. ملامحمـود هـم آمـده بـود و خنده‌های مصنوعـی‌اش هم از چهرهـاش پـاک نمی‌شـد.

❊ ❊ ❊

وقتی‌که سیاست و درایت، پیر و جوان نمی‌شناسد...

وزش بـاد ملایـم، بـه بیابان‌هـا و تپه‌هـای اطـراف ده ربـاط‌کریـم حـال و هـوای دیگـری داده بـود. آواز جیرجیرک‌هـا کـه انگـار بـا بـاد همراهـی می‌کردنـد فضـا را دلنشـین‌تر هـم کـرده بـود. زنبـور ناقلایـی زوزه‌کشـان از بیـن پاهـای سیاه‌رنگ اسـب سـفیدی گذشـت و در اطـراف پوزه‌ی اسـب به رقـص و آوازش ادامـه داد و بالاخـره بر پوزه‌ی اسـب نشسـت و بـا نشسـتناش، آرامـش و صلـح او را برهـم زد و باعـث عطسـه‌ی اسـب شـد. اسـب هـم بـرای رهایـی از شـر زنبـور سـرش را بـا سـرعت یکی دو بـار بـالا و پاییـن کـرد و بـا حرکت سـر اسـب، زنبـور از روی پوزه اسـب برخاسـت و دوبـاره زوزه‌کشـان در هـوا بـه رقـص و آوازش ادامـه داد.

زنبـور در حـال رقـص و آوازخوانـی دوباره‌اش بـود و بـا سـرعت از کنـار گوش و نیم‌رخ سـواری کـه بر اسـب نشسـته بـود گذشـت و حواس سـوار را کـه انگـار در آن دیـار و زمـان نبـود، به‌خود آورد. سـوار کسـی نبود جـز کلاعباس کـه در لباس امنیه‌چی روی اسـب سـفید پاسیاهش نشسـته بـود. معلوم بود کـه پشـت صخـره‌ی کوچکـی در بلندی‌هـای مجـاور ده ربـاط‌کریـم پنهـان شـده و ورودی ده را زیـر نظـر دارد. حالا او را سـرکار عبـاس صدای می‌کردنـد. نـگاه سـرکار عبـاس بعـد از سـفری بـه اطـراف، دوبـاره بـه سـمت ده برگشـت و افتـاد بـه دو سـوار امنیه‌چی کـه تـازه از جـاده‌ی نسـبتاً پهنـی کـه بـه داخل ده می‌رفـت، بیـرون زده بودنـد. نـگاه سـرکار عبـاس از روی امنیه‌هـا به ردیف

درخت‌های بلند صنوبری افتاد که دو طرف جاده‌ی دیگری که از سر جاده‌ای که به داخل ده می‌رفت شروع شده و به بالای تپه‌ای که بالای ده قرار داشت ختم می‌شد. در بالای تپه، مزرعه‌ی نسبتاً بزرگی دیده می‌شد که با انواع درخت‌های میوه و صنوبر و بید و توت پوشیده شده بود. عمارت بلند و قلعه‌مانندی بین درخت‌های مزرعه پنهان بود. سرکار عباس می‌دانست که عمارت قلعه مانند متعلق به کریم‌خان رباط‌کریمی بود. این را هم می‌دانست که کریم‌خان آدم قُد، خشن و بیرحمی است. سرکار عباس هنوز یادش نرفته بود که در اولین برخوردش با کریم‌خان رباط کریمی، او با سرکار عباس چه کرده بود. بعد از امنیه شدن، سرکار عباس فهمیده بود که کریم‌خان رباط‌کریمی با سرکار قلیخان، رئیس امنیه‌خانه، دوستی نزدیکی داشت ولی این را هم زود فهمیده بود که او از دوستی سرکار قلی‌خان سوء استفاده می‌کرد و بسیاری از امنیه‌ها را هم خریده و به آنها رشوه می‌داد و از آنها برای راهزنی خودش استفاده می‌کرد؛ در ثانی این را می‌دانست که کریم‌خان با اسعدخان تیکن ای دشمنی و رقابت زیادی داشتند و به خون یکدیگر تشنه بودند. سرکار عباس بعد از دیدن آقامرتضی تیدجانی خبردار شد که کار دستبرد عمارت اسعدخان باید کار کریم‌خان باشد و به او اطمینان هم داده بود. چرا که فاش کرده بود که یکی از چوب‌دارهای اسعدخان را با نوکران کریمخان دیده است و چیزهایی هم از آنها شنیده که معلوم می‌کرد که چوبدار اسعدخان همه‌ی نقشه‌ی دزدی به خانه‌ی اسعدخان را کشیده و به کریم‌خان راپورت داده که اسعدخان در خانه‌اش نیست و برای عروسی کلاعباس رفته است. سرکار عباس هم بعد از سبک و سنگین کردن اوضاع، فهمید که کریم‌خان در غیاب اسعدخان از فرصت استفاده کرده و دار و دسته‌اش را با چوبدار اسعدخان فرستاده و عمارت او را غارت کرده‌اند و چنان وانمود کرده بودند که کار شورچه‌ی‌ها بوده است. حتی

می‌دانسـتند کـه رسـتم‌خان پسـر اسـعدخان هـم بـه شـکار رفتـه اسـت. بـرای همیـن بـود کـه سـرکار عبـاس در بازگشـت بـه ده شـورچه ، شـبانه بـه دیـدار اسـعدخان رفتـه و نقش‌هـاش را بـرای غـارت عمـارت کریم‌خان بـا او در میـان گذاشـته بـود و از اسـعدخان خواسـته بـود کـه بیسـت تا از تفنگچی‌هایش را در اختیـار او بگـذارد و بـا اسـعدخان دسـت دوسـتی داده بـود. سـرکار عبـاس بـا ایـن کارش اسـعدخان را مجبـور کـرده بـود کـه بـه تفنگچـی داشـتن و تفنـگ غیـر قانونـی داشـتن هـم اعتـراف کـرده باشـد. اسـعدخان کـه بـه خـون کریم‌خان تشـنه بـود و او را تنها دشـمن پرقـدرت خود می‌دانسـت تسـلیم سـرکار عبـاس شـده و بـه او اعتمـاد کـرده و خواسـته‌اش را برآورده کرده بـود. البته اسـعدخان هـم نقشـه و سـیاسـت خودش را داشـت. می‌خواسـت از سـرکار عبـاس کـه در نظـرش جـوان و کم‌تجربـه و مغرور بـود، اسـتفاده کند و رابطـه‌ی کریم‌خان را بـا سـرکار قلیخـان سـرامنیه بهم بزند و خود بـه تنهایی رفیق و شـفیق سـرکار قلیـان سـرامنیه باقـی بمانـد، ولی ایـن را نمی‌دانسـت کـه سـرکار عبـاس اگرچه جـوان بـود و کمت‌جربـه ولی در سـیاسـت و کارایـی دسـت هر دوی اسـعدخان و کریم‌خـان را از پشـت بسـته و آنهـا را بـه بـازی گرفتـه بود.

کلاعبـاس آنقـدر در فکـر و خیـال گـم شـده بود کـه چند لحظـه فراموش کـرد کـه دو امنیـه‌ای کـه از حریـم عمـارت کریم‌خان بیـرون زده‌انـد، در حال رانـدن بـه تپه‌هـای مقابـل هسـتند؛ یکـی از آنها هم کلاهـش را برداشـته و بـا زدن کلاهـش بـه اسـب، او را هـی می‌کـرد. چنـدی طول کشـید تا کلاعباس به‌خـودش بیایـد و یـادش بیافتـد کـه طـرف بـا زدن کلاهش به اسـب، داشـت بـه او علامـت می‌داد و بالاخـره بـا دیـدن حرکت امنیـه، کلاعباس بـا احتیاط سـر اسـبش را برگردانـد و سـوار بر اسـب در پشـت تپه‌هـای بـالای رباط‌کریم گم شـد.

هـوای گـرم و بیابـان بـی‌آب بـرای اسـب سـرکار عبـاس چنـدان رضایت بخـش نبـود. سـرکار عبـاس سـوار بر اسـبش در دوردسـت به خرابـه‌ی فراموش

شده‌ای کـه در بیابـان و روی تپـه‌ای تـک و تنهـا افتاده بود، نزدیک می‌شـد. از سـر و وضـع خرابـه مشـخص بود کـه یـک روزی ارج و قربی داشـته و محل سـکنی گرفتـن لشـکر و یـا هنگ لشـکری بوده است. ولـی حالا بـه خرابه‌ای تبدیـل شـده بـود و مـردمِ مسـافرِ سـر راه وقتـی کـه تنگشـان می‌گرفت، بـرای رفـع حاجـت بـه آن سـر زده و خودشـان را راحـت می‌کردنـد. سـرکار عبـاس بالاخـره بـه خرابه رسـید و وارد آن شـد. داخل فضـای بـاز وسـیع خرابه بیسـت‌وچندتایی مـرد جـوان و میانسـال و یکـی دو مرد مسـن در سـایه‌های دیـوار نشسـته و منتظـر بودنـد. اسب‌هایشـان کنـار چنـد الاغ دیگـر مشـغول نشـخوار بودنـد. با وارد شـدن سـرکار عباس همه از جایشـان برخاسـته و دور و بر او را گرفتنـد. مشـهدی باقر کـه معلـوم بود سـرکرده و ریش سـفید آنهاسـت جلـو آمـد و زبـان به سـخن بـاز کرد:

- سر کار ما حاضریم...

- ما هم حاضریم مشدی باقر...

بعـد سـرکار عبـاس از فضـای بـاز بین دوتـا دیوار خرابـه که معلـوم بود در زمـان قدیـم حکم پنجره را داشـته، به بیرون و دور دسـت نـگاه انداخت و دید کـه سـر و کلـه دو سـواری که از خانه‌ی کریمخان بیرون زده بودند، پیدا شـد و داشـتند بـه خرابـه نزدیـک می‌شـدند. طولـی نکشـید که سـوارها بـه خرابه رسـیدند. هنـوز چنـد متری با سـرکار عبـاس فاصله نداشـتند کـه یکـی از آنها بـا لبخند رضایت بخشـی ادای سـخن کرد:

- نـه تنهـا باورش شـد بلکه ذوق زده هم شـده بود که سـرکار قلیخان به خِتنـه سـرون نوهـاش دعوتش کـرده... فوری هم پرسـید که اسـعدخان تیکـن ای هـم دعـوت داره؟ گفتم نه خان! آخه جای شـما و اسـعدخان تیکـن ای کـه نمی‌تونـه یـک جا باشـه. شـما کجـا و اسـعدخان کجـا... بعـد هـم گفتـم، خـان پیش خودتـان بماند مثـل اینکه بین اسـعدخان و سـرکار قلیخـان بعـد از عروسـی پسـر حاجـی امیـر شـورچه ی بهـم

خورده... از ایـن خبـر صورتـش گل افتاد و خیلی هم خوشحال شـد... حـالا هـم یک سـاعتی میشـه کـه با چندین سـوار عـازم دیدن سـرکار قلیخان شـده... دوتا پسـرش هـم همراهش هسـتند...

-   لباس ها...

سـوارهای تـازه وارد بـا شـنیدن صـدای سـرکار عبـاس کـه از لباس‌هـا پرسـید، از اسـب‌های خود پیاده شـده و دو کیسـه را از پشـت اسـب‌ها پایین آوردنـد و روی سـکویی گذاشـته و بنـد آنهـا را بـاز کـرده و مشـغول در آوردن لباس‌هـای امنیـه‌ای از داخـل کیسـه‌ها شـدند. بعـد هـم بـه هـر کـس یـک دسـت لبـاس امنیه‌ای داده شـد:

-   اگـر اندازه‌تـان نیسـت مهم نیسـت. شـب کسـی انـدازه بـودن و نبودن آنهـا را نمی‌بینـه... مطمئن باشـید کمرتون رو محکم بسـته باشـید که شـلوار از ماتحتتون نیافتـه... اگـر هم خواسـتید می‌تونید بـا هم عوض کنیـد ...

مـردان مشـغول عـوض کـردن لباس‌هـای خـود شـدند. عدهـای هـم لباس‌هـای امنیـه‌ای را روی لباس‌هـای عـادی خـود پوشـیدند. در همیـن احـوال سـرکار عبـاس از داخـل خورجین اسـبش کیسـه‌ای را در آورد و در آن را بـاز کـرد، بعـد هـم از داخـل آن مقـداری سـکه در آورد و بین مردان تقسـیم کـرد:

-   ایـن هدیه‌ایسـت کـه اسعدخان بـه مـن داده... ولـی حـق شماسـت... یادتان باشـه امشـب خـون از دماغ کسـی نباید بریـزد... خصوصاً به زن و بچـه‌ی هیچکـس کوچکتریـن اذیـت و آزار و یا توهینی نباید بشـه... مشـدی باقـر خبـرش را بـه گـوش ما می‌رسـاند... همه بایـد بدون چون و چـرا به مشـدی باقر گـوش بدیـد...

بعـد هـم همه خوشـحال، درحالیکـه بـا تعجب بـه کلا خیـره شـده و از خیـرات او در تعجب بودنـد، دیدنـد کـه سـرکار عباس خودش را به مشـدی

باقــر نزدیــک کرد:

- مشــدی بپــا هیچکـس بــه مال‌هــا دسـتی نزنــه... تمــام و کمــال برسانیدشـان بــه اسـعدخان... از قــول مـن هــم بهش بگو که سـهم فقرا یــادش نـره... اگــر مـال اسـعدخان تـوی عمــارت کریم‌خان نباشـه، حتما تـوی کنـده بــالای تپـه‌ی رباط‌کریم باید قایـم کرده باشـه. میدونی که کجا ست »

سـرکار عبـاس بعـد از وارسـی جماعـت کـه هنوز سـرگرم لباس پوشـیدن امنیه‌گـری خـود بودنـد، اسـبش را رانـده و از خرابـه خارج شـد.

❊ ❊ ❊

رقـص شعلـه‌ی آتـش، در دل شـب، کوهپایه‌هـای بــالای ده تیکـن را تـا چنـد متـری روشـن کـرده بـود. تکـه لباس‌های امنیـه‌ای، یکـی بعـد از دیگری بـه داخـل آتـش انداختـه می‌شـد و شـعله را می‌شکسـت و آتـش را کمـی از شـور و هیجـان می‌انداخـت، ولـی طولـی نمی‌کشـید کـه آتـش دوبـاره جان می‌گرفـت و رقـص شعلـه‌اش دوبـاره آغاز می‌شـد و بـا دودی غلیـظ بر فضای تاریـک شـب حکومـت می‌کـرد. تکـه لباس آخـری کـه زیـر نـور کمرنگ آتش دیـده می‌شـد کـه رنـگ و شـکل شـلوار امنیه‌هـا را دارد، به داخـل آتـش افتاد.

بـا گـر گرفتـن بیشـتر شـعله قامـت مشـهدی باقر براق شـده بـود. معلوم بـود کـه مشـهدی باقـر شـلوار امنیه‌چیـاش را داخـل آتـش انداختـه و داشـت شـلوار سـاده و معمولـی دهاتـی خودش را بـه پـا می‌کرد. اطراف مشـهدی باقر بیسـت‌وچند همراهـاش در بیـن بیسـت، سـی الاغ و قاطر پراکنـده و هم‌چون مشـهدی بـا عجلـه مشـغول عـوض کـردن لباس‌های خـود بودند. پشـت همه قاطرهـا و الاغ‌هـا تـا می‌شـد، بـار زده بودنـد. مردانـی کـه لباس‌های خـود را عـوض کـرده بودنـد بـا عجلـه مشـغول هـی کـردن الاغ‌هـا و قاطرهـا شـدند. مشـهدی باقـر کـه بنـد شـلوارش را بسـته و گیـوه‌اش را هـم ورکشـیده بـود تفنـگ کهنـه و قدیمـی را از روی زمین و کنار آتش برداشـت و روی شـانه‌اش

انداخـت. بعـد هـم بی‌اختیـار سـرش به‌طـرف ده رباط کریـم کـه در یکـی دو کیلومتـری آنجـا قـرار داشـت برگشـت. اگر چه مشـهدی باقر در تاریکی شب چیـزی را نمی‌دیـد ولـی تاریکـی شـب باعـث این نبـود کـه برایش یادآوری نشـده باشـد کـه سـه تا چهار سـاعتی می‌شـد که با دوسـتان خود به عمارت کریمخان رباط کریمی دسـتبرد زده بودند.

لبخنـد رضایت‌بخشـی کـه بـر صورت مشـهدی باقـر گل بسـته بـود، نشـان از ایـن داشـت کـه یـادش آمـده بود کـه در تاریکی شـب با دوسـتانش بـه پشـت در عمـارت کریمخـان رباط کریمی رسـیده بودنـد. مشـهدی باقر با قنداقـه تفنگـش چنـدی بـه در کوبیـده بـود. بالاخـره یکـی دو نفـر از نوکران کریمخـان تـوی ایـوان بـالای در عمـارت ظاهـر شـده و بـا چراغ دسـتی‌های خـود بـه وارسـی پاییـن و جلـوی در عمارت مشـغول شـده بودنـد. آن شـب کریمخـان و تقریبـا اکثـر نوکرانـش نبودنـد. حـالا همه از بالا داشـتند سـه تا امنیـه را سـوار بـر اسب‌هـای خـود می‌دیدنـد کـه دو نفـر را کت بسـته جلوی خـود داشـتند:

- کریم خان هسـتند...؟

- نه سـرکار در سـفر شـکار بـا سـرکار قلیخان رئیس امنیه هسـتند...

- بـه هرحـال توفیـری نمیکنـه... مـا از ایـن طرفهـا رد می‌شـدیم این دوتا دزد رو گرفتیـم.... انگار اسـباب و اثاثیـه‌ی خـان رو زدند... در رو وا کنید و نگه‌شـان داریـد تـا خـان برگـرده و تکلیفشـان رو روشـن کنـه... مـا ماموریـت داریـم و نمی‌تونیـم بـا خودمـون ببریمشـون...

نوکـران کریمخـان چنـد لحظـه بـه هـم خیـره شـده بودنـد کـه چـه باید کننـد کـه صـدای مشـهدی باقـر دوبـاره و بـا لحـن آمرانـه‌ای بلند شـده بود:

- جلـد باشـید در رو وا کنیـد... مگـه کریـد کـه چـی گفتـم... مـا دیرمون شـده... از امنیـه کـه نبایـد ترسـید...

بـا صـدای آمرانـه‌ی مشـهدی باقر بالاخـره نوکران کریمخان تسـلیم شـده

و نـور چراغ‌های‌شان از ایـوان گـم شـد. طولـی نکشـید که نـور چـراغ آنها از پشـت و لابه‌لای جداره‌ی در بـزرگ چوبی عمارت بـه بیرون درز کـرد. هنوز جداره‌ی در بـاز نشـده بـود کـه چندیـن امنیـه در را بـه داخل هـل داده و به یـک چشـم بـه هـم زدن بیشـتر از بیسـت امنیـه وارد عمـارت شـدند. چـراغ دسـتی‌های نوکـران کـه بـه در اصابت کـرده بـود هم‌چـون خـود آنهـا روی زمیـن ولو شـد و نور منعکس شـده از آنهـا روی در و دیـوار میرقصید. امنیه‌ها تـا نوکـران آمـده بودنـد بـه خودشـان بیایند آنها را بـا چند قنـداق تفنگ خفه کـرده و کنـار دیـوار عکس کـرده بودند:

- پدرسوخته‌ها می‌دونیـد کـه مـا امنیـه هسـتیم و نماینـده‌ی قانونیم... غیـر شـما کـی تـو عمارتـه... اگـر دروغ بگیـد کـت بسـته می‌بریمتون زنـدون... می‌فرسـتمتون بندرعبـاس کـه از گرمـا بچزیـد... زود بگیـد پدرسـوخته‌ها...

بـا صدای آمرانـه‌ی مشـهدی باقـر کـه صدایـش را کلفـت هـم کـرده بود چنـان تـرس بـه تنبـان نوکـران کریمخان افتـاد کـه چیـزی نمانـده بـود، خودشـان را خـراب کننـد. تـا جایـی کـه حتی کـه فکـر اینکه چرا همـه‌ی امنیه‌ها جلـوی صـورت خودشـان را بـا دسـتمال پوشـانده بودنـد و فقط چشـمان آنها دیـده میشـد بـه فکـر و ذهـن هیچکـدام خطـور نکرد. حـالا صدای مشـهدی باقـر بلندتـر و آمرانـه تـر هم شـد:

- امـوال اسعدخان رو کجـا قایـم کردیـد... زبـون وا کنید پدرسـوخته‌ها وگرنـه تیکـه بزرگتـون گوشـتونه...

بالاخـره نوکـران از تـرس بـه صدا آمدنـد و رمز و راز و سـوراخ سـمبه‌های عمارت را بـرای مشـهدی باقـر و همراهانش فاش کردند.

یـک سـاعتی طول کشـید کـه مشـهدی باقر و همراهانش تمام اسـباب و اثاثیه‌هـا را بـار الاغ‌هـا و قاطرهایـی کـه بـا خـود آورده بودنـد و چندتا از الاغ هـای کریمخـان کردنـد. تمـام نوکـران کریمخـان را هـم تـوی طویلـه انداختند

و در را پشت سر آنها بستند. زن و بچه و دختر و خدمه‌ی کریمخان را هم در اتاق حبس کردند ولی هیچ‌گونه بی‌احترامی به آنها نشد.

حالا چند ساعت از زمانی که به عمارت دستبرد زده بودند گذشته بود. نزدیکی‌های صبح بود ولی هوا هنوز تاریک بود. مشهدی باقر روی اسب مسن خود نشست و جلوی کاروان حرکت می‌کرد. تفنگش را هم زیر پالتوی بلندش پنهان کرده بود. یکی دیگر از آنها که او هم روی اسبی سوار بود و تفنگش را مثل مشهدی باقر زیر پالتویش پنهان کرده بود در عقب کاروان در حرکت بود. بقیه هم در اطراف الاغ‌ها و قاطرها چوب به‌دست در حرکت و مواظب بارها بودند. به‌خاطر دیده نشدن معلوم بود که به بیراهه زده‌اند. نزدیک سحر در میان صدای ملایم باد به بیابان‌های ده شورچه رسیدند.

در همین احوال یکباره صدای نی از تپه‌های مجاور و بالای ده شورچه بلند شد. از بلند شدن صدای نی در یک لحظه متوجه شدند که از نزدیکی منطقه‌ی ممنوعه که پشت کوهپایه‌های مشرف به ده تیکن بود، رسیده و رد می‌شدند. صدای نی به گوش همه‌ی آنها آشنا بود و آنها را به یاد منطقه‌ی ممنوعه می‌انداخت و در یک لحظه ترس و لرزی بر تن و جان همه افتاد. حالا قدم‌ها بلندتر شده و هی کردن به کاروان الاغ‌ها و قاطرها بیشتر شده بود. از ترس جنها مشهدی باقر و تفنگچی و دیگر همراهانش تفنگ‌های خود و هرگونه اسلحه‌ی سرد و گرمی را که همراه داشتند، از زیر پالتو و جیب‌های خود بیرون کشیده و آماده‌ی شلیک و استفاده در نبرد با جن‌ها کردند. خصوصاً دعاها همه روی سینه‌ها به نمایش در آمده بود. حالا الاغ‌ها و قاطرها زیر بارهای سنگین با ضربه‌های چوب و تشر مردان ترس برشان داشته و با هر زحمتی بود تندتر حرکت می‌کردند.

چنان ترس به تن و جانشان افتاده بود که حتی نمی‌دانستند که

منطقه‌ی ممنوعه را پشت سر گذاشته و وارد کوچه‌باغ‌های ده تیکن شده‌اند. هوا کم‌کم داشت روشن می‌شد. مشهدی باقر می‌دانست که نباید صبر کند و باید هرچه زودتر و قبل از اینکه مردم از خواب بیدار شوند و زن‌ها برای برداشتن آب از خانه‌ها بیرون بزنند بارها را به عمارت اسعدخان برسانند.

هنوز کاروان آنها از دور خوب پیدا نشده بود که در عمارت اسعدخان باز شد و چند نفر که انگار در طول شب منتظر آمدن کاروان به کشیک نشسته بودند با دیدن کاروان از عمارت بیرون زده و به‌طرف کاروان دویدند و با کمک آنها کاروان بارها بالاخره به عمارت رسید و وارد شد. در عمارت هم بسته شد. با رسیدن بارها و کاروان به داخل عمارت، هوا هم کمی به روشنی می‌زد و دیری نشده بود که صدای خروس‌ها از داخل ده شنیده می‌شد و زن‌ها برای برداشتن آب روزانه‌ی خود، یکی یکی از خانه‌ها بیرون می‌زدند.

٭ ٭ ٭

نزدیکی‌های ظهر در هوایی آفتابی و دلپذیر سرکار قلیخان رئیس امنیه‌خانه با دیدن قافله‌ی کریم خان از پنجره‌ی مشرف به اتاق کارش، با تعجب از جایش بلند شد، به کنار پنجره رفت و به بیرون خیره شد. می‌دانست که باید امر مهمی باشد که کریمخان سرزده به دیدن او آمده است. امنیه‌خانه را روی تپه‌ی کوچکی و بالای جاده‌ی اصلی که به شهر وارد و خارج میشد، ساخته بودند. اتاق سرکار قلیخان در طبقه‌ی دوم و مشرف به شهر و جاده‌ی اصلی بود که از دو طرف به امنیه‌خانه ختم می‌شد. سرکار قلیخان از داخل دفترش راحت می‌توانست رفت و آمد همه را در جاده ببیند.

سرکار قلی‌خان با دیدن کریمخان از دفترش بیرون زد در ایوان بزرگی که به بالای پله‌هایی که به پایین می‌رفت ختم می‌شد، ایستاد

و آمـدن کریم‌خـان را تماشـا می‌کـرد. بـه آرامـی و بـرای اسـتقبال کریم‌خان کـه از دوسـتان قدیمـی و نزدیکـش بود به‌طـرف پله‌هـا حرکت کـرد. در ضمن کریم‌خـان از خانـه‌ای پرقـدرت آن خطـه بـود و بـا پایتخت هـم رابطه داشـت. درسـت زمانـی کـه سـرکار قلی‌خـان بـه پاییـن پله‌هـا و داخـل حیاط وسـیع امنیه‌خانـه رسـید، قافلـه‌ی کریمخان هـم وارد حیـاط شـدند. مسـلم بود که امنیه‌هـای زیـادی در اطـراف و داخـل امنیه‌خانـه پراکنده بودنـد و حالا با وارد شـدن کریمخـان، همـه بیـرون زده و به تماشـا نشسـته بودند.

در گوشـه و کنـار پله‌هـا و چنـد اتـاق آنطرف‌تـر زیر یک طاقـی دو مرد دهاتـی نشسـته بودنـد. تمـام هـوش و حـواس آنها به سـرکار عبـاس معطوف شـده بـود کـه رو بـه روی آنها و پشـت در اتاقـی دیـده می‌شـد. معلـوم بـود کـه سـرکار عباس خـودش را از جماعت بیـرون پنهان کرده اسـت. کلاعباس از پنجـره‌ی مشـرف بـه حیـاط، سـرکار قلی‌خـان و کریم‌خـان را کـه حالا هر دو در یـک زمـان بـه پاییـن پلـه در حیاط امنیه‌خانه بـه هم رسـیده بودند را زیر نظر داشـت.

سـرکار قلی‌خـان کـه از آمـدن کریم‌خـان در تعجب بـود بـا رسـیدن بـه پاییـن پله‌هـا و بـه کریم‌خان معطـل نکـرد:

-       خان راه گم کردید... بی‌خبر عزم شکار کردی... خبری شده؟

کریمخـان حـرف سـرکار قلیخان را بـه طعنـه و توهیـن گرفـت و از لحن صـدای سـرکار قلی‌خـان هـم، چنـدان خرسـند نبـود و فکـر می‌کـرد سـرکار قلی‌خـان خـودش را بـه کوچه‌ی علی چـپ زده و قصدش حاشـا کردن دعوت او بـه شـکار اسـت و می‌خواهـد رد گـم کنـد. چیـزی کـه بـرای آن دو گنـگ بـود ایـن بـود کـه هیچ‌یـک نمی‌دانسـت کـه سـرکار عباس، کریم‌خـان را به ایـن خیـال کـه سـرکار قلی‌خـان او را بـه شـکار دعوت کـرده و در شـکارگاه منتظرش می‌باشـد دنبال نخود سـیاه به شـکارگاه فرسـتاده است. ولی سـرکار قلی‌خانـی در شـکارگاه نبـوده و هرچـه کریمخـان معطل شـده، هیچ خبری

از سر کار قلی‌خان نشده بود. کریم‌خان هم خشمگین راهی برگشت به خانه‌اش بوده که میان راه یکی دوتا از نوکرانش به او رسیده و خبر دزدیدن تمام اموالش را به او داده بودند. کریمخان هم که خیال می‌کرد سرکار قلی‌خان توی این کار دست دارد و او بوده که او را دنبال نخود سیاه به شکارگاه کشیده تا اموالش را غارت کنند حالا یک راست به امنیه خانه آمده بود تا تکلیفش را با سرکار قلیخان معلوم کند ولی سرکار قلیخان که روحش هم از چیزی خبر نداشت و در تعجب بود که چرا کریمخان بدون خبر قبلی به دیدنش آمده، مسلم بود که رفتار و کردار و گفتارش برای کریمخان گران تمام شده و کریمخان هنوز خیال می‌کرد که او خودش را به کوچه‌ی علی چپ زده است و حالا خشمگین‌تر هم شده بود و این را در صدایش می‌شد به خوبی حس کرد.

- رئیس چه خبر دیگه‌ای انتظار داشتی که بشه... هر خبری شده به دستور و حیله‌ی شما شده ... امنیه‌ها رو فرستادی و ما رو به شکار دعوت کردی و فرستادیمون تو شکارگاه دنبال نخود سیاه و در نبود ما از خونه که زدیم بیرون نگذاشتی جای سم پای اسب‌های ما صاف بشه و امنیه‌ها را راهی کردی که خانه‌ی ما را غارت کنند... و به زن و بچه ما بی‌احترامی کنند...

سرکار قلیخان که از قضیه‌ی غارت خانه‌ی کریمخان هیچ اطلاعی نداشت حالا پاک گیج گیج شده بود و نمی‌دانست چه خبر شده و دنبال کلامی می‌گشت تا خبری کسب کند:

- خان چرا پرت و پلا میگی... کسی امنیه دنبال شما نفرستاده بود که به شکار دعوتتون کنه... چه شکاری... چه دعوتی... امنیه‌های ما همه‌شون سه روزه که از اینجا تکان نخوردند... خان نکنه شوخیت گرفته...

- رئیس ما رو فرستادی شکارگاه و آنجا معطل کردی و زندگی ما را

که شستی و بردی هیچی... خرمونم حساب می کنی...؟

در همین احوال بود که با اشاره‌ی سرکار عباس مشهدی باقر و همراهش که داخل و زیر طاقی پنهان شده بودند در حالی که دو بسته‌ی بزرگ را با خود حمل می‌کردند با عجله از زیر طاقی بیرون زدند. هنوز در حیاط ظاهر نشده، صدای مشهدی باقر بلند شد:

- سرکار رئیس دستمون به دامنت... ما از صبح زود تا حالا معطل شدیم که شما رو زیارت کنیم... دیگه نمیتونیم بیشتر معطل شیم... باید راهی ده شیم... که به شب نخوریم...

مشهدی باقر و همراهش بسته‌ها را روی پله‌ی امنیه‌خانه و جلوی سرکار قلیخان گذاشتند:

- سرکار ما فقط آمدیم که این تحفه‌ها را که اسعدخان برای شما فرستادند تحویل بدیم... که دادیم... البته به‌خاطر این که مالشون و که دزدی شده بود پیدا کردید و بهش برگردوندید... براتون تحفه فرستادند... سرکار ما مامور بودیم و معذور... حالا هم کار ما دیگه تموم شده... خدا نگهدار سرکار...

بعد هم تا سرکار قلیخان به‌خودش بیاید، مشهدی باقر و همراهش با عجله از در حیاط امنیه‌خانه بیرون زدند. حالا کریمخان و سرکار قلیخان فقط به در خروجی خالی امنیه‌خانه خیره شده بودند و خدا می‌دانست در فکر و ذهن آنها چه می‌گذشت. غیر از این که با دیدن هدیه‌ی اسعدخان برای برگرداندن اموالش به سرکار قلیخان حالا شکی برای کریمخان نمانده بود که سرکار قلیخان در دزدی عمارتش دست دارد و طرف اسعدخان را گرفته و دارد با او حکایت بازی می‌کند. ولی سرکار قلیخان که روحش هم از هیچ‌چیز خبر نداشت، حالا گیج‌تر هم شده بود:

- می‌شه یک نفر به ما بگه اینجا چی می‌گذره...؟

- قضیه چندان گنگ هم نیست سرکار... انگار دزد به دزد زده...

حـالا همـه‌ی چشـم‌ها روی سرکار عبـاس خیـره شـد کـه از داخـل اتاقی کـه خـودش را در آن پنهان کـرده بـود، بیـرون زد و لباس امنیه‌چـی خود را هـم پوشـیده بـود و چـه به قـد و قامتش هـم برازنده بـود. محکم هـم قدم بر می‌داشـت و چشـمانش را هـم دوختـه بـود به چشـمان کریم‌خان و چشـم از او برنمی‌داشت:

- سـرکار از ظاهر امر، انگار دزدهایی کـه چند ماه پیش وقتی اسعدخان بـه دعـوت شـما در عروسـی مـن از خانـه و آشـیان‌هاش دور بـود، بـه عمارتاش دسـتبرد زده بودنـد، اینبـار بـه خانـه‌ی کریم‌خان دسـتبرد زده‌انـد... از قضـای روزگار امـوال دزدیـده شـدهی اسعدخان را هم در عمـارت کریم‌خـان پیـدا کرده‌انـد و برگردانده‌انـد به صاحبش... اسـعد خـان هـم کـه به امنیه خانـه شـکایت کـرده بـود در این خیـال اسـت کـه امنیـه خانـه امـوالش را پیدا کردنـد و برای شـما هدیه فرسـتاده... و راه قانونیـش هـم اینـه کـه اگـر کریم‌خان شـکایتی داره کـه امـوالش را دزد بـرده بایـد بـه امنیه‌خانه از دسـت اسـعدخان شـکایت کنه... ولی بـا پیـدا شـدن امـوال اسـعدخان در خانـه‌ی کریم‌خان، اسـعدخان هم میتونـه از دسـت کریم‌خـان شـکایت کنـه... البتـه قصـد دزدان از پس دادن امـوال اسـعد خـان ایـن اسـت کـه جنگ و دعـوا بین اسـعد خان و کریـم خـان راه بی‌اندازنـد... خودشـون و قدرتمندتـر کنند...

در تمـام این مـدت چشـمان سـرکار عبـاس به چشـمان کریم‌خان خیـره بـود. حـالا کریم‌خان را کارد میزدنـد خونـی از او بیـرون نمی‌آمد. می‌دانسـت کـه از چـه کسـی رو دسـت خـورده اسـت. بـرای همیـن هـم بـدون اینکـه چیـزی بگوید سـر اسبش را برگردانـد و راهی بیرون شـد. کریم‌خان حتی تا زمانـی کـه از در حیـاط امنیه‌خانـه بیـرون میزد، چشـم از روی سـرکار عباس برنمی‌داشـت. سـرکار قلیخان رئیس امنیه‌خانـه هـم نمی‌دانسـت کـه بین

کریمخـان و سـرکار عباس چـه اتفاقـی افتاده است.

ولـی سـرکار عباس و کریمخان یادشـان افتاد کـه دفعه‌ی اولی کـه با هم شـاخ بـه شـاخ شـدند، این کریمخان بود کـه دسـت بـالا را داشت و رئیس و سـردار مطلـق بـود. اگـر کریمخان یـادش هـم نیافتـاده بـود، با بلند شـدن و شـنیدن صـدای بلند سـرکار عباس درحالیکه کریمخان حیـاط امنیه‌خانه را تـرک می‌کـرد، حتمـاً بایـد به‌یـادش می‌آمد:

- شـاید هـم اسعدخان خواسته بهـای پنجاه‌تـا گوسـفندایی را کـه کریمخـان بـه زور از چوپان‌هـاش به‌خاطر خون‌بهـای سگش کـه بـه سـگ گلـه‌ی اسعدخان حملـه کـرده و کشـته شـده بـود، بگیـره... با بلنـد کـردن صدایش، سـرکار عباس نـدای خـود را به کریمخان داد و شـکی نداشـت کـه کریمخان هـم به‌یـادش افتـاد کـه در اولین برخوردشـان پنجاه‌تـا از گوسـفندان کلاعباس را به‌خاطر سگش کـه بـه وسیله‌ی سـگ گلـه‌ی اسعدخان کشـته شـده بـود به‌عنوان خون‌بها گرفتـه بود.

بـرای همیـن هـم بـود کـه آدم‌هـای سـرکار عباس فقط پنجاه‌تـا از گوسـفندهای کریمخان را هـم بـا خـود بـرده بودنـد. کلاعباس می‌خواسـت کریمخان بدانـد کـه کـی این بلا را سـرش آورده بـود. می‌خواسـت کریم‌خان را یـاد آن روزی بیانـدازد کـه در سـفری کـه کلاعباس گلـه‌ی گوسـفندان و گاوهـای اسعدخان و خـودش را بـه شـهر میبـرد کـه بـه سـلاخ‌خانه تحویـل دهـد، بـا او برخـورد کـرده بودنـد. قضیـه از ایـن قرار بود کـه از بدشانسـی در سـر راه مـار یکـی از چوپان‌هـای اسعدخان را کـه همـراه کلاعباس بـود زده بـود. بـرای همیـن هـم آنها، گلـه را به طـرف مزرعـه‌ی کریمخان بـرده بودند کـه از آنها بـرای نجات چوپان مـار زده کمـک بگیرند. اما زهرمار خیلی قوی بـود و طـرف را کشـته بود ولـی از بـد روزگار دو گلـه‌ی اسعدخان و کریمخان بـه هـم رسـیده بودنـد و سـگ‌های دو گله درسـت مثل ارباب‌هایشـان که به خـون یکدیگـر تشـنه بودنـد بـه جان هـم افتـاده و جنگ بیـن آنهـا درگرفته

بود. در ایـن جنـگ و دعـوا یکـی از سـگ‌های کریمخان کشـته شـده بـود. کریمخـان هـم سـر رسـیده و پنجاه تـا از گوسـفندهای اسعدخان و کلاعباس را به‌عنـوان غرامـت و خون‌بهـای سـگش از آنها بـه زور گرفته بـود. در همانجا بـود کـه بعـد از مـرگ چوپان اسعدخان، کلاعباس بیـن همه خودی نشـان داده بـود. چـرا کـه درحالیکـه بقیـه و خصوصاً پیشـکار اسـعدخان از تـرس کریمخـان خاموشـی و عقب‌نشـینی اختیـار کـرده بودنـد، برعکـس کلاعباس محکـم و اسـتوار جلـوی کریمخان ایسـتادگی کـرده بـود و با تدبیـر و درایت خـودش نگذاشـته بـود کـه کریـم خـان بیشـتر از پنجـاه گوسـفند را بـه زور بگیـرد. از آنجـا بـه بعـد بـود کـه همـه‌ی همراهان جـذب شـجاعت و دلاوری و هـوش و درایـت کلاعبـاس شـده بودنـد و می‌خواسـتند بـا او کار کننـد تـا بـا کـس دیگـری. ایـن خواسـته‌ی آنهـا بعـد از اینکـه کلاعباس نقشـه‌ی دزدی و غـارت عمـارت کریمخان را ریختـه و عملـی کـرده بـود بیشـتر شـده بود و اگـر یکـی از آنهـا کوچکتریـن شـکی هم داشـت حـالا از بیـن رفته بـود. برای همیـن هـم از آن بـه بعـد هـر وقت و هـر جـا فرصتی پیـدا می‌کردنـد تمایل نوکـر شـدن و در خدمـت در آمـدن بـرای کلاعبـاس را بـه او ابـراز می‌کردند.

کلاعبـاس آنقـدر در فکر گذشـته و کریمخان گـم شـده بـود کـه حتی چنـدی بعـد از اینکـه کریمخـان از در امنیه‌خانـه بیـرون زده بـود و در دور دسـت در جـاده به‌طـرف دهـاش ناپدیـد شـده بود هنـوز هم به طـرف و جهت او خیـره بـود. تـا آنجـا کـه حتـی صـدای سـرکار قلی‌خـان را هم نشـنید:

-     مثـل اینکـه بـه جـای مـن، تـو بایـد بـری پشـت آن میـز و روی آن صندلی   بنشـینی...

و البتـه سـرکار قلیخان با رضایت و خوشـحالی بـه نوعی از سـرکار عباس تعریـف کـرده بـود. در تمام این مـدت هم سـرکار تیمورخان رفیـق کلاعباس حاضـر و ناظـر تمـام وقایـع بـود و او هـم بـا لبخنـدی بـر چهـره، از کاری که کلاعبـاس کرده بـود، خوشـحال بود.

البتـه سـرکار قلیخـان تـه دلـش خبر نداشت کـه کلاعباسـی که حالا فقـط از مـرز هفده‌سـالگی گذشـته، بـه همـه‌ی آنهـا درس درایـت داده بـود و همـه‌ی آنهـا را بـه بـازی گرفتـه بـود. ایـن را نمی‌دانسـت کـه کلاعبـاس با ایـن کار و در ایـن مـدت کوتـاه اولاً رابطـه‌ی دوسـتی بین کریمخان و سـرکار قلیخـان را بهـم زده بـود و از آن طـرف هـم اسـعدخان و کریمخان را به جان هـم انداختـه بـود و بـا اینکار ده شـورچه را از دشـمنی اسـعدخان و مردم ده تیکـن خـلاص کـرده بود. از طرفـی هم دُم ملامحمـود را چیـده و ملامحمود نمیتوانسـت از دروغ و کلـک خـودش اسـتفاده کـرده و بـه بهانهی دشـمنی با مـردم تیکـن با اسـم دین مردم را سرکیسـه کنـد. بنابرایـن دکان کلاهبرداری دینـی ملامحمـود هم بسـته شـده بود.

فصل ۱۲

وقتی‌که هیچ قدرتی نمی‌تواند با سرنوشت مقابله کند...

تابـش ملایـم آفتاب زمسـتانی به چهره‌ی سفیدپوش ده شورچه زیبایی، صفـا و آرامـش دلپذیـری را بخشـیده بـود. چنـد روز مـداوم بـرف مـی باریـد. کربلایـی اکبر روی سکو، زیـر تاقـی جلوی خانه‌اش نشسـته و سـیگار اشنـو دود میکـرد و غـرق تماشـای تابـش آفتابـی بـود کـه برف‌های سـر قبرسـتان ده شـورچه را آب می‌کرد. تمـام قبرهـا و زمین از برف سـفید پوشـیده شـده بـود. البتـه کربلایـی اکبر نمی‌توانسـت کُپـه‌ی کوچکی از گل و خـاک که از کنـده شـدن قبـری خبـر مـی‌داد را ببیند. انـگار تمام مردم ده سـر قبرسـتان ده شـورچه و کنـار قبـر کنده شـده جمع شـده بودنـد. کلاعباس با دسـتمال سـفیدش اشک‌هایش را پـاک می‌کـرد. صـدای هـق هـق گریـه‌اش شـنیده می‌شـد. ایـن اولیـن بـاری بـود کـه مـردم و هـم قطـاران امنیه‌اش اشک‌های سـرکار کلاعباس را می‌دیدند. حـالا ده تا پانزده سـالی می‌شـد کـه از امنیه شـدن کلاعبـاس گذشـته بود و بـرای خـودش دیگر مردی شـده بود. سـرکار قلیخان و اسـعدخان و رسـتم پسر اسـعدخان هم کنارش ایسـتاده بودند. همه آمـده بودنـد کـه غم رفتـن حاجی امیر پـدر کلاعباس بـه خانه‌ی ابـدی را با او شـریک شـوند. جمـال پسـر دوازده سـاله‌ی کلاعباس هم کنارش ایسـتاده بـود. کلا بـاورش نمی‌شـد پدرش را از دسـت داده است.

❋ ❋ ❋

یـک سـالی از مـرگ پدرش گذشـته بـود و حـالا دیگر کارش این شـده بود

که دم به دم امنیه‌گری را رها کند و به ده برگردد. خصوصاً که مادرش هم مریض حال شده بود. بالاخره چندی بعد از مرگ پدرش تصمیم گرفت که از خدمت امنیه‌گری کنار کشیده و به ده و سر زمینه‌ای زراعتیشان برگردد. تا مدتی هنوز همه او را سرکار عباس صدا می‌کردند. ولی بالاخره کلمه‌ی کلا دوباره جای سرکار را گرفت و کلاعباس شد. چیزی را که هیچکس نمی‌دانست بعد از گلی که با غارت عمارت پرقدرت‌ترین خان آن خطه یعنی کریمخان رباط‌کریمی کاشته بود کمکم و در خفا عده‌ای دور او جمع شده بودند و کلا حالا در خفا گروه راهزنی خود را درست کرده و مال و منال ثروتمندان را می‌دزدید و به فقرا می‌داد. این کار برای آنها شبیه بازی و سرگرمی شده بود و به خودشان هم خیلی می‌بالیدند که به فقرا کمک می‌کنند. دیری نگذشت که کلاعباس در چشم مردم، چوبدار بزرگی هم شد. بخشش و خیر و خیراتش در تمام آن منطقه شهرهی عام و خاص شده بود و یکی از پرقدرت‌ترین خانه‌ای آن خطه بود و کسی را قدرت برابری با او نبود. ولی هیچکس نمی‌دانست تمام این چوبداری و خیر و خیرات و بخشش به فقرا از از مال دزدی می‌آید. البته به خیال خودشان و به‌خاطر این کار در این فکر بودند که بهشت برین را هم بعد از مرگشان برای خود خریده‌اند.

چوبدار به کسی می‌گفتند که گاو و گوساله و گوسفندان زیادی را می‌خرید و به کشتارگاه‌ها می‌فروخت.

برگشت به زمان حال و پیدا شدن کلاعباس در ده شورچه ...

باران نم نم بر سر و کول کلاعباس که کنار قبر پدرش در قبرستان شورچه ایستاده و در فکر و خیال گم شده بود می‌بارید. پاس سگ ولگردی کلاعباس را از فکر و خیال بیرون آورد. با بلند شدن صدای سگ نگاه کلا به طرف صدا برگشت و سگ را دید که جلو و زیر تاقی در خانه

کربلایـی اکبـر کـه کنـار قبرستان و سـر جاده‌ای کـه از قبرستان وارد ده می‌شـد قـرار داشت نشسـته بـود کـه از بارانـی کـه نـم نـم می‌باریـد در امان باشـد. ولـی از کربلایـی اکبـر کـه همیشـه روی سکو و جلـوی در خانـه‌اش می‌نشسـت و آمـد و رفت همـه و همـه چیـز بـه داخـل ده را زیر نظر داشت هیـچ خبـری نبـود. کلاعباس همینطور به سـگ خیره شـد. کلا بعد از دوازده تـا پانـزده سـالی کـه از مـرگ پـدرش می‌گذشت دوبـاره خـودش را سـر قبر پـدرش می‌دیـد. در طـول راه از شـهر خوانسـار تا ده شـورچه چنـان در فکر و خیـال گذشـته و حـال گـم شـده بـود کـه حتـی نمی‌دانسـت چگونه از شـهر خوانسـار دل کنـده و خـودش را بـه ده شـورچه رسـانده اسـت. انـگار شـهر خوانسـار هـم کمکی بـه کلاعباس نکرده بـود. پدرزن و مادرزنـش هم مدت‌ها پیـش فـوت کـرده بودنـد. کلاعبـاس در سـکوت قبرستان چنـان از خـودش بیخـود شـده بـود کـه حتی بارش بـاران را حـس نمی‌کرد. شـاید هـم باریدن بـاران بـه کلاعبـاس کمـک کـرده بـود کـه کسـی در قبرستان نباشـد. رفتار سـگ حـالا باعث شـده بـود کـه کلا در ذهن خودش مشـغول سبک سنگین کـردن این باشـد کـه بعـد از اتفاقاتی که برایـش افتاده حالا مردم ده شـورچه چـه رفتـار یـا اسـتقبالی از او می‌کننـد. البتـه او آگاهانـه، در نزدیـک غـروب کـه مـردم در خانه‌هایشـان حبـس می‌شـدند به ده رسـید. خوشـحال هم بود کـه بـاران شـروع شـده اسـت. می‌دانسـت به‌خاطـر بـاران و تـرس از جن‌هـا، کمتـر کسـی درکوچه‌هـا و بیـرون خانه‌هـا پیـدا می شـدند از طرفـی هـم نمی‌خواسـت در روز روشـن و وقتـی همـه از خانه‌هـا بیـرون میزننـد بـه ده برسـد تـا مبـادا امنیه‌هـا هـم از بخت بـد او اتفاقـی آنجا باشـند و گیـر بیافتد. تمـام فکـر و ذکـر کلا ایـن بود کـه به ده شـورچه برگردد و سـر و گوشـی آب بدهـد. در ثانـی بـار و بندیلـش را هـم جمع و جـور کند و زن و بچه‌هایش را هـم بـردارد و از آنجـا بـه ده هیـکل ببـرد پیـش خاور و یـا همه را ببـرد یک طرفـی کـه هیچکـس بـا آنها آشـنایی نداشـته باشـند و در صلـح و صفا زندگی

کنند. حالا خوب می‌دانست که دیگر جایش در ده شورچه نیست.

البته او نمی‌دانست که در ده شورچه چو افتاده که کلا بعد از سرشاخ شدن با امنیه‌ها فرار کرده و به شهر رفته و بعضی هم می‌گفتند که تیر خورده و کشته شده است. برخی هم می‌گفتند که تیر خورده و زخمی شده و طعمه‌ی گرگ‌ها شده است. عده‌ای هم می‌گفتند که در شهر در یک فاحشه‌خانه پنهان شده بود و بعد دعوایش شده و گرفتار قانون شده و زندان است. امنیه‌ها هم مدتی بود که چپ و راست در همه‌ی سوراخ سمبه‌ها دنبال کلا می‌گشتند و مدتی هم در خانه‌اش بست نشسته بودند که برگردد و یا اگر خاله زینب از کلا خبری داشت، می‌خواستند زیر فشار او را به حرف بیاورند و او کلا را لو بدهد؛ ولی امنیه‌ها بعد از اینکه زهرشان را به خانواده‌ی کلا ریختند و از همه جا ناامید شده و دستشان هم به هیچ جا بند نشده بود، بالاخره به این نتیجه رسیدند که کلا باید مرده باشد. بعدش هم دمشان را روی کولشان گذاشته، راهشان را گرفته و سراغ کارشان رفتند. حالا کلا بعد از ماه‌ها دوری از ده شورچه و بعد از این همه شایعه در یک روز بارانی یک دفعه سر و کله‌اش پیدا شده بود. آن هم پیاده نه مثل همیشه سواره. بدتر از آن هم این بود که حالا او به‌خاطر تیری که خورده بود و هنوز گلوله در پایش باقی مانده بود، کمی هم می‌شلید.

کلاعباس می‌دانست که هر چه زودتر باید خودش را به خانه برساند تا از دید مردم در امان باشد. برای همین هم از دیوار کوتاه کنار جاده‌ای که به ده می‌رسید بالا رفت و وارد زمینه‌ای زراعتی پشت خانه‌ها شد. پاهای کلا در گل و شل زمینه‌ای خیس فرو می‌رفتند و درمی‌آمدند، ولی هرطوری بود در سایه‌ی درخت‌ها و دیوار بلند پشت خانه‌ها و بعد از گذر از چند جوی آب بالاخره خودش را به پشت خانه‌ی آسیه رساند. چندی زیر باران و لای درخت‌ها ایستاد و به پنجره‌ی اتاق

آسیه کـه مشـرف بـه دشـت باز می‌شـد خیـره شـد. با خـودش فکـر می‌کـرد کـه انگار چنـد مـاه پیش بـود کـه آسـیه را با گذاشـتن نردبـان پـای پنجره از دسـت مـردم نجـات داده و بـه خانه‌ی خودشـان بـرده بـود. با اینکه کلاعباس دوبـاره بـه آرامـی قدم برمی‌داشـت ولی انگار آسـیه لای درخت‌هـا او را دنبال می‌کـرد و بـه تماشـای کلا نشسـته بـود. کلا به‌یـادش آمـد کـه آسـیه را با احتیـاط از دیـوار پشـت دشـت رد کـرده و بـا عبـور از عرض کوچـه‌ی خیس و بارانـی، از دیـوار آن طـرف کوچـه بـالا رفتـه و وارد دشـت مشـرف به پشـت خانـه‌ی پدری‌اش شـده بودنـد. در تمـام مدتـی کـه کلاعباس خـودش را به پشـت خانـه‌ی خودش می‌رسـاند و به بوته‌هایـی که راه مخفیـای کـه قدرت و ابوالفضـل ایجـاد کـرده بودنـد را پوشـانده بود خیـره شـده بـود، یـک لحظه هم از فکـر آسـیه و ستار کـه سـی سـالی می‌شـد از او بی‌خبر بـود بیـرون نرفته بـود. اگـر چـه قـدرت و ابوالفضـل دیگـر در حیات نبودنـد ولی می‌دیـد که آن دو بـا ایجـاد آن راه مخفـی زیر دیـوار طویله‌ی خانه‌ی کلاعبـاس به او خدمت بزرگـی کـرده بودنـد. در حقیقـت تمـام ملاقات‌هـای مخفیانـه‌ی کلاعبـاس و دوسـتان راهزنـاش از طریـق همیـن مخفیگاه و در شـب انجام می‌شـد و هنوز کـه هنـوز بـود هیچکس از وجـود آن خبری نداشـت. کلاعباس بالاخره پشـت بوته‌هـا کـه از روی سـوراخ کنار زدشـان گمـش زد و فقط دسـت‌هایش دیده می‌شـد کـه بوته‌هـا را دوبـاره روی سـوراخ برگردانـد و چندتا سـنگ هم روی آنها گذاشـت.

در طویلـه‌ای کـه بـه داخل حیاط عمارت کلا می‌خورد به‌آرامی باز شـده و کلا بـا احتیـاط از طویلـه خـارج و وارد حیاط شـد. کبریتـی روشـن کـرد. بـا نـور ضعیـف کبریتـی کـه روشـن کـرد، اطراف را کمـی بهتـر دیـد. حیاط خالـی و تاریـک بـود و در آن پرنـده پر نمی‌زد. کلا به‌طرف پله‌هـا رفت. در طویله‌هـا همـه بـاز بودنـد. به‌طـرف طویله‌هـا رفت و داخلشـان را وارسـی کـرد. مثـل گذشـته از جنـب و جـوش و سـر و صـدای حیوانات خبـری نبود.

حتـی بـوی ادرار حیوانـات هـم بـه مشـام نمی‌رسید. بـرای کلا قابـل قبـول نبـود و شـاید هـم نمی‌توانسـت و نمی‌خواسـت قبـول کنـد کـه طویله‌هایـی کـه روزی داخـل آنهـا پـر از گاو و گوسـاله و اسـب و الاغ بـود حـالا خالـی و محل عروسـی موش‌ها و سوسـک‌ها شـده اسـت. بلنـد شـدن صدایـی از طرف پله‌هـا حـواس کلا را از روی طویله‌هـا پـرت کـرد و درسـت وقتی کـه شـعله‌ی کبریتـی کـه در دسـت داشـت مُـرد و تاریکـی دوبـاره حکومت کـرد، نگاهش به‌طـرف پله‌هـا برگشـت. دوبـاره صـدای کشـیدن کبریت بلند شـد. بـا نمایان شـدن شـعله‌ی کوتـاه آن اطراف را نـور کم‌فروغـی روشـن کرد. چشـمان کلا بـه گربـه‌ی رنگ پریدهشـان افتـاد کـه جلـوی پله‌ها خوابیـده بود و انـگار اصلاً رمـق حرکـت نداشـت. گربـه به‌آرامـی بلنـد شـد و به‌طـرف کلا آمد و نزدیک او ایسـتاد. کمـی کلا را برانـداز کـرد و بعـد راهش را گرفت و تـوی تاریکی گم شـد. به‌نظر می‌رسـید کـه گربـه هـم دیگـر کلا را نمی‌شـناخت.

کلا یـک کبریت دیگـر روشـن کرد و سـمت پله‌ها رفت و آرام از پله‌ها بـالا رفـت و به ایوان رسـید. پشـت در چنـدی صـبر کـرد. در شـک و دو دلی بـود کـه در اتـاق را بـاز کند یا نه. خـودش هم نمی‌دانسـت از چه می‌ترسـد. شـاید بـرای اینکـه از هیچکـس خبـری نبـود. کمـی دلهـره پیدا کـرد و نگران شـد. هیـچ خبـر و یـا صدایـی از زن و بچه‌هایـش شـنیده نمی‌شـد. حتـی نور چراغـی کـه اتـاق را روشـن کرده باشـد به چشـم نمیخـورد. همه‌جا سـوت و کـور بـود. کلاعبـاس در عمرش هرگز تصـور نمی‌کـرد یـک روزی خانه‌اش را ایـن چنیـن ببینـد. بالاخـره در اتـاق را بـاز کـرد و بی‌اختیار صـدای آرام یاالله کلا بلنـد شـد و وارد اتـاق شـد. بـا ورودش بـه داخـل اتـاق قلبـش از تپـش افتـاد. جلـوی چشـمانش تار شـده بودند. پاهـاش دیگر رمق حرکـت نداشـتند. آخـر کلا چطـور می‌توانسـت ایـن همـه درد را تحمـل کنـد. هـر کسـی وارد اتاق‌هـای خانـه‌ی کلا می‌شـد، چشـمانش از نـور زرق و بـرق کـور می‌شـد و نمی‌فهمیـد کـه به کاخ شـاهی وارد شـده یـا خانـه‌ی وکیـل و وزرا. از قالی‌های

نـخ فرنـگ کاشـی و قـم و تبریـز و کاشـان کـه سـه طبقـه روی هم ولو بودند هیـچ خبـری نبـود. دیوارهـای اتاق‌هـا کـه یـک روز از قالیچه‌هـای ابریشـمی پوشـیده شـده بودنـد حـالا لخت و عـور بودنـد. جـای همه‌ی آنهـا را حـالا فقط یـک نمـد کهنـه و یـک حصیر گرفتـه بـود. کلا حالا دیگـر نمی‌خواسـت زنده باشـد و چنیـن چیـزی را بـا چشـمان خـودش ببینـد. کبریت به‌دسـت یواش یـواش رفـت به‌طـرف اتـاق نشـیمن و پـرده را کنـار زد. اتـاق خالـی و لخت و عـور بـود. چنـد کوزه‌ی آب و سـه چهـار تا متـکا و بالـش و لحاف کنـار دیوار روی هـم گذاشـته شـده بـود. زیلـوی بزرگی نصـف اتـاق را فرش کـرده بود. بـا مـردن شـعله‌ی کبریت دوبـاره همه‌جـا تاریک شـد. کلا یـک کبریـت دیگـر روشـن کـرد و بعـد وارد اتاق سـردری شـد. اتـاق سـردری، اتـاق کوچکی بود کـه آفتاب‌گیـر بـود و پنجره‌هایش مشـرف بـه رودخانـه و جاده بودنـد و از آنها می‌توانسـتی همه‌جـا را ببینـی. کلا ایـن اتـاق را بـرای تریاک‌کشـی خصوصی سـاخته بـود و از بقیـه‌ی اتاق‌هـا نوتـر بـود. اتـاق خالـی بـود. به غیـر از چندتا خـرت و پـرت، چیـز دیگـری دیـده نمی‌شـد. کلا در تـلاش قـورت دادن آب دهانـش بـود و بـا ندیـدن زن و بچه‌هایش بیشـتر و بیشـتر نگـران می‌شـد. انـگار پاهایـش رمـق قـدم برداشـتن و دیـدن باقـی جاهـای خانـه را نداشـتند. دیگـر آبـی در دهـان کلا باقـی نمانـده بـود کـه قـورت بدهد. دهانش خشـک خشـک شـده بـود. شـعله‌ی بیجان کبریـت بـاز مُـرد و کلا کبریـت بعـدی را روشـن کـرد و از دو تا پله‌هـای کـه بـه اتاق بعدی باز می‌شـد بالا رفت و وارد شـد. چنـد لحظه‌ای نفسـش گرفت و دیگر راسـتی راسـتی رمقـی در پاهایش نمانـده بـود. چشـمانش سـیاهی می‌رفت و تار می‌دیـد. پاهاش دیگـر از توان افتـاده بـود. زانوهایـش بـدون اختیـار خم شـد و کلا کنـار دیـوار روی پاهایش نشسـت. عـرق سـردی سـر و روی کلا را گرفـت. دسـتمالی از جیـب درآورد و مشـغول خشـک کردن عرق پیشـانی‌اش شـد. زبان کلا بند آمده بود. سـرش بـالا آمـد و بـا افتـادن نگاهـش بـه گوشـه‌ی اتـاق از تعجب خشکـش زد. هنوز

باورش نمی‌شد که نور ضعیف کبریت، زنش خاله زینب را روشن کرده بود که زیر یک لحاف مندرس روی یک نمد دراز کشیده و قدرت حرکت کردن ندارد. چشمان خاله به کلا زل زده بود و با سکوت با کلا حرف می‌زد. کلا آنقدر از خود بیخود شد که کبریت را ازیاد برد و حالا شعله‌ی کبریت به دستش رسیده بود و داشت دستش را می‌سوزاند. حتی درد سوختن دستش را حس نمی‌کرد. بالاخره زبان خاله زینب باز شد و صدای آرام و خفه و غمگین او در گوشه‌ای کلا مثل ناقوس کلیسا پیچید:

- وقتی خبر آوردند که لاشه‌ی اسبت رو پیدا کردند و گرگ‌ها فقط استخون سرش و نخورده بودند... خیال کردیم مُردی... خدا را شکر... خدا نمی‌خواست بچه‌ها بیسرپرست بمانند...

کلا می‌خواست حرفی بزند، ولی زبانش بند آمده بود و صدا از گلویش درنمی‌آمد. خاله زینب کمکش کرد:

- بچه‌ها باید دیگه پیداشون بشه... جمال پسرت دیگه برای خودش مردی شده... رفته کمک حاج نصیر... دارند زمین بالای آسیاب و بیل می‌زنند... فاطمه هم رفته کمک زن ملامحمود نان بپزه... حالا دیگه آنها خان و همه‌کاره‌ی ده شدند... و ما فقیر و نوکر و کلفتشون...

با شنیدن حرف‌های خاله زینب کلا دیگر طاقتش را از دست داد. کبریت با خاموش شدنش کمک بزرگی به کلا کرد. چراکه کلا دیگر نمی‌توانست در چشمان خاله زینب نگاه کند. حالا تاریکی به کمک کلا آمد. همین‌طور در تاریکی نشست و روح و جسم و ذهنش با فکر و خیال بمباران شد. آخر کلا در تمام عمر، دستش به بیل نخورده بود. حالا چطور می‌توانست ببیند که پسر چهارده ساله‌اش برود برای بیل‌داری و از طلوع آفتاب تا غروب، پابه‌پای مردهای ده بیل‌داری کند. چطور می‌توانست قبول کند دخترش برود کلفتی زن ملامحمود را بکند. دختری

که خدادادی شــل بود و کلا لای پر قــو از او نگهداری کرده بــود و اگر صدای آخــش در می‌آمد صدتـا کلفت دور و برش می‌گشــتند، حالا کارش شــده بود کلفتــی کــردن مــردم. آخر کلا مگر چقدر دیگــر طاقت و تحمل داشت. هنوز کلا بــه خــودش نیامــده بــود که صــدای پــای آمدن کســی از بیرون بلند شد، کــه غــر مــی‌زد و از پله‌هــا بــالا می‌آمد. دخترش فاطمــه وارد اتاق شــد. دختر زیبایــی بــود کــه خدادادی یک پایــش از پــای دیگــرش کوتاه‌تر بود و دســت راســتش را همیشــه می‌گذاشــت روی زانوی راســتش و شــلان شــلان حرکت می‌کــرد. صــدای فاطمــه در تاریکــی بلند شــد:

- بی‌بــی، جمــال هنــوز نیامــده؟ بــذار چــراغ و روشــن کنــم بعد میــام سراغت... می‌بخشــی بی بی تــو تاریکی نشســتی... ایــن زن ملامحمود هــم مثل اینکه اجیــر گرفته و ارث باباش و از آدم می‌خــواد... می‌دونه کــه بایــد بیــام و بــه تــو برســم... ولــی انگار نــه انگار... بی‌بــی معلومه خــودت رو خــراب کــردی؟ از بــوش کــه اتــاق رو گرفته می‌شــه فهمیــد...

صــدای روشــن شــدن کبریتی کــه فاطمه کشــیده بود بلند شــد و فتیله‌ی چراغ گردســوز را شــعله‌ور کــرد و بعــد او شیشــه‌ی چــراغ را ســر جایــش گذاشــت. اتــاق روشــن شــد و نــگاه کلا کــه هنــوز تــوان حرکــت را نداشت به دختــرش افتــاد. دیگــر از آن لباس‌هــای رنــگ و وارنگ خبری نبــود. لباس‌های مندرســی بــه تنش و روســری ســفید بلندی به ســرش بود. چادرش را از ســرش برداشــت و گذاشــت روی نمد گوشــه‌ی زمیــن و چند نان که بــا خودش آورده بــود را روی چادرش گذاشــت. هنــوز پدرش را ندیــده بــود که گوشــه‌ی اتاق در تاریکــی نشســته. فاطمــه برگشــا تا به‌طرف خالــه زینب بــرود و بالاخره چشــمانش افتــاد بــه کلا، پدرش. بــا دیــدن پدرش خشــکش زد. چشــمانش زل زدنــد و بــاورش نمی‌شــد کــه ایــن پدرش اســت که کنــار دیــوار در تاریکی چمباتمه زده و ســرش را بیــن دو تا دست‌هایش گرفته و نگاهــش به زمین دوختــه شــده. چشــمان خالــه زینب حالا بیــن فاطمــه و کلا در ســفر رفت و

برگشـت بـود و معلـوم بـود کـه از شـدت هیجـان خودش را دوبـاره خراب کرده است. اشـک از چشـمانش جـاری شـد و مثـل بـاران از روی چهـره‌ی چیـن و چـروک خـورده‌اش غلتیـد و پاییـن ریخت. چنـد لحظـه‌ای سـکوت سراسـر اتاق را فـرا گرفـت. بالاخـره فاطمـه کـه صدایـش را حتـی خودش هم نمی‌توانسـت بشـنود بـا سـلامش بـه کلا سـکوت را شکسـت و بعـد هـم رفت بـود به‌طرف خالـه زینب:

-   مادر نگفتم حوصله کن خدا بزرگه...

یادش آمد که تاس را با خودش نبرده تا زیر خاله زینب بگذارد:

-   مـادر حواسـم رو از دسـت دادم... تـاس کجاست...؟

فاطمـه به‌طرف تـاس رفت. تاس را برداشـت، برگشـت و دوبـاره سـراغ خالـه زینـب رفـت. پشـت خالـه را گرفـت و از جا کند و بـا پایش تـاس را زیر خالـه کشـید و بـا هـر زحمتـی کـه شـده بـود، خالـه را روی تاس نشـاند. فاطمه همین‌طـور کـه پشـت خالـه نشسـته و خالـه را نگـه داشـته بود کـه کارش را تمـام کنـد به پدرش زل زد:

-   مـادر زود بـاش خـلاص کـن... بایـد یـک چیـزی درسـت کنـم، جمال بایـد دیگـه پیـداش بشـه...

چشـمان کلا هنـوز بـه زمیـن خیره بـود. انـگار کـه تـوان حرکـت را از کلا گرفتـه بودند.

در همیـن حـول و حـوش صـدای پای جمـال از بیـرون بلند شـد و جمال پسـر کلا وارد شـد. از حرکاتـش می‌توانسـتی بخوانـی کـه رمقـی برایش باقی نمانـده تـا روی پاهایـش بایسـتد. معلـوم بـود کـه خسـته و کوفتـه اسـت. بـا دیـدن کلا یکـه خـورد و خسـتگی‌اش در رفت. درحالی‌کـه گیوه‌هایـش را درمی‌آورد هنـوز بـه پدرش خیـره بـود. بـا صدایـی خفـه و متعجب بـه کلا سـلام داد. کلا کـه هنـوز بـه زمیـن خیره بـود، جواب سـلام پسـرش جمال را درحالی‌کـه بغـض گلویـش را گرفته و به سـختی صدایش از تـه گلویش بیرون

می‌آمـد، داد ولـی صدایش فقـط به گوش خودش می‌رسـید. بالاخره سـر کلا بـالا آمـد دیـد، شـلوار گشـادش پای پسـرش بـود ولی خاکـی و منـدرس بود. جمـال رفتـه و کنـار دیـوار مقابـل کلا آن‌طرف اتـاق چمباتمه زد. پدر و پسـر چنـدی بـه هـم نـگاه کردنـد و بالاخره جمـال به زبان آمد:

- چـو افتـاده بود کـه امنیه‌هـا تیرت زدنـد و زخمی شـدی و گرگ‌ها در بـرف تکه‌تکه کردنـدت... خـوش آمدی... حـالا می‌تونم مثـل یک مرد سـر بلنـد کنـم و جـواب زخم زبان‌هـای مردم رو بـدم... پدرسـوخته‌ها دیگـه مـا را نمی‌شناسـند و می‌خواهنـد از ده بیرونمـون کننـد...

فاطمه پرید وسط حرف جمال:

- قبـر پدرشـون... بـذار هـر گوهـی کـه می‌خـوان بخـورن... مـادر تمـام شـد... جمـال بیـا ایـن تـاس و ببر بیـرون خالی کـن که بـوش همه‌جا را نگیـره... در رو هـم بـاز بـذار کـه بوهـا برنـد بیـرون... منقـل رو هـم آتیش کـن...

فاطمه، خاله زینب را روی دسـت راسـتش خواباند و شـروع به پاک کردن خالـه زینـب کرد. جمال تاس را برداشـت و وارد ایوان شـد. کلا بـا هر زحمتی بـود از جایش بلنـد شـد تـا به فاطمـه کمک کند:

- بابـا کار تـو نیسـت... اول بایـد پاکـش کنـم... بـرو بنشـین... آب دوغ خیـار از پیـش آمـده کـردم... خالـه را که پـاک کنم تا جمـال منقل رو آتیـش کنـه آب دوغ خیار هم حاضر می‌شـه... جمال هم باید گرسنه باشـه... بیلداری کار راحتـی نیسـت...

کلا کنـار رفـت و فاطمـه مشـغول پاک کردن خاله شـد. صدای شکسـتن چـوب از بیرون شـنیده می‌شـد. نـگاه کلا بـه پسـرش جمـال کـه بیـرون در ایـوان بـود، افتـاد. جمـال کنـار منقلـی کـه آتـش درونـش شـعله می‌کشـید ایسـتاده بـود. کلا برگشـت و دیـد کـه فاطمـه خالـه را پاک کـرده و ظرف آب کثیـف را شلان‌شـلان بـرد و روی پنجـره گذاشـت:

- جمـال ایـن را هـم خالـی کن قربـون دسـتت...تا آتیـش رو حاضر کنی آب دوغ هـم حاضـر شـده...

بعد هـم فاطمه برگشـت و شـلان شـلان به اتاق کنـاری رفت. جمال بعد از خالـی کـردن ظـرف از بالـای ایـوان, ان را کناری گذاشـت و مقـداری چوب دیگـر در منقـل گذاشـت. شـعلههای آتـش زبانه میکشـید. کلا جلـوی پنجره ایسـتاده و بـه جمـال خیـره شـد. گونههـای جمـال از رنـگ نـور آتـش قرمـز شـده بـود. کلا حـالا مـردی را میدیـد کـه یک روز بچـه بـود. از غیرت جمال خوشحال بود. جمال برگشـت و بـه کـلا خیــره شـد:

- میدونسـتم حتـی اگر یک گله گرگ هم بودند، حریفت نمیشـدند...

پاهـای کلا دو بـاره سسـت شـد و بیاختیـار روی زمیـن کنـار پنجـرهای قـدی نشسـت. دیگـر فکـرش از کار افتـاده بـود. چشـمانش روی هم نشسـت. میخواسـت گریـه کنـد ولی نمیتوانسـت. مردش نبـود، شـهامت گریه کردن را نداشـت. اشـکهایش خشـک شـده بودند. فاطمه دوبـاره وارد شـد. سینی را جلـوی کلا گذاشـت. مقـداری خوراکی در سـینی بود:

- تا دهانت رو تازه کنی، آب دوغ هم حاضر شـده...

بعـد فاطمـه برگشـت و دوبـاره وارد اتـاق بغلـی شـد. چشـمان خالـه زینب در تمـام مدت از روی کلا برداشـته نشـده بـود. کلا لقمـهای پیچید و بهطرف خالـه زینـب رفـت و لقمـه را جلـوی دهـن او گرفت. چنـدی بـه هـم نـگاه کردند:

- نخـورم بهتـره... نمیتونـم ببینـم این دختر بیچاره زیرم تـاس بگیره... حـالا کـه تـو پیـدات شـده کاش زودتـر میمـردم...

صـدای سـوختن آتـش از بیـرون شـنیده میشـد. کلا شـعلهها را میدیـد کـه حـالا بلندتـر شـده بودنـد و زوزه میکشـیدند. حـال و روز کلا هـم بهتـر از آتشـی کـه در منقـل میسـوخت نبـود. دل کلا هـم مثـل آتـش منقـل گر گرفتـه بـود. کلا گیـج بـود و نمیدانسـت چـه بایـد کنـد. از یـک طـرف دیگر

هـم دلـش گیـر خـاور بـود و جوش خـاور را مـی‌زد. یـک لحظه بـه این فکر افتـاد کـه نکنـد خـاور هم مثل آسـیه حامله بشـود و شـکمش بالا بیایـد. فکر مـی‌کـرد کـه بایـد هرچـه زودتـر سـراغ خـاور برگـردد. از طـرف دیگر بـا دیدن وضـع و حـال خانواده‌هـاش از خـودش بـدش آمـده بـود و خودش را سـرزنش میکـرد کـه چطـور می‌توانسـت بـه فکر خـاور بیافتـد. احسـاس گنـاه بـدی داشـت، فکـر می‌کـرد وقتـی کـه او دنبـال عیـش و عشـرتش بـا خـاور بود و بریـز و بپـاش می‌کـرد، زن و بچه‌هایش به نان شـب محتاج بودنـد. حالا چطو می‌توانسـت احسـاس گنـاه نکنـد. وقتـی کـه یـادش می‌آمد زمانی کـه در بغل خـاور می‌خوابیـد و تریـاک دود می‌کـرد و کباب بـره می‌خـورده و در عیش و عشـرت غـرق بـود چه بـر سـر زن و بچه‌هایش آمده بـود. به این فکر می‌کرد کـه خالـه زینـب هـر روز زیر اسـتنطاق بـوده و ایـن رفت و آمدهـا از چشـم خبرچین‌هـای ده پوشـیده نمانـده. بـه ایـن فکر می‌کرد کـه خالـه زینبی کـه یـک روز چشـم و چـراغ و مـراد همـه بود و روی چشـم همه، جا داشـت، حالا دیگـر دوسـت و آشـنایی نداشـت. خالـه زینبـی کـه وقتـی در حمام پیدایش می‌شـد، همـه بـرای آب ریختـن روی سـرش سـر و دسـت می‌شکسـتند و بـرای شسـتن پشـتش دعـوا می‌کردنـد حـالا دیگـه در طویله حمـام می‌کند. حـالا می‌دیـد کـه خالـه زینـب فلـج و زمین‌گیـر شـده اسـت و بچه‌هایش بـرای یـک لقمـه نـان کـه بـا آن شکم‌شـان را سـیر کننـد، حـالا مجبـور بودند دست‌شـان را جلـوی هـر کـس و ناکسـی دراز کننـد و بعضـی شـب‌ها هـم گرسـنه می‌خوابیدنـد. کلا خانواده‌اش برایـش خیلـی عزیز بـود. از طرفی هم آبرویـش در ده رفتـه بـود. اگـر چه کلا مال و منـال ثروتمنـدان را می‌دزدید و بـه فقـرا مـی‌داد، ولی در چشـم مردم او یک چوبـدار نبوده و گردنـه زن و دزد بحسـاب می‌آمـد. فکـر و خیال مـردم این بود کـه آکلا نان حرام در سـفره‌اش می‌گذاشـته و بـا مـال حـرام شـکم فقـرا و مهمان‌هـای ناخوانده‌ی خـودش را هـر شـب سـیر می‌کـرده و مال حـرام حیف و میـل می‌کرده. آکلا عباسـی کـه

یک روزی سرش، یک سر و گردن از همه بالاتر بود حالا سرش را باید دو سر و کله پایین‌تر می‌گرفت و سر به زیر می‌شد. از طرفی هم خوب می‌دانست که دیر یا زود وقتی خبر برگشتن‌اش به کدخدا و ملامحمود برسد، فوری دنبال امنیه‌ها می‌فرستند. این را هم می‌دانست که چند روزی طول می‌کشید تا سر و کله‌ی امنیه‌ها پیدا شود ولی شاید از بخت بد کلا چندتایی امنیه همین نزدیکی‌ها باشند و سر و کله‌شان فوری پیدا شود و کلا گیر بیافتد. برای همین هم بود که بعد از شام وقتی همه خوابیده بودند کلا راهش را گرفت و رفت در طویله‌ای که به پشت خانه راه داشت، تا اگر امنیه‌ها به خانه ریختند از راه مخفی بزند به چاک. در تاریکی دراز کشیده بود و در این فکر بود که روزگار چه کارهایی که با آدم نمی‌کند. اینکه یک روزی زیر لحاف‌های نخ فرنگ و داخل اتاق‌های هشت دری تا گوش فرش شده از فرش‌های نخ فرنگ می‌خوابید و حال داخل طویله و روی خاک سرد و یک روپوش رنگ و رو رفته. بالاخره چشمانش بسته شد و همه چیز برایش تاریک شد.

٭ ٭ ٭

هوا هنوز تاریک بود. ده شورچه هنوز از باران شب گذشته خیس و نمناک بود. مردم هنوز از ترس جن‌های بیابان‌های مقابل در خانه‌هایشان حبس بودند و منتظر روشن شدن هوا تا از خانه بیرون بزنند ولی انگار مشهدی محمد و همراهش جمال پسر کلاعباس بر عکس دیگر مردم ده، آن شب هیچ ترس و ابایی از جن‌ها که آنها را گرفته و به بیابان ببرند، نداشتند. آن دو با احتیاط و در تاریکی کوچه‌های ده در حرکت بودند. جهت حرکت‌شان به‌طرف خارج ده بود و نه داخل ده. اگر هم کسی آنها را می‌دید خیال می‌کرد در حال سفر به شهر هستند. مشهدی محمد ماهی یک بار یکی دو روزی طول می‌کشید که به شهر خوانسار می‌رفت و مایحتاج دکان کوچکش را می‌خرید و برمی‌گشت و به مردم

ده می‌فروخت. طولی نکشید که از ده خارج شدند. مشهدی محمد به دنبال جمال و بعد از این که با احتیاط اطراف را خوب وارسی کردند تا مبادا کسی آن‌ها را ببیند، از دیوار کوتاه جاده بالا رفته و پشت دیوار داخل دشت و درخت‌زارهای پشت خانه‌ها رفتند. برای مشهدی محمد راه رسیدن به کلاعباس دوست قدیمی‌اش مهم نبود. فقط می‌خواست خودش را به خانه‌ی کلا برساند تا مطمئن شود خبری که جمال داده، حقیقت دارد یا نه. مشهدی محمد تا با چشمان خودش کلا را نمی‌دید، خیالش راحت نمی‌شد. طولی نکشید که به پشت خانه‌ی کلا رسیدند و بعد از چند دقیقه راه رفتن کنار رودخانه جمال ایستاد و با احتیاط مقداری آشغال انباشته در پشت دیوار را کنار زد و مشهدی محمد برای اولین بار سوراخی را دید که زیر دیوار پشت خانه‌ی کلاعباس زده شده بود. جمال با اشاره از مشهدی محمد خواست که جلو بیافتد و او هم این کار را کرد. جمال جلوی مشهدی محمد، احساس مرد شدن هم می‌کرد که داشت راهی مخفی را که تا این زمان فقط کلاعباس از آن مطلع بود و حالا به جمال هم نشان داده بود، به مشهدی محمد نشان می‌داد. آشغال‌های پشت خانه را باز در جای خودش گذاشتند.

با داخل شدن جمال و به‌دنبالش مشهدی محمد به داخل طویله‌ی خالی که یک روز پر از گاو و الاغ بود، نور ضعیف چراغ دستی که به دیوار بود راه را برای آن‌ها کمی روشن کرد. جمال چراغ را از دیوار کند و با خودش حمل کرد. مشهدی محمد که با تعجب هنوز به پشت سرش و راه مخفی نگاه می‌کرد بالاخره به دنبال جمال از طویله خارج شد.

هنوز مشهدی محمد پایش را در اتاق هشت دری که روزی از زرق و برق چشم هر آدمی را کور می‌کرد، نگذاشته بود که چشمانش افتاد به کلا که روی قالیچه‌ای مندرس کنار دیوار نشسته بود. اتاق خالی و کور بود و از زرق و برق گذشته هم هیچ خبری نبود. مشهدی محمد با دیدن

سر و وضع کلا و اتاق چنان شوکه شد که چندی صدایش بند آمد. هیچ‌وقت کلا را چنان غمگین و افسرده با ریش و سبیل‌های بلند ندیده بود. اشک در چشمان مشهدی محمد حلقه بست و بغضش گرفت. بالاخره رفت و کنار منقل کوچکی که دوتا قوری داخل آن کنار آتش گذاشته شده بود نشست و بقچه‌ای را که در دست داشت کنارش گذاشت.

حالا اتاق ساکت و کور بود و مشهدی محمد و کلا در سکوت به هم نگاه می‌کردند. تمام درها و پنجره‌های اتاق‌های خانه‌ی کلا هم بسته و مهر و موم شده بود و پرده‌های جلوی آنها هم افتاده بود تا خدایی نکرده کسی از برگشتن کلا بویی نبرد. هوا دیگر روشن شده بود و مردم از خانه‌هایشان بیرون زده بودند. جمال هم که قول داده بود به کمک کدخدا برود از خانه بیرون زد. ولی به پدرش نگفت که رفته تا کارگری کدخدا را بکند تا کلا ناراحت نشود. فاطمه هم کمک و کارگری زن ملامحمود را می‌کرد. کلا برای اولین بار چنان گیج و گنگ شده بود که نمی‌دانست کجاست و چه باید بکند. برای اولین بار بود که عنان اختیار از دست کلا در رفته بود. حال و روز مشهدی محمد هم بهتر از کلا نبود. او هم گیج و گنگ بود و نمی‌دانست از کجا و از چی شروع کند و چه کند و چه بگوید. کلاعباس از بچگی در همه‌ی پستی و بلندی‌ها و بد و خوب زندگی در کنار و یار و غمخوار مشهدی محمد بود. مشهدی محمد با کلا حساب و کتاب داشت و زن و بچه‌ی کلا در نبودنش از او خرید می‌کردند و کلا ماهانه می‌رفت و حسابش را می‌داد. البته که تمام بقالی او را هم، کلاعباس برایش راست و ریست کرده بود و سرمایه‌ی اولش را کلا داده بود. مشهدی محمد با دیدن کلا از یک طرف خلقش باز شد و انگار که همه‌ی دنیا را به او داده بودند و برای چند لحظه‌ای هم که شده بود همه‌ی هوچی گری‌هایی را که شنیده بود فراموش کرد و از خوشحالی در پوست خود نمی‌گنجید. از طرف دیگر هم از کلا خجالت می‌کشید

که کلا را چنین خار و ذلیل می‌بیند. کلا هم ساکت بود. دو تا رفیق در سکوت به هم خیره شدند. زبان مشهدی محمد بالاخره باز شد:

- پس تو نمردی؟ فرارم که نکرده بودی وگرنه برنمی‌گشتی. با آمدنت چشم خیلی‌ها کور می‌شه. بذار یه چایی برات بریزم... باید تازه دم هم باشه...

مشهدی محمد مشغول ریختن چای برای خودش و کلا شد:

- بگو کلا... تعریف کن این همه مدت کجا بودی و چه می‌کردی...؟»

کلا هنوز ساکت بود. مشهدی محمد دو باره به صدا آمد:

- هر کجا بودی و نبودی چه فرقی می‌کنه؟ حالا اینجا هستی و خوش آمدی...

کلا همین جور به مشهدی نگاه می‌کرد و منتظر بود که مشهدی محمد دلش را خالی کند و بگوید در نبودش چه گذشته بود. برایش تعریف کند که مردم چه می‌دانند. مشهدی محمد چای را ریخت و جلوی کلا گذاشت:

- بخور کلا... همه چیز خواست خداست و درست می‌شه... بخور کلا ... من که نمردم... کلا آخر ما که مثل بقیه نیستیم که با یک مشت چرند خلق و خوی خودمونو عوض کنیم و نمک بخوریم و نمکدون بشکنیم... کلا از قدیم و ندیم درست گفتند که اگر اصل و نصب که داری اگر هم نداری که نداری... هیچ کاریش هم نمی‌شه کرد... یا داری یا نداری...

مشهدی محمد می‌خواست با کلا خوش و بش کند و به کلا بگوید که در نبودنش در ده چه گذشته ولی نمی‌دانست چه جوری و یا از کجا شروع کند. آخر هیچ کس اگر با چشمانش خودش نمی‌دید به عقلش جور نمی‌آمد یا باور نمی‌کرد که یک روزی به عمرش ببیند با یک اتفاق چطور شاه گدا می‌شود و گدا شاه:

- کلا ما که یادمون نرفته... ما با هم نان و نمک خوردیم... تو به ما خیلی روزی رساندی... حالا چه می‌کردی و چه نمی‌کردی به ما چه... به دیگران چه... گردنه می‌زدی یا نمی‌زدی... مال مردم و می‌دزدیدی یا نمی‌دزدیدی به ما چه... گیریم که دزدیدی... این و که همه می‌دونند بیشتر از آنچه می‌دزدیدی به فقرا می‌دادی... به ما چه... مال ما را که ندزدیدی... گردنه خودی را که نزدی ... اگر هم راسته که مال غریبه‌ها را گرفتی و دادی به خودی و فقرا... حداقل غیرت نشان دادی... شکم فقرا را پر کردی...

کلا هنوز ساکت بود و سرش پایین بود. بعد زیر لبی صدایش بلند شد :

- پس مردم اینجوری خیال می‌کنند؟

- کلا مردم چشم و رو ندارند... وقتی داری نوکرتن، وقتی نداری دشمنت... گور پدر پدر سوخته شون... هر جوری که می‌خوان فکر کنند، بذار فکر کنند...

مشهدی محمد چای سرد کلا را در قوری ریخت و دوباره استکان را از چای داغ پر کرد و جلوی کلا ادامه داد:

- آره کلا، وقتی امنیه‌ها برای پرس و جو آمدند، کدخدا خانه به خانه دنبال شما می‌گشت... خانه ما را هم گشتند... خیال می‌کردند در طویله‌ی ما قایم شدی... چشمت روز بد نبیند کلا... دهن مردم باز شد و چه‌ها که نگفتند و چه داستان‌هایی که نساختند... کلا حالا جلوی چفت دهن مردم را که نمی‌شه قفل کرد؛ می‌شه؟... کار و کاسبی که ندارند می‌نشینند کنار هم و چلند و چار میگن... خصوصا اینکه به وضع و حال تو غبطه هم می‌خوردند و حسودیشان هم می‌شد... ولی کلا از همه بی‌حیاتر این کدخدا بود و ملامحمود پیر سگ خدا نشناس... این کدخدایی که تو خودت

کدخداش کـردی... کدخدایـی کـه روزیش از سر سفره تـو می‌رفت و نمـک و نمکدونـش از قِبَـل تـو پـر می‌شـد... پدرسوخته دیم نشور، کیـن نشـور خیـال می‌کـرد جـای تـو را گرفتـه... وقتـی بـا امنیه‌ها در کوچه‌هـا راه میرفـت دیگـر خـدا را بنـده نبـود... خودش رو گـم کرده بـود... بـراش پیغـام فرسـتادم کـه ای نمـک نشـناس، نمـک بـه حروم، یـادت نـره کلا بالاخـره یـه روزی برمی‌گـرده و آن وقتـه کـه سـر تـو مـی‌ذاره روی دامنـت.. بهـش پیغـام دادم خودتـو گم نکـن... از آن روز بـه بعـد بـا مـا ورداشـته و دیگـه در دکان مـا پیـداش نمی‌شـه و میره دکان میـرزا...

کلا همانطـور کـه سـرش پاییـن بـود و بـه پشـه‌ای کـه کنار ظرف عسـل پـرواز می‌کـرد و دنبـال جـا می‌گشـت کـه بنشـیند، خیره شـده بـود، صدای آرامـاش بلند شـد:

- مشهدی بر و بچه‌ها چی... خاله زینب...؟

کلا چنـدی منتظـر جـواب مشـهدی محمـد بود. ولـی صدایی از مشـهدی بـه گوشـش نخـورد. سـرش بـالا آمد دیـد کـه مشـهدی محمد به زمیـن خیره شـده و اخمـش در هـم رفتـه. کلا می‌توانسـت خشـم و غضـب را در صـورت سـرخ مشـهدی محمـد ببیند و احسـاس کند. انگار کـه مشـهدی محمد نای حـرف زدن نداشـت. کلا بـا دیدن حالـت مشـهدی محمد نگران شـد. به‌محض افتادن نگاه مشـهدی محمد به چشـمان کلا، کلا فوری نگاهش را از چشـمان مشـهدی محمـد دزدیـد و بـاز بـه زمیـن خیره شـد. انگـار از مشـهدی محمد خجالـت می‌کشـید. یـک دفعـه فکـر و خیـال و نگرانـی تمـام وجـود کلا را گرفـت و انـگار دیگـر آنجـا نبـود. کلا نادرسـت هم نگـران و خجالت‌زده نشـده بـود. دوبـاره در فکـر رفت کـه در غیبتـاش چه‌ها باید سـر خالـه زینب آمده باشـد. اینکـه خالـه زینـب چـه حـال و روزی می‌توانسـته داشـته باشـد. آری؛ کلا درسـت فکـر می‌کرد.

چیزی که کلا نمی‌دانست این بود که بعد از این که کلا دیر کرده بود خاله زینب ته دلش ندا داده بود که باید اتفاق بدی برای کلا افتاده باشد. خصوصاً از اینکه در ده چو افتاده بود که دو تا از اهالی ده با امنیه‌ها در تنگه‌ی ابوعباس سرشاخ شده و کشته شده‌اند. کدخدا هم سراغ کلا آمده بود و دنبال او می‌گشت، ولی چیزی به خاله زینب نگفته بود اما خاله زینب می‌دانست که آن دو نفری که کشته شده بودند با کلا همیشه در خفا رفت و آمد داشتند. خاله زینب ممکن بود که لبش بسته بود و حرفی نمی‌زد ولی می‌دانست این برو بیاها و بده بستان‌ها و بریز و بپاش‌ها از چوب‌داری نمی‌آمد. با چشمان خودش دیده بود که در نیمه‌های شب آدم‌ها مثل جن در حص و داخل طویله پیدایشان می‌شد و در طویله و در دربانی خانه‌شان همیشه دید و بازدیدهای نیمه شب کلا و دوستانش به‌راه بود. همیشه هم نگران بود و انگار بهش وحی شده بود که یک روزی اتفاق بدی خواهد افتاد. به همین خاطر هم همیشه چند رکعت نماز اضافه می‌خواند و از خدا می‌خواست که عاقبت آنها را به‌خیر کند ولی انگار دعا و نمازهایش هم جواب نداده بودند.

با خبر درگیری امنیه‌ها با چند نفر در تنگه‌ی ابوعباس دل خاله بهش می‌گفت اتفاقی که منتظرش بود انگار افتاده است. خصوصاً با طولانی شدن غیبت کلا حال دیگر هیچ شکی نداشت که کلا گیر افتاده است. حالا خاله نشسته بود به دوتا بچه‌هایش فکر می‌کرد که عاقبت‌شان چه خواهد شد. به این فکر می‌کرد که اگر خیالاتش درست درآمده باشد بین در و همسایه‌ها چطوری سر بلند کند و در کوچه ظاهر شود. خاله زینب تمام نگرانی‌اش را از بچه‌هایش مخفی کرده بود ولی از نگاه آنها می‌توانست بفهمد که آنها هم یک چیزهایی دستگیرشان شده و نگران بودند ولی به زبان نمی‌آوردند. صدای مشهدی محمد کلا را از فکر و خیالش بیرون آورد:

- کلا فکرش رو نکن... خدا بزرگه... چاییات سرد شد...»

کلا که هنوز هم در فکر بود، رو کرد به مشهدی محمد:

- مشهدی شما حق پدری به گردن ما دارید... حساب ما چی میشه؟

مشهدی که هنوز خجالت می‌کشید به چشمان کلا نگاه کند، همینجور که سرش را پایین انداخته و بغض داشت، صدای گرفته‌اش از ته گلویش بالا آمد:

- هیچی ... چه حسابی؟ کلا تو تازه از راه رسیدی وقت برای حساب و کتاب ما زیاده... کلا ما که همه چیزمون و از تو داریم... در ثانی هیچ حساب و کتابی نداریم...

کلا مقداری پول گذاشته بود جلوی مشهدی محمد:

- مشهدی از سفر آمدم، یکی دو روز دیگه حسابم و پاک می‌کنم...

مشهدی محمد پول را برداشت و گذاشت در جیب کلا:

- کلا به جون بچه‌هام قسم اگر حرفش رو بزنی جدی ناراحت می‌شم... ما هیچ حساب و کتابی با هم نداریم... کلا شما چشم مایید... همه‌اش به خود شما تعلق داره... بچه‌ها نباید بفهمند که دست خالی است... کلا اگر هم دستت تنگه یک ده تومانی بچه‌ها جمع کردند برای روز مبادا... اگر می‌خوای برم بیارمش...

کلا که هنوز در فکر بود باز صدایش بلند شد:

- مشهدی خاله پول زیادی پیشش بود برای روز مباد ...دستش نباید تنگ می‌موند...

مشهدی محمد نمی‌خواست دهنش را باز کند ولی بالاخره باز کرد:

- روزگار درس‌های زیادی به آدم میده کلا... درس‌هایی که آدم به عقلش هم نمی‌رسه... درس‌هایی که توی هیچ مدرسه و مکتبی هم نمی‌تونی یاد بگیری... کدخدای بی‌انصاف نمک‌نشناس هفت، هشت تا امنیه را یک راست برداشت آورد اینجا و بست نشاند...

هـر روز هـم مـرغ و چلـو می‌خواسـتند... رفتـم پیـش کدخدا و گفتم پـدر بیامـرز آخـه چـرا یـک زن و دوتا بچه‌ی قـد و نیم‌قـد رو تو عذاب و خجالـت گذاشـتی؟... خـوب بیارشـان خانـه‌ی مـن! گفـت رئیـس امنیه‌هـا غریبـه اسـت و دوسـت قدیمی کلا، سـرکار تیمورخان نیسـت و نمی‌آیند خانـه‌ی تـو... می‌گفـت سـرکار تیمورخان به‌خاطـر این کـه دنبـال شـما نگـرده، خـودش را منتقـل کـرده یـک جـای دیگـه... ولـی می‌دونسـتم مثـل سـگ دروغ میگـه... بعـد فهمیدم کـه خاله را در عـذاب گذاشـته بودنـد و خالـه هـم چنـد تکـه زمین‌هـا را به اسـم کدخـدا و ملامحمـود قـول نامـه کـرده و پولـش را هر چه دم دسـتش داشـت بـه کدخـدا و ملامحمـود داده کـه بـه امنیه‌هـا بدهند و از شـر امنیه‌هـا خلاص شـوند... تـا زمین‌هـا به اسـم کدخدا و ملامحمود شـد؛ یـک دفعـه امنیه‌هـا راضـی شـدند و بعـد هـم سـرزده و بـدون اطـلاع کدخـدا برشـان داشـت و آورد خانـه‌ی ما... چنـد روزی هـم خانه‌ی ما خوردنـد و خوابیدنـد و بعـد دسـت خالـی دمشـون رو گذاشـتند روی کولشـون و رفتنـد پـی کارشـون... کلا خدا شـاهده من وقتـی فهمیدم کـه کار خودشـون رو کـرده بودنـد... کلا مـن رو قـرآن می‌زنـم جیب خـود کدخدا و ملامحمـود چرب‌تـر از امنیه‌هـا شـده...

کلا هـر چـی بیشـتر پرسـش می‌کـرد بیشـتر اخمـش در هـم می‌رفـت و دندان‌هایـش را روی هـم فشـار مـی‌داد. حالا دیگر ابروهایش از خشـم راسـت شـده بودنـد. کلا حالا دیگـر صدای مشـهدی محمـد را کـه داشـت حرف مـی‌زد، نمی‌شـنید. ولـی انـگار مشـهدی محمد خیال سـاکت شـدن نداشـت و ادامـه داد:

- کلا روزگار غریبـی اسـت... خالـه زینـب از وقتـی کـه چو افتـاد که چی شـده... خودش خجالت می‌کشـید بیاد دکان... بچه‌ها را می‌فرسـتاد... بعـد هـم چنـد روزی شـد که بچه‌ها هم پیداشـون نشـد... نگران شـدم

و یک شب مادر بچه‌ها رو برداشتم و آمدم سراغشون... کلا گرسنه خوابیده بودند... چشمت روز بد نبیند کلا... دیدم خاله زمین‌گیر شده بود... وقتی چو افتاد که چه کاره بودی و چی شده... خاله زینب دیگه خجالت می‌کشید سرش رو بالا بگیرد و تو چشم مردم نگاه کند... گویا رفته بود حمام و بهش بی‌احترامی کرده بودند و دیگه روش نمی‌شد بره حمام... مادر بچه‌ها می‌گفت تو طویله خودش رو می‌شوره... از مردم قایم می‌شه... زخم و زبون مردم رو نمی‌تونه تحمل کنه... بعدش یک نصف شبی که رفته لب جوب تا آب خوردن برداره مثل اینکه از ترس اینکه خیال کرده بود جن‌ها دنبالش افتاده اند. سر پله‌ها سرش گیج رفته، زمین خورده و از پله‌ها پرت شده پایین و کوزه‌ها افتاده‌اند رویش و حالش بهم خورده... هیچ‌کس هم نمی‌دونسته... بچه‌ها هم به هیچ‌کس نگفتند که چی شده... بعد هم از غصه سکته کرده بود و حالا ... کلا... خودت که باید دیده باشی... بیچاره فلج شده... بچه‌ها هم از ترس آبروشان به هیچ‌کس حرفی نزدند... دوتا بچه‌هات خودشون کار خانه را می‌کنند... این و به مادر بچه‌ها گفته بید....

حالا کلا با دیدن اشک‌های مشهدی محمد و بغضی که گلوی او را گرفته بود، مشکلات خودش از یادش رفت و بی‌اختیار دستمالی از جیبش در آورد و دست مشهدی محمد داد.

✻ ✻ ✻

فصل ۱۳

وقتی چیزی که چشم می‌بیند، برای عقل و روح قابل قبول نیست....

هـوا هنـوز تاریـک بـود. کلا عبـاس از راه مخفـی پشـت خانه بیرون زد و در تاریکـی شـب داخـل درخت‌زارهـا گم شـد. طولی نکشـید که بـه رودخانه رسـید و از روی پـل رد شـد. آب رودخانـه در زیـر پـل بـا صدایی دلنشـین در جریـان بـود و زمـان و مـکان برایـش پشـیزی اهمیـت نداشـت. کلاعبـاس از چنـد کوچـه‌ی دیگـر گذشـت. خروس‌هـا تازه مشـغول خوانـدن شـده بودند. بلنـد شـدن صـدای خروس‌ها نشـان این را داشـت کـه مردم مطلع می‌شـدند کـه اگـر جنی از طرف کوه مشـرف ده شـورچه و منطقه‌ی ممنوعـه به ده زده بـود، حـالا برگشـته‌اند. با پیدا شـدن سـر و کلـه‌ی مردم کـه از خانه‌هایشان بیـرون میزدنـد، کلاعبـاس هم به مسـجد رسـیده و وارد شـد:

-      نشـناختمت... ریـش و سـبیل گذاشـتی... تـو هـم مومـن شـدی؟ گم شـده بـودی؟ خدا را شـکر پیـدا شـدی...

صـدای مردعلـی، کلا را به خـود آورد. کلاعبـاس برگشـت و مردعلی را دید کـه از در مسـجد بیرون زده بـود. مردعلـی از زمان پیدا شـدن جن‌هـا در ده، از تـرس شـب‌ها را داخـل مسـجد میگذراند. بـا دیدن کلاعباس ذوق زده شـد و معطـل نکـرد و فـوری از جایـش بلند شـد. رفت به‌طرف کلا و طبق عادت همیشـگی دسـتش جلـوی کلاعبـاس دراز شـد و البته طبق عادت همیشـگی دائـم سـلام دادنـش را تکـرار می‌کرد. ولـی بـرای اولیـن بار بود کـه کلا انعامی

برای مردعلی نداشت. کمی به هم خیره شدند تا بالاخره صدای بریده و در گلو خفه‌شده‌ی کلا عباس بلند شد:

- مردعلی کیفم را خانه جا گذاشتم، دفعه‌ی دیگه دوتا انعام می‌گیری...

- باشه ارباب... باشه دفعه‌ی دیگه... باشه قبولت دارم... باشه...

مردعلی یکی دو قدمی برنداشته بود که صدای کلا عباس دوباره بلند شد :

- مردعلی تو امروز مرد منی... می‌خواهم بری خانه‌ی کدخدا و ملامحمود و گوششون و بگیری و بیاریشون اینجا... بهشون بگو امنیه‌ها کارشان دارند... بعد هم جلدی برگرد و بیا اینجا و بنشین روی آن دیوار و چشمانت را خوب باز کن و همه‌جا را بپا... اگر غریبه‌ای دیدی که داره میاد به‌طرف مسجد فوری یک صلوات بلند ختم کن... یا سوت بزن... خصوصاً اگر امنیه‌ای دیدی صلوات بلندتر ختم کن... دوتا هم ختم کن... به هیچ‌کس هم نگو من رو دیدی...

- چشم ارباب... چشم ارباب...

مردعلی بدو بدو از در مسجد خارج شد.

کلا عباس به‌طرف در مسجد رفت و داخل مسجد را با احتیاط وارسی کرد. با باز شدن در، نور بیرون، داخل مسجد و روی پیرمردی افتاد که گوشه‌ی مسجد نشسته و مشغول نیایش بود. با دیدن پیرمرد کلاعباس دستمالش را روی سرش کشید که چهره‌اش از دید پیرمرد مخفی بماند. افتادن نور داخل مسجد و سکوت بعدش پیرمرد را از حال و هوای نیایش بیرون آورد. پیرمرد برگشت و در روشنایی مسجد، قد و قامت کسی را دید که ایستاده و به او خیره شده است. پیرمرد بلافاصله یاد جن‌ها افتاد و در ذهن خود خیال کرد که شکل و شمایل طرف بیشتر شبیه به جن

است تا آدم. پیرمرد از خواندن دعا صرف‌نظر کرد و با عجله از در دیگر مسجد خارج شد. آن‌قدر ترسیده بود که مُهرش را جا گذاشت. کلاعباس گیوه‌هایش را درآورد و دستش گرفت، وارد مسجد شد و بعد رفت و کنار دیوار قسمت پشتی مسجد، کنار ستون اصلی، پشت پرده‌ای که قسمت زن‌ها و مردها را از هم جدا می‌کرد، نشست و به ستون تکیه داد. بعد هم گیوه‌هایش را کنارش گذاشت. معمولا هیچ‌کس گیوه به مسجد نمی‌برد و جای کفش و گیوه‌ها جلو و کنار در ورودی مسجد بود. کلاعباس مطمئن شد که از روزنه‌ی بین پرده‌ها می‌تواند، ورود و خروج به داخل مسجد را زیر نظر داشته باشد. می‌دانست که اگر امنیه‌ها پیدایشان شود باید راه فراری داشته باشد. می‌دانست که آن‌ها از در قسمت مردها وارد می‌شدند و در آن صورت کلاعباس می‌توانست از دری که گوشه‌ی مسجد و قسمت زنانه به پشت دشت باز می‌شد و همیشه بسته بود، بیرون بزند و تا امنیه‌ها به خودشان بیایند، فرصت این را داشت تا در باغ‌های پشت مسجد گم و گور بشود. در پشتی را هم امتحان کرد تا مطمئن شود باز است.

دیگر همه‌جا روشن شده بود و نوری که از در و پنجره‌های مسجد داخل می‌شد، مسجد را کمی روشن کرده بود. با تنها شدن و بودن در مسجد، کلاعباس دوباره در گذشته‌اش غرق شد. به این فکر افتاد که چه بدی‌ها و یا چه خوبی‌هایی کرده و در ذهنش دلیل و آیه می‌آورد که چرا به این روز و حال افتاده است. باز خود را در کفه‌ی ترازو گذاشته و اعمال گذشته‌اش را سبک و سنگین کرده و طلب بخشش می‌کرد. از خدا می‌خواست که او را ببخشد. نمی‌دانست چه کار کند. عقلش دیگر به جایی نمی‌رسید. مثل این که دستش را از پشت بسته بودند و زبانش لال، پاهایش شل و چشمانش کور و گوش‌هایش کر شده بود. سرش را به ستون تکیه داد و چشمانش روی هم رفت. گوشه‌ی چشمانش از اشک

تـر شـد. خـودش هـم متوجـه نبـود کـه اشـک‌هایش بـه گونه‌هایش رسیده و روی سینه‌اش می‌چکد. هنـوز متوجـه نبـود کـه می‌گریـد. صـدایی از او درنمی‌آمـد. به‌حـدی در فکـر و خیـال غـرق شـده بود کـه حتی اشـک‌هایش را هـم حـس نمی‌کـرد. بعد از اتفاقـی کـه بـرای آسـیه افتـاده بـود کلا هیچ‌وقت پـا در مسـجد نگذاشـته بـود. مگـر ایـن کـه ختمـی بـود. فقـط در حسینیه پیـداش می‌شـد، آن هـم بـه خاطـر ایـن کـه تعزیـه را دوسـت داشـت و بـرای تماشـای تعزیـه می‌رفت. حالا کلاعبـاس تنهـا در مسـجد نشسـته بـود و احسـاس بی‌کسـی می‌کـرد. احسـاس تهـی بـودن، احسـاس هیـچ بـودن در مقابـل خـدا. کلا دیگـر از خـود، بی‌خـود شـده بود.

کلا در خـودش و گذشـته‌اش گـم بـود که مشـهدی محمـد دکان‌دار ظاهر شـد، گیوه‌هایـش را کنـار در گذاشـت و وارد شـد. به‌طـرف قبلـه احتـرام گذاشـت و داخـل مسـجد را چنـد بـار وارسـی کرد. ولـی هیـچ خبـری از کلا و یـا هیچ‌کـس دیگـری نبـود. مسـجد خالـی و سـاکت بـود. کلا صبـح زود جمال پسـرش را فرسـتاده بـود سـراغ مشـهدی محمد و برایـش پیغام فرسـتاده بود کـه در مسـجد او را ببینـد. مشـهدی محمـد یک‌بـار دیگـر اطـراف را وارسـی کـرد. بـا تکان خـوردن پرده بالاخـره نگاه مشـهدی محمد به کنار پرده، کنار سـتونی کـه قسـمت زن‌هـا و مردهـا را از هـم جـدا می‌کـرد، افتاد. ناخـودآگاه به‌طـرف آنجـا رفـت و بـا احتیـاط از روزنـه‌ی کنـار پـرده، کلا را دیـد. سـپس کنـار پـرده و در قسـمت مردانه و کنار کلا نشسـت. حالا پرده، کلا و مشـهدی محمـد را از هـم جـدا کـرده بـود. مشـهدی محمد پـرده را کمی بـا احتیاط کنـار زد و بـه کلا نـگاه کـرد. کلا هنـوز چشـمانش روی هـم بـود و در خـود بـود حتـی انـگار کـه بـودن مشـهدی محمـد را کنارش احسـاس نکـرده بود. مشـهدی بـا دیـدن اشـک‌های کلا، دسـتمالش را درآورد و از زیـر پـرده، روی زانوی کلا گذاشـت:

- خدا بهت نزدیک شده... اشک‌هات رو پاک کن... دوست و دشمن زیاده...

نباید اشک‌هات رو ببینند...

کلا با صدای مشهدی محمد به خودش آمد و تازه متوجه اشک ریختن خودش شد. دستمال را برداشت و صورتش را پاک کرد. صدای مشهدی محمد دوباره بلند شد:

- خدا بزرگه کلا... می‌دونه داره چه کار می‌کنه... به حکمت خدا شک نکن...

در همین احوال سروکله‌ی کدخداعلی که مرد کوتاه قد و چاقی بود، در مسجد پیدا شد. پشت سرش هم ملامحمود با هیکل چاق‌وچله‌اش ایستاده بود. چندی دو نفری اطراف مسجد را وارسی کردند. خوشحال و سربلند برای دیدن امنیه‌ها شتافتند و انتظار نداشتند مشهدی محمد را آنجا ببینند. از برگشتن کلا هم هیچ اطلاعی نداشتند. بالاخره گیوه‌هایشان را درآورده و وارد مسجد شدند. مشهدی محمد می‌توانست فخر و تکبر را از دور، در قیافه و رفتار و کردار هر دوی آن‌ها ببیند. مشهدی محمد از آن‌ها بزرگ‌تر بود و طبق ادب و رسوم معمول در ده؛ آن‌ها باید به مشهدی سلام می‌دادند ولی انگار نه انگار که مشهدی را دیده‌اند. مشهدی محمد با طعنه به آن‌ها سلام داده و تعارف کرد تا بنشینند. بالاخره کدخدا و ملامحمود رفته و مقابل مشهدی محمد و کمی دورتر نشستند و چشم به در، منتظر آمدن امنیه‌ها بودند:

- مشهدی پس راه گم کردی... امنیه‌ها شما رو هم احضار کردند...؟
- آخر و عاقبت دزدی و مال مردم و خوردن و نامسلمونی همینه دیگه مشدی... در به دری...

نطق ملامحمود هنوز ادامه داشت که پرده کمی کنار رفت. با افتادن چشمان ملامحمود و کدخدا روی کلا نطق ملامحمود قطع شد. هیچ انتظارش را نداشتند که به‌جای امنیه‌ها، کلا را زیارت کنند. حالا ساکت و لال شده و رنگ هر دو در یک لحظه پریده و خودشان را باخته بودند.

بی‌اختیـار خـود را جمـع و جور کـرده و چندی همه چیز سـاکت بـود و نفس هیچ‌کس در نمی‌آمـد. کدخـدا سـکوت را شکسـت:

- سـلام کلا... چـو افتـاده بـود کـه مـردی... خدا را شـکر کـه سـالمی، خـوش آمـدی...

کلا همین‌جور بـه چشـمان کدخدا خیـره شـده بـود. کدخدا خـودش را کمـی بیشـتر جمـع و جور کـرد؛ بـه ملامحمـود نگاهی انداخت و انـگار از او تقاضـای کمـک می‌کـرد. ملامحمـود بـا زیرکـی رو بـه کلا و مشهدی کرده و خطـاب بـه مشـهدی صدایش بلند شـد:

- مشـهدی، کلا، مـا بایـد بریـم سراغ کارمـون، حتمـا کاری بـوده کـه دنبـال مـا فرسـتادید... اگـر کاری داریـد پـس بفرماییـد...

- اگـر حرفـی باشـه، کلا بایـد بزنـه نـه مـن... مـن حرف‌هامـو بـا شـما زدم... نـه یـک دفعـه نـه دو دفعـه... چندیـن دفعـه هـم زدم... حـالا خـودش اینجـاست... زنده و سـرحال... آدم زنده هم کـه وکیل و وصی نمی‌خـواد مـلا ...

ملامحمـود و کدخـدا کـه انتظـار روبـرو شـدن بـا کلا را نداشـتند حـالا با سـخنان طعنه‌آمیـز مشهدی محمـد بیشـتر گیـج شـده و در فکر رفتنـد و چنـدی سـاکت ماندنـد و نمی‌دانسـتند بـا کلا چگونـه برخـورد کننـد. کدخدا یـادش آمـد کـه کلا یک روزی وزنه‌ای بـود و حرف روی حرفش زده نمی‌شـد. یـادش آمـد کـه کلا، کدخدا را کدخدا کـرده بـود. یـادش آمـد کـه بـا کلا درسـت تا نکرده و نمکش را خـورده و نمکدان را شکسـته اسـت. البته کدخدا و ملامحمـود فکـر نمی‌کردنـد روزی کلا دوبـاره برگـردد و جلوی آن‌ها بنشـیند و آن دو مجبـور شـوند جـواب و سـوال کارهـای خلافـی را کـه کرده‌انـد پـس بدهنـد. ملامحمـود و کدخـدا سـاکت جلـوی کلا نشسـته و منتظـر بودند که کلا لـب بـاز کنـد. کلا حواسـش بـه تمام درهای مسجد هـم بود کـه یکباره غافلگیـرش نکننـد. بـه دو تـا در ورودی مسـجد تـک نگاهـی انداخت. هـوای

بیرون حالا کاملا روشن شده بود و آفتاب همه‌جا می‌تابید. از یکی از پنجره‌ها مردعلی را دید که روی دیوار مسجد نشسته و اطراف را می‌پاید. کلا بالاخره سرش را بالا و به طرف حضار برگرداند و دوباره در چشمان کدخدا خیره شد. چیزی نمانده بود که کدخدا خودش را خراب کند. بالاخره صدای کلا بلند شد. ولی صدای همیشگی نبود. صدایش ضعیف و خسته و آرام و دوستانه بود نه آمرانه:

-     کدخدا می‌خوام بدونم، زمین‌های من، قالی‌های خانه‌ام، جواهرات زنم و پول‌های نقدش کجا رفتند...؟

کدخدا نگاهی به ملامحمود کرد و بعد برگشت به‌طرف کلا و با احتیاط صدای ضعیفش بلند شد:

-     تو شکم و جیب امنیه‌ها کلا... ما که کلا از هیچ چیزی خودداری نکردیم... حتی خدا شاهده، یک هفته‌ام از جیب خودمان خوراک مرغ امنیه‌ها را دادیم... ملامحمود هم شاهده، ملامحمود بیچاره به دادم رسید وگرنه مگه آن پدر سوخته‌ها شرشون رو خلاص می‌کردند و گورشون رو گم می‌کردند و برند...

ملامحمود طاقت نیاورد و میان حرف کدخدا پرید:

-     چندین شب هم خانه‌خراب من شدند... پدر سوخته‌ها هر دو شب هم یک بره می‌کشتند... کلا ما که بزرگی‌مان را به‌جا آوردیم... حالا اگر حضرت عالی دست خطا کردی و به‌جای راه راست، راه کج رفتی، گناهش را که ما نباید پس بدیم...

حرف‌های ملامحمود کلا را به خشم آورد و صدایش کلفت‌تر و آمرانه‌تر شد و درحالی‌که به چشمان ملامحمود زل زده بود، گفت:

-     ملا اگر راه کج رفتم، اگر گردنه‌زنی کردم، آوردم در این خراب شده و شکم شما حرامزاده‌ها را پر کردم... مگر نکردم؟ کدخدا خودت که می‌دونی قالی‌های خانه‌ات را از قبال من داری؟

نـداری؟ آخـه چـه جـوری امنیه‌هـا خوردنـد و بردنـد، صـد جریـب زمین
و کـه نمی‌تونسـتند رو کولشـون بذارنـد و بـا خودشـون ببرنـد... آخه اگر
امنیه‌هـا بردنـد و خوردنـد، پـس چـه جـوری چهـل جریـب زمین‌هـا زیر
اسـم مـلا اسـت و سـی جریبش هـم به اسـم تو کدخدا...؟ نکنه سـی
جریـب بقیـه را امنیه‌هـا کـول کردنـد و بـا خودشـون بردنـد؟

صدای کدخدا با احتیاط بلند شد:

- کلا خـدا عالمـه پولـش رو دادیـم... ملامحمـود بیچاره پا جلو گذاشت
و سـهم امـام رو هـم نصـف کـرد و بیسـت جریـب و خریـد... هیچ‌کس
چنیـن پولـی رو نداشـت... سـی جریبش هـم حاجـی نصیـر خریـد...
امنیه‌هـای پـدر سـوخته هـم کـه ول کـن نبودنـد و شرشـون و کـم
نمی‌کردنـد و برنـد... رشـوه می‌خواسـتند...

کلا خودش را جمـع و جـور کرد و دسـت روی زانو نشسـته بود؛ بلند شـد و
اسـتوارتر جلـوی کدخـدا و ملامحمود روی پا نیم‌خیز شـد و چرخی به سـبیلش
داد و تـوی چشـمان کدخـدا و ملامحمود خیره شـد و حرف کدخدا را برید:

- پـدر سـوخته‌های دزد... آخـه شـما از کجـا پـول هشـتاد جریـب زمین
داشـتید کـه نقـد بدیـد بـه امنیه‌هـا... خصوصـا تـو ملامحمـود کـه آه
در بسـاط نداشـتی...؟ آخـه سـی جریـب زمیـن رفـت تـو شـکم کدام
امنیـه‌ی نمـک بـه حرامـی کـه برم شـکمش رو پـاره کنم و از شـکمش
بکشـم بیـرون... مثـل اینکـه یادتون رفتـه گردنه‌زن کیه؟... حالا شـما
گـردن، گردنه‌زن رو می‌زنیـد!؟...

کلا از جـا بلنـد شـد و از روی خشـم چنـان تسـبیح‌اش را بیـن دو دسـت
کشـید کـه بندهـای تسـبیح پـاره شـد و دانه‌هایـش روی زمیـن ریخـت و
سرتاسـر مسـجد پخـش شـد:

- کلا هنـوز هـم، کلاسـت... حـق کلا از حلـق هیـچ کس و ناکسـی پایین
نمـی‌ره... یـا پـول زمین‌هـای مـن و بـا زبـان خـوش پس می‌دیـد یا

سر و کارتان با زبان ناخوش خواهد بود... حقی که به حق به امنیه‌ها دادید و خرج امنیه‌ها کردید را بردارید و هرچی را به جیب زدید، پس می‌دید... مشهدی محمد هم واسطه‌ی ماست... برای همین خواستم بیاد این‌جا... هر چی مشهدی بگه من قبول دارم... چرا که مشهدی حق می‌گه، نه ناحق... حالا تراز و وزنه دست خودتونه... با خودتونه که زبان خوش و قبول کنید یا زبان ناخوش رو... ما حجتمون رو تموم کردیم... دو روز وقت دارید... اگر پوشم ندارید تمام زمین‌ها رو صلح کنید به مشهدی محمد...

بعدش هم کلا راه افتاد به‌طرف در پشتی مسجد و با خشم لقتی به در زد و در را شکست و خارج شد. هر سه نفر چند دقیقه‌ای بعد از ناپدید شدن کلا هنوز ساکت به دری که کلا از آن خارج شده بود، خیره شدند. بالاخره مشهدی محمد از جایش بلند شد و رو کرد به کدخدا:

- کدخدا آبروی خودت رو بخر و حقش رو پس بده... خدا عالمه حرص و طمع آبروتو، تو در و همسایه می‌بره... گول امنیه و قانون رو نخور، خیال نکن امنیه‌ها پشتت درمیان .کدخدا آبروی خودت رو بخر... سر عقل بیا این حرف آخر ماست... مار زخم خورده شده... از کشته شدن هم نمی‌ترسه... جد و آبادتون رو به خاک و خون می‌کشه...

مشهدی محمد رفت و از مسجد خارج شد. کدخدا و ملامحمود هنوز ساکت در مسجد نشسته و به هم خیره شده بودند. ملامحمود صدایش در آمد:

- کدخدا پس معطل چی هستی؟ مگه تو اینجا نماینده‌ی قانون نیستی؟ جلدی بفرست سراغ امنیه‌ها...

- ملا نگران نباش می‌فرستم..»

- در ضمن کدخدا... نگران نباش و از این توپ و تشرهای کلا نترس... توپ و تشرش تو خالیه... کار کلا دیگه تمام شده... معطل نکن و

بفرست سراغ امنیه‌ها... امنیه‌ها می‌گیرنش و کت‌بسته می‌برنش آن‌جا که عرب نی انداخت... نترس خدا با ماست... به امام رضا پناه ببر خودش کارها را درست می کنه...

مردعلی که بیرون در نشسته بود و داشت گوش می‌داد، گوشش را نزدیکتر و تیزتر کرد و با شنیدن حرف‌های ملامحمود و کدخدا از جایش کنده شد و درحالی‌که زیر لب یواشکی حرف کدخدا و ملامحمود را تکرار می‌کرد، دوان دوان از در مسجد بیرون زد:

- فرستادم دنبال امنیه‌ها... کدخدا نامرده... فرستادم دنبال امنیه ها ...

مردعلی دوان دوان خودش را به مشهدی محمد رساند که در راه خانه‌اش بود و نفس زنان تکرار می‌کرد:

- فرستاده دنبال امنیه‌ها... ملامحمود و کدخدا نامردند... دزدند... زمین‌های کلا را دزدیدن... ملامحمود و کدخدا نامردند... فرستاده دنبال امنیه‌ها بیان کلا را بگیرن...

❊ ❊ ❊

به ساعت نکشید که خبر برگشتن کلاعباس مثل رعد توی ده پیچید. حالا پچ‌پچ بین مردم غوغا می‌کرد. مردم گیج بودند که با دیدن کلاعباس چه باید می‌کردند. انتظار نداشتند کلا برگردد. مشهدی محمد هم برای رد گم کردن دکانش را باز کرده بود. مردم هم از چپ و راست جلوی دکانش رژه می‌رفتند و سرک می‌کشیدند که شاید کلاعباس را در دکان مشهدی محمد ببینند. خیال می‌کردند حتما کلا آن‌جا پیداش می‌شود. مشهدی محمد هم هیچ به روی خودش نمی‌آورد.

در همین احوال، ذوالفقار آرام آرام و محتاط خودش را به دکان مشهدی محمد رساند و هنوز جلوی دکان نرسیده، سلام بلندی هم به مشهدی محمد که داخل دکان سرگرم بود، داد. بعد هم جلو و کنار در دکان کنار

دیـوار نشسـت و سـرش را هـم همین‌طور روی هـوا گرفـت و گوش‌هایش هم تیز شـده و منتظـر جواب سـلامش بود.

مشـهدی محمـد بالاخـره از دکان بیـرون زد و چایی دسـت ذوالفقار داد و برگشـت داخل دکانش:

- علیک سلام...

ذوالفقـار چایـی را گرفت و مشـغول خوردن شـد. ولـی هدف ذوالفقار چایی خـوردن نبـود. دعـا می‌کرد لـب مشـهدی محمـد باز شـود و خبـری از کلاعباس بدهـد و کار و بـار خبـر بـری و خبر پـردازی آقا ذوالفقار را که حالا سـنی هم از او گذشـته بـود را جـور کند. ولی ذوالفقار این را نمی‌دانسـت که مشـهدی محمد هـم منتظـر ذوالفقـار بـود تا زبـان باز کند و مشـهدی محمـد را از این کـه در ده چـه خبـری از کلاعبـاس پخـش شـده خبـردار کند. ولـی انگار هـر دوی آن‌ها اعتصاب زبـان گشـودن کـرده بودند و خیال لـب از لب بـاز کردن را نداشـتند.

البتـه این تنهـا ذوالفقـار و آدم‌هـای اطـراف دکان مشـهدی محمـد نبودنـد کـه دربـه‌در در جسـتجوی بدسـت آوردن اطلاعـات در مـورد برگشـت کلاعبـاس بودنـد. بـا پخـش شـدن خبـر برگشـت کلا، دوبـاره کلا و خانـواده‌اش بـرای عـده‌ای عزیـز شـده بودنـد. چندیـن زن میـوه و غـذا و آش بـه دسـت راهـی خانـه‌ی کلا شـدند. ولـی جـز خالـه زینـب فلـج، کـس دیگـری نبـود کـه از آن‌هـا پذیرایـی کنـد. هرچـه هـم کـه سـرک کشـیدند هیـچ نشـانی از کلاعباس ندیدنـد. خالـه زینـب هـم از خجالـت خودش را بـه بی‌هوشـی زده بـود ولی سـخنان طعنه‌آمیـز و نیـش‌دار آن‌هـا را خـوب می‌شـنید. مهمان‌هـای ناخوانـده‌ی خالـه زینـب بالاخـره بعـد از این کـه از دیـدن کلاعبـاس ناامیـد شـدند، دمشـان را روی کولشـان گذاشـته و راهشـان را گرفتـه و رفتنـد.

❋ ❋ ❋

فصل ۱۴

وقتی خون جلوی چشم آدم را می‌گیرد...

روز بعـد رسـید. هنـوز چشـم هیـچ کس بـه کلاعبـاس نخورده و مـردم ده مطمئـن نبودنـد کـه کلاعبـاس برگشـته اسـت یا نـه. ذوالفقار هم نتوانسـته بود هیـچ خبـری از کسـی دسـت و پا کند و بسـاط خبر بری و خبـر پراکنی او هم سـوت و کـور بـود. مردعلی را هم، مـردم خیلی جدی نمی‌گرفتند. ملامحمود و کدخـدا هـم ترجیـح داده بودنـد تا رسـیدن امنیه‌ها سـاکت بماننـد. خلاصه روز بـه نیمـه نزدیـک بود کـه در کوچه باغ‌های دشـت ده شـورچه مردعلی با عجلـه و دوان دوان می‌دویـد و چـوب دسـتی‌اش را هم روی هوا مثل شمشیر می‌چرخانـد و آواز سـر داده بـود و تکـرار می‌کرد:

-      کشتند جمال پسر کلا رو... بر فرقش کوبیدند بیل و کلنگ رو...

مردعلی کـه از او هـم سـنی گذشـته بـود و نفـس و سـرعت قدیـم را هم نداشـت از خـودش شـعر می‌بافـت و می‌خواند و در راه بـود و در خیال خودش داشـت تعزیه‌خوانـی امـام حسـین را می‌کـرد. سـر راهـش هـم همه بـا دیدن مردعلی می‌ایسـتادند و می‌خواسـتند بفهمنـد چـه اتفاقـی افتاده کـه مردعلی را بـه تعزیه‌خوانـی انداختـه اسـت. خصوصا که اسـم کلاعباس و کشـته شـدن جمـال پسرش را هـم از دهـان مردعلـی می‌شـنیدند و همیـن هـم قضیـه را بـرای مـردم خیلـی جالب‌تـر و مهم‌تـر کـرده بود.

مردعلی بالاخـره به خانه‌هـای ده و جلـوی عمارت کلاعباس رسـید و جلـوی محوطـه‌ی وسـیعی کـه جلـوی در عمـارت بـود ایسـتاد و صدایش هم

حالا بلندتر و غمگینتر هم شده بود و کلاعباس را صدا میزد:

- کلا چه نشستی که کشتند پسرت جمال رو... زدن بیل بر فرقش و خونین و مالینش کردند... کلا بیا که پسرت غرق به خونه... بیا که خونش را رعیتهای کدخدا و ملامحمود ریختند...

با سر و صدای مردعلی، حالا مردم بیکار و فضول هم از خانههای خودشان بیرون زدند و اطراف و جلوی عمارت کلاعباس جمع شدند. آنها هم در تلاش بودند که بفهمند مردعلی چه چیزی بلغور میکند. در این شک بودند که مگر کلاعباس برگشته که مردعلی صدایش میزند، مردعلی هم که میدید حالا تماشاچی هم پیدا کرده، داغتر شد و رقص رزمی خودش را هم آغاز کرد. معرکه مردعلی تازه آغاز شده بود که فاطمه دختر کلا در ایوان طبقه دوم عمارت ظاهر شد. در همان ایوانی که کلاعباس و سگش همیشه ظاهر میشدند و با آسیه و ستار، موش و گربه بازی میکردند. مردعلی با دیدن فاطمه داغتر شد و آوازش هم رساتر:

- خواهر جمال، کلا را خبر کن که جمالش را غرق به خون کردند...

فاطمه هم همینطور گیج به مردعلی خیره شد و هنوز به خودش نیامده بود که در عمارت کلا باز شد و کلاعباس درقاب در ظاهر شد. با ظاهر شدن کلاعباس، به یکباره مردعلی از زبان افتاد و به کلا خیره شد. انگار با دیدن نگاه و صورت خشمگین کلاعباس ترس به جان و تن مردعلی افتاد. مردم هم حال و روزشان بهتر از مردعلی نبود. با دیدن کلاعباس در آن وضع و حال؛ آن هم بعد از این همه ماه و این همه شایعه گیج و گنگ شده بودند و انگار ترس به تن و جان آنها هم افتاده بود. جیک از هیچکس در نمیآمد. طولی نکشید که مردم یکی یکی در سوراخ سمبههای غیبشان زد و حالا فقط کلا مانده بود و مردعلی.

کلا به اطراف نظری انداخت. جلوی عمارت برخلاف همیشه آب و جارو نشده بود. حالا گرد و غبار همهجا را فراگرفته بود و آشغالها را از صد

متـری می‌شـد دیـد. بی‌اختیـار یـاد دده رقـی افتـاد کـه همیشـه می‌گفت، روزی کـه محتـاج بشـود هیچ‌کـس اطرافـش نخواهـد بـود. حـالا صـدای دده رقـی در گوشـش می‌پیچیـد. خـدا خـدا می‌کـرد کـه دده رقـی در پنجـره پیـدا نشـود. خجالت می‌کشـید بـا دده رقـی رو بـه رو شـود. کلا نمی‌دانسـت کـه دده رقـی آن روز حمـام رفتـه و در خانـه نیسـت تـا در پنجـره‌ی کوچکـش ظاهـر شـود و گفت:

- مردعلـی چـی داری بلغـور می‌کنـی؟ کـدوم پدرسـوخته‌ای جمـال رو کتـک زده؟

- رعیت‌هـای کدخـدا و ملامحمـود... کتکـش نزدنـد... بـا بیـل زدنـد تـو فرقـش و غـرق بـه خونـش کردنـد... مـردم هـم بردنـدش بـه طـرف خانـه‌ی مشـهدی محمـد کـه ببرنـدش شـهر پیـش حکیـم...

کلا بالاخـره بـا خـروج فاطمه از در عمـارت و داد و بیـدادش از یـاد دده رقـی بیـرون آمـد و بـه فکـر پسـرش جمـال افتـاد و از جـا کنـده شـد و بـا عجلـه بـه طـرف خانـه‌ی مشـهدی محمد بـه راه افتاد. بـه دنبالـش هم مردعلـی و فاطمه نفرین‌کنـان بـه راه افتادنـد. بـا رفتـن آنها، جلـوی عمـارت کلا خالـی و سـاکت شـد. فقـط کلاغ سـیاهی بـود کـه پـرواز کنـان بر نـوک تیـری کـه از سـقف خانه کلا بیـرون آمـده بـود نشسـته و مشـغول خوانـدن آهنـگ غم‌انگیـزی بود کـه فقـط خالـه زینب می‌توانسـت آن را درک کنـد ولـی خالـه زینب کـه تمامی حرف‌هـای مردعلـی را از بیـرون و جلـوی در عمـارت شـنیده بـود تنهـا کاری کـه می‌توانسـت بکنـد زل زدن بـه کلاغ بود و بـس. کلاغ هم انگار اشک‌هـای خالـه زینـب را می‌دیـد کـه حـالا از گوشـه‌ی چشـمانش قـل می‌خوردنـد و از روی گونه‌هایـش بـه روی لحـاف کهنه‌ای کـه رویـش کشـیده بـود، می‌چکیدند. کلاغ ول کـن نبـود و بـه نظـر می‌رسـید بـه هیجـان آمـده و بـا پـروازش از تیـری بـه روی تیـری دیگـر و بـه دنبـال کلا عبـاس و فاطمـه مـی رفت و بـه طـرف آنهـا و خانه‌هـای سـر راهـش و آدم‌هـای نامریی داخـل خانه‌هـا فریاد

می‌کشید و آنها را صدا می‌کرد. انگار داشت به آنها خبر می‌داد که خاله زینب، چشمانش را برای همیشه بسته و آنها را ترک کرده است. داشت خبر می‌داد که خاله زینب با شنیدن خبر غرقه به خون شدن پسرش و نگرانی از کشته شدنش دیگر طاقت نیاورده و از دست رفته بود. ولی هرچه کلاغ بیشتر داد و فریاد می‌کرد بیشتر ناامید می‌شد و بالاخره کلاغ هم مانند خاله زینب از صدا افتاد و خاموش شد و انگار با روح خاله زینب به پرواز آمد. اما خاموشی کلاغه چند لحظه‌ای بیشتر طول نکشید و دوباره بدنبال کلا عباس به پرواز در آمد و خودش را به کلاعباس رساند و به دنبالش فاطمه که در کوچه‌های ده با عجله در حرکت بودند. طبق معمول مردعلی هم جلودار بود و تعزیه‌خوانی هم به راه و شمشیر چوبی‌اش هم روی هوا می‌چرخید و در راه کشتن شمر و معاویه یعنی ملامحمود و کدخدا بود. حالا جمعیت هم به دنبال آنها در راه بودند و در طول راه به جمعیت اضافه هم می‌شد.

کلاغ با رسیدن به کلا، روی دیواری جلوتر از او نشست و باز مشغول رجزخوانی شد تا خبر مرگ خاله زینب را به کلاعباس بدهد ولی کلاعباس آنقدر در خودش گم شده بود که نه تنها صدای کلاغ را نمی‌شنید بلکه حتی خود کلاغ را هم که در چند متری او روی دیوار نشسته بود را هم نمی‌دید. کلاعباس خشمگین و با احتیاط در خم کوچه‌های ده قدم می‌زد. هنوز عده‌ای در راه خانه‌هایشان و یا در دالان‌های خود مشغول وارسی حیواناتشان بودند. درهای خانه‌ها هم هنوز باز بود. مردم با دیدن کلاعباس با تعجب از خانه بیرون می‌زدند و انگار که جن و یا غریبه‌ای را دیده باشند با احتیاط کلاعباس را تماشا می‌کردند. مسلم بود کلا با پیدا شدنش همه را به حیرت انداخته بود. هیچ‌کس انتظار نداشت کلا را دوباره ببیند. آن هم پیاده، نه سوار بر اسبش و تازه شَل هم باشد. حالا مردم ده شورچه نمی‌دانستند چه باید می‌کردند. کلا می‌دید که

با رسیدن او به مردم انگار که آنها جن دیده باشند، یا راهشان را کج می‌کردند و یا مثل اینکه آدم جذامی دیده باشند، یک جوری، از سر راه یا دید کلا فوری گور و گم می‌شدند. کلا حالا زود فهمید که مردم ده شورچه دیگر آن مردم قدیمی نبودند که یک روزی او آنها را می‌شناخت. فهمید که نگاه‌های مردم دیگر مثل گذشته نیست. در حیرت و شک بود که نکند اشتباهی به ده دیگری رفته است. باورش نمی‌شد این مردم همان جماعتی بودند که کلا روزگاری با آنها رفت و آمد داشت و برایشان بریز و بپاش می‌کرد. می‌دید که این بار با گذشته زمین تا آسمان فرق می‌کنند. باورش نمی‌شد که هر کس کلا را می‌دید به یک طریقی خودش را گم و گور می‌کرد. زن‌ها بچه‌های خود را قبل از اینکه کلا به آنها برسد، به حیاط می‌بردند و در را می‌بستند. در و پنجره‌ی خانه‌ها برخلاف گذشته که با دیدن کلا باز می‌شد حالا بسته می‌شدند. کلا حالا خیال می‌کرد کوچه‌ها، دیوارهای خاکی، خانه‌ها، آدم‌ها، جوی کنار جاده، درخت‌ها، همه و همه با او غریبه بودند و به او دهن کجی می‌کردند، به چشم کلا رنگ دیگری داشتند، غریبه بودند نه خودی. به نظرش با او سخن می‌گویند اما کلا صدایشان را نمی‌شنید و یا نمی‌فهمید. آخر زمانی نه چندان دور اگر پای کلا، روی خاکِ کوچه‌های ده شورچه می‌نشست برای کوچه‌ها و خاک ده، فخر بود. مردمی که حالا راهشان را عوض می‌کردند که کلا را نبینند، یک روزی راهشان را کج می‌کردند که فقط به کلا سلام بدهند و خوشحالی آنها این بود که جواب سلام کلا را شنیده بودند. درها و پنجره‌های خانه‌هایی که حالا بسته می‌شدند و آدم‌ها پشت‌شان غیب می‌شدند تا با کلا رو به رو نشوند، یک روزی باز می‌شدند که گلاب و شربت تعارف کلا کنند.

چندین کوچه آن‌طرف‌تر مشهدی محمد داخل دکانش سرگرم کارش بود و در انتظار این که هوا تاریک شود در تاریکی شب راهی خانه‌ی

کلا شـود و او را زیارت کنـد. انـگار مشـهدی محمـد دیگـر از جنـها هـم که شـایع بـود در شـب به سـراغ مـردم ده می‌آینـد، تـرس و ابایی نداشـت. دیدن کلاعبـاس برایـش مهم‌تـر از بـه خطـر افتـادن جانـش بـود. دل در دلـش نبود چـرا کـه می‌دانسـت دیـر یـا زود سـر و کلـه‌ی امنیه‌ها پیـدا می‌شـود و در آن صـورت چـه بلایـی ممکـن اسـت سـر کلا بیایـد را خـدا عالـم بـود. مشـهدی محمـد غـرق تفکـر و چـاره اندیشـی بـود که سـر و صـدای چند نفـر از بیرون دکان بلنـد شـد. مشـهدی محمـد با بلند شـدن سـر و صـدا از بیـرون نگاهش بـه بیـرون دکان افتـاد. هنـوز نمی‌دانسـت چـه اتفاقـی افتاده که یکی سـرش را داخـل دکان کرد:

-    مشـهدی چه نشسـتی که جمـال کلاعبـاس را زدند لت و پـار کردند... شـاید هـم مـرده باشـه...

بعد هم از در غیبش زد. مشـهدی محمد با شـنیدن اسـم «جمال» پسـر کلاعبـاس و «زدنـد لـت و پـارش کردنـد و شـاید هـم مـرده باشـه» فـوری از دکانـش بیـرون زد. هنـوز پا از دکان بیرون نگذاشـته بود که چشـم مشـهدی محمـد افتـاد بـه جمعیتـی کـه از دور پیدایشـان شـده بـود. عده‌ای از بـر و بچه‌هـای جـوان ده هـم جلـوی آنهـا در حرکـت بودنـد. چنـد قدمـی بیـش برنداشـته بـود کـه جلـوداران قافله به او رسـیدند و داشـتند بـا آب و تاب خبر خونیـن و مالیـن شـدن جمـال پسـر کلا، بـه دسـت رعیت‌هـای ملامحمـود و کدخـدا را بـه او می‌دادنـد.

بالاخـره چشـم مشـهدی محمد به جمال افتاد که با سـر و صـورت خونین و مالیـن بـا کمـک یکـی دو نفـر دیگـر بـه طـرف او در حرکـت بـود. بـا دیدن جمـال چنـان گیـج و خشـمگین شـد که حتـی جمال را کـه حالا به او رسـیده و جلویـش ایسـتاده و داشـت می‌گفـت کـه نمی‌خواسـته بـا ایـن سـر و وضع بـرود خانـه‌ی خودشـان کـه مبـادا خاله زینـب او را خونیـن و مالیـن ببیند نـه می‌دیـد و نـه صـدای جمـال را می‌شـنید ولـی بی اختیـار دسـت جمال را

گرفته و همراه قافله وارد خانه‌اش شد.

درست وقتی که جمال و همراهانش وارد خانه مشهدی محمد شدند، سر و کله‌ی کلاعباس از دور پیدا شد. با رسیدن کلاعباس حالا مردم از سر راه گم و گور شده و در خانه‌های خود غیب‌شان می‌زد. کلاعباس به خانه‌ی مشهدی محمد رسیده و وارد شد. به دنبالش هم مردعلی بود و فاطمه هم چند قدمی عقب‌تر.

در خانه‌ی مشهدی محمد، جای سوزن انداختن نبود. جمعیت گوش تا گوش ایستاده بود. با وارد شدن کلا حالا جمعیت یکباره از کلام افتاده و سکوت همه‌جا را فراگرفت. جیک از کسی در نمی‌آمد. هنوز به جمعیت نرسیده، همه از سر راهش کنار رفته و راه را برایش باز می‌کردند. به دنبالش هم مردعلی قدم برمی‌داشت و پیش خودش فکر می‌کرد کلا امام حسین است که به جنگ خلیفه می‌رود و مردعلی هم از لشکریان امام حسین. برای همین هم چوب دستی‌اش که در حکم شمشیرش بود در هوا می‌چرخید. کلا خشمگین از پله‌های خانه‌ی مشهدی محمد بالا رفت و داخل اتاق مشهدی محمد شد. چشمش از بین چند نفری که مشغول مداوای جمال بودند به سر شکسته و خونین و مالین جمال افتاد. با دیدن جمال، سر جایش خشکش زد. مشهدی محمد و مردمی که مشغول مداوای جمال بودند هنوز از بودن کلا خبری نداشتند. هر کس هم حرفی می‌زد و نظری می‌داد. یکی می‌گفت:

- برید حکیم بیارید خون زیادی ازش رفته...می‌میره‌ها...

- براش دعا باز کنید...

- مشهدی محمد تو که سواد داری چند تا سوره‌ی قرآن بخون...

نظر دادن‌ها ادامه داشت اما با همهمه‌ای که با بالای پله‌های ایوان و جلوی در اتاق بلند شده بود نگاه مشهدی محمد به طرف در اتاق برگشت و افتاد روی کلاعباس که جلوی در ظاهر شده و قامت تنومندش تمام در

را گرفته بود. یکباره جلوی در از جماعت خالی شد. نگاه کلا و پسرش جمال چندی به هم دوخته شد. جمال با پایین انداختن سرش و دزدیدن نگاهش از پدر، از اینکه اینجور کتک خورده بود، خجالت می‌کشید. اما جمال نمی‌دانست که کلا به تنها چیزی که فکر نمی‌کرد این بود که او خودش را مقصر این ستمی که بر سر پسرش آمده، می‌دانست. کلا با دیدن سر و وضع پسرش جمال انگار تمام دنیا یک دفعه دور سرش چرخید و جلوی چشمش سیاه شد. خون جلوی چشمانش را گرفته و دیگر هیچ‌چیز را نمی‌دید. در یک چشم بهم زدن، اتاق با ورود کلا خالی از جمعیت شده بود. یکی دو نفر بیشتر باقی نمانده بودند. سکوت تمام اتاق را فرا گرفته بود.

فاطمه با ورودش سکوت را برهم زد. با دیدن جمال غرق به خون جیغ و دادش دادش، بلند شد و خودش را شلان شلان به جمال رساند و شروع به زدن بر سر خودش کرد:

- چه بر سرت آمده برادر؟ کی کتکت زده؟ کی غرق به خونت کرده...؟ خدایا کمک کن... اگر ما هم سرپرست داشتیم که آنقدر خار و ذلیل نمی‌شدیم که پسر دوازده ساله‌مون رو بفرستیم سر آب و بزنند این‌جوری لت و پارش کنند... قربانت برم جمال...
طاقت کلا تمام شد و دیگر یارای تأمل را از او گرفته بودند. کلا با چشمانی که از خون هم سرخ‌تر شده بود عقب گرد کرد و از اتاق بیرون زد. مردعلی هم نوحه‌خوان به دنبالش راه افتاد:

- یا علی مولا. کلا رفت که خون یزید را بریزد...
با غیب شدن کلا از داخل اتاق؛ مشهدی محمد مضطرب و نگران با عجله از جایش کنده شد و به دنبال کلا از اتاق خارج شد.

مشهدی محمد پله‌ها را دوتا یکی کرد و خود را به دالان خانه رساند. دید که آنجا خالی است و فقط مردعلی رقص تعزیه خوانی را با دیدن

مشهدی محمد آغاز کرد و طبق معمول چوب دستی شمشیری‌اش را روی هوا می‌چرخاند:

- بزن طبل ای طبال... که جنگ داره می‌رسه از راه...

نگاه مشهدی محمد از لا به لای رقص مردعلی به در باز طویله افتاد. شستش خبردار شد که کلا داخل طویله است و دنبال تفنگی که داخل طویله‌ی مشهدی محمد برای روز مبادا قایم کرده بود، می‌گردد. مشهدی محمد وارد طویله شد. دود غلیظ چراغی که داخل و جلوی در به دیوار کوبیده شده بود از نور ضعیفش بیشتر به چشم می‌خورد. کنار و قسمت جلوی در، سر اسب سفیدی که مشغول خوردن کاه و جو بود به طرف مشهدی برگشت. اسب و مشهدی به هم خیره شدند و انگار داشتند با هم حرف می‌زدند. سر اسب از روی مشهدی برگشت به سمت طویله‌ی کوچکتری که در انتهای طویله‌ی بزرگ بود. بعد هم سر اسب بالا و پایین شد و با شیهه‌ی کوتاهش انگار داشت به مشهدی محمد علامت می‌داد که کلا آنجاست. مشهدی محمد درحالی‌که نگاهش به در طویله‌ی کوچک دوخته شده بود به طرف اسب رفت و افسار اسب را گرفت و از طویله خارج کرد.

یکی دو دقیقه از خروج مشهدی محمد نگذشته بود که کلاعباس درحالی‌که داشت تفنگش را امتحان می‌کرد از در طویله‌ی کوچک بیرون زد و وارد طویله‌ی بزرگ شد و با عجله از آن هم خارج شد. کلا هنوز مشغول امتحان تفنگش بود که وارد دالان شد. چشمش به مردعلی افتاد که جلوی در خانه در حص ایستاده بود و به قسمتی که از دید کلا پنهان بود خیره شده بود. کلا تفنگش را زیر پالتوی بلندش جا داد و به سمت مردعلی به راه افتاد. با رسیدن کلا به در عمارت، مشهدی محمد درحالی‌که افسار اسب سفید با چهار پای سیاه زین شده در دستش بود جلوی کلا ظاهر شد و جلویش را سد کرد. دو رفیق چشم در چشم هم

دوختـه بودنـد و مردعلـی سـاکت و گیـج بـه آن دو خیـره شـده بود. مشـهدی محمد سـکوت را شکسـت:

- رعیت‌هـای ملامحمـود و کدخـدا بودنـد... می‌خواسـتند آبشـون رو اول بگیرنـد... جمـال هـم گفتـه نـه... می‌خواسـتند بـه جمـال زور بگنـد اون هـم کله‌شـقی می‌کنـه و زیـر بـار نمـی‌ره... بالاخـره بگو مگوشـون می‌شـه... ابوالقاسـم رعیـت ملامحمـود به جمال ناسـزا می‌گـه... جمال هـم بیلـش رو می‌کشـه و می‌زنـه تـو کمـر ابوالقاسـم... بعـد هم قاسـم گنـده، بـرادر ابوالقاسـم از عقب بـا بیل محکـم می‌کوبـه تـو فرق جمـال... کلا بـه طـرف در راه افتـاد کـه مشـهدی محمـد دو بـاره راهش را سـد کرد و افسـار اسب سـفید را در دسـت کلا گذاشت:

- یـادت میـاد کلا... خـودت کـره کـه بـود بهم دادیـش برای پسـرم... اون کـه حـالا سـربازیه و از کجـا کـه برگـرده کلا... خـودت کـه می‌دونـی رفتنشـون بـا دولتـه، ولـی برگشتشـون بـا خـداس...

کلا همین‌جـور بـه مشـهدی محمـد خیـره شـده بـود و نمی‌دانسـت چـه بایـد بکنـد. آخـر کلا هیچ‌وقت هدیـه‌ای را بـه کسـی می‌داد عادت نداشت پـس بگیـرد. مشـهدی محمد باز سـخن آغـاز کرد:

- کلا اول اینکـه صلاح نیسـت بـری... بـذار آب‌هـا از آسـیاب بیفتـه پدرشـون رو درمیاریـم... جـد و آبادشـون رو بـه عزاشـون می‌شـونیم...
- آره کلا، به عزاشون می‌شونیم...

حـالا دوبـاره پامنبـری مردعلـی شـروع شـده بـود و در حرف مشـهدی هم می‌پریـد:

- اگر هم می‌خوای بری، سـواره بایـد بـری کلا، نـه پیاده...این مردم پدرسـوخته تـا دیدنـد از پشـت زیـن آمـدی پاییـن، افسارشـون رو دراز کردنـد... سـوار زیـن شـو، کـه دوبـاره حسـاب خودشـون رو بکننـد کلا...
- آره کلا مـردم پدرسـوخته‌اند... سـواره بـرو کـه حسـاب کار دستشـون

بیـاد...

مشهدی محمد بدون توجه به پامنبری مردعلی ادامه داد:

- مفـت و مجانـی بهـم دادیـش... مفـت و مجانی هم پسـت مـی‌دم... اگر ناراحتـی مـی‌ذارم پـای حسـابت... وقتـی کار و بـارت سکه شـد پسـم بـده... فقط مـی‌خـوام سـواره بـری تـا چشـم بعضی‌هـا کـور بشـه...

- آره کلا بـزار ملامحمـود کـور بشـه و جلـوی چشـمش و نبینـه و بیفته تـو چـاه ...

کلا اسـب را از دسـت مشـهدی گرفت و بر پشـت اسـب نشسـت. با دیدن کلا روی اسـب مردعلی لال شـده و نفسـش بند آمده بود. کلا به اسـبش هی کـرد کـه راه بیافتد اما مشـهدی افسـار اسـب را دوبـاره گرفت:

- کلا می‌دونـی کـه اگـر تفنگ بکشـی دیگـه نمی‌تونـی برگـردی خانه... می‌دونـی کـه بـرای همیشـه فـراری می‌شـی و امنیه‌ها حتمـا میـان سـراغت و تـو همـه‌ی سـوراخ سـمبه‌ها دنبالـت می‌گردنـد و بالاخـره می‌گیرنـت ...

بالاخره کلا به بصدا آمد:

- مشهدی مرگ یک بار و شیون هم یک بار...

بعدش هم کلا راه افتاد و از در بیرون زد.

کوچه‌هـای ده شـورچه، حالا رنـگ و روی دیگـری بـه خـود گرفتـه بـود. مـردم دوبـاره بـا دیـدن کلا سـوار بـر رکابش با او آشـنا شـده و او را شـناخته بودنـد و از چـپ و راسـت دنبـال کلا بـه راه افتـاده بودنـد. مردعلی هـم دوان دوان بـه دنبالـش بـود و شمشـیرش را هم دوبـاره در هوا می‌چرخانـد و تعزیه خوانـی‌اش هـم دوباره شـروع شـده بود:

- ای شـمر... کلا داره میـاد سـراغت تـا جـدا کنـه سـرت را... کشـت و کشـتار کنـه... الان کشـت و کشـتار می‌شـه... خون و خونریزی می‌شـه... تماشـاییه...

با شنیدن صدای مردعلی حالا همه‌ی جماعت جمال را که از یاد برده بودند هیچ، انگار یادشان رفته بود که تا چند دقیقه پیش کلاعباس را نمی‌شناختند. کسانی که با دیدنش انگار که جن دیده باشند، فرار می‌کردند، با دیدن کلا سوار بر اسبش رنگ عوض کرده و سراسیمه از در و دیوار بیرون ریخته و دنبال کلا راه افتادند. قافله کلا به ذوالفقار رسید که روی یک سنگ ایستاده بود و سرش را بالا گرفته و گوش‌هایش را تیز کرده بود و انگار که همه چیز را می‌دید و ضبط می‌کرد. ذوالفقار طاقت نیاورد و زیر لب ادای سخن داد:

- مردم بادی...

بعدش هم فوری حرفش را خورد و ناتمام گذاشت و سرش را کمی به اطراف چرخاند تا مطمئن شده باشد که کسی حرفش را نشنیده است. ولی ذوالفقار نمی‌دید که مشهدی محمد انگار سخنش را شنیده و لبخندی هم در قبول حرف ذوالفقار بر چهره‌اش ظاهر شده بود. مشهدی محمد لبخند بر لب داخل جمعیت به دنبال کلا در راه بود. وقتی مردم را می‌دید که با دیدن کلا سوار بر زین دوباره با چشم دیگری به او نگاه می‌کردند، خنده روی صورتش ظاهر شد ولی خودش هم نمی‌دانست خنده‌ی تمسخر بود یا رضایت. می‌دید که مردم یک دفعه دوباره عوض شده بودند و دوباره جلوی کلا خم و راست می‌شدند و سلام می‌دادند. دوباره درها و پنجره‌ها باز می‌شدند و مردم دوباره داشتند قهرمانشان را تماشا می‌کردند.

اسب کلا از خانه‌ها گذشت و از روی جوی آب پرید و به طرف صحرا می‌تاخت. آفتاب هم کم‌کم داشت پشت کوه‌های قلندر شورچه گم می‌شد. کلا به رودخانه رسید و به آب زد و در زمین‌های زراعتی و از وسط یونجه‌ها تاخت. مردم هم با دست پاچگی و اینکه نمی‌خواستند از کلا عقب بیافتند همه به آب رودخانه زدند. اسب کلا به بلندی مشرف به

رودخانـه رسـید. مردعلـی و مردم هم از گوشـه و کنـار سـرازیر شـده و بـرای رسـیدن بـه کلا مسـابقه گذاشـته بودنـد. کلا رسـید به چند متـری چند نفری کـه پـای پنـگ آب نشسـته بودنـد و پنـگ آب را کنتـرل می‌کردنـد.

پنـگ کاسـه‌ی بسـیار کوچکـی بـود کـه سـوراخـی وسـطش داشـت و این کاسـه‌ی کوچـک را داخـل کاسـه‌ی بزرگتـری کـه پـر از آب بـود می‌انداختند و آب کاسـه‌ی بـزرگ از سـوراخ تـه کاسـه‌ی کوچـک بـه داخـل آن تـراوش می‌کـرد و وقتـی کاسـه‌ی کوچـک از آب پـر می‌شـد و داخـل آب کاسـه‌ی بزرگتـر غـرق می‌شـد یـک پنـگ حسـاب می‌کردنـد و یک سـنگ پای کاسـه‌ی بـزرگ می‌انداختنـد کـه حسـاب پنـگ از دستشـان در نـرود. حسـاب و کتاب اینکـه چـه کسـی چقـدر سـهم آب بـرای زراعت داشـت بـه تعداد ایـن پنگ‌ها بسـتگی داشـت. خریـد و فـروش سـهم آب بیـن دهاتی‌هـا رایـج بـود. معمولا وقتـی کـه فاصلـه‌ی محلـی کـه پنگ قرار داشـت از کسـی که مشـغول آبیاری زمین‌هایـش بـود زیـاد بـود و صدا بـه او نمی‌رسـید، چند نفـری مابیـن پنگ و او بودنـد کـه بـا فریـاد به یـک دیگر خبـر داده و بالاخـره خبـر را برسـاندند به نفـر بعـدی کـه نوبـت آبش بـود. به هرحـال چند نفـری که پـای پنـگ نشسـته بودنـد و پنـگ را اداره می‌کردنـد تا نگاه‌شـان بـه کلا افتاد، خودشـان را باختـه و جمـع و جـور کردنـد.

خوشـحال هـم شـده بودنـد کـه کلا راهـش را عـوض کـرده و زده بـود وسـط گندم‌هـا و بـه طـرف رعیت‌هـای ملامحمود و کدخـدا رفته بـود. محمد کـه انتظـار دیـدن کلا را نداشـت وقتـی از دور چشـمش به کلا افتـاد از تـرس خـودش را باخـت و بیلـش را انداخـت و پا بـه فـرار گذاشـت. کلا به اسبش هـی کـرد و اسـبش از جـا کنـده شـد و از روی چنـد جوی آب پریـد و بالاخره خـودش را بـه محمـد رسـاند. محمد دسـتپاچه شـده و بـه التمـاس افتاد که مـن را ببخـش، مـن کاری نکـردم. کلا از اسـبش پایین آمد و محمـد را گرفت و بلنـد کـرد و چنـد تـا کشـیده‌ی محکـم تـوی سـر و صورتـش خوابانـد. چند

نفری بـه آنها رسیدند ولی وجـود حرکت و دخالـت را نکردند. کلا، محمد را داخـل چالـه‌ی آبـی انداخـت و بعـد بیلی را از دسـت یکـی از رعیت‌هـا گرفت و پایـش را گذاشـت روی سـینه‌ی محمـد کـه از چالـه بیـرون نیایـد و داخـل چالـه‌ی گلـی و پـر از آب نگهش داشت. بعد هم مشغول ریختـن گل و خاک روی او شـد. هـر چـه هـم کـه او دسـت و پـا مـی‌زد تا خـودش را نجـات دهد هیـچ فایـده‌ای نداشـت و زورش بـه کلا نمی‌رسـید و فقط هر جوری شـده بود سـر و دهنـش را از آب بیـرون نگـه داشـته بـود تا بتوانـد نفس بکشـد. خیلی زود چالـه پـر شـد و او زیـر گل و خـاک ناپدیـد شـد، بعـد هـم کلا رو کرد به طـرف جمعیـت کـه حـالا رسـیده بودند:

-     هرکه درش بیاره خودش رو می‌ذارم جاش...

مـردم هـم خـوب می‌دیدنـد کـه تمـام وجـود کلا را خشـم گرفته اسـت. چشـمانش دیگـر از عصبانیت چیـزی را نمی‌دیـد و عقلش از کار افتـاده بود. بـرای همیـن هـم هیچ‌کس جرأت حرکـت و دخالـت نداشـت، درثانـی حالا مـردم تفنـگ کلا را هـم کـه زیـر پالتویش روی شـانه چپش آویـزان بود خوب دیـده بودنـد. جمعیـت زیادی دور و بـر کلا را گرفته بودند و هـر لحظه به آنها اضافه هـم می‌شـد. مردعلـی هـم سـاکت نمانـده بود و بـا چوب دسـتی روی گل و خاکـی کـه روی محمـد ریختـه شـده بـود می‌کوبیـد و بـه طـرف مردم نوحه‌خوانـی می‌کـرد:

-     بیرونش بیارید کلا شلوارتون رو می‌کنه...

مـردم هـم نگـران بـه گل و خاک‌هایـی کـه محمـد زیرشـان دفن شـده بـود، خیـره شـده بودنـد. ولـی هیچ‌کس جرأت حرف زدن یا کمک بـه او را نداشـت. نمی‌دانسـتند کـه خفـه شـده اسـت یا نـه. کلا هم بـه اطـراف خیره شـده و دنبال ابوالقاسـم می‌گشـت. بالاخره مشـهدی محمد رسـید. خبر دفن شـدن محمـد بلافاصلـه بـه گـوش مشـهدی محمـد رسـید و او فوری دست بـه کار شـد و مشـغول کنـار زدن گل و خاک‌هـای روی محمـد شـد. ولـی

هیچ‌کس دیگر جرأت دخالت نکرده بود.

در همین احوال ابولقاسم از پشت تپه‌ی کوچکی پیدایش شد و چشمش به جمعیت افتاد. با دیدن جمعیت دوان دوان خودش را به آنها رساند و درحالی‌که بیلش روی هوا بلند شده بود تا دعوا کند، از لای جمعیت خودش را رساند به محل دفن شدن برادرش محمد. ولی وقتی چشمان ابولقاسم با آن هیکل گنده و سر به فلک کشیده، به چشمان کلا افتاد، رنگش را باخت و دعوا کردن از یادش رفت، بعد هم با دیدن محمد برادرش که حالا مشهدی محمد موفق شده بود حداقل سرش را از زیر گل و خاک بیرون بکشد تا بتواند نفس بکشد، بیل ابولقاسم پایین آمد و خورد توی زمین گلی و با عجله و نگران مشغول کنار زدن گل‌ها شد تا برادرش را که داخل گل‌ها خاک شده بود، بیرون بیاورد. ولی در حالی که کلا به ناسزا گویی ادامه می‌داد و پدر و مادر ابوالقاسم و ملامحمود و کدخدا را به باد ناسزاگویی گرفته بود؛ با گذاشتن پایش روی بیل ابولقاسم فرصت اینکه ابوالقاسم بیلش را از زیر گل‌ها بیرون بکشد را نداد. بعد هم قنداق تفنگ کلا بود که در هوا بالا و پایین می‌رفت و روی سر و صورت و کول ابوالقاسم پایین می‌آمد. با بالا و پایین رفتن تفنگ کلا، سر و صورت ابوالقاسم حکم گوشت‌های قصابی ریش ریش شده را پیدا کرده بود. طولی نکشید که هیکل گنده‌ی ابوالقاسم روی گل و لای دراز شد. سرتاسر جوی را آب و خون پوشانده بود. مشهدی محمد رفته و جلوی کلا را گرفت و او را کنار کشید:

- کلا داری می‌کشیش... گه خورد... غلط کرد... ولش کن...

و بعد هم رو به دیگران کرد و دادش بلند شد:

- پدرسوخته‌ها معطل چی هستید؟ بکشیدش بیرون تا خفه نشده...

مردم با داد مشهدی محمد جرأت پیدا کرده و شروع به کنار زدن گل و خاک از روی محمد شدند. مشهدی محمد هم جلوی کلا ایستاد و کلا هم که به مشهدی محمد خیلی احترام می‌گذاشت حالا فقط به ناسزاگویی

به زمیـن و زمـان مشغول بـود. هـر کس چیـزی می‌گفت. چند نفـری هم به کمـک ابوالقاسـم رفتنـد و او را از آب بیـرون کشـیدند. ابوالقاسم تـازه بـرادرش محمـد را دیـد کـه بالاخـره بی‌جـان از زیـر گل بیرونـش کشـیده بودنـد. نفس از هیچ‌کـس در نمی‌آمـد. ابوالقاسـم چهـار دسـت و پـا رفـت و افتـاد روی برادر مـرده‌اش و زار مـی‌زد و نفریـن آغـاز کـرده بـود. حـالا با مـرگ محمـد نفس از هیچ‌کـس در نمی‌آمـد و همـه سـاکت بودنـد.

در همیـن حـول و حـوش ملامحمـود و بـه دنبالش کدخدا سـر رسـیدند. عـده‌ی زیـادی هـم دنبالشـان بودنـد. ملامحمـود معطـل نکـرد، به طـرف کلا رفـت و بـا تـوپ پـر و تشـر صدایـش در آمد:

-    آخه مرد حسابی چرا زورگویی می‌کنی مگه اینجا هم گردنه است؟ مملکت قانون داره...»

هنـوز نطـق ملامحمـود ادامه داشـت کـه کلا با قنـداق تفنگـش محکم به سـینه‌اش کوبیـد. ضربـه‌ی کلا چنـان جانانـه و سـنگین بـود کـه ملامحمود عقب عقب هل برداشـت و توی جـوی آب دراز شـد. کلا عبـاس معطل نکرد و تفنگـش را روی سـینه‌ی ملامحمود گذاشت:

-    خیـال نکن که کلا پشـتش شکسـته... کلاعباس هنوز هم کلاعباسـه... حقـم رو خـوردی... اگر الان نمی‌کشـمت بـه خاطر اینه کـه حقـم رو از گلـوت بکشـم بیرون... جلـوی این مـردم باهات حجت می‌کنـم... با تو و کدخدا... مالـم رو پـس ندیـد، جونـت را مثل این بوگنـدو می‌گیرم... مـردم هنـوز سـاکت و لال بودنـد. جیـک از هیچ‌کـس درنمی‌آمـد. همه‌ی چشـم‌ها دوختـه شـده بـود بـه کلا که بـه طرف اسبش رفت و سـوار شـد بعد هـم از وسـط یونجه‌هـا و گندم‌هـا بـه سـمت بیابـان تاخت. بالاخـره صـدای زیرلبـی و بـدون خنده‌هـای همیشـگی مردعلی سـکوت را شکسـت:

-    کدخـدا و ملامحمـود مـال و منال کلا را بالا کشـیدند... خوب مالش رو پـس بدیـد کـه نزنـه بکشـتتون...

نطق مردعلی با حملـه‌ی چنـد نفـر کـه می‌خواسـتند خـوش خدمتـی خودشـان را بـه کدخدا و ملامحمود نشـان داده باشـند خامـوش و ناتمام ماند و طبـق معمـول چندتـا پس گردنـی و لگد محکم هـم نثار مردعلی شـد، ولی فایـده‌ای نداشـت و مردعلی همچنـان ادامـه می‌داد. بعـد هم از دسـت آن‌ها فـرار کـرد و دوان دوان بـه دنبـال کلا از جمعیـت دور شـد. مـردم، ملامحمود را از آب بیـرون کشـیدند و خشـکش کردنـد. بـا رفتن کلا دوبـاره جرأت مردم گل کـرد و هـر کـس نظری می‌داد و حرفـی می‌زد و نطقی سـر می‌داد.

تعـدادی از بچه‌هـای ده هـم دنبـال کلا راه افتـاده بودنـد و می‌خواسـتند بداننـد کلا چـه می‌کنـد و کجـا می‌رود. ولـی هـوا دیگـر تاریک شـده بود. کلا در تاریکـی و در تپه‌هـا بـالای ده گـم شـد و تماشـاگران هـم از تـرس جن‌ها، بـا تاریکـی هـوا با عجلـه راهی خانه‌هایشـان شـدند.

فصل ۱۵

وقتی که مردن یا زنده ماندن بر ای آدم تفاوتی ندارد...

ظلمـات شـب چـادر سیاهی بر سـر و روی ده شـورچه کشیده بـود. باد نسـبتاً شـدیدی درختهـای سـر به فلـک کشـیده‌ی صنوبرها را خم و راسـت می‌کرد. از ته کوچه‌ی خاکی و تاریک، سـواری آرام و بدون صـدا در سـایه‌ی دیـوار خانه‌هـا گـذر می‌کـرد. کمـی دورتـر سـوار دیگـری نشسـته بـر قاطری دنبـال سـوار اول آرام و سـاکت در کنار و در سـایه‌ی دیوارهـا در حرکت بـود. بـه نظـر می‌رسـید کـه هیچ‌کدام از جن‌های بـالای ده ترس و وحشـتی نداشـتند. پاهـای اسـب و قاطر از نمد پوشـانده شـده بـود ند و هیچ صدایی از حرکـت آنها شـنیده نمی‌شـد. اسـب سـوار، کنار دیـوار خانـه‌ای در تاریکی ایسـتاد. قاطـرسوار نزدیـک شـد و قاطرش را کنار دیـوار و در تاریکی نگه داشـت و افسـار قاطرش را بـه اسب‌سوار داد و روی قاطرش بلنـد شـد و از دیـوار کنار ایوان خانـه در تاریکی بالا رفت. قاطرسوار از روی دیـوار در حالی کـه از وزش بـآد بسـختی می‌ توانسـت تعادل خـودش را حفظ کند به طرف ایـوان خانـه رفـت و وارد ایوان شـد و در ظلمات شـب گم شـد. اسب‌سوار هم کـه افسـار قاطر را در دسـت داشـت، به راه افتـاده و رفت زیـر طاقی جلوی در خانـه و منتظـر مانـد. در خانـه بـا احتیـاط و آرام باز شـد و اسب‌سوار با قاطر و اسبش وارد شـد و در، پشـت سرشـان بسـته شد.

داخـل دالان خانـه تاریـک بود. بعد از چند لحظه اسب‌سوار از اسبش پاییـن آمـد و در تاریکـی از پله‌هـا بـالا رفـت و بـه ایوان بزرگ جلـوی اتاق‌ها

که به دشت مشرف بود، وارد شد. خودش را به در اتاق مشرف به ایوان رساند و با احتیاط آن را باز کرد و وارد اتاق شد و در را پشت سرش بست.

داخل اتاق تاریک بود. چشم، چشم را نمی‌دید. صدای صاحب خانه بلند شد:

- کی هستی پدرسوخته... بتول چراغ را روشن کن... یکی آمده تو اتاق...

- نکنه جن باشه...

- دزد... جن... چراغ را روشن کن...

صدای مرد هنوز در نیامده بود که خفه شد:

- خفه شو پدرسوخته‌ی دزد... جن آمده ببردت سر قبر بابای پدرسوخته‌ی دزدت... تا یک گلوله حرومت نکردم خفه شو... بتول در تاریکی دست و پا زنان قوطی کبریتی را پیدا کرد و کبریتی را کشید. از لرزش شعله‌ی نیمه‌جان کبریت خوب می‌شد فهمید که ترس و لرز تمام وجود بتول را گرفته است. بالاخره شعله‌ی لرزان کبریت فتیله‌ی چراغ را پیدا کرد و با روشن شدن چراغ، اتاق روشن شد. چشمان بتول، زن کدخدا، به کلا که لوله تفنگش را جلوی چشمان کدخدا گرفته بود و مثل کوهی پر از آتش و دود بالای سر او ایستاده بود، خیره شد. بتول از ترس همچنان که می‌لرزید گوشه‌ی دیوار چمباتمه زد و صدایش در صندوق سینه‌اش حبس شده بود. با دیدن کلا، بتول یک‌باره یادش افتاد که چادرش را بر سر ندارد و هر جوری شده بود، با ترس و لرز پارچه‌ای را در اطراف خود دست و پا کرد و انداخت روی سرش که جای چادرش را بگیرد. به نظر می‌رسید چادر سر کردنش مهم‌تر از جان خود و شوهرش کدخدا بود که از رنگ و روی پریده‌اش معلوم بود چیزی نمانده که شلوارش را هم خیس کند. کلا یقه‌ی کدخدا را گرفت و با یک زور کدخدا کف اتاق ولو شد. لوله‌ی تفنگ کلا داخل دهانش بود. کلا لوله

تفنـگ را کمـی بیشـتر بـه داخل دهـان کدخدا فشـار داد:

- پدرسـوختهی   نمـک نشـناس، نمـک منـو خـوردی، نمکدونـم رو
دزدیـدی... یـادت رفته پسـر محمـد ابراهیم، کـه کی کدخـدات کرد...
خاطـرت رفتـه چطـور کدخـدا شـدی... هنـوزم که هنـوزه شـلوار زنت
رو از مـال و منـال مـن پـاش میکنـی... خیـال کـردی کلا مـرده...
پدرسـوخته دنبـال امنیـه میفرسـتی کـه مـن رو بترسـونی؟... حـالا
امنیههـا کجـان کـه کمکت کنند... هان؟... بلنـد شـو پدرسـوخته، صـدا
ازت در بیـاد بـا یـه گلوله خـودت و زنت خلاصتون میکنـم... امنیههـا
چـی بردنـد؟ سـی جریـب زمین و سـی و شـیش تیکه قالـی و آن همه
پـول نقـد کجـا رفت؟ امنیههـا بردنـد؟ حـالا دزد کیـه پدرسـوخته؟
چقـدر بـه امنیههـا دادی؟ راسـتش رو بگـو؟

کدخـدا کـه هنـوز جـرأت نفـس کشـیدن نداشـت، بـا تـرس و لـرز حـالا
جلـوی کلا زانـو زده و مثل بچههـا بـه التمـاس افتـاد:

- کلا هرچـی میخـوای وردار و ببـر... قالـی میخـوای مال تو، ببرشـون...
زمینهاتـو هـم پـس مـیدم... غلـط کـردم کلا، خـر شـدم، نفهمیـدم.
هرچـی میخـوای ببـر... ملامحمود خرم کـرد و عقلـم رو دزدید... همه
رو ملامحمـود گرفـت... گفـت خمـس و زکاتـی اسـت کـه کلا تـا حالا
نداده...

صدای بتول زن کدخدا با التماس بلند شد:

- کلا؛ خدا عالمـه کـه این ملامحمـود زیر پـاش نشسـت و کدخـدا رو
شـیر کـرد و گولـش زد... هرچـی میخـوای وردار و ببـر...

- مـن فقـط حقـم رو میخوام... حقی کـه ازم به ناحق گرفتنـد... زمینها
را هـم پولـش را میدیـد... کجـا پولهارو قایـم کردی بیدیـن و ایمان،
کجا...؟

- به خدا قسم پولی ندارم، زمینها تو پس میدم...

- نـه پولـش رو می‌خـوام... صـندوقچه‌ت کجاسـت؟ گفتـم با من حقـه نکـن...

کـلا یقـه‌ی کدخدا را گرفت و مثل یک پر کاه کدخدا را به طرف اتاق کوچـک دیگـری کشـید و پرتـش کـرد در اتاقـی کـه گویا انبـاری بـود. بتول زنـش هـم بـه دنبالش وارد شـد. بعـد چـراغ را برداشـت و وارد انبـاری شـد. انبـاری پـر از خوراکی‌های دهـاتی بود. شیشـه‌های مربا و ترشـی، کیسـه‌های لپـه و باقـالا و لپـه، سـیب زمینـی و پیـاز همه‌جـا چیـده شـده بود. صـندوق چوبـی بزرگـی تـه انبـاری دیده می‌شـد. کلا بـه طرف صـندوق رفت و قفل صنـدوق را بـا قنداق تفنـگ شکسـت. در صـندوق را باز کرد و هر چه داخـل صنـدوق بـود بیـرون ریخت. کدخدا روی زمیـن نشسـته بـود و مثل گداهای سـامره التماس می‌کـرد. زن کدخـدا بالاخره با تـرس و لرز خـودش را به یک پیـت حلبـی رسـاند و روی پیـت رفـت و دسـتش را دراز کرد و یک کیسـه پر از لپه را کـه تـه یکـی از رفه‌هـای اتـاق بـود گرفت و به طـرف پایین کشـید. کیسـه از دسـتش رها شـد و از بـالای سـرش پاییـن افتـاد و در اثـر اصابت با زمیـن پـاره شـد و لپه‌هـا کـف انبـاری پخـش و پلا شـد. داخل لپه‌ها گوشـه‌ی دسـتمالی کهنـه نمایـان شـد. زن کدخدا دسـتمال را از داخل لپه هـا بیـرون کشـید و برگشـت بـه طـرف کلا و کیسـه را جلـوی او گرفـت و با تـرس و لرز و التماس:

- اگـر می‌خـواد طلاقـم بـده بـذار بـده... همیـن رو داریـم... بیشـتر از ایـن هـم نداریـم... خـدا عالمـه کـه همیـن رو داریـم... قالی‌هـات رو هـم می‌خـوای ببـر... هـرچـی می‌خـوای وردار و ببـر... زمین‌هاتـو هم مـن چشـم و گوشـم رو گرو می‌ذارم که می‌فروشـیم و پولـش رو پس می‌دیـدم... فقـط به تیغ ابوالفضـل قسـمت می‌دم بیوه سـرم نکـن... نفهمیـده... گـول ملامحمـود رو خـورده کلا... خدا عالمه بیشـتر از این نداریـم کلا...

کلا دستمال را گرفت و پول‌ها را از توی دستمال درآورد و توی جیبش گذاشت و به طرف کدخدا برگشت:

ـ   بلند شو و چارقد زنت رو سرت کن که بهت برازنده‌تره... بلند شو پدرسگ... قالی‌ها را جمع کن... به خداوندی خدا به همین زنت می‌بخشمت... قالی‌ها رو می‌برم... حساب و کتاب کن چقدر دیگه بدهی داری... دست و پا کن و بده به مشهدی محمد... همان جور که گفتم، مشهدی محمد نماینده‌ی منه و حساب و کتاب با مشهدی است... اگرم به زنت و یا مشهدی محمد و یا زن و بچه های من نگاه چپ بکنی برمی‌گردم و خونت رو می‌ریزم... بلند شو پدرسگ و قالی‌هارو جمع کن و جیکت در نیاد... بلند شو...

کدخدا بلند شد و کلا هم به دنبالش راه افتاد. زن کدخدا هم همین‌طور. از انباری وارد اتاق مهمان خانه شدند. نصف قالی‌های اتاق را رفیق کلا لوله کرده بود. قالی‌ها دو طبقه روی هم افتاده بودند. چندتایی هم تا شده کنار دیوار دیده می‌شدند. کدخدا و زنش معطل نکرده و مشغول به لوله کردن قالی‌ها شدند. کلا سه چهار تا از قالی‌های لوله شده‌ی کنار دیوار را زیر بغلش گذاشت و از جلوی در اتاق توی راه‌پله‌ها پرت کرد. قالی‌ها از روی پله‌ها سرازیر شد و سر خورد و پایین و داخل سالن خاکی جلوی پای رفیق کلا توقف کرد.

رفیق کلا داخل دالان چراغ زنبوری روشن کرده بود و دو تا الاغ‌های کدخدا را هم پالان کرده و داشت روی الاغ‌ها بار می‌زد.

کدخدا و زنش جلوی در اتاق بالای پله‌ها ظاهر شده و قالی‌ها را به پایین پرت می‌کردند. خلاصه کلا تمام قالی‌های کدخدا را جمع کرد و بعد کدخدا و زنش را به پایین پله‌ها آورد. چشمان کدخدا به قالی‌ها که همه بار پنج تا الاغ شده بودند و آماده رفتن بودند، افتاد. چادرشبی هم روی قالی‌ها کشیده شده بود که اگر کسی در جاده به آنها می‌رسید

نتوانـد ببینـد کـه بارهـا قالی‌انـد. الاغ‌هـا راه افتـاده و از دالان خارج شـدند. بعد هـم کلا رو کـرد به کدخـدا و زنش:

–   بریـد توی طویله پدرسوخته‌هـا...

کدخدا و زنش وارد طویله شدند. کلا رو کرد به زن کدخدا:

–   چارقد و شلوارت رو دربیار و بنداز بیرون...

صدای ضعیف و التماسانه کدخدا بلند شد:

–   مـرد حسـابی هرچـه می‌خواسـتی کـه بـردی دیگـه آبرومـون رو نبر... چارقـد و شـلوار زنـم رو می‌خـوای چـکار...؟

کلا، کدخدا را توی طویله هل داد:

–   می‌خواهـی خـودم شـلوارش رو در بیـارم تا چـو بیافتد و آبـروت چنان بـره کـه تنبـون زنـت بشـه قصـه‌ی عمـر کشـون؟...

زن کدخدا شلوار و چارقدش را درآورد و بیـرون انداخـت. کلا شـلوار و چارقـد را برداشـت و رو کـرد بـه کدخـدا و زنـش:

–   اگـر صـداتون دربیـاد چارقـد و شـلوار زنـت را می‌کنـم بالای علـم حسـینیه تـا آبـروت همه‌جا بـره... چو می‌نـدازم که زنـت رو بی‌عصمت کـردم... برمی‌گـردم و یـک گلولـه حرومـت می‌کنـم... نگاه چـپ به زن و بچـه‌ام بکنـی زنـت رو بی‌حرمـت می‌کنـم... زمین‌ها را هـم بفروش و حـق مـن رو پـس بـده به بچـه‌ام...

کلاعبـاس در طویلـه را بسـت و چفـت در را انداخـت و افسـار اسـبش را گرفت و از در خانـه کدخدا خارج شـد و در را پشـت سـرش بسـت.

شـب بـود و تاریـک. کلا بـه قافلـه‌ی الاغ و بارهـا رسـید. شانسـی کـه داشـتند بـه خاطـر تـرس از جن‌هـای بـالای ده، در کوچه‌هـا پرنده پـر نمی‌زد. حتـی امنیه‌هـا جـرأت بیـرون رفتـن را نداشـتند. رفیـق کلا هـم تـرس برش

داشـته بـود و در تـلاش بود هـر چه زودتر از ده شـورچه بیرون بزند. بالاخره از ده بیـرون زدنـد و در تاریکی شـب گمشـان زد.

❋ ❋ ❋

صبـح شـد و تاریکـی بـار دیگـر جایـش را بـه آفتـاب داد و ده شـورچه دیگـر بـار آفتابی شـده بـود. البته چنـدی بود که ده شـورچه سـاکت و حامل حـوادث زیـادی نبـود. امـا بـا پیدا شـدن دوبـاره‌ی کلا، بعـد از آن هـم قیبت دوبـاره هیجان و قصه‌سـرایی و غیبط شـروع شـده بود. خلاصه مـردم هر روز منتظـر حادثـه‌ی دیگـری بودنـد که خودشـان را سـرگرم کنند. البتـه کدخدا و ملامحمـود در غیـاب کلا بـه خیـال خودشـان جـای خالـی او را پـر کـرده بودنـد. حـالا آنها می‌خواسـتند مثل کلا آقا و همـه کاره‌ی ده باشـند. مدت‌ها بـود کـه اگـر چـه بـه ظاهـر نشـان نمی‌دادند ولـی در باطـن در حسـادت کلا می‌سـوختند. خصوصا ملامحمـود کـه کلا اجازه نمی‌داد نفس بکشـد و از کلا مثـل سـگ می‌ترسـید و بـرای همیـن هـم کینـه‌ی کلا را بـه دل داشـت، کدخـدا را هـم بـا حیله‌هایـش همـراه خـود کـرده بـود و بعـد از اتفاقـی کـه بـرای کلا افتـاده بـود، حـالا بـه خیـال خودشـان نوبـت آنها بـود که آقـای ده باشـند. چنـدی هـم بـود کـه از خوشـحالی در پوسـت خـود نمی‌گنجیدنـد و اگـر کـور هـم بودی بـاز می‌توانسـتی ببینـی و بفهمی کـه رفتار و کردارشـان عـوض شـده بـود. در نبـودن کلا حـالا چنـان باد بـه تنبانشـان افتـاده بود که اگـر بهشـان نزدیـک می‌شـدی بادشـان می‌بـردت. مـردم هم چندی بـود تمام آن همـه محبت‌هـا و مردانگی‌هـای کلا را پـاک فرامـوش کـرده بودنـد و حالا جلـوی کدخـدا و ملامحمـود خم و راسـت می‌شـدند.

ولـی ایـن روزهـا با پیدا شـدن سـر و کلـه‌ی کلا، در ده خفتـه‌ی شـورچه دوبـاره شـور و حـال دیگـری برپـا شـده بـود و انـگار همـه از خـواب بیدار شـده بودنـد و جنـب و جـوش همه‌جـا را گرفتـه بـود. حـالا با برگشـتن کلا و دیـدن او بـر زیـن اسـب دوبـاره خاطـرات گذشـته برای مـردم شـورچه زنده

شده بود و کلا و مردانگی‌هایش به یادشان آمده بود و دوباره کلا همه چیزشان شده بود. مردم تازه فهمیده بودند که کلا یک چیز دیگر بود و کدخدا و ملامحمود صد سال دیگر هم نمی‌توانند جای چنان جوانمردی مثل کلا را بگیرند. تازه فهمیده بودند که به کلا پشت کرده و از کلا و خودشان خجالت می‌کشیدند. بنابراین مردم شروع به جبران اشتباهات خودشان کردند. برای همین هم روز بعد از کتک کاری جمال پسر کلا برای همدردی و کمک به خاله زینب راهی خانه‌ی کلا شدند. اما فاطمه و جمال دختر و پسر کلا را دیدند که کنار جسد مرده‌ی مادرشان در خلوت اشک می‌ریزند. فهمیدند که انگار برای دلداری دادن به خاله زینب دیر شده است. طولی نکشید که سر و صدای آنها نصف ده را به خانه‌ی کلا کشاند و جسد خاله زینب را با تمام عزت و احترام بردند و خاک کردند. کدخدا در مراسم شرکت کرد ولی ملامحمود خودش را به مریضی زده بود. کدخدا و ملامحمود می‌دیدند که هر روز تعداد مردمی که به دیدن و کمک و دلداری فاطمه و جمال می‌روند زیاد و زیادتر می‌شود و برای همین هم کدخدا و ملامحمود از تغییر جهت مردم خوشحال که نبودند هیچ، خیلی هم دلگیر و ناخرسند بودند. هنوز کدخدا و ملامحمود چاره‌ای برای تغییر رفتار مردم به نفع خودشان پیدا نکرده بودند و امنیه‌ها هم هنوز پیدایشان نشده بود.

صبح روزی که کلا زهرش را شبانه به کدخدا ریخته بود ملامحمود تا ظهر منتظر کدخدا شده بود. آن روز قرار بود کدخدا خودش راهی شهر شود و پرس و جو کند که چرا امنیه‌ها آنقدر دیر کرده‌اند. البته قبلا چندین بار به امنیه‌ها گزارش داده بودند که کلا برگشته است. امنیه‌ها هم با رسیدن خبر فوری به ده شورچه ریخته بودند ولی هیچ نشانی از کلا دستگیرشان نشده بود. به نظر می‌رسید به خاطر همین بود که امنیه‌ها خبر برگشتن کلا را خیلی جدی نگرفته بودند ولی ملامحمود

بیکار ننشسته بود و کدخدا را وادار کرده بود که خودش راهی شهر شود و امنیه‌ها را خبردار کند. کدخدا هم تا باغ‌های وسط راه رفته و برگشته بود. حالا روز از نیمه هم گذشته بود، ملامحمود می‌خواست بداند که قضیه‌ی امنیه‌ها بعد از رفتن کدخدا به امنیه‌خانه به کجا کشیده است ولی هنوز از کدخدا هیچ خبری نبود. ملامحمود هم دیگر طاقت نیاورده و خشمناک راهی خانه کدخدا شده و در به در به دنبالش می‌گشت، ولی هرچه در زده و داد و بیداد کرده بود هیچ نشانی از کدخدا نبود که نبود. البته کدخدا و زنش هنوز در طویله زندانی بودند و نه جواب در کوبیدن ملامحمود را داده بودند و نه صدایشان درآمده بود. ملامحمود هم با تعجب راهش را گرفته و رفته بود. با آمدن ملامحمود و شنیدن صدای او کدخدا بالاخره به فکر افتاد که هر جوری شده باید در را باز و یا بشکند و از طویله بیرون بیایند. وگرنه در و همسایه‌ها نگران شده و به سراغشان می‌آمدند و در آن صورت پاک آبرویشان می‌رفت. تنها پسر کدخدا هم سربازی بود و دخترش هم شوهر کرده بود. کدخدا و زنش تک و تنها در خانه زندگی می‌کردند. بنابراین هرجوری بود کدخدا در طویله را شکسته و بیرون آمده بودند. بعد هم با عجله کمی آب به سر و صورتش زده و رفته بود سراغ ملامحمود که او بیشتر به پرس و جو ادامه ندهد و نفهمد که چه بر سر کدخدا آمده است. بیشترین ترسش هم از این بود که کلا شلوار و چارقد زنش را بالای علم حسینه کند و آبرویش را ببرد .

کدخدا بالاخره ملامحمود را جلوی بقالی کوچک ته ده پیدا کرده بود و یک جوری قانعش کرده بود که گاوش داشته می‌زاییده و گوساله در شکمش گیر کرده و بیرون نمی‌آمده و به همین خاطر در طویله‌ی عقبی بودند و صدای ملامحمود را نشنیده‌اند. ملامحمود هم دروغ کدخدا را قبول کرده بود. یکی دو روز بعد هم که ملامحمود دنبال گوساله‌ی تازه به دنیا آمده گاو کدخدا می‌گشت کدخدا دوباره یک دروغ دیگر تحویل

ملامحمـود داده بـود و گفتـه بـود کـه سـر زا مرده؛ ولـی چیزی کـه از آن روز به بعـد پـر واضـح بـود، ایـن بود کـه کدخـدا دیگـر مثل قبـل دنبـال قلدری نبـود و همیـن هـم باعـث ناراحتـی و نگرانـی ملامحمود شـده بود.

حـالا ملامحمود هـر فرصتـی کـه پیـدا می‌کرد بـه کدخدا غـر می‌زد و زیـر گـوش کدخـدا روضـه می‌خوانـد کـه او بایـد هر چـه زودتـر کاری کند که امنیه‌هـا برگردنـد و از کدخـدا گلـه می‌کـرد کـه چرا او سـاکت نشسـته اسـت. بـه او طعنـه مـی‌زد کـه ترسـیده و جا زده. از کدخـدا می‌خواسـت خـودش راهـی شـهر شـود و امنیه‌هـا را با خـودش بیاورد ولـی تلاش ملامحمود هیچ فایـده‌ای نداشـت. حـالا انگار کـه کدخـدا آدم دیگری شـده بود و فقـط تکرار می‌کـرد کـه مـلا فرسـتادم سـراغ امنیه‌هـا و آنهـا می‌آینـد و تکلیـف کلا را روشـن می‌کننـد. قانـون بایـد تکلیـف کلا را روشـن کنـد. ایـن بی‌علاقگـی تـازه‌ی کدخـدا و بی‌تفاوتـی‌اش به کلا، ملامحمود را بیشـتر و بیشـتر عصبانی کـرده بـود و چیـزی نمانـده بـود کـه ملامحمود بـا کدخدا دسـت بـه یقه هم بشـود. ملامحمـود نمی‌دانسـت بـر سـر کدخـدا چه آمـده ولی می‌دانسـت که حتمـا یـک اتفاقـی بایـد برایـش افتـاده باشـد کـه کدخـدا را این‌گونـه تـرس برداشـته اسـت. حـالا تمـام سـعی ملامحمود ایـن بود کـه بفهمد چـه اتفاقی بـرای کدخـدا افتـاده ولی انگار کـه کدخدا کر و لال شـده بود. خلاصـه، رفتار و کـردار کدخـدا ملامحمـود را هـر روز و هـر لحظـه بیشـتر نگـران می‌کـرد و خـواب را بـه چشـم ملامحمـود حـرام کرده بـود ولـی ملامحمود دسـت بردار نبـود و می‌خواسـت همـه چیـز برگـردد بـه همان منوالـی که قبل از برگشـتن کلا بـود و عـده‌ای چاپلـوس و مفت خور هم دور و برشـان جمع شـده بودند و همیـن هـم باعـث شـده بـود که بـه ملامحمود و کدخدا احسـاس خـود بزرگ بینـی هـم دسـت بدهـد و احسـاس خانـی و اربابـی کننـد. نقل مجلس شـده بودنـد و بـه خیـال خودشـان جـای کلا را گرفته‌اند.

در همیـن حـول و هـوش بـود کـه بالاخـره سـر و کلـه‌ی چندتـا امنیه

پیـدا شـد ولـی امنیه‌هـا بـا تعجـب بـرای اولیـن بـار متوجـه شـدند کـه کدخدا گـم شـده و او را نمی‌تواننـد پیـدا کننـد. طبـق رسـم و رسـوم آن روزهـا امنیه‌هـا کـه بـه ده می‌آمدنـد و دنبـال کسـی می‌گشـتند کدخـدا اولیـن کسـی بـود کـه آنهـا را ملاقـات می‌کـرد و معمـولا می‌رفتنـد بـه خانـه‌ی کدخـدا و چای و شـربتی می‌خوردنـد و بعـد کدخـدا آنهـا رو می‌بـرد بـه جایـی کـه بایـد می‌رفتنـد. ملامحمـود تـا خبـر آمـدن امنیه‌هـا را شـنید فـوری بـا سـلام و صلـوات بـه اسـتقبال آنهـا رفـت. ملامحمـود بی‌خبـر از ایـن بـود کـه کدخدا گمـش زده اسـت. بـرای همیـن هـم امنیه‌هـا بعـد از اینکـه کدخدا را پیـدا نکردنـد بـه خانـه‌ی ملامحمود رفتـه و آنجا لنگـر انداختـه بودند. درسـت صبح زود روز بعـد بـود کـه یـک دفعـه سـر و کلـه‌ی کدخدا پیدا شـد و بـه خانـه‌ی ملامحمـود رفـت و طبـق معمـول دروغ دیگـری سـاخت و تحویـل ملامحمود و امنیه‌هـا داد. کدخـدا می‌دانسـت کـه اگـر امنیه‌هـا بـه خانـه‌اش می‌رفتنـد و خانـه‌ی لخـت و عـورش را می‌دیدنـد، مجبـورش می‌کردنـد کـه زبان بـاز کند و در آن صـورت حکایـت کلا و بلایـی کـه کلا سـر کدخـدا آورده بـود فـاش می‌شـد و حکایـت کدخـدا بـاز در دهـن مردم می‌افتـاد و زندگـی‌اش را زیرورو می‌کـرد، در ثانـی امنیه‌هـا هـم خوشـحال‌تر بودنـد چـرا کـه از ملامحمود دل خوشـی نداشـتند می‌خواسـتند ملامحمـود را سـرکیسه کنند. امنیه‌هـا مثل مـردم خرافاتـی نبودنـد و از بهشـت و جهنـم هـم نمی‌ترسـیدند. ملامحمـود هـم هـر چنـد کـه داشـت دق می‌کـرد ولـی بـا این‌حال از چیـزی کوتاهی نکـرده و سـنگ تمـام گذاشـته بـود. از طرفـی هـم ملامحمـود می‌خواست تا امنیه‌هـا را ترغیـب کنـد کـه بـرای همیشـه شـر کلا را از سـر ده شـورچه کم کننـد. حتـی بـه سـرامنیه هـم کـه مـرد غریبـه‌ای بـود و تـازه بـه آنجا منتقل شـده بـود خصوصـی گفتـه بود کـه انعام خوبـی هم بـه او خواهـد داد. کدخدا می‌دانسـت کـه دلیـل عـوض شـدن سـرامنیه این بـوده کـه سـرامنیه‌ی قبلی سـرکار تیمورخـان، بـا کلا رفیـق بـود و نمی‌خواسـت کلا را دسـتگیر کنـد و

خودش هـم بـه همیـن خاطر تقاضـای انتقـال داده بـود. بـرای همیـن بود که همـه‌ی امنیه‌هـا غریبـه بودنـد و از کلا و اینکـه کلا کـی بوده خبری نداشتند.

خلاصـه بعـد از چنـد روز کـه امنیه‌هـا سـر ملامحمـود خـراب شـده بودند و از کلا هـم هیـچ خبـری نبـود، ملامحمـود بـا زیرکـی نقشـه انتقـال امنیه‌هـا بـه خانـه‌ی مشهدی محمـد را کشـید و بـدون اطـلاع قبلـی او، امنیه‌هـا را بـه خانـه‌ی او بـرد. کدخـدا و ملامحمـود بـه امنیه‌هـا گفتنـد کـه مشهدی محمد رفیـق و شـفیق کلا اسـت و اگـر سـر او خـراب شـوند و روی او فشـار بیاورنـد ممکـن اسـت کـه مشهدی محمد زبـان باز کند و جـای مخفـی کلا را لو بدهد. ولـی ایـن را نمی‌دانسـتند کـه مشهدی محمـد، مـرد کارکشـته و تـوداری بود و اگـر رگ گردنـش را هـم می‌زدنـد لـب بـاز نمی‌کـرد. مشهدی محمـد هم از هیچ‌چیـز کوتاهـی نکـرد و از امنیه‌هـا بهتـر از ملامحمـود پذیرایـی کـرد و ایـن بـرای ملامحمـود خیلـی گـران تمام شـد و کینـه‌ی مشهدی محمد را بیشـتر به دل گرفت.

خصوصاً کـه مشهدی محمد شانس ایـن را پیدا کرد که با سـرامنیه‌ها و در اصـل بـا امنیه‌هـا کـه همه غریبـه بودنـد و از حـال و روز کلا و گذشـته‌ی او خبری نداشـتند و نمی‌دانسـتند کلا کـی بـوده و چـه کار می‌کـرده خـوش و بش کند و از کلا و جوانمردی‌هـای کلا پیـش امنیه‌هـا تعریـف کند و همیـن باعث شـد کـه کم‌کـم امنیه‌هـا نظرشـان در مـورد کلا عـوض شـود و کار بـه جایی رسـید کـه دیگـر چنـدان اهمیتی هم بـه حرف‌های ملامحمـود و کدخـدا نمی‌دادند و ایـن امـر حـالا بیشـتر به کینـه‌ای که کدخـدا و ملامحمود نسـبت به مشهدی محمـد داشـتند، اضافه کرد.

❊ ❊ ❊

فصل ۱۶

وقتی دزد به دزد می‌زند...

شـب بـود و ظلمات. مـردم همطبق معمول از ترس جن‌ها در خانه‌هایشان حبـس شـده بودنـد. بـا خوابیدن مـردم، ده شـورچه حامـل حادثـه‌ی دیگری شـده بـود ولـی ایـن حادثه بـا بقیـه تفاوت زیادی داشـت. کدخدا و ملامحمود می‌دیدنـد کـه نقشه‌هایشـان بـا بـردن امنیه‌هـا بـه خانه‌ی مشـهدی محمـد نقـش بـر آب شـده اسـت. کدخدا به مشـهدی محمـد گفته بـود کـه امنیه‌ها خودشـان خواسـته بودنـد بـه خانـه‌ی او برونـد. کدخـدا از طلـوع آفتـاب تـا نیمه‌شب کـه دیگـر امنیه‌هـا می‌خواسـتند بخوابنـد، پیـش امنیه‌هـا بـود. ملامحمـود هـم شـب کـه می‌شـد بـه آنهـا می‌پیوسـت و همیشـه آخـر شـب بـا کدخدا راهشـان را می‌گرفتنـد و می‌رفتنـد بـه خانه‌هایشـان. اگـر هم یک شـب ملامحمـود پیدایـش نمی‌شـد، مشـهدی محمـد فـوری کسـی را دنبالش می‌فرسـتاد. مشـهدی محمـد مخصوصاً می‌خواسـت ملامحمود بیایـد و بـا چشـمان خـودش ببینـد کـه او چطـور از امنیه‌هـا پذیرایـی می‌کند تا کفر او را درآورد. در ثانـی مشـهدی محمـد می‌دانسـت کـه ملامحمـود و کدخدا مثل سـگ از جن‌هـا می‌ترسـند و مشـهدی محمـد هـم می‌خواسـت آن دو را بـا آمـد و رفـت شـبانه زجرکـش کند. بـرای همیـن تـرس از جن‌هـا، آخر شـب به محـض خـارج شـدن از خانـه‌ی مشـهدی محمـد چندیـن دعـا از زیـر یقه و کت و کـول ملامحمـود نمایـان می‌شـد. ملامحمود کـه سـنی هم از او گذشـته بود و مـرز شـصت سـالگی را ارد کرده بـود، از رفتن به خانـه‌ی مشـهدی محمد هم

نمی‌توانست شانه خالی کند چرا که اگر دیر می‌کرد یا مشهدی محمد دنبالش می‌فرستاد یا امنیه‌ها. خلاصه بساط عیش و نوش امنیه‌ها بر پا بود و هنوز هم خبر دزدیده شدن اموال کدخدا و اینکه چه بر سر کدخدا آمده به گوش هیچ‌کس خصوصاً ملامحمود و یا امنیه‌ها نرسیده بود. ملامحمود هم که کوتاه آمدن در مرامش نبود از هر فرصتی استفاده می‌کرد و به کدخدا غر می‌زد و او را ترسو می‌خواند. تا آنجا که گاهی وقت‌ها به جایی می‌رسید که ملا چنان عصبانی می‌شد که عنان اختیار از دستش درمی‌رفت و رفتار و گفتارش نسبت به کدخدا توهین‌آمیز هم می‌شد و البته که کدخدا هیچ چاره‌ای جز خاموش ماندن نداشت. او فقط روزشماری می‌کرد که سر و کله‌ی کلا باز پیدا شود و خدا خدا می‌کرد که سراغ ملامحمود برود و همان بلایی را که سر او آورده بود سر ملامحمود هم بیاورد و ملا را برای همیشه خفه کند و شرش را از سر کدخدا کم کند.

شب تاریک دوباره چادر سیاهش را بر بالین ده شورچه پهن کرده بود. چشم، چشم را نمی‌دید. نیمه‌های شب بود. کدخدا و ملامحمود طبق معمول همیشگی با ترس و لرز از جن‌ها، از خانه‌ی مشهدی محمد بیرون زدند. هنوز پای ملامحمود بیرون در گذاشته نشده بود که از ترس جن‌ها نگاهش به اطراف چرخید و دو دستی مشغول بیرون ریختن دعاهایی شد که به خودش آویزان کرده بود و قرآن کوچکی را هم از جیبش بیرون آورد و جلویش گرفت. کدخدا هم چراغی در دست داشت و یکی دوتا دعا بر گردن و چوب دستی‌ای در دستش داشت. هردو با ترس و لرز به طرف خانه‌هایشان در راه بودند. از دیدن سایه‌های خود هم وحشت به تن و جانشان می‌افتاد. ملامحمود با اینکه مثل سگ از جن‌ها می‌ترسید اما برای حفظ ظاهر به روی خودش نمی‌آورد و هی برای کدخدا روضه می‌خواند.

امـا در باطـن خودش بـه روضه‌خوانی خود هیچ اعتقادی نداشـت و چیزی نمانـده بـود که بـا حرکت غیر منتظره کوچکی شـلوارش را هـم خیس کند.

امـا بـرای اینکـه ذهنـش را از جن‌هـا منحـرف کنـد هـر شب در تمـام طـول مسـیر کلـه‌ی کدخـدا را می‌خـورد. البتـه آن شب هـم از شب هـای دیگـر مسـتثنی نبـود. ملامحمـود دوبـاره فرصتـی پیـدا کـرده بود تا کدخدا را در طـول راه سـر زنـش کـرده و بـه او یـادآوری کند که چقدر ترسـو اسـت. خلاصـه چشـم ملامحمـود بـه اطـراف و دنبـال دیـدن جن‌هـا بـود و دهـان و کلامـش در خدمـت زجـر و شـکنجه دادن کدخدا. دسـت بردار هـم نبود ولی هـر چـه می‌کـرد کـه کدخـدا را بـه حـرف بیـاورد کاری از پیـش نمی‌بـرد و انـگار کـه کدخـدا را سـحر و جـادو کـرده باشـند؛ او لـب از لـب بـاز نمی‌کرد. ولـی به نظر می‌رسـید آن شب کدخدا حواسـش چنـدان هم به ملامحمود و سـخنان طعنه‌آمیـز او نبـود و انـگار صـدای ملامحمـود به گوشـش نمی‌خورد. تمـام فکـر و ذکـر کدخـدا آن شب پـرت تاریکـی شـده بـود و خیـال می‌کـرد کـس یـا کسـانی و یـا چیـزی و یـا جن‌هـا داشـتند در تاریکـی آنهـا را دنبال می‌کردنـد. کدخـدا چنـد بار ایسـتاد و چـراغ زنبـوری کم‌نورش را بـالا گرفت و بـا نگرانـی و تـرس و لـرز تاریکـی اطـراف را وارسـی کـرد و همیـن رفتـار و کـردار کدخـدا بیشـتر تـرس بـه جـان و تـن ملامحمـود انداخت و او هـم به دنبـال کدخـدا همیـن کار را کـرد ولـی هیچ‌چیـز دستگیرشـان نشـد. صدای مـلا محمود بلند شـد:

- از چی می‌ترسی؟ به امام رضا توصل کن, خودش حفظت می‌کنه...

در همین احوال کدخدا رو به ملامحمود کرد و با صدای بلند داد زد:

- مـلا مـا هـر چـه در مـورد کلا کردیـم اشـتباه بـود و بایـد از خـدا طلب بخشـش کنیـم و از کلا هـم همین‌طـور... مـلا... کلا هرچـه کـرده اهل ایـن ده اسـت و از خودمـان اسـت و بـه مـا خدمـت کـرده...

بعـدش هـم کدخدا راهـش را جـدا کـرد و راهش را گرفت و بـا عجله به

طرف خانه‌اش راه افتاد. ملامحمود چند لحظه‌ای همین‌طور مات و مبهوت ایستاد و از تعجب نمی‌توانست بفهمد یا باورش شود که چه اتفاقی افتاده و چه از کدخدا شنیده است. ملامحمود در فکر ترس از جن‌ها بود و کدخدا از کلاعباس و بی‌گناهی او سخن گفته و برای اولین بار او را در شب تاریک تنها گذاشته و رفته بود. ملامحمود وقتی به خودش آمد که تاریکی شب کدخدا را بلعیده بود. حالا تاریکی شب بود و ملامحمود و ترس و لرز از جن‌ها و کلاعباس. در یک لحظه ترس چنان جسم و روح ملامحمود را گرفت که حتی جرأت قدم برداشتن را نداشت و حتی یادش رفته بود که به امام رضا متوسل شود. دوباره چراغ زنبوری را بالا آورد و به اطراف خیره شد و صدای یاخدا و یاعلی و دعا و ثنایش بلند شد. حالا خیال می‌کرد که در دل تاریکی شب شبح‌هایی را می‌دید که داشتند به طرفش حرکت می‌کردند. دیگر ته دلش خالی شد. با دعا و صلوات با عجله به راه افتاد و کم‌کم قدم‌هایش بلندتر و تندتر شد و بالاخره به دویدن به طرف خانه‌اش رسید. هر جوری بود ملامحمود خودش را به خانه رساند و ایستاد و اطراف را با احتیاط وارسی کرد. می‌ترسید در که باز شود جن‌ها به دنبالش وارد خانه شده و زیر دالان تاریک به او حمله کنند. دستش دراز شد تا در بزند ولی فوری دستش را عقب کشید و دوباره از ترس به اطراف خیره شد. در یک لحظه خیالاتی شد و خیال می‌کرد که جن‌ها را در تاریکی دیده است. اگر در می‌زد، جن‌ها صدای در را می‌شنیدند و به سراغش می‌آمدند. دوباره چندتا صلوات دیگر فرستاد. بعد با احتیاط خم شد و چندتا ریگ از زمین برداشت و به طرف پنجره‌ی طبقه‌ی دوم پرت کرد. بعد از چند لحظه چراغ کم‌نوری در اتاق روشن شد و زن مسنی در پنجره ظاهر شد:

–   ملا خودتی...؟

–   آره... جلد باش بیا در رو وا کن...

صدای ملا چنان با ترس و لرز و با احتیاط بود که ترس جان و تن زنش را هم گرفت. ملا از رقص نوری که از جدار در و از داخل دالان و پشت در پیدا شد، دانست که زنش چراغ به دست وارد دالان شده است:

-    جلد باش زن...

ترس ملامحمود بدون دلیل هم نبود. بهمحض اینکه چفت در افتاد و در هنوز باز نشده بود که شبحی از دل تاریکی شب ظاهر شد و ملامحمود چیزی را پشت گردنش حس کرد:

-    پدرسگ اگر صدات در بیاد یک گلوله حرومت می‌کنم...

ملامحمود را آنقدر ترس برداشته بود که حتی لوله تفنگ کلاعباس را که بر پشت گردنش نشسته و او را محکم به داخل خانه هول داد را حس نکرد فقط حس کرد که محکم به در خورد و در باز شد و او به داخل هول برداشت و به زنش خورد و هر دو چند قدمی آن‌طرف‌تر روی زمین داخل دالان ولو شدند. رقص نور چراغ دستی که از دست ملامحمود و زنش بیرون آمده بود با نشستن چراغ‌ها روی زمین افتاد. ملامحمود تا به خودش بیاید تفنگ کلا روی سینه‌اش قرار گرفت. بعد هم کلا رو کرد به زن ملامحمود که خودش را گوشه‌ی دیوار جمع کرده بود و از ترس به خود می‌لرزید:

-    زن ملا، من با تو کاری ندارم تا جایی که صدات درنیاد...

در همین احوال سه تا الاغ همراه مردان دیگری که نقاب به صورت داشتند وارد دالان شده و در را پشت سرشان بستند. زن ملامحمود حالا روی زمین نشست و از ترس کم مانده بود که سکته کند. او می‌دید که کلا، ملامحمود را مثل یک پر کاه از جایش بلند کرد و به طرف در طویله رفت. در را باز کرد و ملا را در طویله پرت کرد و در را بست:

-    نا ملای بی‌دین و ایمان دین فروش،حالا امامات کجاند که به کمکت بیاند... صدات در بیاد زن و بچه‌هات و خودت رو می‌کشم... زنت و

بی‌عصمت می‌کنم...

بعد کلا برگشت به طرف زن ملامحمود که مرد نقاب‌دار مواظبش بود:

- مادر گفتم که با تو کاری ندارم تا جایی که سر و صدات درنیاد... من فقط حقم رو از اون بی‌پدر و مادر می‌خوام و بعدش هم راهم رو می‌گیرم و می‌رم... حال خود دانی... اگر با زبان خوش گفتی که این شوهر پدرسوخته‌ات پول‌هاش رو کجا قایم کرده که هیچی و گرنه خودت و بچه‌هات و همه را می‌کنم توی طویله و همه را جلوی چشمات به آتیش می‌کشم...

در همین احوال دختر ملامحمود که سی و چند سالی هم داشت و سر و صدا را شنیده بود از پله‌ها پایین آمد. کلا فوری با اشاره لوله تفنگش او را هم در طویله پیش پدرش ملامحمود کرد و در را بست. بعد هم دوباره رو به زن ملا کرد:

- پس معطل چی هستی همشیره... بلند شو تا همه بنیادتون رو به آتش نکشیدم... معطل این هستی که چارقت خودت و دخترت و از سرتون بردارم و شلوار خودت و دخترتو بکنم و بالای علم حسینه کنم که آبرو براتون نمونه ...

زن ملا بلند شد و درحالی‌که از ترس و لرز توان حرکت نداشت از پله‌ها بالا رفت و هرجوری بود از چندتا اتاق تودرتو رد شد و خودش را به یک اتاقک کوچک رساند و رو کرد به کلا:

- هرچه داره توی آن کوزه پشت آن کوزه‌ای شیره و ترشی است...

زن ملا حالا تماشا می‌کرد که کلاعباس کوزه‌های ترشی را یکی‌یکی از داخل رفه برمی‌داشت و بعد از وارسی آنها کوزه‌ها به پایین پرت می‌شد و کوزه‌ها در اثر برخورد با زمین خورد و خاکشیر شده و محتویات آنها روی زمین پخش و پلا می‌شد. بالاخره کلا کوزه‌ای را که ملامحمود پول‌هایش را درون آن پنهان کرده بود را پیدا کرد و برداشت. بعد هم

هـر چـه قالـی و چیزهای قیمتـی در خانه‌ی ملامحمـود بود با کمـک رفیقش جمـع کـرد و بـار الاغ‌هـای خودشـان و چندتـا از الاغ‌هـای ملامحمـود کرد و الاغ‌هـا را از حیـاط بیـرون بردنـد. کلا قبـل از رفتـن ریـش ملامحمـود را هم زد و زن ملامحمـود را هـم بـه طویلـه انداخـت و شلوار و چارقـد زن و دخـتـر ملامحمـود را هـم گرفـت و بعـد از اتمام حجت با ملامحمـود و زنش در طویله را بسـت و چفـت پشـت در را انداخـت و از آنجـا بیـرون زد. بـه آنهـا گفته بود کـه اگـر زبانشـان بـاز شـود و لـب تـر کننـد و یـا بی‌احترامی به بچه‌های کلا بکننـد همـان بلاهایـی کـه بـه کدخدا گفته بود سـر آنها هـم در خواهد آورد و بـه همـه خواهـد گفت کـه زن ملامحمـود و دختـرش را بی‌عصمـت و بی‌آبرو کـرده و شـلوار و چارقـد آنها را بالای علم حسـینه خواهد کـرد و آنها را جلوی در و همسـایه و مـردم بی‌آبرو خواهـد کرد.

شـب انگار تاریک‌تـر شـده بـود. کلا از چندین قطعـه زمین کشاورزی و جـوی آب گذشـت و بالاخـره بـه پشـت خانه‌هـای ده رسـید. اسبش را کنـار دیـواری بسـت و در تاریکـی شـب، از یکی دوتا دیـوار کوتاه گذشـت و از چند کوچـه رد شـد بـه پشـت دیوارهـای کوچـه‌ای کـه بـه خانه‌ی مشـهدی محمد می‌خـورد، رسـید. از جـداره‌ی کوچکـی وارد کوچـه شـد و بـا عجلـه ولـی بـا احتیـاط خـود را بـه جلوی دکان مشـهدی محمد رسـاند. چند ریگ برداشت و بـه پنجـره‌ی اتـاق مشـهدی محمد کـه طبقه دوم بـود، زد. مشـهدی محمد خواب‌آلـود در قـاب پنجـره ظاهـر شـد و بیـرون را وارسـی کرد ولی کسـی را ندیـد. درسـت وقتـی کـه می‌خواسـت پنجـره را ببنـدد کلا از سـایه‌ی دیـوار بیـرون آمـد و بسـته‌ای را کـه در دسـتش داشـت بـه مشـهدی نشـان داد و گذاشـت زیـر یـک تختـه سـنگ کنـار در دکان، بعد هـم در تاریکی شـب گم شـد .

مشـهدی محمـد فـوری پنجـره را بسـت و بعد هـم بـا عجلـه کلاهـش را سـرش گذاشـت و عبایـی را هـم روی دوشـش انداخـت و بـا احتیـاط از اتـاق

بیـرون آمـد. آفتابـه‌ی پـر از آبـی را از ایـوان برداشـت و با احتیاط زیرچشـمی اتاق‌هایـی را کـه امنیه‌هـا داخل‌شـان خوابیـده بودنـد را خـوب وارسـی کـرد. می‌خواسـت مطمئن شـده باشـد کـه امنیه‌هـا خوابند یـا نه. همه جا سـوت و کـور بـود و پرنـده پـر نمی‌زد. بـه بهانه‌ی مسـتراح رفتـن کـه داخـل حص بود از پله‌هـا پاییـن رفـت و وارد حص شـد. ولـی هنوز زیـر چشـمی اتاق‌هایی را کـه امنیه‌هـا داخلـش خوابیـده بودند را زیر نظر داشـت. بعد هم وارد مسـتراح شـد. چنـد دقیقـه‌ای در توالـت معطـل کـرد و کمـی از آب آفتابـه را هـم در توالـت خالـی کـرد ولـی در تمـام مدت بـا احتیـاط از گوشـه‌ی در توالت همه جـا را وارسـی می‌کـرد تا مطمئن شـود امنیـه‌ای بیدار نباشـد. وقتـی خیالش راحـت شـد کـه خبـری از امنیـه نیسـت و همـه خوابیده‌انـد، از توالـت بیرون آمـد و بـا احتیـاط از دری کـه از طـرف حص بـه دکانش می‌خـورد وارد دکان شـد. مشـهدی محمـد با عجله دسـتمالی را برداشـت و روی کفـه‌ی ترازو پهن کـرد و مقداری چـای برداشـت و مقـداری هم قنـد داخل یک کاغذ گذاشـت و بعـد بـا احتیـاط از گوشـه‌ی در دکان دوبـاره حیـاط را وارسـی کـرد تـا از امنیه‌هـا خبـری نباشـد. بعـد فـوری در دکان بـه طـرف کوچـه را باز کـرد و با عجله بسـته‌ای را کـه کلا زیر سـنگ گذاشـته بود را برداشـت، وارد دکان شـد و زود در را بسـت و بسـته را در یـک پیـت حلبـی کـه آت و اشـغال داخلـش بود گذاشـت و رویش را پوشـاند. درسـت در همین احـوال برگشـت و دسـتمال روی تـرازو را برداشـت و قصـد خـروج بـه حیـاط را داشـت کـه چشـمش افتاد بـه سـرامنیه کـه در حیـاط آفتابـه به دسـت ظاهر شـده و به مشـهدی محمد خیـره شـده بود:

ـ   سرکار خواب‌زده شدی...؟

ـ   نـه مشـهدی خواب‌زده نشـدم... مـا خیـال کردیـم شـما خوابـزده شـدید...؟

مشـهدی محمـد اشـاره کـرد بـه دسـتمالی کـه قنـد و چـای را داخلـش

ریخته بود:

- سـرکار خوابـم نمی‌بـرد، گفتـم بیام یه خـورده قنـد و چایی بیـارم بالا
که سـور و سـاط فـردا صبـح جـور باشـه...

بعـد هـم از دکان بیـرون زد و در را بسـت و از پله‌هـا بـالا رفـت و وارد اتاقـش شـد. هنـوز خیالـش ناراحت بـود و از گوشـه‌ی پنجره، یواشـکی بیرون را وارسـی کـرده و دیـد کـه سـرامنیه هنـوز بـه طـرف اتـاق مشهدی خیـره شـده اسـت. بالاخره سـرامنیه راه افتاد و وارد مسـتراح شـد. مشهدی محمد همین‌طـور کـه بـه بیرون و بـه مسـتراح خیـره شـده بـود یاد کلا افتـاد. به ایـن فکـر می‌کـرد کـه کلا حالا چـه حـال و روزی دارد. می‌دانسـت کـه حالا چـاره ای نداشـت بایـد از سـایه‌ی خـودش هـم قایـم می شـد، چه برسد به امنیه‌هـا. مشـهدی محمـد می‌دانسـت کـه در بسته‌ای کـه کلا جا گذاشـته، بایـد پـول باشـد و کلا آورده تا مشـهدی محمـد به بچه‌هایش بدهد. حدسـش هـم درسـت بـود. ولـی خبـر نداشـت کـه کلا از کجـا پول‌هـا را آورده است. ولـی یـک چیـز برایش روشـن بـود و آن این بود کـه کلا را برای مـدت زیادی نخواهـد دیـد. می‌دانسـت بعد از آن شـب کلاعبـاس از ده شـورچه باید بیرون زده باشد.

چند روز بعد هم امنیه‌ها دمشـان را روی کولشان گذاشته و دسـت از پا درازتـر راهشـان را گرفتـه و دنبـال کارشـان رفتـه بودند. ازصبح آن روزی کـه کلا ناپدیـد شـد، بـرای مدت‌ها هیچ خبـری از ملامحمـود نبـود کـه نبود. انـگار آب شـده و رفتـه بـود زیرزمیـن. حتـی زن و بچه‌هایـش هـم چنـدان آفتابـی نمی‌شـدند. البتـه چـو انداختـه بودنـد کـه ملامحمـود رفتـه قـم بـه زیـارت حضرت معصومـه ولـی مشـهدی محمـد می‌دانسـت که ناپدید شـدن ملامحمـود بایـد کار کلاعبـاس باشـد. حتـی بعـد از مـدت زیادی کـه بالاخره یـک روز ملامحمـود بـا ریشـی کوتاه شـده آفتابـی شـد؛ دید کـه رفتـار و کردار ملامحمـود هـم مثـل کدخـدا زمیـن تا آسـمان فـرق کرده است و آنها دیگر

آدم‌های قبلی نیستند. مشهدی محمد حتم داشت که کلا باید زهرش را به هر دوی آنها ریخته باشد. یکی دو بار هم با طعنه چندتا حرف قلمبه، سلمبه هم نثار دوتایشان کرده بود ولی از آنها هیچ جوابی نشنیده بود.

٭ ٭ ٭

فصل ۱۷

وقتی خودت هم خودت را نمی‌شناسی....

شـب بـود و مهتـاب غم‌انگیزش و اسـب سـفیدی کـه سـرگردان و بی‌هدف قـدم برمی‌داشت. کلا روی اسـبش نشسـته و بـه دل مهتـاب غم‌انگیـز شـب خیـره بـود. بـه قـدری در فکـر و خیـال گم شـده بـود کـه انـگار نـه چشـمانش جایـی را می‌دیـد و نـه قلـب و روحـش می‌دانسـت کجاسـت و بـه کجـا می‌رود. انـگار ایـن اسـبش بـود کـه بـرای او تعییـن تکلیـف می‌کـرد. فقـط ایـن را می‌دانسـت کـه قبـل از رفتنـش جنس‌هایـی را کـه از خانه‌هـای ملامحمود و کدخـدا برداشـته بـود را آب کـرده و مقـداری خرجـی بـرای بچه‌هایـش پیـش مشـهدی محمد گذاشـته و شـبانه از ده شـورچه از سـوی سرنوشـتی نامعلوم بیـرون زده بـود.

حـالا امنیه‌هـا مسئله‌ی دزد بـودن کلا را دیگـر فرامـوش کـرده بودنـد. کلا حـالا گرفتـاری بزرگ‌تـری گریبان‌گیرش شـده بـود. کلا وقتی کـه خون را تـوی سـر و صـورت پسـرش دیده بـود دیگر عقلـش را از دسـت داده و محمد را کـرده بـود زیـر آب و گل. آب و گل هـم رفتـه بود توی حلقش و خفه شـده بـود. حـالا امنیه‌هـا درب‌به‌در به‌خاطـر کشـتن محمد دنبالـش بودنـد و البتـه مسلـم بـود کـه قتـل کـردن در آن دور و زمانـه هـم بزرگ‌تریـن جرم محسـوب می‌شـد.

کلا می‌دانسـت کـه دیگـر نمی‌توانـد در ده شـورچه یـا اطـراف آن آفتابـی شـود. حتـی اگـر هـم می‌توانسـت بایـد شب‌هنگام مثل دزدهـا از دیوار

خانه‌اش بالا برود تا بچه‌هایش را ببیند. اما دل و دماغ این کار را نداشت، چرا که با دیدن آنها خجالت زده و افسرده خاطر می‌شد.

یکی دو روزی در راه بود. هنوز شب به پایان نرسیده بود که صدای دل‌نشین رودخانه‌ی هیکل در دل صدای دلخراش آسیاب بابایوسف ناپدید شده بود و این صدای آسیاب بود که حالا داشت گوش اسب کلا را کر می‌کرد. کلا و اسبش پشت آسیاب قایم شده و کلا در فکر بود که چه کند. می‌دانست که بابایوسف باید داخل آسیاب باشد، ولی نمی‌دانست چه کس دیگری بار برای آسیاب آورده است. نمی‌دانست که خودی است یا غریبه. به‌هرحال نمی‌خواست بی‌گدار به آب بزند و یک دفعه خودش را لو بدهد یا اینکه برای بابایوسف مشکل ایجاد کند. حالا می‌دانست که همیشه باید احتیاط کند.

قبل از آمدن به آسیاب از دشت مشرف به خانه‌ی خاور هم رد شده و از دور خانه‌ی خاور را برانداز کرده بود ولی هیچ چراغی را روشن ندیده بود. با احتیاط و در تاریکی شب یکی دوتا ریگ هم به پنجره پرت کرده بود. ولی هیچ جوابی از کسی نگرفته بود. برای همین هم نگران شده بود. کلا حالا دلش گیر خاور بود و خاور را تنها دوست و یار و یاور روزهای تنهایی می‌دانست. فکرش را کرده و تصمیمش را گرفته بود. برگشته بود تا خاور را با خودش بردارد و ببرد جایی که هیچ‌کس نه او و نه خاور را نشناسد و آنجا سکنی کنند و با خاور پیر شوند.

صدای آسیاب یک‌دفعه کم و کمتر شد و آسیاب داشت از کار می‌افتاد. یکی دوتا از مشتری‌های داخل آسیاب و بابایوسف چند لحظه‌ای در تعجب بودند که چه اتفاقی باعث شده که آسیاب از کار بیافتد ولی با به کار افتادن دوباره‌ی آسیاب، مشتری‌ها خیالشان راحت شده بود، ولی فکر بابایوسف درگیر بود. بابایوسف می‌دانست آسیاب به خودی خود از کار نمی‌افتد و خود به خود هم دوباره راه نمی‌افتد.

می‌دانست کـه یـک نفر باید آب آسیاب را هرز رودخانه کرده باشد و باز جلویش را بسته باشد. بابایوسف اول مطمئن شد که در آسیاب قفل است و پشتش هـم خوب افتاده. شب‌ها در آسیاب را می‌بستند که یـک دفعه دزدی یـا گرگی غافل‌گیرشان نکند. بعد هم همین‌طور کـه در فکر بود، بـدون این کـه بداند چرا، به طرف اتاقک پشت آسیاب رفت و وارد اتاقک شد و از پنجره پشت بـه بیرون خیـره شـد. نگاهش در تاریکی به اسب سفیدی که پشت آسیاب و پشت دیـوار و دور از دیـد مردم بسته شـده بود، افتـاد. خوب نـگاه کـرد و بالاخـره کلا با نشـان دادن خودش خیال بابایوسف را راحت کرد. کلا یـادش نرفتـه بـود کـه چطـوری می‌توانـد بـه بابایوسف علامـت بدهـد که بیـرون منتظـر است. آبی را کـه داشت به آسیاب می‌رفت را بـه طـرف رودخانه هـرز کـرده بـود و آسیاب را چنـد دقیقـه‌ای از کار انداخته و بعدش هـم دوباره جلـوی آب را کـه بـه رودخانـه می‌ریخـت بسـته و آب را دوباره به طـرف داخل آسیاب برگردانـده بـود و آسـیاب هم دوباره به کار افتـاد بود.

٭ ٭ ٭

چنـد ساعتی از آمـدن کلا گذشـت. کلا ساکت و مات جلـوی پنجره‌ی اتاقک مشـرف به رودخانه نشسـته و به رودخانه خیره شـده بـود. چایی را کـه بابایوسـف برایـش ریختـه بـود را هـم هنوز لب نـزده بـود. بابایوسف هم گرم تعریـف بـود و از صدایـش معلوم بود که غم سنگینی تمام وجـودش را گرفته اسـت. بابایوسـف داشـت از بخـت بـد خاور و کلا می‌گفت. ولـی انـگار دیگـر صدای بابایوسـف بـه گـوش کلا نمی‌رسید و یـا این که نمی‌خواسـت برسـد و یـا این که کلا نمی‌خواست بیشـتر بداند و بشنود. هنوز نمی‌توانسـت باور کنـد که بابایوسـف گفت کـه خـاور را دیگـر نمی‌تواند ببینـد، چرا کـه چند مـاه پیش جسد خـاور را در یکی از کنده‌های ده مجاور ده هیـکل پیدا کرده بودنـد. کلا بعد از چندیـن مـاه دوباره به ده هیکل برگشـته بود کـه خاور را با خـودش ببـرد. بابایوسـف ادامـه داد و تعریف کـرد که چندی می‌شـد که خاور

را کشـته بودنـد و هیچ‌کس نمی‌دانسـت کار کیسـت. وقتی پیدا شـده بود که دیگـر جسـدش بـو گرفتـه بود. بعدش هم یواشکی جایی پرت خاکش کرده بودنـد و هیچ‌کس هـم نمی‌دانسـت کجـا. امنیه‌ها هم کـه بـرای تحقیق آمده بودنـد فقـط یکی دو روزی خـورده و خوابیده و بعدش هم راهشـان را گرفته و رفتـه بودنـد. مسـلم بـود کـه امنیه‌ها هم بـه خاطر اینکـه خاور در چشـم آنها هـم حکـم یـک زن هـرزه را داشـت و هیـچ کس و کاری هم نداشـت چندان اهمیتـی بـه اینکه سـر دربیاورند کی او را کشـته، نشـان نداده بودنـد. یکی دو نفـر کـه می‌توانسـتند در قتـل خاور دسـت داشـته باشـند هم سـبیل امنیه‌ها را چـرب کـرده بودنـد و بعـد هـم آنها راهشـان را گرفته و رفته بودنـد. البته هیچ‌کس نمی‌توانسـت انگشـت روی کـس معینـی بگـذارد. فقـط معلـوم بود کـه یـک جـوری خـاور را بـرده بودند در کنـده و کشـته بودنـد و یـا اینکه اول یـک جـای دیگری کشـته و بعد جسـدش را در کنـده انداخته بودنـد. خلاصه هـر کـس چیـزی می‌گفـت و نظری می‌داد، ولـی هیچ‌کس نمی‌دانسـت کدام قصـه حقیقـت دارد یـا شـاید هـم هیچ‌کدام درسـت نبـود و فقط مـردم طبق معمـول حدس می‌زدنـد. آنچـه مسـلم بـود، ایـن بـود کـه خـاور بـا رفتـار و کـردارش بـرای خـودش دشـمنان زیادی هم درسـت کـرده بود. یکـی دو روز بعـد از اینکـه جسـد خـاور را پیـدا کردنـد و خبر مرگـش به گوش مـادر پیر و علیلـش رسـید، او هـم از غصه سـنگ‌کوب کـرد مرد.

فصل ۱۸

وقتی اتفاقات روزگار باعث می‌شود تا با طبیعت یکی شوی...

ریـزش بـاران سـکوت بیابـان را برهـم زده بود و بـر بیابان حکومـت می‌کرد. بـاران بـا بـارش بی‌امانـش بـر سـر و صـورت کلا و اسـبش تازیانه می‌زد. اسـب کلا بی‌خیـال از تازیانـه زدن بـاد و بـوران و بـارش باران بر سـر و کولـش دوباره کلا را بی‌هـدف بـه سـوی نقطه‌ی نامعلوم دیگـری پیش می‌برد. صـدای ریختن بـاران بـر سـر و روی او حکـم آهنـگ دلنـوازی را داشـت کـه در گوش‌هایش نواختـه می‌شـد. هنـوز در فکـر خـاور و ده هیـکل بـود. در این فکـر بـود کـه چـه می‌توانسـت بـا مـردم هیـکل بکنـد، درحالی‌کـه هیچ‌کـس نمی‌دانسـت کـه چـه کسـی مسـئول قتـل خـاور اسـت. از آن هم کـه بگذریم کلا خودش یـک فراری بـود و بایـد از آن منطقـه و خطـه هـر چـه زودتـر می‌گریخـت. در ایـن فکر بود کـه شـاید مقصر مـرگ خـاور هم اوسـت. همیـن هـم جـان و تـن و ذهنش را آزار مـی‌داد. فکـر می‌کـرد کـه اگـر در زندگـی خاور آفتابـی نمی‌شـد و خـاور را بـه حـال خـودش می‌گذاشـت، خـاور هـم خاطرخـواه کلا نمی‌شـد و مـردم را بـه حـال خودشـان می‌گذاشـت و کمتـر توجـه مـردم را جلب می‌کرد و کشـته نمی‌شـد، ولـی اتفـاق افتـاده بـود و خاور آخریـن امیـد همدمی کلا هم از دسـت رفتـه بـود. کلا بعـد از شـنیدن خبـر ناگـوار مـرگ خـاور بـه نصیحت بابایوسف گـوش داد و تفنگـش را داخـل یـک پارچـه پیچیده و بـه سـر یـک طناب بسـت و داخـل یـک چـاه خشـک وسط بیابـان آویـزان کـرد. می‌دانسـت که داشـتن تفنـگ توجـه مـردم را جلب می‌کنـد و یـک روزی برایش دردسـر می‌شـود. بعد هـم راهـش را گرفت و بـه سـوی سرنوشـت نامعلومـش حرکت کرد. حـالا تنها

همــدم او اسبش بــود و طبیعت بی‌جـان ولی یاد آنچـه برایش اتفـاق افتاده بود و دختـر و پسـرش و آسـیه و سـگش و خصوصاً خـاور هیچ وقـت از دل و فکر و خیـال کلا بیرون نمی‌رفت.

❋ ❋ ❋

چنـدی گذشـت. دیگـر اواخـر پاییز بـود. پاییزهـای زیادی آمـده و رفته بودنـد. هنـوز هـم کـه هنـوز بـود کلا و اسـبش سـرگردان و آواره از نقطـه‌ای به نقطـه‌ی نامعلـوم دیگـری می‌رفتند. اسـب کلا دیگـر خسـته شـده بود. کلا هنـوز هـم نمی‌دانسـت کجاسـت و به کجـا مـی‌رود. آواره و دربه‌در شـده بود. دو سـه روزی می‌شـد کـه چیـزی نخـورده بـود. هیـچ اشـتهایی بـه خـوردن نداشـت. چشـمانش دیگـر بـه سـختی بـاز می‌مانـد. پلک‌هایش کم‌کم داشـت بـه هـم می‌چسـبید. در همین احـوال اسـب ایسـتاد. کلا سـرش را بلنـد کرد و از گوشـه‌ی چشـمانش کـه بـه سـختی می‌توانسـت آنها را بـاز نگـه دارد، خود را جلـوی امـام زاده ی کوچکـی دیـد کـه روی تپـه‌ای قرار داشـت. بـه اطراف نـگاه کـرد و مزرعـه‌ای و چنـد کلبـه‌ی دیگر هـم کمـی دورتر و اطـراف دیده مـی شـدند:

- سـلام علیکـم... بایـد غریبه باشـی و راه گـم کرده باشـی... آخه حالا که وقت زیـارت نیسـت...

صـدای ضعیـف پیرمـرد متولـی, کربلایـی نعمـت، کـه از امامزاده بیـرون آمـده بـود کلا را بـه خـود آورد. بعـد هـم بـه راهـش ادامـه داد. ولـی بعد از اینکـه چنـد قدمی برداشـت، ایسـتاد. برگشـت و بـاز کلا را مورد خطـاب قرار داد:

- حتمـی مریضـی و اومـدی شـفا بگیـری...؟ بـرو تـو امامـزاده... گرم‌تر از بیرونـه... یـه دعایـی هـم بخـون... آقـا کمکـت می‌کنـه...

بعـد هـم کربلایـی نعمـت متولـی، راهـش را گرفـت و رفت و در اتاقکی کـه چنـد صـد متـری بـا امامـزاده بیشـتر فاصلـه نداشـت، غیبـش زد. بعد از

غیـب شـدن کربلایـی نعمـت متولـی کلا برگشـت و دوبـاره بـه امامـزاده خیـره شـد. اسـب کلا بدون هیـچ دلیلی بـه طرف در امامـزاده رفت و زیـر طاقـی ایسـتاد. کلا بـه اطـراف خیـره شـده بود. انگار اسـب داشـت به کلا نـدا می‌داد کـه بایـد از پشتش پاییـن بیایـد. بالاخـره کلا از اسـب پاییـن آمـد. پاهایـش دیگـر طاقـت حرکت نداشـتند. روی سـکو نشسـت و بـه داخل امامـزاده خیـره شـد و در افـکار خـودش گـم شـد. سـکوت بـود و سـکوت. صـدای ضعیـف کربلایـی نعمـت متولی بـاز بلند شـد:

ـ   معلومـه کـه درد گرانـی داری... بیـا بـرات کمـی چـای و نـان و پنیـر آوردم... بیـا بریـم توامامـزاده آقـا شـفات مـی‌ده...

بعـد هـم کربلایـی نعمـت بـه او کمـک کـرد و او را بهداخـل امامـزاده بـرد. کلا بـا دردی گـران و ضعفـی کـه تمـام وجـودش را گرفتـه بـود و بـا دلی شکسـته بـه قبـر کوچـک وسـط امامـزاده خیـره شـد. امامـزاده را می‌شـناخت. کربلایـی نعمـت متولـی را هـم می‌شـناخت. بارهـا و بارهـا بـه آن امامزاده سـر زده بـود و کربلایـی نعمـت متولـی از او پذیرایـی کـرده بـود ولی گویا اسبش هـم بـه همیـن خاطر راه امامـزاده را بلد بود و یک راسـت او را آنجا بـرده بود. کربلایـی نعمـت متولـی بـه چشـمان کلا نگاه می‌کـرد. گمان می‌کرد کـه او را قبـلا یـک جایـی دیـده، ولـی قیافـه‌ی کلا آنقدر عوض شـده بود کـه کربلایـی نعمـت او را بـه جـا نمی‌آورد. سـر و صـورت کلا را ریـش و سـبیل و موهـای بلنـدش پوشـانده بـود. دیگـر از صـورت تراشـیده و موهـای سـیاه روغن‌زده‌ی کلا و لباس‌هـای نـو خبـری نبود. شـاید هـم به همیـن خاطر کربلایـی نعمت او را نشـناخته بـود. از طرفـی هـم کلا خوشـحال بـود که کربلایـی نعمت او را بـه جـا نیـاورده اسـت. به‌هرحـال کربلایـی خیال می‌کـرد که کلا مریض است و بـرای شـفا گرفتـن بـه امامـزاده آمـده اسـت. بـرای همیـن هـم بـه زور یک استکان چـای در حلـق کلا ریخـت و چنـد لقمه نـان و پنیر هم پشـتش به او خورانـد. کلا کـه دیگـر رمقی نداشـت کنار قبـر دراز کشـید و پلک‌هایش روی

هـم نشسـت و همـه چیـز برایـش تاریـک و تـار شـد. هنوز چشـمانش بسته نشـده بـود که از خسـتگی از هـوش رفت:

-   می‌دونسـتم مریضـی و اومـدی شـفا بگیـری... تـا صبـح آقـا شفات مـی‌ده ...

و بعد هم کربلایی نعمت متولی راهش را گرفت و بیرون رفت.

تاریکـی شـب همه‌جـا را فراگرفتـه بـود. ظلمـات بـر پهنـه‌ی کوهپایه‌ها و امام‌زاده چتـر سـیاهش را پهـن کـرده بـود. باد نسـبتا جانـداری وزیـدن آغاز کـرده بـود. کلا داخـل امـام زاده از هـوش رفتـه بـود ولـی در بی‌هوشـی هـم فکـر و خیـال کلا را راحت نمی‌گذاشت. حـالا کم‌کم بـرای بلاهایی که سـر مـردم ثروتمنـد درآورده بـود، احسـاس گنـاه و ندامت می‌کرد. کشـتن محمد بسـیار رنجـش مـی‌داد و از درگاه خداونـد طلـب بخشـش می‌کـرد. بـرای کلا کـه آزارش بـه مورچـه هم نرسـیده بود بسـیار سـخت بود که خـودش را قاتل بداند.

حـالا در خلـوت خـودش و وقتی کـه تک و تنهـا در کوهپایه‌ها و بی‌هدف جلـو می‌رفت بیشـتر فکـر و خیـال بـه سـراغش می‌آمد یـا در شـب‌های تاریـک کـه تـک و تنهـا بـود، وقـت زیادی بـرای فکر کردن داشت. حـالا فقط بـه خـاور و خانـواده‌اش و اینکـه آیـا دزدیـدن مـال مـردم و تقسـیم مال‌هـای دزدی بیـن فقرا درسـت بـود یا غلط فکر نمی‌کرد، حالا او خودش را مسـئول قتـل می‌دانسـت. فکـر می‌کـرد که یـک روزی اگر خدایـی وجود داشـته باشـد، کلا بایـد در مقابـل قانـون می‌ایسـتاد و جواب پـس می‌داد. خیـال می‌کرد که چشـمان عقلـش کور شـده بود و خشـم و نفرت همـه‌ی وجـودش را فراگرفته بـود. همیـن هـم باعـث شـده بود کـه آدم بکشـد. حالا غـم کلا کم که نشـده بـود هیـچ، بلکـه بیشـتر هـم شـده بود. حـالا بـا اینکـه نمی‌دانسـت چه کسـی زیـر قبـر خوابیـده و چـرا، بـه او متوسـل شـده و کمـک می‌خواسـت بـدون اینکـه خـودش هـم بدانـد دسـت بـه دامـان امام‌زاده شـده بـود و از امامزاده

می‌خواست کـه بیـن او و خـدا واسـطه شـود و از خـدا بخواهـد گناهـان او را ببخشد .

کلا پـاک از هـوش رفتـه بـود طوری‌کـه حتی متوجه نشـده بـود، کربلایی نعمـت لحـاف مندرسـی را روی او کشـیده بـود تا از سـرما یخ نزند. کلا حتی در عالـم بی‌هوشـی در ذهـن و فکـرش بـه قبر نگاه می‌کـرد. دوباره و سـه‌باره در دلـش عاجزانـه طلـب کمـک می‌کـرد. از آقـای زیر قبـر می‌خواسـت کـه پیـش خـدا و پیغمبـر ضامن شـود تا خـدا گناهانش را ببخشد.

❊ ❊ ❊

آفتـاب از کنـاره‌ی کـوه بیـرون زده بود و بـر بدنه‌ی صخره‌هـا و بیابان پهن شـده و زیبایـی‌اش را به تماشـا گذاشـته بـود. کربلایی نعمت متولـی از اتاقک کنـار امامـزاده خـارج شـد و بـه طـرف امامـزاده راه افتاد. در دسـت لرزانـش سـینی کوچکـی دیـده می‌شـد کـه یـک قـوری چـای و کمـی نـان و پنیـر داخـل آن بـود. بـه امامـزاده رسـید و داخـل شـد. هنـوز صلواتش تمام نشـده صدایـش بنـد آمد و یـادش رفت که صلواتـش را تمام کند. در جسـتجوی کلا نگاهـش بـه اطـراف چرخیـده بـود ولـی هیچ خبـری از کلا نبـود که نبـود. از امامزاده بیرون زد و سـینی را روی سـکوی جلوی در امامزاده گذاشـت و رفت بـه طـرف طویله‌ی کوچکـی کـه کنار امامـزاده بـود. نگاهـی به داخـل طویله انداخـت. خبـری از اسـب کلا هـم نبـود. کربلایـی برگشـت جلوی امامـزاده و روی سـکو و کنـار سـینی نشسـت و پاک در فکـر فرو رفت. بعد هم چشـمش افتـاد بـه سـینی. سـینی را جلو کشـید و لقمـه‌ای گرفـت و قبـل از اینکه لقمه را در دهانـش بگـذارد رو کرد بـه سـنگ قبـر داخـل امامزاده:

- 	می‌دونسـتم شفاش می‌دی...

❊ ❊ ❊

فصل ۱۹

وقتی نور به دل راه بیابد... بی‌اختیار دل را مست و خمار و فارغ می‌کند.....

هـوای نسـبتاً ملایـم و فرح‌بخشـی بـود. برگ‌هـای تـازه و شـکوفه‌های بهاری چنـان زیبایـی و جلایـی بـه درخت‌هـا داده بـود کـه هر آدمـی را از خود بی‌خـود می‌کـرد. کلا کنـار قهوه‌خانه‌ای سـر جوی آبی دور از جماعت نشسـته و بـه جـاده و مردمـی کـه جلـو و داخل قهوخانـه نشسـته و مشـغول خوردن و بذله‌گویـی بودنـد، نـگاه می‌کـرد. گاهـی وقت‌هـا خـودش هـم نمی‌دانسـت کجـا لنـگر انداختـه و بـه کجا می‌رود و به کجا رسـیده اسـت. حسـاب و کتابِ زمـان و مـکان از دسـتش در رفتـه و دیگـر اصلا معنـی و مفهومـی هـم برایش نداشـت. فقـط ایـن را می‌دانسـت کـه چندیـن پارچـه آبـادی از ده شـورچه دور شـده اسـت. بدتـر از همـه پول‌هایـش هـم تمـام شـده و یـک هفتـه‌ای می‌شـد کـه غـذا نخـورده بـود. کلا در یک شـب تاریـک بارانی به ده شـورچه سـری زده بـود و از سـوراخ مخفـی پشـت خانـه‌اش یواشـکی وارد خانه شـده بـود تـا بچه‌هایـش را ببینـد. خانـه خالـی بـود و در آن مگـس هـم پـر نمی‌زد. نمی‌دانسـت چـه بـر سـر دختـر و پسـرش آمـده و بعـد هـم سـراغ مشـهدی محمـد رفتـه و هـر چـه در باران بـه پنجـره‌ی اتاق مشـهدی محمد ریگ پرت کـرده بـود از مشـهدی محمـد هم خبری نشـده بود. حالا بیشـتر نگران شـده بـود ولـی چـه می‌توانسـت بکنـد. آخـر سـر هم راهـش را گرفتـه و رفتـه بود. دیـدار آخـرش از ده شـورچه و غیبت خانواده‌اش و ندیدن مشـهدی محمد

غمش را سنگین‌تر هم کرده بود. حالا هم حدود ده سالی می‌شد که از خانواده‌اش خبری نداشت. یک‌جور حالت افسردگی به او دست داده بود که گاهی از خودش هم بدش می‌آمد. چندین بار هم رفته بود سراغ کار ولی کسی او را نمی‌شناخت که به او کار بدهد. بالا بودن سنش هم برایش دردسر شده بود و هر کس کارگر احتیاج داشت ترجیح می‌داد از جوان‌ترها استفاده کند. حالا هر چه زمان می‌گذشت حال و روز کلا بدتر می‌شد و بیشتر در خود فرو می‌رفت. از زندگی بیزار و افسرده خاطر شده بود. چندباری هم خیال خودکشی به سرش زده بود ولی آخر کار جرأت کشتن خودش را نکرده بود. هیچ‌کس را هم نمی‌شناخت که برود و کمک بگیرد. تازه اگر هم می‌شناخت او کسی نبود که به هر کس و ناکسی رو بزند و بگوید که گرسنه است. یک عمری با تکبر و غرور زندگی کرده بود.

یادش آمد که همین چند وقت پیش بود که وقتی در بیابان به کنگرهای تازه در آمده خیره شده بود، یاد اسبش افتاده بود. یادش افتاده بود که تنها همدم باقی مانده از روزگار گذشته‌اش، یعنی اسبش را در یکی از کنده‌ها که شب در آنجا سر کرده بود مار زده بود و اسبش هم جلوی چشمش باد کرده و مرده بود. یادش نرفته بود که با چه زحمتی اسبش را کشیده بود در یک چاله و رویش را با خاک پوشانده بود. فکر می‌کرد اگر اسبش را مار نزده بود حالا داشت کنگرها را می‌خورد ولی حالا این کلا بود که به جای اسبش مشغول خوردن کنگرها بود تا شکم گرسنه‌اش را کمی سیر کرده باشد.

خلاصه حالا کلا همه کس و همه چیز را از دست داده بود و تنها و آس و پاس شده بود. حالا شکل و شمایل درویش‌ها و گداها را به خودش گرفته بود و این به او کمک می‌کرد که خودش را از دید همه مخفی کند. می‌دانست که با شکل و شمایل درویشی و گداها راحت‌تر در

مسجدها، حسینه‌ها و کنده‌ها، کنار چوپان‌ها و در بعضی از قهوه‌خانه‌های سر راه شب‌ها به او پناه می‌دادند. کلا در فکر و خیال گم شده بود. فکر می‌کرد این‌جور وقت‌ها است که آدم خوبی‌ها و بدی‌ها یادش می‌آید. آدم‌های باخدا و بی‌خدا و بامعرفت و بی‌معرفت و رفیق واقعی را از آدم‌های چاپلوس و آب زیر کاه تشخیص می‌دهد و می‌شناسد. چقدر برای کلا غم‌انگیز بود که از آن همه موج آدم‌ها و دوست و رفیق‌ها شاید حتی یک نفر هم دیگر برای کلا تره خُرد نمی‌کرد. می‌دید که همه یک‌دفعه چقدر رنگ باخته و عوض شده بودند. در این میان فقط مشهدی محمد دکان دار بود که در روزگار سخت کلا قابل اطمینان بود و نشان داد که رفیق و شفیق واقعی اوست. حالا کلا آواره شده بود و دوره گرد. روز و شبش را نمی‌دانست کجا باید سر کند. به هیچ‌کس هم نمی‌توانست اطمینان کند. جا و مکان بخصوصی هم نداشت و در عمرش هم کار نکرده بود. حالا حتی اسم خودش را هم باید یادش می‌رفت و نمی‌توانست بگوید کیست و از کجا آمده است. خانه و کاشانه‌ی کلا شده بود قهوه‌خانه‌ها، مسجدها، امامزاده‌ها، حسینه‌ها و کنده‌های بیابان، پیش چوپان‌ها و همدم بودن با گوسفندها. هر جایی هم که سایه‌ی امنیه‌ها را می‌دید انگار که جن دیده باشد فوری راهش را عوض می‌کرد و از سر راه آنها دور می‌شد.

کلا خیره به دود قلیان مشتریان بود که در هوا می‌پیچید و بالا می‌رفت و درست مثل سرنوشت خود او، رقصان در آسمان گم می‌شد. خیلی دلش می‌خواست یک سَری بکشد. تازه درد و رنج آوارگی را می‌چشید. در خودش غرق بود که صدای حسین‌علی‌خان از دور بلند شد. سرش را بلند کرد و او را دید که از دور می‌خواند و می‌رقصد و به طرف قهوه‌خانه می‌آید. سعی کرد خودش را از دید او مخفی کند. حسین‌علی‌خان گدای دوره‌گردی بود که از محلی به محل دیگری می‌رفت و خیلی خواهان

داشــت. می‌خوانـد و می‌رقصیـد ولی آواز و رقصش حـال و هوای خاص خودش را داشــت. رفتـار و گفتـارش در عیـن حال کـه خنده‌دار بـود، همـه در حکم اندرز هـم بـود. به‌هرحال همه دوسـتش داشـتند. زن‌هـا و مردهـا و خصوصاً بچه‌هـا با دیدنش خوشحال می‌شـدند. با نزدیک شـدن حسـین‌علی‌خان، کلا خـودش را جمـع و جـور کرد و لبـه‌ی کلاه کهنه‌اش را کشـید روی صورتش و بـه بهانـه‌ی اینکه سـردش اسـت، یقـه‌ی کت منـدرس‌اش را تـا زیـر چانه بالا زد و پشـتش را کـرد بـه طـرف حسـین‌علی‌خان کـه او را در این وضع و حال و آوارگـی نبینـد و نشناسـد. می‌دانسـت اگـر بلنـد شـود و راه بیافتـد، حتماً او را می‌دیـد و می‌شـناخت. کلا داشـت از خجالـت آب می‌شـد و دعا می‌کـرد کـه او را به‌جا نیـاورد. حسـین‌علی‌خان بـه جلـوی قهوه‌خانـه رسـید. بعد هم اطـراف را وارسـی کـرد و چشـمش بـه پشـت کلا افتـاد. رفـت و کنار و پشـت کلا لـب تخـت نشسـت. صـورت کلا را نمی‌توانسـت ببینـد. هنوز ننشسـته بود کـه شـاگرد قهوه‌چـی یـک چای جلـوی او گذاشـت. خان چـای را برداشـت و بلنـد شـد و رفـت و کنـار کلا لـب جـوی آب نشسـت و بعـد هـم چای را بـه طـرف کلا بـرد:

ـ   تـا ارباب ما میـل نکنند به ایـن گدای نیازمنـد که چایی نمی‌چسـبه... سـلام ارباب...

حـالا کلا از هـوش و ذکاوت حسـین‌علی‌خان یکـه خـورد و در حیرت بود کـه چطـور او را از دور شـناخته اسـت. کلا آنقدر قیافه‌اش عوض شـده بود که اگـر خـودش هـم در آینه خـودش را می‌دید، نمی‌شـناخت؛ در ثانـی او صورت کلا را ندیـده بـود و بـا این حال کلا را از پشـت شـناخته بود. کلا نمی‌دانسـت کـه چقـدر در مـورد کلا می‌دانـد و هنـوز سـعی داشـت ظاهـر را حفـظ کند. بالاخـره بـا صـدای آرام خطاب بـه او گفت:

ـ   سلام از ماست مرد خدا... معلومه دلت پاکه... من خودم هم اگر بودم خودم رو نمی‌شناختم... آن هم از قلب پاکته...

خان به کلا نزدیک‌تر شد و چای را به دست کلا داد:

- کلا حرف مـردم فقـط حرفـه... حجـت کـه نیسـت... تـو دفتـر و دل ما
کلا، تـو هنـوز هـم مشـدی هسـتی و آقـا... چاییـت رو بخـور... آدم اگر
همه جوریش را نبینه و سـختی و خوشـی را نچشـه کـه آدم نمی‌شـه...
نگـران نبـاش آنکـه بنـده داده آب و نانـش را هـم می‌ده و گرنه بنده
را نمی‌داد... در ثانـی کلا از کجـا کـه حکمتـی در ایـن کار نباشـه و
خیـری دنبالـش نباشـه... کلا بـه ایـن فکر کـن کـه شـاید خـدا برای
امتحـان بنـدگان خـودش سـختی و بدبختـی بـه اونها هدیه می‌ده...
بـه ایـن فکـر کن کـه از طریـق این سختی‌هاسـت کـه ما بـه خودمون
و اعمـال خودمـون و خـدا و بنده‌هـای خـدا فکر می‌کنیـم و بـد رو از
خـوب می‌شناسـیم... بـه ایـن فکـر کـن کـه اگر خـدا همیشـه نعمت و
آسـایش بـه بندگانـش می‌داد اونهـا را کمتـر از بقیه دوسـت داشـت...
چـرا کـه نـاز و نعمـت بسـیاری از بندگان خـدا رو گمراه می‌کنـه... غرور
بی‌جـا بـه اونهـا می‌ده... اونجاسـت کـه ایـن بنـدگان گمراه چنـان در
غـرور و تکبـر خـود گم می‌شـن کـه از خـود و بندگان خـدا و خود خدا
بی‌خبـر و بریـده می‌شـن... گاهـی هـم بـه جایـی می‌رسـن کـه ادعای
خدایـی می‌کنـن... کلا بـه ایـن فکـر کـن کـه از طریق این سـختی‌ها و
مشقت‌هاسـت کـه مـا بـه آزادگـی می‌رسـیم و مجبـور می‌شـیم کـه به
خودمـون فکـر کنیـم و خودمـون رو بشناسـیم... کـه کـی هسـتیم و چه
کردیـم و چـه کار می‌کنیـم... و بـه خـدا نزدیـک می‌شـیم... کلا به این
فکر کـن کـه بهترین هدیـه‌ی خداوند زمانیـه که به بندگانش سـختی
و مشـقت عطا می‌کنه...

کلا بـا شـنیدن حرف‌هـای حسـین‌علی‌خان یکـه خـورد. هیچ‌وقت خـان
را بـه ایـن فهمیدگـی ندیـده و نشـناخته بـود. برایـش تازگی داشـت. مثل این
بـود کـه خـدا خـان را فرسـتاده تا حـال کلا را از ایـن رو بـه آن رو کند. آمدن

ناگهانـی خـان در زنـدگی کلا درسـت مثـل این بود کـه خدا دکتـر و دوا برای التیـام روح و روان کلا فرسـتاده باشـد. کلا خـودش هم نمی‌دانسـت چرا. فقط می‌دیـد کـه بـا پیـدا شـدن حسـین‌علی‌خان آرامش تمـام وجـودش را گرفت. کلا بـا حرف‌هـای خـان جانـی تازه گرفت، خـودش را جمـع و جـور کـرد و مشغول خـوردن چـای شد.

قهوه‌چـی چـای دیگـری آورد و جلـوی حسـین‌علی‌خان گذاشت. با دیدن دوبـاره‌ی حسـین‌علی‌خان حـالا کلا خیـال می‌کـرد یک دوسـت دیگـر هم در ایـن دنیـا دارد کـه از او خبـری نداشـته است. فکر می‌کـرد گاهـی وقت‌هـا روزگار چـه بازی‌هـا کـه بـا آدم نمی‌کنـد. به این فکـر می‌کرد کـه در هر بازی روزگار حکمتـی اسـت کـه مـا انسـان‌ها بـد را از خـوب بفهمیـم. بـرای اینکـه دوسـت را از دشـمن تشخیص بدهیم. حالا پاک ذهن کلا مشـغول شـده بود. اصلـا بـه عقلش خطـور نمی‌کرد کـه روزی از میان آن‌همـه آدم رنگ و وارنگ فقـط دو نفـر پیـدا کنـد کـه بـه آنها اطمینـان کند و بـرای روز نیـاز به دردش بخورنـد. تازه یکـی از آنهـا هـم گـدای دوره‌گردی باشـد که با مسـخره کردن خـودش مـردم را می‌خنداند و دل آنها را شـاد می‌کـرد. کلا حـالا می‌دید که ایـن گـدای دوره‌گـرد حکم پیغمبـر را بـرای او پیـدا کرده بود. فهمیـده بود که روزگار چـه درس‌هایـی بـه آدم می‌دهـد. می‌دیـد کـه زیر این مسـخرگی های حسـین‌علی‌خان چقـدر معرفـت و فهمیدگی پیـدا می‌شـد. به‌هرحـال ظهـور خـان بـرای کلا نعمتـی شـده بـود. کلا را از ایـن‌رو بـه آن‌رو کـرده بـود. توی قلـب شکسـته و ناامیـدش حـالا امیدی تازه پیدا شـده بود. کلا چـای را تمام کـرد و اسـتکان را بـه زمیـن گذاشـت. حـالا حسـین‌علی‌خان دیگـر آن گـدای دوره‌گـرد و مسـخره در قلـب کلا نبـود. البتـه کلا هیچ‌وقت به خان با تمسـخر و بی‌احترامـی نـگاه نکـرده بـود. کلا بـه همـه احتـرام می‌گذاشـت. خصوصاً به آدم‌هـای زیردسـت خـودش. در فکر خـودش گـم شـده بـود که دسـت خان روی زانوی کلا نشسـت:

- ارباب وقت رفتنه... یک منزل محقر همین نزدیکی‌ها هست... ما که آنجا مهمان باشیم شما هم روی چشم خواهید بود... بلند شو ارباب وقت رفتنه...

با اشاره‌ی خان به طرف جاده، سر کلا به سمت جاده برگشت و چشمانش افتاد به سه، چهارتا امنیه که سوار بر اسب‌هایشان داشتند از دور به قهوه‌خانه نزدیک می‌شدند. کلا با احتیاط بلند شد و دنبال خان راه افتاد. کلا و خان از قهوه‌خانه چند قدمی برنداشته بودند که امنیه‌ها رسیدند و روی یکی از تخت‌های جلوی قهوه‌خانه لنگر انداختند. ولی کلا متوجه شد که یکی از امنیه‌ها دنبال کلا و خان راه افتاده است. ولی خان و کلا هیچ اهمیتی به او نداده و به راه خودشان ادامه دادند. بالاخره سر کار امنیه بعد از آنکه خان و کلا پشت دیواری پیچیده و گم شدند رفت و وارد مستراح کنار قهوه‌خانه شد.

❋ ❋ ❋

چند کبوتر سفید در سکوت ملایم باد در پرواز بودند. گروه کبوترها بر فراز بام عمارت بزرگی نشست و مشغول جستجوی روزی برای سیر کردن شکمشان شدند. غور غور کبوتران کلاعباس را که در یکی از ایوان‌های عمارت سر سفره نشسته و مشغول خوردن آبگوشت چربی بود به خودش آورد. سر کلاعباس با دهن پر بالا آمد و به طرف غور غور کبوترها برگشت. با نشستن یکی از کبوترها روی نرده‌ی چوبی ایوان در نزدیکی آنها، نگاه کلاعباس از روی حسین‌علی‌خان که روبه‌روی او نشسته و کلا را تماشا می‌کرد سفر کرد و روی کبوتر افتاد. بعد به سفرش ادامه داد و دید که در چه عمارت بزرگ و سرپایی است. دو، سه‌تا حوضچه با چند فواره‌ی بلند، انواع درخت‌های میوه و باغچه‌های گل‌کاری شده و اتاق‌های متعددی که عمارت قبلی کلا را توی جیبش می‌گذاشت. انگار کلا تازه متوجه شد که عده‌ای گوشه و کنار عمارت نشسته و مشغول غذا خوردن

هسـتند. از سـر و وضعشـان می‌توانسـت بفهمـد کـه فقیـر بودند. عـده‌ای هم کاسـه به دسـت داخل عمارت می‌شـدند و داخـل اتاقک زیرزمینـی می‌رفتند و بـا کاسـه‌ی پـر از غذا بیـرون می‌آمدند و راهشـان را می‌گرفتنـد و می‌رفتند. کلا در ایـن فکـر بـود کـه عمـارت مـال چه کسـی می‌توانسـت باشـد؟ خیلی دلـش می‌خواسـت صاحب عمارت را بشناسـد.

نـگاه کلا دوبـاره افتـاده بـه روی حسین‌علی‌خان کـه بـا لبخنـدش کلا را می‌پاییـد. کلا همین‌طور بـه خان خیـره شـده بـود. در ایـن فکـر بـود کـه چـرا خـان بـا بـودن آبگوشـت بـه آن چربـی و چیلی بـه خـوردن نـان و پنیر و سـبزی و پیـاز و ماسـت مشـغول اسـت. بـه فکـرش افتـاد کـه شـاید خان خجالـت می‌کشـد آبگوشـت بخـورد یـا بـه هـر دلیلی اجبـاراً بـا نـان و پنیر و سـبزی و ماسـت و پیاز، شـکم گرسـنه‌اش را پر می‌کند، یا خان مریض اسـت و آبگوشـت چـرب و چیلـی بـه او نمی‌سـازد. در هـر حال آبگوشـت از گلـوی کلا پاییـن نمی‌رفـت و بالاخـره کاسـه آبگوشـت را بلند کـرد و خـودش را به خان نزدیـک کـرد و کاسـه را جلوی او گذاشـت:

-    انشـاالله کـه خـان نگـران نمی‌شـه کـه ما هـم، هم سـفره‌اش بشـیم و نـان پنیـر و پیـاز و ماسـت را باهـاش شـریک بشـیم...

لبخنـد آرامـی چهـره‌ی خـان را پوشـاند و نان و پنیـر را کشـید جلوتر که دسـت کلا بـه آن برسـد و بـا آرامـی بـه کلا گـوش می‌کرد:

-    آخـه وقتـی خـان... نـان و پنیـر و ماسـت و سـبزی بخورنـد چطـوری می‌تونـه آبگوشـت از گلـوی مـا پاییـن بـره... ایـن صاحب خانـه هر کـه هسـت پـر معلومـه کـه آدم بـا رحـم و مـروت و خـوش قلبیـه... و مرد خـدا اسـت... ولـی نبایـد بیـن بنده‌های خودش فـرق بـذاره... بنده‌های خـدا همـه بنده‌هـای خـدا هسـتن...

خـان همیـن طـور بـا متانـت بـه کلا نـگاه می‌کـرد و لبخنـد بـر لـب بـه گفته‌هـای کلا گـوش می‌کرد:

-   فقیــر و غنــی... ســیاه و ســفید... همه بندگان خــدا و در مقابل خدا یکی
    هستند...

در همیــن احــوال بــود کــه دو تــا پســر بچه بین هشــت تا ده ســاله دوان
دوان وارد عمارت شــده و اطراف اســتخر نســبتاً بزرگی که وســط عمارت قرار
داشــت، بــه دنبــال هم مشــغول بازی بودند. از ســر و وضعشــان معلــوم بود که
نمی‌توانســتند فقیــر باشــند و بایــد فرزنــدان صاحب عمارت باشــند. بــه دنبال
بچه‌هــا زن قدبلنــد جوان‌ســالی وارد حیــاط شــد. معلــوم بــود کــه بایــد مــادر
بچه‌هــا باشــد. در همیــن احــوال و در حیــن بــازی چشــم یکــی از پســر بچه‌ها
کــه بــه دنبــال آن دیگــری می‌دوید بــه کلاعبــاس و حســین‌علی‌خان در داخل
ایــوان افتــاد، بــا دیدن آنها معطــل نکرد و از دنبــال کردن برادر خــود بازماند و
بــه طرف کلاعبــاس و حســین‌علی‌خان دوان دوان بــه طرف پله‌های گوشــه‌ی
عمــارت کــه بــه ایــوان می‌خــورد رفــت و بــا ســرعت از پله‌هــا بــالا آمــد و هنوز
بــه کلاعبــاس و خــان نرســیده، صدایش بلند شــد:

-   بابابزرگ، بابابزرگ ...

بــرادر او هــم بــا شــنیدن «بابابزرگ» ایســتاد و او هم به‌محض دیدن خان
مســیرش را بــه طــرف ایــوان تغیر داد و صــدای او هم با دیــدن بابابزرگش بلند
شــد و در گــوش کلاعبــاس پیچید. بچه‌ها با خوشــحالی از دیدن پدربزرگشــان
حســین‌علی‌خان، در مســابقه بودنــد کــه زودتــر به او رســیده و در بغــل او قرار
بگیرنــد. حسین‌علی‌خان هــم بــا دیــدن نوه‌هایش بلنــد شــد و رقص‌کنــان
بــه طــرف آن‌هــا رفــت. بالاخــره دو گــروه بــالای پله‌هــای داخــل ایــوان به هم
رســیدند و بچه‌هــا دوتایــی در آغــوش حســین‌علی‌خان قــرار گرفتــند. حــالا
کلا در حالــی کــه لقمــه‌ی پنیــر تــوی گلویــش از تعجب گیــر کــرده بــود، به
تماشــای بــازی و شــوخی پدربــزرگ با نوه‌هایش نشــست. کلا آنقــدر در تعجب
و نابــاوری محــو تماشــای حسین‌علی‌خان و نوه‌هایش کــه مثــل ســه‌تا رفیق
هــم ســن و ســال و هم‌قــد در حــال بــازی بودنــد، شــده بــود که صــدای دختر

خان را که به آنها رسیده و سلام داده بود را نشنیده بود. کلا در حیرت و حسرت تماشا می‌کرد که حسین‌علی‌خان با نوه‌هایش سه نفری به دنبال هم در اطراف ورجه وورجه می‌کردند. صدای دختر کلا دوباره بلند شد که این‌بار سر پسرهایش داد می‌زد که بابابزرگ‌شان را راحت بگذارند.

بالاخره بازی و شوخی خان با نوه‌هایش تمام شد و برگشت و کنار کلاعباس که هنوز لقمه‌ی پنیر در گلویش گیر کرده و پایین نمی‌رفت، نشست. بچه‌ها هم کنارش نشسته و هنوز از شور و شعف نیفتاده و هر دو در مسابقه بودند که خبر خواستگاری خواهرشان را به پدربزرگ‌شان بدهند:

- بابابزرگ، بابابزرگ خوب شد برگشتی... برای نادره خواستگار آمده... همه منتظر شما هستن که جواب بدی آره یا نه....

- بابابزرگ، بابابزرگ، اسم شاه داماد کماله...

کلا همان‌طور که هنوز با لقمه‌ی گیر کرده داخل گلویش دست و پنجه نرم می‌کرد، به خان خیره شده و از زبان افتاده بود. لقمه‌ی نان و پنیر گیر کرده در گلوی کلا چیزی نمانده بود که کلا را خفه کند. آخر کلا در هفت آسمان هم نمی‌توانست فکر کند که یک روزی در خانه‌ی حسین‌علی‌خان نشسته باشد و آبگوشت بخورد. در هفت آسمان هم به فکرش خطور نمی‌کرد که حسین‌علی‌خان زن و یا چنان خانه و زندگی‌ای داشته باشد که در مقایسه با زمانی که کلا بریز و بپاش و خانه و زندگی داشت، زندگی خان، زندگی کلا را در جیبش می‌گذاشت و بعد وقتی در مقام مقایسه‌ی رفتار و کردار خودش در زمان برو بیایش با خان برآمده بود، شرم تمام وجودش را گرفت. کلا نمی‌توانست باور کند که حسین‌علی‌خان چنین عمارت شاهانه‌ای داشته و درحالی‌که در خانه‌اش همه‌ی فقرا شکمشان را سیر می‌کردند، خودش در کوچه‌ها بچرخد و برقصد و از گدایی امرار معاش کند و با نان پنیر و پیاز روزگار بگذراند. حسین‌علی‌خان که دید کلا لال و گنگ در حیرت گم شده، رو کرد به کلا:

- کلا گفتـم در هـر کار خـدا حکمتـی وجـود داره... و درس و امتحانـی بـرای بندگانش... چشـم آدم همیشـه کوره... آدم خیال می‌کنه روشـنه ولـی کـوره... قلـب آدم بایـد روشـن باشـه... ولـی آدم می‌خواهـد کـه قلبـش و بـا چشـمش یکـی کنـه... و یـا بـا دو تایـش ببینـه... نمی‌شـه کلا... آدم گیـج می‌شـه... بایـد بـا قلبت ببینـی...

آن روز بـا حیـرت کلاعباس از زندگـی و شـناخت حسـین‌علی‌خان گذشـت. ولـی از آن روز بـه بعـد هـر روز از زندگـی بـا حسـین‌علی‌خان بـرای کلا درسـی بـود گران‌بهـا و از سـادگی زندگـی خـان بزرگتریـن درس عبـرت را گرفت. در خـان هیـچ تکبـر و بزرگـی نمی‌دیـد. چقـدر سـادگی قلب خـان بـه سـادگی زندگـی آن کمـک کـرده بـود. فکـر می‌کـرد کـه کم‌کـم دارد درس آدمیـت و آدم بـودن را یـاد می‌گیـرد. پیـش خـودش فکـر می‌کـرد ایـن حکمتـی بـوده که حسـین‌علی‌خان سـر راه کلا سـبز شـود و کلا را بشناسـد و او را بـه خانـه‌اش آورده و مهمانـش کنـد و درس اول زندگـی را بـه کلا بدهـد. بعـد پیش خودش فکـر کـرد کـه بایـد در اتفاقـی کـه برایـش افتـاده، حتمـاً حکمتـی هسـت و او بایـد بفهمـد حکمتـش در چیسـت. بایـد بفهمد چه درسـی بایـد از ایـن حکمت یاد گرفـت. حـالا حرف‌هـای خـان بیشـتر بـرای کلا معنـی و مفهـوم داشـتند. بـه فکـرش آمـد کـه اولیـن درس بایـد این باشـد کـه به سـادگی زندگـی فکـر کنـد و از زرق و برقـی کـه بـه آن عـادت کـرده بـود، دور شـود.

مدتـی از مهمـان بـودن کلا در خانه‌ی حسـین‌علی‌خان گذشـت. مسـلم بود کـه هـر دقیقـه‌اش بـرای کلا درسـی بـود و بـه او کمـک کـرده بود کـه خودش را بیشـتر و بیشـتر بشناسـد. زندگـی سـاده و بی‌آلایش خـان، کلا را از این‌رو بـه آن‌رو کـرده بـود. کلا تـازه یـاد گرفتـه بود کـه آرامـش خاطری کـه در یک زندگـی سـاده و بی‌آلایـش اسـت بـا ارزش‌تریـن نعمتـی اسـت کـه به هر انسـان می‌توانسـت داده شـود. انسـان فقـط بایـد بدانـد چطـور بـه آن دسترسـی پیدا کنـد و قبولـش کنـد. فقـط بایـد بتوانـد از زرق و بـرق و حرص و طمـع این دنیا

خـودش را خـلاص کنـد و اگـر بـه آن دسـت یافـت اجـازه ندهـد زرق و بـرق و مـال و قـدرت و جـلال دنیوی؛ انسـانیت و معرفـت و فروتنی او را بگیـرد و غرور و تکبـر را جایگزیـن آن کند. کلا می‌دیـد و حـس می‌کـرد کـه هیچ‌وقت بـه خوش‌حالی ایـن چنـد روزی کـه بـا خـان گذرانـده بـود، نبوده است. انـگار کـه کلا خـودش را پـاک در اختیـار خـان قـرار داده و خـان معلم نجـات روحی کلا شـده بود.

در یکـی از ایـن روزهـا کلاعبـاس, حسـین‌علی‌خان را پریشـان‌حال دیـد. وقتـی جویـا شـد کـه چـه خبر شـده اسـت، خـان به سـخن آمد:

ـ   دیگـه نمی‌تونـم دوام بیـارم... انـگار چنـد روزی اسـت کـه تـو زندونـم کردنـد... بایـد بزنـم به جاده و کـوه... بایـد برم و چند وقتی آزاد باشـم... نفسـم دیگـه داره می‌گیـره... بایـد بزنـم بیـرون...

بعـد هـم هـر دو بیـرون زده بودنـد و در راه ناکجا بودنـد. ناکجایی کـه برای کلا تازگـی داشـت. ولـی کم‌کـم داشـت بـه آن ناکجـا بـودن عـادت می‌کـرد و البتـه حسـین‌علی‌خان کمـک بـزرگ و آینـه‌ی شـفافی بـرای کلاعباس شـده بـود کـه به یقیـن کلاعباس به کمـک او بـرای درک و قبـول زندگی جدیدش بـه آن نیاز زیادی داشـت.

٭ ٭ ٭

فصل ۲۰

وقتی گدا شاه می‌شود و شاه گدا...

تاریکی شب سکوت غم‌انگیزی را در فضای ده شورچه برقرار کرده بود. حکومت غم، مسلک سکوت و دیوارهای گلی و فرسوده، فضای شب را ساخته بودند. واق واق سگی ولگرد چند لحظه‌ای آرامش شب را بهم زد. گدای پیر درویش مآبی تنها کنار دیوار پناه گرفته بود و با چوب دستی‌اش سگ ولگرد را با احتیاط هی می‌کرد تا از خود دورش کند. سگ ولگرد که او هم رمق چندانی نداشت در تاریکی گمش زد و واق واقش هم خفه شد. گدای پیر دوباره بااحتیاط در کنار دیوار و در تاریکی پناه گرفت. برگشت و به دیوار بلندی خیره شد. به در چوبی بزرگی که به داخل عمارتی باز می‌شد. به در نزدیک شد و دستش چفت در را لمس کرد تا در بزند ولی انگار پشیمان شد و چفت را به آرامی رها کرد و کنار در نشست. غرق در فکر و خیال به در تکیه داد. باد آرامی صورت پوشیده از ریش و موی بلند و سفیدش را نوازش می‌داد. از بلندی موهای سر و رویش می‌شد فهمید که باید سال‌های زیادی باشد که دستی به آنها نزده است. سکوت آرامی بر چهره‌ی شب تاریک و وجود گدای پیر و تنها حکم‌فرما شد. همه چیز آرام بود. چشمانش خسته و گم شده داخل ریش و پشم بلندی که شانه هایش را پوشانده بودند، روی هم رفت و با روی هم رفتن چشمانش همه چیز و همه جا چون سیاهی شب برایش تاریک شد. انگار که گدای پیر از خود بی‌خود شد و دیگر از وجود

خـود بی‌اطـلاع بـود. درسـت مثـل اینکـه همـه چیـز مـرده بود.

خـور خـور سـگ ولگـرد دوبـاره سـکوت و آرامـش شـب را برهـم زد. چشـمان گدای پیر با کشـیده شـدن کیسـه‌ی گدایی از زیر سرش باز شد و دیـد کـه سـگ ولگـرد گوشـه‌ی کیسـه‌ی گـدای پیر را زیـر سـرش گذاشـته بـود گرفتـه و داشـت می‌کشـید کـه با خـودش ببرد. حـالا دیگـر دم صبح بود ولـی هـوا هنـوز تاریـک بـود. گدای پیر مشـغول جـدال با سـگ ولگـرد بود تا کیسـه‌ی گدایـی‌اش را حفـظ کنـد. صـدای خـور خـور و چلنـد و چـار گدای پیـر و سـگ ولگـرد نظـر یکـی دوتـا از زن‌هـای ده را کـه صبـح زود کـوزه به دسـت از خانـه خـارج شـده بودنـد را بـه خـود جلـب کـرد. آنها صبـح کله‌ی سـحر بیرون زده بودنـد کـه تـا آب تمیز اسـت، آب خـوردن روزانـه‌ی خود را از جـوی آب بردارنـد. زنهـا بـا دیـدن سـگ و گـدای پیر بـه کمک گـدای پیر شـتافته و بـا تـوپ و تشـر خـود و سـنگ‌پرانی بـه سـگ حملـه‌ور شـده بودند تا بالاخـره سـگ ولگـرد، کیسـه‌ی گدایـی پیر را از تـرس زن‌هـای مهاجم رها کـرد و راهـش را گرفـت و رفت.

چنـد لحظـه‌ای طـول نکشـید کـه بـا شـنیدن سـر و صـدای زن‌هایی کـه بـه کمک گـدای پیـر رفتـه بودنـد، همسـایه‌ها یکـی یکـی از خانه‌هایشان خـارج شـده و دور و بـر گـدای پیـر را گرفتنـد. بیشترشـان زن‌هایـی بودند کـه بـرای برداشـتن آب خـوردن روزانه، بیـرون آمـده بودند. دده رقـی پیرزن مهربـان از خانـه‌اش خـارج شـده بـود. صـد و چنـدی از عمرش می گذشـت ولـی هنـوز هم قبـراغ بـود. دده رقی که حالا خمیـده خمیـده هـم راه می‌رفت و حکـم کلانتـر محـل را هـم داشـت، آرام خـودش را به گـدای پیر رسـاند. از حـرف زدنـش مشـخص بـود کـه دندان‌هایـش هـم بایـد ریختـه باشـند. دده رقـی کـه قابـل احتـرام همـه بـود، با رسـیدن بـه گـدای پیر از زبـان افتاد و همین‌جـور بـه او خیـره شـد. با دسـتان لرزانـش کیسـه‌ی گدای پیر را وارسـی کـرد تـا مطمئن شـود کـه سـگ بـه آن دسـتبرد نزده باشـد. دید کـه داخلش

مایحتـاج خـوراک روزانه‌ایسـت کـه بیچـاره گدایی کرده اسـت. کیسـه را کنار گـدای پیر گذاشـت:

-     لال که نیستی؟ لالی؟...

جوابی از گدای پیر نگرفت و ادامه داد:

-     پـس لال هـم هسـتی؟ حتمـا بایـد از گداهای قدیمی باشـی که شب عیـدی یه راسـت آمدی پشـت در خانه‌ی کلاعباس... خـدا بیامرزدش... بیچاره مثل اینکـه خبر نداری، بارگاه کلا نزدیک سـی سـالی می‌شـه کـه از هـم پاشـیده شـده... استخوان‌های آن بیچـاره هـم دیگـر زیر خـاک بایـد پوسـیده شـده باشـه... نـگاه کـن... آن دم و دسـتگاه حـالا خرابـه شـده... حـالا دیگر موش‌ها و سوسـک‌ها جانشـین اون شـدند... از مـوش و سوسـک هـم کـه خیـری بهت نمی‌رسـه... هـر چـی هـم بهـش گفتـم به خرجـش نرفت کـه نرفت...

دده رقـی در تمـام مدتـی کـه بـا گـدای پیر سـخن می‌گفت یـک لحظه نگاهـش را از روی او برنداشـت. انـگار دده رقـی داشـت بـا گدای پیـر اختلاط خصوصی می‌کـرد و فقـط آن دو زبـان یکدیگـر را می‌فهمیدنـد و نه هیچ‌کس دیگر:

-     قیافش بیشتر به گداها می‌خوره تا درویش...

بـا شـنیدن صـدای «گداهـا» از زبـان دده رقـی، حالا همـه او را گـدا صدا می‌کردنـد. گـدای پیـر هـم همین‌جـور از زیـر چشـمان نیمـه بـازش فقط به دده رقـی نـگاه می‌کـرد ولـی تمام تلاشـش این بود که چشـمش در چشـم او نیافتـد. بیشـتر حواسش هم هنـوز به در و خانـه‌ی کلاعباس بـود و لب از لب هـم بـاز نکرده بـود. دده رقی بعـد از اینکه از پیـر درویش گـدا جوابی نگرفت، رو کـرد به طـرف زن‌ها:

-     آره قیافش به گداها می‌خوره نه درویش... مثل اینکه بیچاره لال هم هست... گدالاله ...

یکی از زن‌های جوان‌تر، زینب، پرید میان حرف دده رقی:

- آره دده رقی انگار گدالاله... مریض هم باید باشه...

- آره حالـش خـوب نیسـت... بـرو... بـرو زینـب... بـرو جلدی یک کاسـه شـیر داغ بیـار بدیـم بهـش... بیچاره انگار مریضـه و نـای حـرف زدن نـداره... بـرو زینـب... ثـواب داره... میـری بهشـت... جلـد بـاش...

زینـب بـا حـرف دده رقـی حرکـت کـرد و وارد خانـه‌ی مقابل شـد. بعد از آن هـم اسـم گدالالـه روی او ماند.

طولـی نکشـید کـه مـردم از خانه‌هایشـان بیـرون زده و دور و بـر گدای پیـر را گرفتنـد. البتـه هـر کـدام هـم نظری مـی‌داد و از بیـان نظر خـود ابایی هم نداشـت. طبق معمول سـؤال و جواب‌ها شـروع شـد ولی گدالاله همچنان در سـکوت مـردم را تماشـا می‌کـرد و خیـال بـاز کـردن زبان خود را نداشـت و فقـط بـه زمیـن خیـره شـده بود و در چشـم هیچ‌کـس هم چشـم نمی‌انداخت. دده رقـی بـاز بـه حـرف آمد:

- گدالالـه بلنـد شـو... بلنـد شـو بـرو تـوی مسـجد... همیـن نزدیکی در چنـد قدمـی اینجاسـت... بـرو آنجـا کـه گـرم بشـی... بلنـد شـو...

بـا پیشـنهاد دده رقـی یکـی دو نفر دسـت بـه کار شـدند و زیر بغـل گدالاله را گرفتـه و از زمیـن بلنـدش کردنـد. گدالالـه بـه طرف مسـجد کوچکـی کـه تا آنجـا راه زیـادی هـم نبـود، در حرکـت شـد. یکـی هم کیسـه‌اش را حمل کرد و چنـد نفـری هـم او را همراهـی کردنـد. در طول راه هـم مردم از خانه‌هایشـان بیـرون می‌آمدنـد و بـه تماشـای گدالاله می‌ایسـتادند. بالاخره قافلـه‌ی گدالاله بـه مسـجد رسـید؛ اتاقکی کنار جوی آب سـر جاده سـاخته شـده بـود. صدای یکـی از پیرمردها بلند شـد:

- خـدا رحمـت کنه پـدر اون خدابیامـرز کلاعبـاس رو... چه یـادگاری از خـودش باقـی گذاشـت... تـا ابد مـردم بـراش فاتحـه می‌خوننـد...

بالاخره گدالاله داخل مسـجد کوچک ده شـورچه ده سـکنی گرفت. طولی

نکشـید کـه زینـب درحالی‌کـه در یـک دسـت کاسـه‌ی شـیر داغی داشـت که هنـوز از آن بخـار بلنـد می‌شـد و در دسـت دیگـرش هـم چند تکه نـان حمل می‌کـرد، وارد شـد. کاسـه‌ی شـیر داغ را بـه دسـت دده رقـی داد کـه کنار گدالالـه نشسـته و هنـوز همین‌جـور بـه او خیـره شـده بـود و انـگار داشـت با نـگاه بـا او حـرف مـی‌زد. دده رقـی کاسـه را داد بـه دسـت پیرمردی کـه کنار گدالالـه نشسـته بـود. پیرمـرد هـم مشـغول دادن شـیر بـه گدالاله شـد. چند قلوپـی از حلـق گدالالـه پاییـن نرفتـه بـود کـه پیرمـرد کاسـه را روی زمیـن گذاشـت. دده رقـی بـه صـدا آمد:

– بیچاره گرسنشه... بزار تیلیت کنم که شکمش رو سیر کنه...

دده رقـی همین‌طـور کـه مشـغول تیلیـت کـردن توی شـیر بـود، نگاهش را از روی گدالالـه برنمی‌داشـت. چنـد لحظـه‌ای چشـمان دده رقـی و گدالاله در یکدیگـر قفـل شـدند ولـی گدالالـه نگاهـش را دزدید و به زمین خیره شـد. دده رقـی در یـک لحظه خیـال کـرد گدالالـه را قبـلا باید یـک جایـی دیده باشـد. کاسـه تیلیت را گذاشـت جلـوی گدالاله و زیـر لب زمزمـه کرد:

– استغفرالله... استغفرالله... هی به اون کلا گفتم آنقدر بریز و بپاش نکن, گفتم یه روزی می‌شه که به این مردم محتاج می‌شی و محل سگتم نمی‌ذارن... به خرجش نرفت که نرفت...

دده رقـی از فکـری کـه بـه ذهنش خـورد، طلب اسـتغفار کـرد. از جا بلند شـد و از مسـجد خارج شـد.

هنـوز آفتـاب کامـل بیـرون نیامـده بود کـه خبر آمـدن گدالاله کـه پشت در خانـه‌ی کلا خوابیـده بـوده و سـگ ولگـردی بـه او حمله کـرده و زخمی‌اش هـم کـرده بـود، مثـل تـوپ در ده شـورچه پیچیـده بـود. بعضی‌هـا هـم چو انداختـه بودنـد کـه گدالاله سـید هم هسـت و شـفا هم می‌دهد. چند سـاعتی نگذشـته بـود کـه حـالا حـرف گدالاله سـر زبان همـه‌ی مـردم ده شـورچه افتـاده بـود. مـردم هـم کـه ول کـن نبودنـد و از اقصی نقـاط ده می‌آمدند و

وارد مسجد یک اتاقه می‌شدند و سرکی می‌زدند و گدالاله را که گوشه‌ی مسجد زیر یک شمد خاکستری رنگ و رو رفته چمباتمه زده بود، برانداز می‌کردند و می‌رفتند. بعضی‌ها هم برای گدالاله مایحتاج می‌آوردند و از او طلب شفا گرفتن هم می‌کردند.

مشهدی محمد دکان دار، تازه دکانش را باز کرده بود و داشت چای اول را می‌خورد. هر کس که وارد می‌شد اولین و آخرین حرفش پیش از سلام و بعد از علیک در مورد گدالاله بود. مشهدی محمد حالا تمام موهایش سفید شده و چاق‌تر هم شده بود. صورتش هم خیلی شکسته شده بود و از سن خودش، چند سالی پیرتر نشان می‌داد. حالا چو افتاده بود که گدالاله زخمی هم شده و گویا از دوست‌های قدیمی کلاعباس هم بوده و نمی‌دانسته که چه اتفاقی برای کلاعباس افتاده است و آمده که کلا را ببیند.

خلاصه کار به جایی رسید که مشهدی محمد دیگر طاقت نیاورد و می‌خواست بالاخره این گدالاله، دوست قدیمی کلاعباس را ببیند. خیال می‌کرد شاید او از کلاعباس خبری داشته باشد. حالا برای مشهدی محمد این سؤال پیش آمده بود که چطوری گدالاله می‌توانست از دوست‌های قدیمی کلاعباس باشد و از اتفاقاتی که برای او افتاده، بی‌اطلاع باشد. البته نزدیک به بیست، سی سالی می‌شد که دیگر از کلا خبری نبود و مردم دیگر کلا را پاک فراموش کرده بودند. یک بار هم که کلاعباس آمده بود دیدن مشهدی، برحسب اتفاق مشهدی برای دیدن پسرش به شهر رفته بود. کلا هم خیال کرده بود مشهدی محمد از ده رفته و دیگر در ده شورچه پیدایش نشده بود. همان‌طور که مشهدی محمد پیش‌بینی کرده بود پسرش بعد از سربازی در شهر مانده و دیگر برنگشته بود. پیرزنی که به دکان آمده بود، مقداری چای و قند خرید و از دکان خارج شد. مشهدی محمد پشت سر او در دکانش را بست و بعد مقداری

قنـد و چـای داخـل یـک دسـتمال ریخت. مقـداری نخودچی هم بـه آن اضافه کـرد و از در پشـتی دکان کـه بـه حـص خانـه‌اش می‌خـورد، خارج شـد.

آفتـاب نسـبتاً گرمـی ده شـورچه را پوشـانده بـود. نسـیم ملایمـی هـم می‌وزیـد. مشـهدی محمـد کلاهـش را سـرش گذاشـته بـود. با دسـتمالی کـه در دسـتش داشـت و بـه آرامـی از چنـد کوچـه‌ی پـر پیـچ و خـم گذشـت و بالاخـره جلـوی عمارت کلا رسـید. بـرای چنـد لحظـه‌ای بی‌اختیار ایسـتاد ولی نمی‌خواسـت برگـردد و بـه طـرف عمـارت کلا نـگاه کند.

- راه گـم کـردی مشـهدی محمـد؟ خدا رحمـت کنه پدرت رو مشـهدی کـه دلـت پـر رحمه... درسـت مثـل آن خـدا بیامـرز کلا... داری می‌ری سـراغ گدالالـه کـه آمـده بـوده کلا را ببینـه... صدبـار بهـش گفتم این مـردم چشـم و رو ندارنـد... بـه خرجـش نرفت کـه نرفت... آدم وقتی بهـش نـگاه مـی کنـه انـگار داره بـرادر کلا را مـی بینـه ...

بـا بلند شـدن صـدای دده رقی، مشـهدی محمد مجبور شـد کـه سـرش را بـه طـرف عمارت کلا برگردانـد. دده رقـی همین‌جور حـرف می‌زد ولی انگار کـه مشـهدی محمـد صـدای دده رقـی را نمی‌شـنید. انـگار کـه گوش‌هایـش کـر شـده بودنـد. تمـام حـواس مشـهدی محمد بـه عمـارت کلا بـود و یادش آمـد کـه یـک روزی چه بـرو و بیایـی و چه منزلـت و جلالی داشـت و حالا به خرابـه‌ای تبدیـل شـده بـود. علف‌های هـرز از در و دیـوار عمارت بیـرون زده بـود و چنـد شیشـه‌ی پنجـره‌ی سـردری اتـاق تریاک‌کشـی کلا هم شکسـته بـود. چنـد گربـه هـم روی دیوارهـا رژه می‌رفتنـد و انـگار آنجـا را خانـه‌ی خودشـان کـرده بودنـد. خلاصـه مشـهدی محمـد کـه پاهایـش دیگر داشـتند از پیـری توانشـان را از دسـت می‌دادنـد، هرجـور شـده بـود حرکت کـرد و به طـرف مسـجد بـه راه افتاد.

مشـهدی محمـد بالاخـره به مسـجد کوچکـی کـه گدالاله داخلـش منزل کـرده بـود، رسـید. ایسـتاد و چنـدی اطـراف را وارسـی کـرد. مـردم هنـوز

می‌رفتند داخل مسجد و گدالاله را زیارت می‌کردند و بیرون آمده و راهشان را گرفته و می‌رفتند پی کارشان. البته از اظهار نظرهای خود هم ابایی نداشتند. مشهدی محمد همین‌طور به در مسجد خیره شده بود. با بلند شدن صدای پارس سگی ولگرد، نگاه مشهدی محمد به طرف سگ برگشت و سگ را دید که کنار مستراح کوچکی که آن طرف و کنار جوی آب برای رهگذران درست کرده بودند، ایستاده و به او خیره شده است. با برگشتن و افتادن نگاه او روی سگ، صدای سگ هم خفه شد و همین‌جور سر سگ به طرف او و مسجدی که گدالاله در آن سکنی کرده بود در رفت و برگشت بود. مستراح سقف هم نداشت فقط یک چهار دیواری بود و کلاعباس هم آن را ساخته بود. هر کس هم که از آن استفاده می‌کرد یک فاتحه هم برای او می‌خواند. بعد هم سگ ولگرد روی دستش لمید. به نظر می‌رسید که داشت به مشهدی محمد چیزی می‌گفت و یا می‌خواست پیغام یا علامتی به او بدهد. مشهدی محمد زبان سگ را نمی‌فهمید و اگر پیغامی هم برای او داشت آن را هم نگرفت و در ضمن نمی‌دانست که سگ در شب گذشته با گدالاله چندی کلنجار رفته و صبح کله‌ی سحر هم می‌خواسته کیسه‌ی گدایی او را از دستش درآورد و با خود ببرد. حالا هم انگار هنوز چشم سگ دنبال کیسه‌ی گدایی گدالاله بود و در انتظار خارج شدن گدالاله از مسجد نشسته بود تا باز دنبال او افتاده و کیسه‌ی گدایی او را از دستش در بیاورد و با خود ببرد.

داخل مسجد دو نفر هنوز دعا می‌خواندند. گدالاله کنار دیوار چمباتمه زده بود و زیر چشمی و با آرامش داشت مردم را تماشا می‌کرد. مشهدی محمد داخل شد و نگاهش به گدالاله افتاد. با دیدن گدالاله نفس از او در نمی‌آمد. بالاخره رفت و کنار دیوار و روبروی گدالاله نشست. کمی بعد و همین‌طور که ساکت به گدالاله نگاه می‌کرد دستمال را جلوی او گذاشت. هنوز ننشسته و در چشمان گدالاله نگاه نکرده بغض گلوی مشهدی محمد

را گرفت ولی نمی‌توانست و نمی‌خواست صدای گریه‌اش در بیاید و نظر مردم را جلب کند. مشهدی محمد گدالاله را همچون دده رقی با نگاه اول شناخته بود و می‌دانست او کسی جز دوست قدیمی‌اش کلاعباس نبود. هر دو رفیق کنار دیوار نشسته بودند و به روزگار فکر می‌کردند. به روزگاری که آنها هیچ وقت به عمرشان هم نمی‌توانستند باور کنند که چه پستی‌ها و بلندی‌هایی را شاهد بوده و پشت سر گذاشته بودند. به اینکه تقدیر روزگار چه چیزهایی برایشان تدارک دیده بود. بیست، سی سالی می‌شد که آنها همدیگر را ندیده بودند. هر دو حالا پیر شده و ریش و مویشان سفید و صورتشان شکسته شده بود. پیرزنی به کلا نزدیک شده و مقداری خوراکی جلوی او گذاشت:

ـ   گدالاله تو صدقت پاکه... برای سلامتی پسر مریضم دعا کن...

بعد هم راهش را گرفته و از مسجد خارج شده بود. گدالاله یک یک آدم‌هایی که به دیدنش می‌آمدند را می‌شناخت. ولی چیزی که برای مشهدی محمد تعجب‌آور بود این بود که چرا هیچ‌کس کلا را نشناخته بود و او را گدالاله صدا می‌کردند. البته که کلا حالا دیگر آن مرد تنومند قدیمی نبود و لاغر و شکسته شده بود. پیراهن خاکستری بلندی که تا زانوهایش می‌رسید و شلوار مندرس سفیدی زیر پالتوی کهنه‌ی بلندی بر تن داشت و کلاه نمدی کهنه‌ای بر سر گذاشته بود. موهای سر و صورتش را در تمام این مدت نزده و حالا از روی شانه‌هایش هم پایین‌تر رفته بودند. یک چوب دستی هم داشت که یک ساز دهنی با طناب به سرش بسته بود تا گمش نکند.

دو تا رفیق حالا خیلی حرف‌ها داشتند که بعد از سی و اندی سال با هم بزنند. لبخند آرام و پر از محبت کلا به مشهدی محمد می‌گفت که از دیدن او خیلی خوشحال شده است. به مشهدی ندا می‌داد که در صلح و صفا است. ولی مشهدی محمد نمی‌خواست بی‌گدار به آب بزند و با

رفتارش به همه بگوید که گدالاله کسی جز کلاعباس خودشان نیست. مشهدی محمد می‌دانست که کلا نمی‌خواهد مردم او را بشناسند. بنابراین حتی با اینکه دل در دلش نبود و می‌خواست رفیقش را در بغل بگیرد و ببوسد و از او بپرسد در این همه مدت چه به سرش آمده ولی هرجور بود دندان روی جگر گذاشت و خودش را نگه داشت و راهش را گرفت و رفت. درست همان کاری که دده رقی کرده بود. بعدش هم فقط گدالاله تک و تنها در مسجد باقی مانده و سگ آن طرف جوی آب، در انتظارش لمیده بود. هر کس هم که از آنجا رد می‌شد یک تشری به سگ می‌زد و بعضی‌ها هم با سنگ به جانش می‌افتادند. ولی سگ کمی از آنجا دور می‌شد و وقتی که مهاجمانش گم می‌شدند دوباره برمی‌گشت و سر جایش لم می‌داد و به در مسجد به انتظار خارج شدن گدالاله از مسجد خیره می‌شد.

مشهدی محمد در کوچه‌های ده شورچه قدم برمی‌داشت و به طرف دکانش می‌رفت. آنقدر در فکر و خیال خودش گم شده بود که وقتی چندتا از بچه‌های ده سر راه به او سلام کردند، حتی صدای آنها را هم نشنید تا جواب سلام آن ها را بدهد. تمام فکر و ذکر و ذهنش درگیر ترس از این بود که تا زمانی که برگردد و در خلوت با کلا دیدار کند، کلا رفته باشد. آن روز برای مشهدی محمد روز سختی بود. دل در دلش نبود که شب بشود و نیمه‌های شب وقتی همه کلا را راحت گذاشته و خوابیدند سراغ کلا برود و با رفیقش تنها باشد. خلاصه هر کس به دکان می‌آمد فوری می‌فهمید که مشهدی آن مشهدی محمد قبلی نبود. زود می‌فهمیدند که هوش و حواس مشهدی محمد آنجا نیست. بعضی‌ها هم فکر می‌کردند که مریض است. حتی یکی از پیرزن‌ها که آمده بود قند و چای بخرد به مشهدی محمد پیشنهاد داد که برود و گدالاله را ببیند و از او کمک بگیرد تا خوب شود. هنوز ظهر نشده بود که مشهدی محمد

طاقت نیاورده و خودش را به مریضی زد و در دکانش را بست.

خلاصه؛ آن روز تا به شب برسد و شب هم به نیمه، انگار که چند ماهی برای مشهدی محمد طول کشید. حالا سکوت شب در پهنای ده شورچه حاکم شده بود. پاس سگ‌ها گاه و بی‌گاه سکوت را می‌شکست. مشهدی محمد در تاریکی شب داشت به طرف مسجد کوچکی که گدالاله در آنجا بود پیش می‌رفت. اگر چه از روح و جن و پری‌های منطقه‌ی بالای ده شورچه ترس و واهمه‌ی بسیاری در دل داشت و از هر صدایی به وحشت می‌افتاد، اما پی هر خطری را برای دیدن گدالاله به تنش مالیده بود و در تاریکی شب در راه دیدن رفیقش بود. یک دستمال بزرگ پر هم دستش بود. داخل دستمال هم مقداری قند و چای و شیرینی و نان و پنیر و سبزی و پیاز و مقداری گوشت کوبیده هم گذاشته بود. چند شمع هم با خودش آورده بود.

حالا شب کمی از نیمه گذشته بود. دیگر طبق معمول همیشه اهالی ده در خواب بودند. مشهدی محمد از جلوی عمارت کلا رد شد و بالاخره رسید به مسجدی که گدالاله داخلش خانه کرده بود. چندی ایستاد و به در مسجد خیره شد. صدای یکی دوتا سگ هم بلند شده بود. گرگ‌ها هم از دور جواب می‌دادند. داخل مسجد تاریک بود. نمی‌دانست که گدالاله خوابیده یا اینکه شمع و چراغی ندارد تا که روشن کند. یک‌دفعه به ذهنش خورد که نکند او رفته باشد. نگران شد. به آرامی از یکی، دو پله‌ی جلوی در بالا رفت و داخل مسجد را وارسی کرد. همه جا تاریک بود و هیچ چیز دیده نمی‌شد و هیچ صدایی هم از داخل شنیده نمی‌شد. نگرانی‌اش بیشتر شد. فوری به دنبال کبریت دست در جیب کرد و بعد کبریتی کشید. با شعله‌ور شدن کبریت، نور ضعیفی داخل مسجد را روشن کرد. با دیدن کلا که کنار دیوار در تاریکی نشسته و منتظرش بود، خیالش راحت شد. هنوز لبخند کلا از صورتش نرفته بود. انگار که

می‌دانست که مشهدی محمد سراغش می‌آید. برای همین هم کنار دیوار در تاریکی نشسته و منتظرش بود. مشهدی محمد یکی از شمع‌ها را از جیبش در آورد و روشن کرد و جلوی او گذاشت و همین‌طور به او خیره شد. مشهدی محمد آنقدر در فکر و خیال رفت که حتی در یک لحظه به شک افتاد که آیا این خود کلا است که جلویش نشسته یا گدایی غریبه. حالا دو تا رفیق به یکدیگر خیره شده بودند. مشهدی محمد کمی چاق و چله ولی پیر و شکسته شده بود ولی کلا لاغرتر و ضعیف‌تر اما سرحال. موها و ریش‌های بلندش صورتش را پوشانده بودند. کلا آنقدر عوض شده بود که حتی اگر دقت هم می‌کردی شاید با شکل و شمایلی که از کلا در ذهن خود داشتی نمی‌توانستی بفهمی و یا اینکه قبول کنی که این همان کلاعباسی است که یک روزی او را می‌شناختی. ولی حالش خوب و بدنش سالم بود. برعکس مشهدی محمد که از مریضی قند رنج می‌برد رنگ و رویش مناسب نبود. مشهدی محمد سفره را باز کرد و نان و پنیر و سبزی را جلوی کلا چید. بعد هم گوشت کوبیده را کنارش گذاشت. قند و چای را هم کناری گذاشت. بعد هم لقمه‌ای گرفت و به دست کلا داد. برای خودش هم لقمه‌ی دیگری گرفت و مشغول خوردن شد. کلا که همین‌طور به مشهدی محمد نگاه می‌کرد شروع به خوردن کرد. دو تا رفیق می‌دانستند که بعد از این همه سال حالا که به هم رسیده‌اند، حرف‌های زیادی دارند که باید با هم بزنند و بالاخره مشهدی محمد که دید کلا خیال لب باز کردن ندارد، سکوت را شکست:

- هر چند صباحی خبرهای تازه‌ای می‌آمد... که گدالاله... کلا...

مشهدی محمد حالا نمی‌دانست که کلا را باید گدالاله صدا کند و یا کلا. بالاخره تصمیم گرفت که گدالاله را انتخاب کند. چرا که شاید جلوی مردم بی‌حواس اسم کلا را به زبان بیاورد و کلا لو برود. مشهدی محمد ادامه داد:

-    آره می‌گفتند کـه تـو مردی، تیـر خوردی، فـلان امنیـه کلا را تیر زده و کشته...

گدالالـه همین‌جـور سـاکت و آرام بـه مشهدی محمـد نگاه می‌کرد. مشـهدی محمـد می‌دانسـت کـه کلا برگشته تـا از خانـواده‌اش خبـر بگیـرد و بدانـد چـه بـر سـر دختـر و پسرش آمـده و اکنـون کجا هسـتند. مشـهدی محمـد مجبـور شـد کـه دوبـاره به حـرف بیایـد و سفره‌ی دلـش را بـاز کند و بیـرون بریزد:

-    بعـد از مـرگ خالـه زینـب و وقتی کـه تو دیگـه گمـت زد... ملامحمود و کدخـدا ول کـن جمـال پسـر بیچاره‌ات نبودنـد و هـی به پـر و پاش می‌پیچیدنـد و دعـوا راه می‌انداختنـد... جمـال هـم یک روز سـوار یک کامیـون شـد و رفـت به شـهر... دختـره را هم گذاشت پیش مـا کلا... مدت‌هـا بـود ازش خبـری نبـود... بعد شـروع کـرد کمی خرجـی برای خواهـرش فرسـتادن... جسـته گریختـه می‌گفتنـد تهرونـه... بعضی‌هـا هـم می‌گفتنـد شـاگرد کامیـون شـده.. خلاصه رفـت... ولی کلا حقی کـه شـیر پـاک خورده بـود... از نگهـداری خواهـر کوتاهی نکـرد... البته شـما بـه انـدازه آن خرجـی جـا گذاشـته بودی... ولی پسـر شـیر حلال خـورده، حقـا کـه کلا پـا گذاشـته صاف جـای پای خـودت...

بعـد هـم مشهدی محمد سیگاری آتش کـرد و بـه کلا تعارف کـرد. ولی کلا بـا لبخنـد ملایمـش از گرفتـن سـیگار خودداری کـرد. مشهدی محمد پکـی بـه سـیگار زد، انگار کـه داشـت دق و دلی‌های چنـد سـاله‌اش را خالی می‌کرد. دود سـیگار را بیرون داد و برای مدتی سـاکت شـد که شـاید گدالاله لـب بـاز کنـد ولی دیـد که کلا همین‌طـور او را نـگاه می‌کرد و منتظر اسـت تا مشـهدی ادامـه بدهـد. مشـهدی محمد سـعی داشـت رعایت احتیـاط را بکند تـا مبـادا کسـی سـر زده وارد نشـود و یا اینکه از بیرون حرف آنها را بشـنود و کلا لـو بـرود. سـرش را بـه کلا نزدیک کـرد و تقریباً درگوشـی بـا کلا اختلاط

می‌کرد. گاهی هم محض احتیاط که نکند کسی اطراف قایم شده باشد و یا وقتی که حس می‌کرد صدایی شنیده، سعی خود را می‌کرد که کلا را گدالاله صدا کند ولی زبانش هنوز خوب نمی‌چرخید و گاهی هم کلا به زبانش می‌آمد. مشهدی محمد ادامه داد:

ـ   خلاصه کلا... بعدش پسر شیر پاک خورده‌ت یه روز آمد و خواهرش رو برداشت و برد شهر پیش خودش... بعد هم شنیدم که هر دوتا پسر و دخترت ازدواج کردند و چندتا بچه‌ی قد و نیم‌قد هم خدا بهشون داده...

مشهدی محمد که تازه متوجه شد کلا لقمه‌ای را که مشهدی محمد برایش پیچیده بود، هنوز در دستش نگه داشته، دست کلا را گرفت و جلوی دهن کلا برد:

ـ   کلا... بخور دیگه... بگذار به ما هم بچسبه...

کلا به آرامی مشغول خوردن شد و مشهدی محمد هم دوباره ادامه داد تا کلا را به حرف بگیرد:

ـ   ولی کلا چقدر خوب کردی که برگشتی... ولی رفیق این سی و چند ساله کجا بودی؟ چه کار کردی؟... کلا خیلی عوض شدی...
با ظاهر شدن و واق دوستانه‌ی سگ ولگرد جلوی در مسجد، حواس آنها پرت شد و سگ به نان و پنیر در سفره و بعد هم به کلا و مشهدی محمد خیره شد. واق دوستانه‌ی دوباره‌ی سگ به آنها می‌گفت که به او هم برسند. مشهدی محمد مقداری نان جلوی سگ بیرون در انداخت و سگ را از جلوی در بیرون کرد که یکدفعه داخل مسجد نیاید. بعد که مطمئن شد سگ از جلوی در دور شده است؛ برگشت و رو کرد به کلا:

ـ   گدالاله... بگو... از خبرهای دنیا بگو... از خوبی و بدی‌هایی که دیدی... باید خیلی شهرها را دیده باشی... زندون که نبودی؟ خیال نمی‌کنم زندونی شده باشی؟ رفیق بالاخره لب باز کن و بگو چطور شد که

بعـد از ایـن همـه سـال یک‌دفعه پیدات شد؟

گدالاله بالاخره زبانش باز شد و صدایش به آرامی بلند شد:

–‌‌‌‌ برگشتم که پسرمو... نوه‌هامو و ببینم... باید تو راه باشند...

و بعـد گدالالـه دوبـاره خاموشـی اختیـار کـرد. مشهدی محمد با شنیدن حـرف کلا گیـج و گـم شـد. نمی‌دانسـت چـه بگویـد. خیـال می‌کـرد کـه او بایـد مریـض شـده باشـد یـا حواسـش را از دسـت داده باشـد. مشـهدی محمد گفتـه بـود کـه مدتـی اسـت کـه هیـچ خبـری از بچه‌هایـش نیسـت و هیچ‌کس نمی‌دانـد کجـا هسـتند. بنابرایـن او از کجا می‌دانسـت که آن‌هـا در راهند. مگر او بـا آنهـا در تمـاس بوده؟ نکند کلا حواسـش را از دسـت داده باشـد؟ و هزاران فکـر دیگـر مشـهدی محمـد را به خودش مشـغول کـرد. حالا حـس کنجکاوی مشـهدی محمد بیشـتر عود کرده بود و می‌خواسـت بیشـتر در مورد کلا بداند. می‌خواسـت بدانـد کـه در ایـن مدتـی کـه کلا ناپدیـد شـده بود، چه کـرده و چه بـر سـرش آمـده اسـت. می‌خواسـت بدانـد کـه آیـا کلا حواسـش بـه جا اسـت یـا حواسـش را از دسـت داده اسـت. بالاخـره کلا را بـه حـرف آورد. کلا چنـد کلامـی بـا مشـهدی محمـد اختلاط کرده و به مشـهدی محمد گفـت که چطور حسین‌علی‌خان همـه زندگـی او را عـوض کرد. کـه چطوری او حقیقت دنیا را برایـش شـکافت و دلـش را پـاک کرد. به مشـهدی محمد حالی کرد که برای مدتـی اسـت کـه از مـال دنیـا خـودش را خـلاص کـرده و از آن بریده و شـب و روزش را بـا درویش‌هـا و گداهـای دوره‌گـرد می‌گذرانـد و هـر جـا نـان و پنیری می‌رسـد شـکمش را سـیر می‌کنـد. اگر هم نباشـد یـک جوری سـلوک می‌کند و ادامـه داد کـه در تمـام ایـن مـدت دسـتش بـه پول نخـورده و خوشـحال هم زندگـی کرده است.

مشـهدی محمـد حـالا بـا تعجب بـه کلا خیـره شـده بـود و هـر چـه کلا بیشـتر حـرف مـی‌زد مشـهدی محمـد بیشـتر دچار حیـرت می‌شـد. آخر مگر می‌شـد بـاور کـرد کـه کلا چشـمش به دسـت هر کـس و ناکسـی زل بزند که

یک لقمه نان دستش بدهند تا شکمش را سیر کند. آخر مگر می‌شد باور کرد که کلا با گدایی امرار معاش کند و وردست چوپان و متولی امامزاده کار کرده باشد که فقط شکمش را سیر کند. به گفتن جور می‌آمد ولی به عقل آدمی که کلا را می‌شناخت جور درنمی‌آمد. معلوم بود به کسانی که از گذشته‌ی کلا خبر داشتند و برو و بیاهایش را دیده بودند، هر چه بخواهی حالی کنی که اتفاقاتی که برای کلا افتاده واقعیت دارد، هیچ‌کس قبول نمی‌کرد، حتی اگر با چشمان خودشان هم می‌دیدند باز هم نمی‌توانست برایشان قابل قبول باشد و بر این خیال می‌شدند که داری دستشان می‌اندازی. ولی مشهدی وقتی سر و وضع کلا را برانداز کرد و دید که کلا چقدر عوض شده و راحت و آرام شده، نمی‌توانست قبول نکند. بعد هم فکر می‌کرد ممکن است کلا این کارها را به خاطر اینکه از کارهای گذشته‌اش احساس گناه می‌کرده انجام داده و می‌دهد. شاید هم به نوعی داشته با خودش این کارها را می‌کرده که از گناهان گذشته‌اش راحت شود و خدا او را ببخشد.

به‌هرحال تمام شب کلا و مشهدی محمد با هم اختلاط کردند. هوا دیگر داشت روشن می‌شد. مشهدی محمد باید می‌رفت و در دکانش را باز می‌کرد. مشهدی محمد قبل از روشن شدن هوا راهش را گرفت و رفت تا مبادا کسی او را با کلا ببیند و مشکوک شود. ولی تمام فکر و ذکرش پیش کلا بود و روی پاهایش بند نبود تا دوباره شب برسد و پیش کلا برگردد.

چند روزی به همین منوال گذشت. سگ هم هنوز در بیرون و آن‌طرف جوی آب کنار مستراح بست نشسته و در انتظار بود. چندباری هم که گدالاله در نیمه‌های شب از مسجد خارج شده و به مستراح رفته بود، سگ هیچ حرکتی برای حمله به او از خود نشان نداده بود. انگار چشم سگ فقط دنبال کیسه‌ی گدایی او بود و نه خود کلا و یا با کلا شوخی‌اش

گرفتـه و می‌خواسـت بـا او اختلاط کرده باشـد و بـه او خوش‌آمد گفته باشد. دو تـا رفیـق، مشـهدی محمـد و گدالاله از نیمه‌های شـب تـا دم‌دم‌های صبح بـا هـم گپ می‌زدند ولی اگـر حرفی هم زده می‌شـد، همیشـه این مشـهدی محمـد بـود کـه صدایش شـنیده می‌شـد و کلا همـواره سـاکت بـود و گوش می‌کـرد. مشـهدی محمـد هـم دیگـر عـادت کـرده بـود کـه کلا را گدالالـه صدا کنـد ولـی بـرای مشـهدی محمـد هنـوز معمـا شـده بـود کـه کلا چـرا خیـال می‌کـرد کـه بچه‌هایش برمی‌گردنـد و آمـده بـود آنهـا را ببینـد. حـالا مشـهدی محمـد خیالـش بـرای کلا بیشـتر ناراحـت شـده بود. خیـال می‌کرد کـه رفیقـش پـاک خیالاتی شـده کـه می‌گویـد بچه‌هایـش دارنـد برمی‌گردند و در راه هسـتند. مشـهدی محمـد نمی‌دانسـت چطـور می‌توانـد بـه رفیقـش کمـک کنـد و بـه او حالـی کنـد و بگویـد خیالاتی شـده اسـت. چنـد روز دیگر هـم بـه همیـن منـوال گذشـت و روزها مـردم بـه دیـدن گدالالـه می‌آمدند و شـب‌ها مشـهدی محمـد. یـک لحظـه هـم از فکـر اینکـه چـه کاری می‌توانـد بـرای دوسـتش بکنـد غافـل نبـود. چنـد بار هـم فکر کرد کـه او را بـه خانه‌ی خـودش منتقـل کنـد ولـی کلا موافق نبود و خـودش هم به این نتیجه رسـید کـه شـاید بـا ایـن کار مـردم بـه او شـک بـرده و کلا را بشناسـند و امنیه‌هـا بریزنـد در ده و کلا را بگیرنـد و کت بسـته ببرند.

فصل ۲۱

وقتی خاطرات خوب گذشته برای چند لحظه هم که شده زنده می‌شوند...

بهار از در و دیوار خانه‌های ده شورچه هوار می‌کرد. شاخه‌گل‌های پر گل محمدی در پنجره‌ی بعضی از خانه‌ها دیده می‌شدند. گل‌های قرمز و صورتی گل محمدی با سادگی دیوارهای کاه گلی خانه‌های ده، قاطی شده و تابلوهای ساده و زیبا و دلنشینی را درست کرده بود. بوی عطر گلبرگ‌ها از دور، مشام آدم را عطرآگین می‌کرد. آفتاب بر دشت سرسبز و بیابان‌های ده شورچه می‌تابید.

مشهدی محمد سوار بر الاغش او را هی می‌کرد که تندتر قدم بردارد. به شهر رفته بود تا مایحتاجی را که در دکانش کم داشت بخرد و داشت به ده برمی‌گشت. یک ماهی می‌شد که کلا داخل مسجد کوچکی که روزی خودش ساخته بود بست نشسته و منتظر بچه‌ها و نوه‌هایش بود که برسند. مشهدی محمد حالا دلش نمی‌خواست یک لحظه هم ده شورچه را ترک کند. همه‌ی خوشحالی و خورد و خوراک مشهدی محمد این روزها شده بود دیدن کلا و مصاحبت با او. هنوز به قبرستان بالای ده نرسیده بود که دید انگار جنب و جوشی در ده در جریان است و گویی در غیبت یک روزه‌اش در ده اتفاقاتی افتاده است. سر و صدای ساز و دهل از ده بلند بود. هر چه فکر کرد یادش نیامد که آیا قرار بود عروسی کسی باشد؟ حتی اگر قرار بود عروسی هم باشد، همه از قبل خبر می‌داشتند.

مشهدی محمد به الاغش هی کرد و می‌خواست هر چه زودتر خودش را به ده برساند و ببیند چه خبر شده است. در یک لحظه به فکرش افتاد که نکند مردم کلا را شناخته باشند و کلا لو رفته باشد و امنیه‌ها ریخته باشند سرش و حالا مردم هم داشتند شادی می‌کردند. مشهدی محمد با عادت مردم آشنایی داشت. می‌دانست که مردم، مردمی حزب باد بودند و با هر آهنگی که زده می‌شد فوری رقصشان را عوض می‌کردند. برای همین هم سراسیمه خودش را به دکانش رساند و الاغش را برد به حیاط و زنش را صدا زد ولی هیچ جوابی از زنش نگرفت. بیشتر نگران شد. در راه هم ترسید تا از کسی پرس و جو کند که چه خبر شده. ترسید که نکند ندانسته بند را آب بدهد و مردم بفهمند گدالاله کسی جز کلا نیست و اگر هم تا حالا مردم نفهمیده بودند، حالا بفهمند. فوری در دکانش را از پشت باز کرد و چیزهایی را که خریده بود داخل دکان گذاشت. در را بست و الاغش را هم همین جور با پالانش در حص ول کرد و با عجله بیرون زد و راه افتاد به طرف مسجدی که کلا داخلش سکنی کرده بود.

هر چی مشهدی محمد به مسجد نزدیکتر می‌شد صدای ساز و دهل بلندتر به گوش می‌رسید. مشهدی محمد مطمئن شد که صدا از طرف مسجد و عمارت کلا می‌آید. دید که مردم ده، دسته دسته از همه طرف به طرف مسجد و عمارت کلا می‌روند. نگران‌تر شد. بالاخره به حمام ده رسید و چشمش افتاد به یک کامیون قدیمی دست دوم که جلوی حمام پارک شده بود. چندتا بچه‌ی قد و نیم قد هم داشتند از سر و کول کامیون بالا می‌رفتند. پیدا شدن هر نوع ماشین در ده در آن زمان برای همه تماشایی بود. در طول ماه شاید یکی یا دو ماشین از جاده‌ی بالای ده رد می‌شد. مشهدی محمد حالا گیج شده بود و نمی‌دانست چه خبر شده است. با عجله میان‌بر زد تا از وسط زمین‌های کشاورزی، خودش را زودتر به مسجد و کلا برساند. حالا دیگر صدای ساز و دهل خیلی بلند

بـود. مـردم هـم داشـتند از هـر طرفـی بـه سـمت مسـجد و عمـارت قدیمـی کلاعبـاس می‌رفتند.

مشـهدی محمـد سراسـیمه و نگـران از زمین‌هـای کشاورزی بیـرون زد و از روی جـوی آب پریـد. چیـزی هـم نمانـده بـود کـه داخـل جـوی آب بیافتد. بالاخـره خـودش را رسـاند بـه چنـد متـری عمـارت قدیمـی کلاعباس کـه سـر راه مسـجد بـود و فاصلـه کمی هم با مسـجد یـک اتاقی کـه کلا داخلش بسـت نشسـته بـود، داشـت. از دور دیـد کـه مـردم مثل مور و ملخ جلـوی عمارت کلا جمـع شـده‌اند و جا برای سـوزن انداختن نیسـت. بـا دیدن جمعیـت متعجب و نگـران شـد و گیـج و گنـگ بـود کـه چـرا سـاز و دهـل می‌زنند و شـادی و رقـص و پایکوبـی می‌کننـد. در یـک لحظـه دوبـاره خیـال کـرد کـه نکنـد مردم کلا را شـناخته‌اند و بـرای دیدنـش شـادی می‌کننـد و یا او را لـو داده‌اند و کلا گیـر امنیه‌هـا افتـاده و بـرای همیـن هـم مـردم شـادی و پایکوبـی می‌کننـد. بالاخـره خودش را رسـاند جلـوی عمارت کلا. ولی این‌بار رویـش را برنگرداند تـا عمـارت را نبینـد. این‌بـار بـه عمـارت خیـره شـده بـود. این‌بـار مثل قبـل نبـود کـه بـا نگاه کـردن به عمـارت کلا تمـام وجود مشـهدی محمـد را غم و غصـه بگیـرد بلکه شـادی و شـعف بود کـه در وجـودش موج می‌زد. با تعجب دیـد کـه جلـوی عمـارت کلا حالا آب و جـارو شـده و دیگر هیـچ علف هرزی جلـوی عمـارت دیـده نمی‌شـود. مـردم مثل مـور و ملخ ریختـه و داشـتند عمـارت را تعمیـر می‌کردنـد. حالا انگار کـه عمـارت بعد از سـال‌های سـال نو شـده و زمیـن تـا آسـمان بـا روز قبـل کـه نگاه مشـهدی محمد بـه آن افتاده بـود، تفـاوت داشـت. مردعلـی هـم مشـغول رقـص بیـن جمعیت بـود و خنده و شمشـیر چوبـی‌اش هـم هنوز پا برجـا. مردعلی حالا سـنی هم ازش گذشـته بود و حال احوال و انرژی گذشـته را هم نداشـت. با رسـیدن مشـهدی محمد صدایـش در آمد:

ـ   آقا جمال از زیارت برگشته...

مشهدی محمد آنقدر در خودش گم شده بود که متوجه نشد که جمال پسر کلا، خودش را به او رسانده و دست او را گرفته بود و می‌بوسید. چند لحظه طول کشید تا مشهدی محمد به خودش بیاید و بفهمد که جمال بغلش کرده با او چاق سلامتی می‌کند. تا به خودش بیاید اشک چشمانش را پر کرده بود. خودش هم نفهمید که جمال را بغل کرده و صورتش را چندین بار بوسیده است. جمال سنی ازش گذشته بود و حالا برای خودش مردی شده و کمی چاق و چله هم شده بود. جمال دست مشهدی محمد را گرفت و او را به داخل عمارت برد تا به زن و بچه‌هایش معرفی کند. مشهدی محمد حالا آنقدر شوکه شده بود که پاک کلا را فراموش کرده بود.

مشهدی محمد همراه جمال که حالا همه آقا جمال صدایش می‌کردند راه افتاد و رفت و وارد حیاط عمارت شد. مردم همه مشغول تر و تمیز کردن و تعمیر عمارت بودند. ذوالفقار هم طبق معمول گوشه‌ای نشسته و مشغول خوردن بود و سرش هم روی هوا و گوش‌هایش هم تیز برای گرفتن همه‌ی صداها. برخلاف دیگران، ذوالفقار که حالا پا به سن هم گذاشته بود سرحال و قبراق بود و خیلی جوان‌تر از سنش نشان می‌داد. انگار همه‌ی ده آمده بودند که به آقا جمال خوش‌آمد بگویند. انگار می‌خواستند یاد کلاعباس را دوباره زنده کنند. هنوز مشهدی محمد چند قدمی برنداشته بود که چند بچه‌ی قد و نیم قد دور و برش را گرفتند. آقا جمال شروع کرد به معرفی یک یک بچه‌ها. می‌گفت کدام پسر یا دختر خودش است و کدام بچه‌ی خواهرش فاطمه.

در همین احوال فاطمه در قاب در ظاهر شد و با دیدن مشهدی محمد به او سلام داد:

‐ مشهدی چه خوب شد که آمدید... خدا عالمه که من همیشه به همه‌ی بچه‌ها می‌گم که شما جای خالی بابا را همیشه پر

می‌کنید... شما حکم پدر را برای ما دارید... بیا تا خانوم آقا جمال و شوهر خودم رو بهت معرفی کنم...

درحالی‌که فاطمه داشت زن جمال و شوهر خودش را که معلوم بود اهل شهر هم بودند به مشهدی محمد معرفی می‌کرد، بقیه حضار هم هر کدام نطقی می‌کردند و نظری می‌دادند. در همین احوال از داخل جمعیت که حالا همه دور تا دور مشهدی محمد و جمال و فاطمه جمع شده بودند وعده‌ای هم داشتند شربت و شیرینی به مردم تعارف می‌کردند، صدای پیرمردی بلند شد که با فریاد بلندی صلوات ختم می‌کرد:

- یک صلوات بلند برای شادی روح و روان مرحوم کلاعباس خدا بیامرز هم ختم کنید...

معلوم بود که پیرمرد تمام تلاشش را می‌کرد که صدای خودش از دیگران بلندتر هم باشد. البته جمعیت هم از مسابقه با پیرمرد ابایی نداشتند و همراه او شده بودند. حالا صدای مردم در گوش و جسم و جان مشهدی محمد می‌پیچد. برگشت تا ببیند چه کسی فریاد صلوات فرستادن برای مرحوم کلاعباس را دم داده است. می‌خواست فوری خفه‌اش کند. ولی قبل از اینکه مشهدی محمد فرصت انجام هیچ کاری را کرده باشد چشمانش افتاد روی گدالاله پشت پیر مرد میان گداهای دیگر کنار در نشست بود و او هم همراه مردم شده و معلوم بود او هم در دلش مشغول فرستادن صلوات بود. ولی مشخص بود که تمام هوش و حواسش زیر چشمی و با احتیاط به تماشای قد و قامت بچه‌ها و نوه‌هایش بود. گدالاله با نگاه آرام و خنده‌ی صلح‌آمیزش، فکر و هوش مشهدی محمد را مشغول کرد. حالا مشهدی محمد می‌دید که گدالاله چقدر از دیدن خانواده‌اش خوشحال است. انگار هیچ‌کس دیگر متوجه گدالاله نبود. همه‌ی فکر و ذکرها معطوف تازه رسیده‌ها، یعنی آقا جمال و خانواده‌اش بود. انگار که گدالاله بین آنها وجود خارجی نداشت و دیده

نمی‌شد و یا حالا فقط حکم یکی از بقیه‌ی گداها را پیدا کرده بود که طبق عادت زمان کلا کنار در می‌نشستند. مشهدی محمد دید که گدالاله در حالی که خنده‌ی آرام و دلپذیر و صلح‌آمیزش به طرف او معطوف شده بود. باز هم تمام حواسش به بچه‌ها و نوه‌هایش بود و در لذت دیدن آنها گم شد. حالا اشک در چشمان گدالاله حلقه زد. ولی فوری اشک‌هایش را پاک کرد. نمی‌خواست کسی اشک‌هایش را ببیند و نظرها را جلب کند. با ورود آقا جمال به اتاق بزرگ که مردم گوش تا گوش در آن نشسته بودند باز تمام نظرها به روی آقا جمال تازه رسیده و از شهر برگشته، جلب شد. حالا مشهدی محمد می‌دید که آقا جمال و فاطمه هم پدر خودشان را نشناختند. حتی مشهدی محمد هم دوباره گدالاله از یادش رفت. مشهدی محمد می‌دید که اتاق بزرگ کلا دوباره آب و جارو شده و جمعیت گوش تا گوش دور تا دورش نشسته‌اند. حتی دو ردیف هم وسط اتاق را پر کرده بودند. حالا دوباره خاطرات روزهای گذشته و دوران طلایی کلا برای مردم زنده شد. ولی این را نمی‌دانستند که یکی از گداهایی که کنار در و میان چند گدای دیگر طبق عادت گذشته در دوران طلایی کلا نشسته و همه او را گدالاله صدا می‌کنند، خود کلا است. تنها مشهدی محمد کلا را می‌شناخت و حواسش تمام و کمال معطوف کلا بود. گیج هم شده بود و نمی‌دانست چه باید بکند. نمی‌دانست که باید به جمال حقیقت گدالاله را بگوید یا نه. در شک بود که به آقا جمال بگوید که گدالاله کسی جز پدرش نیست ولی گویا آقا جمال هم یک چیزهایی از رفتار غیرعادی مشهدی محمد دستگیرش شده بود و در تمام این مدت توجه او به مشهدی بیشتر از بقیه بود. آقا جمال و خانواده‌اش احترام خاصی به مشهدی محمد می‌گذاشتند. در تمام مدتی که مشکلات کلا شروع شده بود، مشهدی محمد در کنار آنها و یار و یاور آنها بود. آقا جمال که همواره حواسش به مشهدی محمد بود، دید که بین گداها حواس

مشهدی محمد خیلی به گدالاله معطوف است و چشم از او برنمی‌دارد. بالاخره نگاه آقا جمال افتاد روی گدالاله و برای چند لحظه پدر و پسر در چشم یکدیگر نگاه می‌کردند. ولی گدالاله فوری نگاهش را از آقا جمال دزدید و با فروتنی گدایی‌اش نگاهش را به زمین دوخت. آقا جمال حالا رفت تو نخ گدالاله. خودش هم نمی‌دانست چرا. برای اولین بار دلش بهش می‌گفت این گدالاله یک گدای معمولی نیست و خیال می‌کرد گدالاله را از یک جایی می‌شناسد. حالا آقا جمال در خودش گم شده بود. مشهدی محمد حواسش به آقا جمال رفت و می‌ترسید مبادا آقا جمال کلا را به جا بیاورد و بند را آب بدهد. رفت و دست آقا جمال را گرفت و او را کنار کشید:

ـ آقا جمال دلاک حاضره... و معطل شماست... صلاح نیست بیشتر ازین معطلش کنید... اجازه بریدن رو بده...

مشهدی محمد دید که آقا جمال هنوز تو فکر گدالاله است. بنابراین باز به صدا آمد:

ـ گدالاله از دوست‌های خوب و نزدیک پدرت کلا بود... یک زمانی بابات ازش درس بد و خوب و خدا و پیغمبر را می‌گرفت... هر احترامی بهش بذاری انگار که به پدرت گذاشتی... ولی برای احترام گذاشتن به او وقت زیاده آقا جمال، آقا دلاک معطله...

بالاخره مشهدی محمد فکر و خیال آقا جمال را در آن لحظه از روی گدالاله بیرون آورد و برد به طرف ختنه سورانی پسرش. آقا جمال رو کرد به مردم و درحالی‌که هنوز هم گاه و بی‌گاه حواسش به گدالاله بود سخن آغاز کرد:

ـ آرزوی بابام این بود که ختنه سرونی پسرم عباس رو ببینه... می‌گفت می‌خواد کلاحسین دلاک اون رو ختنه کنه... برای همین خواستم توی این خانه همون‌طور که بابام می‌خواست به دست

کلاحسـین دلاک پسـرم ختنـه بشـه... ایـن آرزوی بابـام بـود...
درحالی‌کـه آقـا جمـال بـه صحبتـش ادامـه می‌داد حـالا اشـک جلـوی چشـمان گدالالـه را گرفـت و کم‌کـم داشـت از کنـاره‌ی چشـمانش بیـرون مـی‌زد و از لابـه‌لای ریـش پرپشـت و سـفیدش قـل می‌خـورد و کمـی نمانـد بـود کـه بچکد روی زانوهایـش. گدالاله دوباره اشـک‌هایـش را کـه داشـت روی صورتـش ظاهـر می‌شـد را بـا لبـه‌ی آسـتینش از کنـاره‌ی چشـمانش پاک کـرد و بـه تماشـای ختنـه سـرونی نوه‌اش نشـست. هرچه بیشـتر آقـا جمال صحبت می‌کـرد گدالالـه بیشـتر از خوشـحالی می‌گریسـت:

- بابـام می‌گفـت هیچ‌وقـت تـو عمـرش نرقصیـده ولـی می‌گفـت تـوی ختنـه سـرونی پسـرم می‌رقصـه... ولـی حالا کـه بابام نیسـت، انشـاالله کـه مشـهدی محمـد کـه حـالا در نبـودن بابام حکـم پدری بـه گردن مـا داره جـای بابا را پـر کنـه و اجـازه‌ی ختنـه را بـده... و برقصـه...

خنـده و شـادی بـر چهـره‌ی پیـر و چـروک خـورده‌ی مشـهدی محمـد نمایـان شـد. حـالا اشـک شـادی چشـمان مشـهدی محمـد را هـم پوشـاند. صـدای بغض‌آلـود و گرفته‌ی مشـهدی محمد کـه بـه سـختی از گلویش بیـرون می‌آمـد بلنـد شـد:

- با اجـازه‌ی گدالاله... انشـاالله که مبـارکه.

و ایـن مشـهدی محمـد بـود کـه اجـازه‌ی ختنـه را داد و بـا اجـازه‌ی او کلاحسـین دلاک کـه حـالا بسـیار پیـر شـده و دسـت‌هایش هـم کمی می‌لرزیـد، دسـت بـه کار شـد و بـا قیچـی تیزش پوسـت زیادی از نـوک آلت عبـاس جـوان پسـر آقـا جمـال را بریـد و درحالی‌کـه عبـاس جـوان از درد بـه خـودش می‌پیچیـد، کلاحسـین دلاک بـا نشـان دادن پوسـت نـوک آلت عبـاس جـوان بـه همـه، مـرد شـدن و بـه معنـای دیگری مسـلمان شـدن او را بـه همـه اعـلام کـرد و بـا اعلام مـرد و مسـلمان شـدن عبـاس جوان صدای سـاز و ضـرب و تـار و کمانچـه مطرب‌هـا کـه آمـاده و منتظـر مرد و مسـلمان

شـدن عبـاس جـوان بودنـد، بلنـد شـد و در فضای اتـاق بزرگ پیچید. آهنگ شـادی را می‌نواختنـد. چنـد نفـری هـم کـه همیشـه آمـاده‌ی رقصیـدن بودند و شـوق و عشـق قـر و فـر داشـتند, معطـل نکرده و مشـغول رقـص و پایکوبی شـدند و هنـر خـود را بـه نمایـش گذاشـتند. پیرمردی کـه میدان گـردان بود رقـص کنـان بـه طرف مشـهدی محمـد رفت و دسـت او را گرفت و او را بـه وسـط کشـاند. مشـهدی محمـد کـه خجالتـی هـم بـود دوری زد و جلوی گدالالـه قـرش را ادامـه داد و بـه هـم نگاه می‌کردنـد. بعد هم مشـهدی محمد نمی‌دانسـت چـرا دسـتش را بـه طرف گدالالـه دراز کـرد و او را بـه رقـص و پایکوبـی دعـوت کـرد. گدالالـه بالاخـره از جایـش بلند شـد.

بـا خالـی کـردن میـدان رقـص بـه احتـرام مشـهدی محمـد و گدالالـه دو رفیـق بـا هـم چنـان رقصی بـه نمایـش گذاشـتند کـه هیچ‌کـس وقـت فکر کـردن بـه اینکـه چرا گدالالـه آنقدر برای مشـهدی محمـد قابل احترام است را پیـدا نکـرد. خصوصا رقـص گدالالـه همـه را به تعجب آورد. چشـم‌ها همه بـه او خیـره شـده بـود. آقـا جمـال نمی‌توانسـت چشـمانش را از روی گدالاله بـردارد. فاطمـه کـه حـالا شـهر رفتـه بـود و کمـی هـم آب و رنـگ شـهری به خـودش گرفتـه بود، آمد و مشـغول تماشـای رقص مشـهدی محمـد و گدالاله شـد. مشـهدی محمـد دسـت آقـا جمـال را گرفـت و کشـید وسـط. حالا سـه نفـری بـه رقـص ادامـه می‌دادنـد. در تمـام طـول رقـص آقـا جمال بـه گدالاله خیـره بـود و چشـمش را از گدالالـه برنمی‌داشـت ولی گدالالـه در خودش بود و در رقص و شـادی گم شـده و چشـمانش را بسـته بود و تا پایان رقصشـان، چیـز دیگـری برایـش مهـم نبـود. گدالالـه همـه چیـز را با چشـمان بسـته هم می‌دیـد. دوبـاره صـدای پیرمـردی کـه مجلس را می‌گردانـد در فضـا پیچید:

- رقاصی‌تون رو بذارید برای بعد شام... می‌خوایم شام بدیم...

- خـوب راسـت می‌گـه... رقاصی‌تـون رو بذاریـد بـرای بعـد... کلا بـدش میـاد...

و ایـن مردعلـی بـود کـه صدایـش در آمـده بـود و انـگار او هـم کلا را شـناخته بـود. ولـی هیچ‌کـس حرفـش را جـدی نگرفـت. حتی ذوالفقـار کـه او هـم بین گداهـا بـود و دوتـا گـدا بیـن او و گدالالـه نشسـته بودنـد. پیرمـرد سـر سفـره‌ی طویلـی را کـه آن طرفـش در دسـت یـک نفـر دیگـر بـود را گرفتـه و راه افتـاد و از بیـن رقصنـدگان بـه طـرف جلـوی اتـاق رفـت. سـر راهـش چنـد نفـری را کـه هنـوز نمی‌خواسـتند کوتـاه بیاینـد و مشـغول نشـان دادن هنـر رقـص خـود بودنـد را هـل داد و کنـار زد و بالاخـره رقـص پایـان گرفـت. سفـره هـم بسـیار طویـل بـود و تـا وسـط اتـاق بـه آن بزرگـی ادامه داشـت. چنـد نفـر دیگـر مشـغول پهـن کـردن باقـی سفـره‌ها شـدند. طولی نکشـید کـه سفـره پهـن شـد و غذاهـا در سفـره‌ها چیـده شـد و مهمانـان مشـغول خـوردن شـدند و دوبـاره خاطـرات مهمانی‌هـای زمـان کلاعبـاس در همـه‌ی ذهن‌هـا زنده شـد. در تمام ایـن احـوال گدالالـه زیـر چشـمی و بـا احتیـاط طـوری که نظـر آقا جمـال را جلـب نکنـد بـه تماشـای او نشسـته بـود. گدالاله آنقـدر در تماشـای آقا جمال و شـادی آن لحظـه گـم شـده بود کـه حتـی سـقرمه‌های گداهای دیگـر را کـه از روی حسـادت بـه او می‌زدنـد را نـه حـس می‌کـرد و نـه در او اثری داشـت. گدالالـه گاه گاهـی هـم چشـمش به چشـمان مشـهدی محمد می‌افتـاد و دو رفیـق بـا نگاه‌هایشـان بـا هـم حـرف می‌زدنـد و بـه ریـش بقیـه کـه چقـدر از دنیـای اطرافشـان بی‌خبـر بودنـد، می‌خندیدنـد. آقـا جمال همچنان حواسـش بـه گدالالـه بـود و دنبـال فرصـت مناسـبی می‌گشـت کـه بـا او خـوش و بش کنـد و بیشـتر در مـورد او و رابطـه‌اش بـا پـدرش کلا بدانـد. ولـی سـرش خیلی شـلوغ بـود و منتظـر فرصـت مناسـبی بـود کـه بـا خیـال راحت بـا گدالاله گپی بزنـد.

در همیـن احـوال مشـهدی محمـد بلنـد شـد و بـه اتـاق بغلـی رفـت تـا هدیـه‌ی مراسـم ختنـه سـوران را بـه عبـاس جـوان بدهـد. داخل اتـاق تمام فـک و فامیـل آقـا جمـال حضـور داشـتند. سـه، چهارتـا بچـه‌ی قـد و نیم‌قد

آقـا جمـال و فاطمـه مشغـول بـازی اطـراف عباس جوان و سـرگرم شـوخی و مـزاح بـا او بودنـد. شـوهر فاطمـه و زن آقـا جمال هـم بودنـد. در دوران قدیم در دهـات رسـم بـود که کسـی کـه ختنه میشـد هدیه هم میگـرفت و این بهترین قسـمت ختنه سـوران برای آنها بـود. در حقیقت هدیـه دادن تبریکی بـود بـرای مـرد شـدن و مسـلمان شـدن آنها. مشـهدی محمـد کنار عباس جوان نشـست و بعد پیشـانی او را بوسـید و دوتا سـکه در دسـتش گذاشت و مشـت عباس جوان را بسـت. مشـهدی محمـد در حال خوش و بـش با عباس جوان بـود که چشـمش افتـاد به گدالالـه که در اتاق بـزرگ کنار در ایسـتاده بـود و داشـت آنها را نـگاه میکـرد. دو رفیـق کمـی بـا نـگاه بـا هـم گفتگو کردنـد و بالاخـره صـدای مشـهدی محمد بلند شـد:

-    گدالاله بفرمایید ... بفرمایید...

و بعد مشهدی محمد رو کرد به آقا جمال و فاطمه:

-    گدالالـه مرد باخدایی اسـت. بـذار بیاد یک دعایی برای سـلامت عباس خـان بخوانـه. باباتـون هـر وقـت گیـر میافتـاد، میرفـت پیـش همین گدالالـه و بـا اون صـلاح و مصلحـت میکـرد... و ازش میخواسـت دعا بخونه...

-    گدالاله بفرمایید... بفرمایید...

و ایـن آقـا جمـال بـود کـه اینبـار گدالالـه را دعـوت میکـرد کـه بـرای سـلامتی پسـرش عباس جوان دعا کند. گدالالـه به آرامـی وارد شـد و رفت و کنـار عبـاس جوان نشسـت. همهی چشـمها بـه گدالالـه دوختـه شـده بود. صـدای سـاز و ضـرب از داخـل اتـاق بـزرگ فضـای خانـه را پـر کـرده بـود. گدالالـه دست عباس جوان را گرفت. دوباره اشک در چشـمانش حلقه زد. نمیتوانسـت جلـوی اشـکهایش را بگیـرد. یواشـکی درحالیکه دسـت عباس جوان را گرفتـه بـود، هدیـهای را زیر لحاف عباس جوان گذاشت. بعد با یک دسـتش روی لحـاف را نگـه داشـت کـه عبـاس جوان لحـاف را کنار نزنـد و

دیگران از هدیه‌ای که به او داده، آگاه نشوند، دست دیگرش روی پیشانی عباس جوان قرار گرفت و چشمانش دور اتاق چرخید و در سفر نگاهش به اطراف اتاق همه‌ی بچه‌های فاطمه و آقا جمال را که حالا همه ساکت نشسته و به او خیره شده بودند را یک به یک نگاه کرد و زیر لب برای آنها دعا خواند. بعد هم چند لحظه‌ای شوهر فاطمه و زن آقا جمال را برانداز کرد. نگاه گدالاله دوباره برگشت و در چشمان عباس جوان افتاد.

عباس جوان درد ختنه‌اش را از یاد برده بود و حالا گیج و گنگ به گدالاله خیره شده بود. چشمان گدالاله برای چند لحظه بسته شد. فقط لب‌های او تکان می‌خورد ولی صدایی از او در نمی‌آمد. مشخص بود که مشغول دعا خواندن است. قطرات اشک در گوشه‌ی چشمانش ظاهر شد. حالا فاطمه با دقت بیشتری به گدالاله خیره شده بود. همه در این خیال بودند که گدالاله داشت برای سلامت عباس جوان دعا می‌خواند. فاطمه در فکر بود که چرا گدالاله به او و آقا جمال برادرش نگاه نمی‌کند. فکر کرد که انگار نمی‌خواهد چشمانش در چشم آنها بیافتد و این برای فاطمه سؤال شده بود. گدالاله بالاخره به آرامی بلند شد، دور اتاق چرخید و همه‌ی بچه‌ها را با مالیدن دستش بر سر آنها لمس و حس کرد و درحالی‌که زمین را نگاه می‌کرد جلوی همه خم شد و به آنها ادای احترام کرد و از اتاق خارج شد. تمام اتاق را سکوت فرا گرفت. چند لحظه جیک از کسی در نیامد. انگار صدای ساز و ضرب در سکوت آنها گم شده بود. همه با تعجب به در اتاق بزرگی که گدالاله از آن بیرون رفت و در آن گم شد، خیره شده بودند. برای چندی همه مات و مبهوت شده بودند و نمی‌دانستند چرا. هیچ‌کس حرکتی نمی‌کرد. بالاخره فاطمه که به گدالاله شک کرده بود فوری رفت و لحاف را از روی عباس جوان کنار زد تا ببیند گدالاله چه چیزی زیر لحاف گذاشت.

فاطمه نی قدیمی‌ای را از زیر لحاف بیرون کشید. حالا همه‌ی نگاه‌ها

افتـاد بـه نـی قدیمـی هدیه‌ی گدالالـه به عباس جوان.

اشـک در چشـمان فاطمـه کـه همچنان بـه نـی قدیمی پدرش خیره شـده بـود ظاهـر شـد. رو بـه جمال کـرد و زیر لبـش زمزمه کرد:

ـ دیوانـه... اون گـدا نیسـت.. بابامونـه... نـگا کـن... این همان نـی بود که گفـت بـرای پسـرت خریده... من کـه نمی‌تونم بخونم... مشـهدی شـما کـه یـک کـوره سـواد داری روش رو نـگاه کـن... بایـد نوشـته باشـه یا عباس...

مشهدی محمد نی را از فاطمه گرفت و مشغول وارسی شد:

ـ عباس...

و ایـن بـار صـدای مشـهدی محمد بـود کـه کلمـه‌ی عباس را کـه روی نی حـک شـده بـود را زمزمـه می‌کرد. آقا جمال نـی را از مشـهدی محمد گرفت و بـا نـگاه اول نـی را شـناخت. انـگار همین دیروز بـود که پدرش نـی را به آقا جمـال جـوان و فاطمه نشـان داد. آهنگ دلنشـین صدای پدرش در گوشش زنده شـد:

ـ ایـن نـی را دادم درسـت کردنـد کـه وقتـی پسـر اول جمـال بـه دنیـا آمـد بـدم بهـش... دادم کلمـه‌ی عبـاس را هـم روش حـک کردنـد... دلـم می‌خـواد تـوی همین اتـاق ختنه سـرونش رو بگیرم... کلاحسـین دلاک هـم ختنـه‌اش کنـه و خـودم هـم بـرای مـرد شـدنش برقصـم... گویـا کلا می‌دانسـت یـا آرزو می‌کـرد کـه اولین بچه‌ی جمال پسـر باشـد. البتـه در زمان‌هـای قدیـم این رسـم بود کـه همه نـذر و نیاز و دعا می‌کردند کـه اولیـن بچـه‌ی خانـواده پسـر باشـد. چـرا کـه می‌توانسـت در کهولـت پدر از خانـواده حمایـت کنـد و دلیـل و فلسـفه‌ی پشـت ایـن آرزو بـر این پایـه و اسـاس بـود کـه در زمان‌هـای قدیـم درآمـد خانواده‌هـا بـرای امـرار معـاش و پوشـاک تقریبـاً تمامـاً از طریـق کشـاورزی برآورده می‌شـد و این مـرد بود که ایـن امـر مهـم را ممکـن می‌سـاخت. حـالا نـگاه آقـا جمال بـه در اتـاق بزرگی

که گدالاله وارد آن شد، افتاد. معطل نکرد و به طرف اتاق بزرگ به راه افتاد و فاطمه هم شلان شلان به‌دنبالش رفت و بقیه‌ی قافله هم به‌دنبال فاطمه. ولی یکی دوتا قدم برنداشته بودند که مشهدی محمد جلوی در ظاهر شد و راه آنها را سد کرد:

- آقا جمال، فاطمه خانوم اون یک فراری است... حرف بزنید لو می‌ره و دیگه هیچ‌وقت نمی‌بینیدش... به این مردم که دوباره دوستتون شدند و دارند غذاتون رو می‌خورند و به‌به و چه‌چه می‌کنن اطمینان نکنید... باید عاقلانه عمل کرد... اون می‌دونست که شما داريد ميايد... برای همین هم پیداش شد که شما را ببیند... گدالاله همین جاست و توی مسجده و هیچ‌جا هم نمی‌ره... آخرهای شب که همه رفتند می‌ریم توی مسجد سراغش... آقا جمال حالا با خون‌سردی برو به مهمان‌هات برس و خودتان را نگه دارید... باید صبور بود و بی‌گدار به آب نزد... که بعد پشیمانی بیاره...

همه به هم خیره شده بودند و نمی‌دانستند چه باید بکنند:

- حق با مشهدی است آقا جمال...

و با سخن شوهر فاطمه همه کمی آرام شدند. آقا جمال و مشهدی محمد به اتاق بزرگی که مردم در آن نشسته بودند برگشتند. به محض ورودشان به اتاق بزرگ نگاه آنها به طرف دری که گداها و گدالاله کنارش نشسته بودند برگشت ولی در یک لحظه هر دو سر جایشان خشکشان زد و خنده از روی گونه‌های چین و چروک خورده‌ی مشهدی محمد و آقا جمال محو شد. جای گدالاله خالی بود. هر چه اطراف را وارسی کردند اثری از گدالاله که نبود هیچ، بقیه‌ی گداها هم به جز ذوالفقار و یکی از آنها دیده نمی‌شدند. مردعلی هم تک و تنها کنار در نشسته بود و صدایش هم در آمده بود:

- کلا رفت... برم سراغش که گرگای پدرسوخته بهش حمله نکنند...
بعد هم مردعلی از در بیرون زد. ولی با اینکه مردعلی رفتن کلا را اعلان کرد، باز هیچ‌کس به حرف او توجه نکرد. آقا جمال و مشهدی محمد چند لحظه به هم خیره شدند و نمی‌دانستند چه بگویند و چه بکنند. نگرانی سراسر وجود آقا جمال را گرفت. مردم هم بی‌خبر از اینکه چه در دل و جان آقا جمال و مشهدی محمد می‌گذرد، گرم بزن و بکوب و خوردن و عشق و حال بودند.

بیرون باد ملایمی می‌وزید. تاریکی شب همه‌جا را پوشانده بود. ساعتی از رفتن گدالاله گذشته بود. آقا جمال درحالی‌که یک چراغ زنبوری کم‌نوری در دست داشت از عمارت خارج شد. چراغ کمی اطراف را روشن کرده بود. مشهدی محمد دنبال آقا جمال به آرامی قدم برمی‌داشت. چند قدمی برنداشته بودند که فاطمه هم از در عمارت بیرون زد و شلان شلان به‌دنبال آنها راه افتاد. صدای ساز و ضرب همچنان از داخل خانه‌ی کلا بلند بود اما در بیرون همه ساکت بودند. طولی نکشید که آقا جمال و مشهدی محمد به مسجد کوچک رسیدند. آقا جمال که جلوتر بود از یکی دوتا پله‌ی جلوی مسجد بالا رفت و جلوی در ایستاد و چراغ دستی‌اش را بالا آورد تا داخل مسجد را ببیند ولی آقا جمال جلوی در خشکش زده بود. نه داخل می‌شد و نه خارج. مشهدی محمد خودش را رساند و از پله‌ها بالا رفت و آقا جمال را کنار زد و به داخل مسجد نگاه انداخت. آقا جمال و به‌دنبالش مشهدی محمد به طرف بیرون برگشتند و داخل تاریکی را جستجو کردند. اگرچه فاطمه از رفتار و کردار و حال غمگین آقا جمال و مشهدی محمد فهمیده بود که آنها بیرون دنبال پدرش می‌گردند ولی نمی‌خواست قبول کند و شلان شلان از پله‌ها بالا رفت و از وسط آقا جمال و مشهدی محمد رد شد و به داخل مسجد خیره شد. مسجد خالی بود و اثری هم از جل و پلاس گدالاله دیده نمی‌شد.

گدالاله رفته بود. هیچ اثری از سگ هم دیده نمی‌شد.

آقا جمال با دامادشان که حالا او هم بیرون آمده بود، همراه مشهدی محمد و فاطمه تمام اطراف را در تاریکی جستجو کردند. تمام جاده‌های اطراف را با عجله گشتند. ولی انگار کلا آب شده و رفته بود توی زمین. آقا جمال دست خالی و غمگین به طرف عمارت برگشت. نور چراغ زنبوری‌اش افتاد روی مشهدی محمد که او هم از جستجو دست کشیده بود. فاطمه و شوهرش هم چراغ به دست رسیدند. چند نفر دیگر از مردم هم که از غیبت صاحب‌خانه آگاه شده بودند از خانه خارج شده و چراغ به دست خودشان را به جماعت رساندند. صدای ساز و آواز که هنوز از داخل خانه‌ی کلا شنیده می‌شد فضای شب را دل‌انگیزتر کرده بود ولی جماعت بیرون برعکس جماعت داخل که وجودشان را شادی و شعف گرفته بود، غمگین و افسرده بودند.

حالا این مشهدی محمد بود که زیر نگاه‌های آقا جمال و فاطمه مورد استنطاق قرار گرفته بود. آقا جمال و فاطمه می‌خواستند بدانند چرا مشهدی محمد حقیقت گدالاله را از اول به آنها نگفته بود. می‌خواستند بدانند که حالا کجا می‌توانند پدرشان را پیدا کنند ولی مشهدی محمد هیچ جوابی برای آنها نداشت. مشهدی محمد خودش هم در حیرت بود. خلاصه مشهدی محمد در فکر خودش گم شد و هیچ جوابی هم برای آقا جمال و فاطمه نداشت. همه در سکوت شب به هم خیره شده بودند. جیک از هیچ‌کس در نمی‌آمد. هیچ‌کس نمی‌دانست چه بگوید و یا چه بکند. همه منتظر بودند که دیگری زبان باز کند و سکوت و غم را از تاریکی شب بگیرد، ولی انگار هیچ‌کس جوابی نداشت یا نمی‌خواست زبان باز کند. صدای چند گرگ از دور بلند شد که انگار ندای مرگ را می‌دادند. چندتا از سگ‌های ده هم در جواب آنها طبق معمول همیشگی به صدا در آمده بودند. ولی این صدایی نبود که همه در انتظارش بودند

تا سکوت شب را بشکند.

در همین احوال مردم که از سر و صدای بیرون باخبر شده بودند، شروع به بیرون زدن از خانه‌های خود کرده و کم‌کم به جمع بقیه پیوستند. صدای سگ ولگردی که شب هنگام همیشه در اطراف خانه کلاعباس و جلوی مسجد در انتظار گدالاله می‌چرخید، داخل تاریکی شب پیچید. همه‌ی مردم با صدای او آشنایی کامل داشتند. انگار مردم می‌دانستند که کی صدای سگ دوستانه است و کی صدایش خصمانه و تهدیدآمیز. از طرفی هم بودن سگ به مردم کمی آرامش خاطر می‌داد که کمتر به فکر جن‌های تپه‌های بالای ده بیافتند. خصوصاً اینکه در همان زمان صدای نی هم یک‌باره افتاد و مثل بقیه‌ی شب‌ها ادامه نداشت. چند نفری همراه مشهدی محمد به طرف صدای سگ ولگرد خیره شده بودند. چراغ زنبوری آقا جمال تا صورتش بالا آمد و صورت غمگینش را روشن کرد. معلوم بود که نگاه و توجه آقا جمال به طرف صدای سگ ولگرد در دل تاریکی غم‌زده‌ی شب به دنبال جواب می‌گشت. مشهدی محمد بدون اینکه دلیلش را بداند چراغ به دست به طرف صدا به راه افتاد. بقیه هم به‌دنبالش حرکت کردند ولی مشهدی محمد در این خیال بود که جلوی او و در تاریکی شب سایه‌ای در حرکت است. برای همین هم چراغش را یکی دو بار دیگر بالا آورد و خوب اطرافش را وارسی کرد. به دنبالش آقا جمال، فاطمه و بقیه‌ی جمعیت در حرکت بودند، با رسیدن آنها به او مشهدی محمد کمی جرأت گرفت. صدای سگ ولگرد از دل تاریکی به آنها نزدیک شده و به طرف آنها پاس می‌کرد و با برگشتنش و گم شدنش داخل تاریکی مشخص بود که از آنها می‌خواست که به‌دنبالش راه بیافتند. سگ ولگرد بسیار بی‌قرار بود. آقا جمال و مشهدی محمد و جماعت به‌دنبال سگ به راه افتاده و از یکی دوتا پیچ و خم کوچه‌های تنگ گذشتند. رقص نور چراغ‌های متعددی که همه‌ی آنها تا صورت‌هایشان بالا آورده

بودند تاریکی شب را از بین برده بود و روی زمین و شاخه‌های درختان و دیوارهای گِلی در حال بازی و رقص بود. جماعت کم‌کم داشتند به سگ ولگرد نزدیک می‌شدند. از خم کوچه‌ای پیچیدند و نور چراغ‌های آنها روی سگ ولگرد افتاد. دیدند که سگ از دیوار کوتاه خرابه‌ای پرید و به داخل رفت. داد و بی‌داد مردعلی هم شنیده می‌شد:

- پدرسوخته‌های گدا... ولش کنید... کشتیدش... ولش کنید حق نشناسا...

با رسیدن آقا جمال که چراغ به دست جلوی همه حرکت می‌کرد به سگ و خرابه انگار جرأت سگ بیشتر شده بود و حالا به طرف عده‌ای که مشغول زدن و مشت و مال دادن فقیر بیچاره‌ای داخل خرابه بودند، حمله‌ور شده و صدای پاسش هم بلندتر شده بود. گاه گاهی هم برگشته و چند قدمی به طرف تاریکی برمی‌داشت و به داخل تاریکی خیره می‌شد و پاسش هم ادامه داشت. انگار سگ با کسی داخل تاریکی در حال گفتگو بود. ولی باز به طرف صحنه‌ی معرکه برگشته و پاسش ادامه داشت. با رسیدن مشهدی محمد و باقی جماعت حالا رقص نور چراغ‌ها با رقص عصاها و چوب‌دستی‌هایی که داخل خرابه و در دل شب بالا و پایین می‌رفتند و همراه مشت و لگدها بر سر و صورت و اندام فقیری که بی‌حرکت روی زمین دراز شده بود پایین می‌آمدند، قاطی شده بود. انگار که یکی سمفونی مرگ را درست کرده و به نمایش گذاشته بود. مردعلی که حالا گریه هم سر داده بود از خونی بودن صورتش معلوم بود برای کمک کردن به گدال‌اله کتک هم خورده بود، به طرف آقا جمال و جمعیت فریاد می‌زد:

- کلا را کشتند ... شمرا کلا را دارند می‌کشند... بیاید کمک... دارند می‌کشند امام حسین...

آقا جمال و به دنبالش عده‌ای دیگر با عجله از دیوار کوتاه خرابه وارد

شـده و بـه کـمـک فقیـر بیچاره شـتافتند. مشـهدی محمد هـم به دنبالشان وارد خرابـه شـد. سـگ ولگـرد کـه حـالا می‌دانسـت برایش کمک رسـیده، شـجاع‌تر شـد و آواز بلندتـری سـرداد. هنـوز هـم بـه ایـن طـرف و آن طـرف می‌پریـد و از میـان جمعیـت سـعی بـر این داشـت کـه ببیند سرنوشـت فقیر بیچاره بـه کجـا کشـیده شـده و البتـه جمعیـت چنـان زیـاد شـده بـود کـه دیـدی بـه سـگ ولگـرد نمی‌داد کـه از رفیقـش خبـری بگیـرد و این امـر او را نگران‌تـر کـرده و واق واقـش را بیشـتر و بلندترکـرده بـود.

سـگ خیلـی دلـش می‌خواسـت آقا جمال کـه گداهـا را بلافاصلـه گرفته و بـه اطـراف پـرت کـرده بـود کتک مفصلی هـم به آنها بزند. اما آقا جمال مشـهدی محمـد و بقیـه رسـیدن بـه گدالاله مهمتـر بود تـا کتـک زدن بقیه گداهـا. مـرد علـی مـی دیـد کـه گداهـا همان‌هایـی بودند کـه همه کنـار هم در اتـاق بـزرگ کلا نشسـته و مشـغول خوردن غـذای او بودند. مـردم گداها را کنـار زدنـد. آقا جمال و مشـهدی محمـد با احتیاط نشسـته و فقیر بیچاره را کـه روی شـکمش بی‌حرکـت دراز کشـیده بـود گرفته و به کمک یکـی دو نفر دیگـر او را برگرداندنـد. مـرد علـی هنوز اشـک مـی ریخت :

ـ   گدا های بی‌دین الاغ، ولی نعمت خودشون رو زدند کشتند...

هنـوز آقـا جمـال و بقیـه متوجه کلام مردعلی نشـده بودند که با برگشـتن فقیر بیچاره روی پشـتش تمـام نـور چراغ‌هـا روی او افتـاد و او را روشـن کـرد. ولـی ایـن بـار نور چراغ‌هـا در رقـص نبودنـد و در حقیقت رقصشـان هم نمی‌آمـد و تنهـا ثابـت و مـات بودنـد مثل بقیه که بـه قامت بی‌حس گدالاله کـه روی زمیـن سـرد دراز کشـیده بـود، خیره شـده بودند. سـر و صورتش از خـون پوشـیده شـده بـود. لباس‌هایـش پاره پوره شـده بودند.

در همیـن احـوال کـه همـه گیـج و گـم بودنـد و نفس از هیچ‌کس در نمی‌آمـد. فاطمـه دختـر کلا شـلان شـلان و چـراغ به دست جلـوی در خرابه پیـدا شـد و چنـد لحظـه بـه آقا جمـال و مشـهدی محمـد و بقیه خیره شـد.

گذشـتن از دیـوار کوتـاه خرابـه بـرای فاطمه که می‌شلید چندان آسـان نبود ولـی او نمی‌خواسـت آنجا بایسـتد و مثـل بقیـه خشکش بزند. می‌خواست بدانـد کـه آقـا جمـال، مشـهدی محمـد و بقیـه بـه چـه کسـی خیـره شـده بودنـد کـه آن جـور خشکشـان زده اسـت. طولی نکشـید کـه فاطمـه از دیوار کوتـاه خرابـه بـالا آمد و شـلان شـلان خودش را بـه جماعت رسـاند و نگاهش افتـاد بـه گدالالـه کـه بی‌حرکت روی زمیـن دراز کشـیده بـود. می‌دیـد کـه موهـای بلنـد آلـوده بـه خـون صـورت گدالالـه را پوشـانده ولـی احتیـاج نبود فاطمـه صـورت پـدرش را ببینـد. او فهمیـده بـود کـه بـه پـدرش کلاعبـاس نـگاه می‌کنـد کـه بـه ایـن روز افتاده اسـت. در حقیقـت آقا جمال و مشـهدی محمـد هـم کلا را شـناخته بودنـد. ولـی آنقـدر در نابـاوری بودند کـه دسـت و پایشـان را گـم کـرده بودنـد و یـا اینکـه نمی‌خواسـتند بـاور کنند کـه به کلا نـگاه می‌کننـد کـه به دسـت همان کسـانی کـه بـه خاطرشـان همه‌چیز خود را فـدا کـرده بـود، بـه خـاک و خون کشـیده شـده بود.

بالاخـره افتـادن فاطمـه روی پـدرش و بلنـد شـدن صـدای شـیون او و همه را بـه خـود آورد. چـه آنهایـی کـه نمی‌دانسـتند بـه کلا نـگاه می‌کننـد و چـه آنهایـی کـه می‌دانسـتند ولـی همچنـان در تعجب و نابـاوری گـم شـده و اراده‌ی حرکـت از آنهـا گرفتـه شـده بـود. حالا صدای گریـه‌ی فاطمه در تاریکی شـب آواز ناخوشـایندی را در گوش‌هـا می‌نواخـت و بـار غـم شـب را دوچندان کرده بـود. فاطمـه روی پـدرش افتـاده بـود و گریـه می‌کـرد و موهـای خونـی را از صورتـش کنـار می‌زد تا صـورت پـدرش را ببیند:

‐   بابا خدا مرگم بده... کی به این روزت انداخته...؟

حـالا دیگـر همه‌ی مـردم کلا را شـناخته بودند و همه چنان شـوکه شـده بودنـد کـه جیـک از هیچ‌کـس در نمی‌آمـد. سـکوت محـض بود و بـس. حتی صـدای سـگ ولگـرد هـم کم‌کم بـه زوزه‌های دردنـاک و غم‌انگیـزی تبدیل شـده و بالاخـره آن هـم خامـوش شـد ولـی نگاهـش بـاز به داخـل تاریکی

خیـره بـود. انـگار شـبحی روی دیـوار ایسـتاده و همه‌چیـز را نظـاره می‌کرد. گویـی سـگ داشـت بـا همـان شـبح گفتگـو می‌کـرد. سـگ هـم مثـل بقیـه گیـج و گنـگ شـده و در نابـاوری بـود. بـه نظـر می‌رسـید کـه سـگ هـم مثـل بقیـه انتظـار نداشـت ببینـد روزی چنیـن سرنوشـتی در انتظـار کلاعباس باشـد. حتـی بـه عقـل سـگ هم نمی‌رسـید کـه ایـن کلاعباس اسـت کـه جلـوی همه بی‌حـس و ناتـوان دراز کشـیده اسـت. خصوصـاً کـه بـه دسـت چنـد فقیر، کـه کلا همـه‌ی زندگـی خـودش و خانـواده‌اش را فـدای آنها کرده بـود، بـه ایـن روز افتـاده بود.

گریـه و شـیون فاطمـه کافـی بـود تـا عـده‌ای کـه تـا حـالا در خیـال ایـن بودنـد کـه گداهـا سـر یکـی از خودشـان ریختـه و زده و لت و پـاره‌اش کرده‌انـد، بـه خـود بیاینـد. حـالا دیگـر بـر هیچ‌کـس پوشـیده نبـود کـه همـه، صـورت خونیـن و مالیـن کلاعباس را می‌بیننـد. طولـی نکشـید کـه خون عـده‌ای بـه جـوش آمـد و بـه جـان گداهـا افتادنـد و در یـک چشـم بـر هـم زدن همـه‌ی آنهـا را روی زمیـن دراز کـرده بودنـد. چند ثانیـه‌ای طول نکشـید کـه سـربازان شـب چنـد برابـر شـده و بـه عـده‌ی آنهـا اضافه هم می‌شـد. مشـت و لگدها در دل تاریـک شـب بـالا و پاییـن می‌رفتنـد و بـر جـان و تـن گداهـای نگون‌بخت فـرود می‌آمدنـد. حـالا ایـن گداها بودنـد کـه روی زمیـن سـرد زیر چتـر تاریـک و غم‌انگیـز شـب دراز شـده بودنـد و در خـون خـود بـه این طـرف و آن طرف می‌غلتیدنـد، فریـاد التماس‌شـان بلنـد شـده بود کـه نمی‌دانسـتند چه کسـی را می‌زننـد و طلـب بخشـش می‌کردنـد ولـی انگار صدایشان به گـوش هیچ‌کـس نمی‌رسـید و بـه دل هیچ‌کـس نمی‌نشسـت. سـگ هـم واق واقـش بلنـد بـود. ذوالفقـار هـم بـه خرابـه رسـید و بیـرون ایسـتاده و بـه گوش بـود. مردعلی هم مشـغول نوحه‌خوانـی شـده و شمشـیر چوبـی‌اش هـم روی هـوا می‌چرخید.

دسـت چیـن و چـروک و خونین کلا زیر نـور ضعیف چراغ‌هـای زنبوری به آرامـی روی هـوا بلند شـد. از سـر و روی فاطمـه کـه روی پدرش دراز کشیده

بـود و زار مـی‌زد رد شـده و معلـوم بـود کـه داشـت دنبـال مشـهدی محمد و یـا آقـا جمال می‌گشـت. نـگاه مشـهدی محمد کـه کنار کلا نشسـته بود روی دسـت او افتـاد. آقـا جمـال هـم حالا کنار و آن طرف کلا و روبه‌روی مشـهدی محمـد نشسـته بـود و تـازه از شـک و نابـاوری خـلاص شـده بـود. دسـت آقا جمـال و مشـهدی محمـد بـا هـم بـه طـرف دسـت کلا رفـت و دسـت او را گرفتنـد. هـردوی آنهـا ناتوانی کلا را که در تلاش بود دسـتش را از لای دسـت مشـهدی محمـد و آقاجمـال خـلاص کـرده و بـه طـرف گداهـا اشـاره کند را خـوب حـس می‌کردند.

حـالا همـه‌ی نگاه‌هـا بـه دسـت کلا بـود کـه بـا ناتوانی بـه طـرف سـربازان فدایـی تملـق کـه بـا افتخار بـه جان گداهـای بدبخت افتـاده بودند دراز شـده بـود و بـه آنهـا اشـاره می‌کرد. چنـد لحظه طول کشـید که متوجه خواسـته‌ی کلا شـوند کـه بـه آنهـا التمـاس می‌کـرد از زدن گداهـای بدبخت خـودداری کننـد. مشـهدی محمـد یکبـاره شـجاعت شـیر را بـه خود گرفت و دسـت کلا را رهـا کـرد و از جایـش بلنـد شـد و بـه طـرف سـربازان شـب فریاد کشـید و یکـی دو نفـر را هـم گرفـت و پس و پیـش کرد:

ـ   مگـه کریـد... مگه کوریـد... نمی‌بینید داره می‌گه ولشـون کنیـد... برید
       کنـار... بدبخت‌هـای بیچـاره رو نزنیـد... ولشـون کنیـد...

و بالاخـره سـربازان تملـق شـب کم‌کـم بـا اینکـه نمی‌خواسـتند رضایـت بدهنـد بعـد از نثـار چنـد ضربه‌ی آخـر و خالی کـردن عقده‌های خـود از زدن گداهـای بدبخـت دسـت کشـیدند. تـازه گداها هـم فهمیـده بودند کـه رقیب آنهـا کـه بـه او دشـمنی می‌ورزیدنـد و سـایه‌ی او را از چنـد فرسـخی بـا تیر می‌زدنـد، کتکـش زده بودنـد, کسـی جـز کلاعبـاس نبود.

حـالا آنهـا گیج‌تـر و گنگ‌تـر و افسرده‌تر از بقیـه‌ی جماعـت بودنـد و بـه عقـل هیچ‌کـدام نمی‌رسـید کـه چـه کاری بایـد بکننـد. خجالت‌زده در گوشـه‌ای نشسـته و شـرمسار از کار نادرسـت خـود درون خـود می‌گریسـتند. البته کلا/

گدالاله همه‌جا موی دماغ این گداها شده بود و هر جا پیدایش می‌شد همه و همه دور گدالاله را می‌گرفتند و هیچ توجهی به بقیه‌ی گداها نمی‌کردند. دلیلش هم پرواضح بود. گدالاله راه و روش حسین‌علی‌خان را پیشه کرده بود. ساز دهنی می‌زد و حقا که چقدر هم قشنگ می‌زد. تا آنجایی که حتی بسیاری از گداها هم با اینکه گدالاله بازار آنها را کساد کرده بود و او را دشمن خود می‌دانستند، با این حال پای صدای ساز دهنی گدالاله می‌نشستند و چندی از خود بی‌خود می‌شدند و دشمنی‌هایشان با او از یادشان می‌رفت. دلیل دیگرش هم این بود که گدالاله هرچه از مردم می‌گرفت سر راهش با بقیه‌ی گداها و یا متولی امامزاده‌ها و یا چوپان‌های در کنده‌ها شریک و با آنها همراه و هم‌سفره می‌شد.

سگ ولگرد هنوز داشت این طرف و آن طرف می‌چرخید و سعی بر این داشت که از وسط جمعیت راهی باز کند و از حال و روز کلا خبردار شود ولی تلاشش به جایی نرسید و ناامید شد و گوشه‌ای به انتظار نشسته بود و دائم سرش میان کلا و شبح توی تاریکی در سفر بود.

آقا جمال بالاخره به‌خودش آمد و خواهرش فاطمه را از روی پدرشان بلند کرد. بعد هم به کمک مشهدی محمد و چند نفر دیگر کلا را از روی زمین سرد و سخت بلند کردند. صدای سلام و صلوات جماعت و دعا و ثنا فضای تاریک شب را فرا گرفت. انگار آنقدر همه در ماجرای کلا و پیدا شدنش گم شده بودند که هیچ‌کس دیگر نه به فکر جن‌های بالای ده بود و نه به فکر صدای نی. حالا صدای صلوات و دعا و ثنای مردم جای صدای نی را گرفته بود و با صدای گرگ‌های وحشی و گرسنه هم که به ده نزدیک شده بودند و سگ‌های ده هم طبق معمول با آنها جواب و سؤال می‌کردند قاطی شده و معرکه‌ای به پا کرده بود که گوش زمین و زمان را کر می‌کرد. صدا هر لحظه بلندتر و بلندتر هم می‌شد.

حالا کلا روی دست مردم ده قرار گرفته بود و او را از خرابه خارج کرده و به طرف خانه‌اش با سلام و صلوات حمل می‌کردند. در میان این همه شلوغی، نگاه گدالاله از لابه‌لای جمعیت به نگاه سگ افتاد و نگاهشان در هم قفل شد. به نظر می‌رسید که در تمام مدتی که نگاه گدالاله و سگ در هم قفل شده بودند کلا فقط سگ را می‌دید و حس می‌کرد و نه هیچ‌چیز و یا هیچ‌کس دیگری را. در یک لحظه گدالاله نگاهش افتاد به شبحی که داخل تاریکی خودش را پنهان کرده و در کنار سگ که از جمعیت عقب افتاده بود در حرکت بود و به او نگاه می‌کرد.

جمعیت در حالی که کلا را روی دست داشتند در خم کوچه‌ای پیچیده و گدالاله از دید سگ و شبح گم شده بود. حالا مردم برای کمک به حمل کلا چنان سر و دستی می‌شکستند که بماند و طبق عادت مرسوم تملق و تعارفات همیشگی رقابت آن‌چنانی هم بین صلوات فرستندگان در جریان بود. البته برای نشان دادن و ثابت کردن اینکه چه کسی بلندتر صلوات ختم می‌کرد و صدایش به صدای آن دیگری می‌چربد، چیزی نمانده بود که حلق‌هایشان پاره شود.

اگر چه آقا جمال از دیدن پدرش در آن حالت چنان شوکه شده بود که در تمام این مدت سکوت کامل اختیار کرده بود و در خود می‌گریست ولی صدای شیون فاطمه بین همه‌ی صداها بلندتر شنیده می‌شد. حالا فاطمه از مردم عقب هم افتاده بود و تک و تنها شلان شلان دنبال مردمی که با عجله کلا را به طرف خانه‌اش می‌بردند در حرکت بود. البته که مردم ده با بلند شدن صدای صلوات‌ها همه از خواب بیدار شده بودند و زن و مرد و کوچک و بزرگ از خانه‌هایشان بیرون زده و دنبال جماعت به راه افتاده بودند. ولی انگار هیچ‌کس فاطمه را نمی‌دید و فاطمه در تاریکی شب از مردم عقب افتاده و تک و تنها مانده بود. هیچ‌کس آن شب و آن لحظه نه به فکر فاطمه بود و نه در فکر جن‌های بالای ده و ترسی هم

از آنها در دل نداشتند.

جماعت در راه حمل کلا به جلوی خانه‌ی ملامحمود رسید. مسلم بود که ملامحمود را از خواب بیدار کرده بودند. ملامحمود با اینکه حالا سنش از هشتاد هم گذشته بود ولی هنوز زبل و باهوش بود و همه‌چیز را زیر نظر داشت ولی شب‌ها از ترس جن‌های بالای تپه‌ها جرأت بیرون آمدن را نداشت ولی عبا به دوش در ایوان خانه‌اش ایستاده و می‌خواست بفهمد جریان از چه قرار است که صدای سلام و صلوات مردم بدون حضور او و دستور او و آن هم در نیمه شب بلند شده بود. طولی نکشید که صدای چند نفر چاپلوس بلند شد و با فریادشان به طرف ملا خبر برگشتن کلاعباس را به ملامحمود دادند. جمعیت دیگر از پای خانه‌ی ملامحمود دور شد و از جلوی دید او هم گم شدند ولی ملامحمود هنوز در فکر هضم کردن این بود که قبول کند که آیا درست شنیده که کلاعباس برگشته یا نه.

سگ ولگرد که با سر و صدایش مردم را باخبر کرده بود که به کمک کلا بیایند انگار حالا در فکر فاطمه بود و در چند قدمی و پشت فاطمه که از قافله عقب افتاده بود و شلان شلان و آرام قدم برمی‌داشت در حرکت بود. انگار که سگ وفادار داشت پاسبانی فاطمه را می‌داد که یک‌دفعه گرگ و یا جنی از تاریکی بیرون نپرد و فاطمه را غافلگیر کند. آن دو حالا به پای خانه‌ی ملامحمود رسیده بودند. ملامحمود که هنوز با ناباوری در ایوان خانه‌اش ایستاده بود با دیدن فاطمه بالاخره اخمش توی هم رفت و این نشان از آن بود که حالا قبول کرده که کلاعباس برگشته است.

مردم دیگر به خانه‌ی کلا رسیده بودند. دیگر از رقص و پایکوبی ختنه سوران عباس جوان خبری نبود. همه‌ی مردم وارد خانه‌ی کلا شدند.

حالا فاطمه تک و تنها و به دنبالش سگ ولگرد در تاریکی شب در حرکت بودند. بالاخره صدای خور خور سگ ولگرد، یکی دو نفری را که از دور می‌آمدند و یا تازه از خواب بیدار شده بودند و داشتند با عجله از این

طرف و آن طرف خودشان را به خانه‌ی کلا می‌رساندند باخبر کرده بود که به کمک فاطمه بیایند. فاطمه و یکی دو نفر دیگر که حالا به کمکش آمده بودند و همراهی‌اش می‌کردند به عمارت رسیده و وارد شدند.

حالا فقط صدای نی بود که از تپه‌های منطقه‌ی ممنوعه شنیده می‌شد و صدای خور خور خفیف سگ ولگرد که تک و تنها جلوی در عمارت کلا ایستاده بود و سرش هم دائم به طرف عمارت کلا و شبحی که انگار هنوز در تاریکی دنبالشان بود در سفر بود. ولی سگ دیگر شبح را نمی‌دید. مشخص بود که سگ از ناپدید شدن شبح چندان خرسند هم نبود و با زوزه‌های خفیفش سعی داشت که اجازه‌ی دخول به خانه‌ی کلا را بگیرد ولی سگ خوب می‌دانست که رفتن به داخل همان و با سنگ و چوب پذیرایی شدن همان.

شب داشت به پایان می‌رسید و صداها هم حالا دیگر خاموش شده بودند. همه‌جا سوت و کور بود. همه‌ی ده هم بالاخره به خواب رفته بودند. حالا هیچ‌کس دیگری نبود که با سنگ و چوب دنبال سگ کند و فراری‌اش بدهد. گداها هم داخل مسجد کوچک جا گرفته بودند. سگ هم هنوز همین‌جور پشت در خانه‌ی کلا دراز کشید بود و روی دوتا دست‌هایش لم داده بود و در خواب و بیداری هنوز در انتظار خبری از داخل بود. انگار که سگ می‌دانست بالاخره خبری از کلا خواهد گرفت.

یکی دو روزی به همین منوال گذشت و کلا با خانواده‌اش در صلح و صفا وقت می‌گذراند. در تمام این مدت سگ شب و روز در جلوی عمارت کلا و آن طرف جوی آب پیدایش می‌شد و می‌نشست و کشیک می‌داد و منتظر کلا بود. هر وقت هم در باز می‌شد و کسی از در خارج و داخل می‌شد سر سگ فوری روی هوا بلند می‌شد و زوزه‌ای هم می‌کشید و می‌خواست بداند که او کلا است یا نه.

خلاصه هرچه مردم با سنگ و چوب دنبالش می‌کردند و از آنجا

فـراری‌اش می‌دادنـد، بـاز برمی‌گشـت و در انتظـار کلا روبـه‌روی عمـارت می‌نشسـت. تـا بالاخـره یک شـب تاریک سـر سـگ از روی دسـت‌هایش بلند شـد و بـالا رفـت و بـه در عمـارت کلا خیـره شـد. چنـد سـاعتی بـه صبـح مانـده بـود. سـگ همین‌طـور کـه بـه در عمـارت خیـره شـده بـود نیم‌خیـز شـد و زوزه‌ی کم‌صدایـی کشـید و بالاخـره در خانـه به‌آرامـی بـاز شـد و تـوی تاریکـی شـب گدالاله آهسـته بیرون آمد و در را به‌آرامی پشـت سـرش بسـت تـا سـر و صدایـی از آن بلنـد نشـود. حـالا سـگ کامـلاً از جایش بلند شـده و روی پاهایـش ایسـتاده و بـه گدالالـه خیـره شـده بـود. زوزه‌هایش هـم آرام و خوش‌حـال کننـده بـود. انـگار سـگ هم می‌دانسـت کـه نباید سـر و صدا کرده و مـردم را از خـواب بیـدار کنـد.

گدالاله در سـایه‌ی دیوارهای ده شـورچه به‌آرامی قدم برمی‌داشت. سـگ هـم چنـد قدمـی دورتـر بـه دنبالـش در حرکـت بـود. حـالا انـگار کـه دوتایی صـد سـالی بـود کـه رفیـق و شـفیق یکدیگـر بودنـد و در سـکوت بـا یکدیگر سـخن می‌گفتنـد. طولـی نکشـید کـه گدالالـه از ده شـورچه خارج شـد و راه بیابـان را در پیـش گرفـت و سـگ هـم بـه دنبالـش بـود. بـا خارج شـدن کلا از ده انـگار بـاز اسـم و رسـم و یـاد کلا و گدالالـه از یـادش رفـت و بـاز رخـت و لبـاس و راه و رسـم گدالالـه را بـر تـن و پیشـه‌ی جـان و روان خـود کـرده بـود. انـگار کلا چنـد روزی بـود کـه بـا شـنیدن اسـم کلا و بـودن در عمـارت قدیمـی‌اش احسـاس زندانـی بـودن بـه او دسـت داده و تنگی نفـس گرفته بود و بایـد بیـرون مـی‌زد و راهـی بیابـان می‌شـد و خـودش را بـاز آزاد می‌کـرد. تـازه فهمیـده بـود کـه حسـین‌علی‌خان سـال‌های پیـش چـه حالتـی داشـته اسـت. کلا دیگـر از مرزهـای ده شـورچه دور شـده بـود. ولی به نظرش رسـید کـه سـگ دیگـر دنبالـش نمی‌آیـد. برگشـت دیـد کـه سـگ در تاریکی شـب بـه طـرف تپه‌هـای منطقـه‌ی ممنوعـه می‌رود. چنـدی ایسـتاد و در ایـن فکر بـود کـه نکنـد سـگ یکـی از جن‌هـا بـوده اسـت. بـاز به راهـش ادامـه داد و در

تاریکـی شـب گم شـد.

شـب بـه پایـان رسـیده بـود امـا هنـوز هـوا روشـن نشـده بـود. صـدای خروس‌هـای ده بلنـد شـده بـود. سـگ‌ها هـم بـا خروس‌هـا هم‌صـدا شـده و طبـق معمـول مـردم را از خـواب شیرینشـان زابـراه می‌کردنـد. یکـی دوتا زن از اطـراف عمـارت کلاعبـاس کـوزه بـه دسـت در راه جـوی آب بودنـد. در ایـن احـوال در عمـارت کلا بـا عجله بـاز شـد. آقا جمال سراسـیمه از در خـارج شـد و در جسـتجوی کلا همـه‌ی سـوراخ سـمبه‌های اطـراف را وارسـی می‌کـرد و کلا را صـدا می‌کـرد. بـه دنبـال آقـا جمـال مشـهدی محمـد و فاطمـه و دامادشـان و خلاصـه همـه از خانـه بیـرون ریختـه و دوبـاره در جسـتجوی کلا در جنب و جوش بودنـد. ولـی هرچه بیشـتر گشـتند بیشـتر ناامیـد شـدند. آنها ایـن را نمی‌دانسـتند کـه او دیگـر نمی‌خواسـت کلاعبـاس سـابق باشـد و حالا گدالالـه شـده بـود و کیلومترهـا از ده شـورچه هـم دور شـده بـود. جسـتجوی آقـا جمـال و دوسـتان و آشـنایان ماه‌هـا طـول کشـید ولـی انگار کـه کلا آب شـده و بـه داخـل زمیـن رفتـه بـود. از قضـای روزگار درسـت صبح کله‌ی سـحر شـبی کـه کلا غیبـش زد، سـر و کلـه‌ی امینه‌هـا هـم پیـدا شـده بـود. مسـلم بـود کـه ملامحمـود معطل نکـرده بود و فـوری بـه امنیه‌خانه برگشـتن کلا را راپـورت داده بـود. امنیه‌هـا در ابتـدا بـاور نکـرده بودنـد ولـی بعد از سـماجت ملامحمـود کـه چندبـار پیغـام فرسـتاده بـود، بالاخـره بـه ده آمدنـد ولـی کلایی نبـود کـه دسـتگیرش کننـد. حـالا آنها هـم گیـج و گنگ شـده بودنـد و تا بـا چشـم خودشـان کلا را نمی‌دیدنـد باورشـان نمی‌شـد کـه مـردم کلا را دیده‌انـد یا کلا برگشـته است.

در یکـی از روزهـای آخـر زمسـتان بود کـه ضربه‌هـای ملایم چوب دسـتی گدالالـه بـر درب خانـه‌ی حسـین‌علی‌خان می‌خـورد و طلـب مرشـدش را می‌کـرد. گدالالـه بـدون اینکه خـودش هـم بدانـد دوبـاره بعـد از چندین ماه

دلـش هـوای مرشـدش را کـرده بـود. جلـوی در زن میان‌سالی ظاهر شـد. با دیـدن گدالالـه اخمـش تـوی هـم رفت. معلـوم بـود کـه از دیـدن او چندان هـم خرسـند نبـود. دل‌سـردی او از گدالالـه بی‌جهـت هم نبـود. بعـد از اینکه گدالالـه و حسـین‌علی‌خان چندیـن بار همسـفر شـده بودند چنان بـه یکدیگر خـو گرفتـه بودنـد کـه انـگار دیگـر نمی‌توانسـتند بـدون یکدیگر روز را شـب کننـد. بـا شـنیدن صـدای گدالاله انـگار بـه حسـین‌علی‌خان کـه در حیـاط عمارتـش مشـغول بـازی بـا گل‌های باغچـه بـود، جـان دوبـاره‌ای داده بودند. صـورت حسـین‌علی‌خان چـون گل‌هـای باغچـه شـکوفا شـد. طولی نکشـید و بعـد از چنـد روز دوبـاره دوتا رفیق طاقتشـان طاق شـد و از خانـه بیرون زدند. طولـی نکشـیده بـود کـه دوتایـی در دور دسـت از دیدهـا گم شـده بودند.

فصل ۲۲

وقتی‌که شاه به جن تبدیل می‌شود...

بـا بـه پایـان رسیدن پاییـز، زمسـتان در خانـه‌اش را بـاز کـرد و آمـاده و مشـغول پهـن کـردن سـفره‌ی برف و بـاران و سـرما و یخبندانش شـد. با بلند شـدن صـدای دایـره زنگـی حسـین‌علی‌خان و سـاز دهنـی گدالالـه مـردم و به‌خصـوص بچه‌هـا یـاد سـرما و زمستانشـان رفتـه و از خانـه بیـرون زده و به‌دنبـال آنهـا بـه راه افتـاده بودنـد. حـالا حسـین‌علی‌خان هـم با پیوسـتن به گدالالـه از سـفر بـه دیارهای مختلف و شـاد کـردن مردم و به‌خصـوص بچه‌ها بیشـتر لـذت می‌بـرد. تا آنجایـی کـه انگار یـادش رفتـه بود کـه حالا سـفرهایش و دوری از خانه و خانواده و آشـیانه‌اش چندین ماه طولانی‌تر از قبل هم شـده بـود. معمـولا در فصل‌هـای بهـار و تابسـتان بـود کـه حسـین‌علی‌خان در سـفر بـود و فصل‌هـای پاییـز و زمسـتان را در خانـه و کنـار خانواده‌اش می‌گذرانـد و یـا اگـر هـم بیـرون مـی‌زد یکـی دو هفته‌ای بیشـتر طـول نمی‌کشـید. البته طولانی‌تـر شـدن سـفرهایش باعـث ناراحتـی خانـواده‌اش هم شـده بـود. آنها مقصـر ایـن گسسـتگی و سـرگردانی بیـش از حـد حسـین‌علی‌خان را گدالالـه می‌دانسـتند و بـه همیـن خاطـر هم از گدالالـه دل خوشـی نداشـتند. ولی هیچ کاری هـم از دستشـان برنمی‌آمـد. حـالا حسـین‌علی‌خان و گدالالـه عاشـق و معشـوق و همـکار یکدیگـر شـده بودنـد و از کاری هـم کـه می‌کردنـد لـذت کامـل می‌بردنـد. بـه هیـچ عنـوان هـم حاضـر بـه توقـف آن نبودند.

جماعـت هـم خالـی از هرگونـه فکـر و خیالی مشـغول شـادی و شـوخی و

رقـص و پایکوبـی بـا حسـین‌علی‌خان و گدالالـه بودنـد. گدالالـه یـک عصای قدیمـی رنـگ و رو رفتـه و کـج و کولـه‌ای را هـم بـا خـود حمل می‌کـرد که به سـر بـالای آن یـک سـاز دهنـی قدیمی را محکم بسـته بود و با آن سـاز می‌زد و می‌رقصیـد. علت ایـن هـم کـه لقـب گدالالـه را گرفته بـود در این بـود که خـودش را بـه کرولالـی زده و هیچ‌کـس صـدای او را نشـنیده بـود. در همیـن احـوال بـود کـه با بلند شـدن سـر و صدای پیدا شـدن کریم‌خان رباط‌کریمی حـواس گدالالـه بـه طـرف آنها پرت شـده بـود. گدالالـه از بیـن پلک‌های روی هـمش کـه به‌سـختی می‌شـد چشـمانش را دید بـه کریم‌خان و سـوارانش که از دور بـه طـرف آنها می‌آمدنـد خیـره شـده بـود. تعدادشـان خیلـی زیـاد بود. می‌دیـد کـه دوسـت قدیمـی‌اش تیمورخـان هـم سـوار بـر اسـبش، کریم‌خان را همراهـی می‌کنـد. به‌دنبالشـان هـم چندیـن امنیـه و سـوارهای کریم‌خان در حرکـت بودنـد.

بـا دیـدن و نزدیـک شـدن کریم‌خان و خصوصاً امنیه‌ها به یک چشـم بهم زدن همـه‌ی بچه‌هـا گرچه نمی‌خواسـتند ولـی از ترس امنیه‌هـا و کریم‌خان از اطـراف گدالالـه و حسـین‌علی‌خان ناپدید شـدند. حـالا فقط حسـین‌علی‌خان مانـده بـود و گدالالـه و یکـی دو نفـر از مـردان مسـن. حسـین‌علی‌خان بـا نزدیـک شـدن کریم‌خان و امنیه‌هـا فـوری بـه پیشـواز آنها رفـت و خودش را بـه جلـوی اسـب آنها رسـاند و مشـغول زدن دایـره زنگـی و رقصیدن شـد امـا گدالالـه کمـی دورتـر مشـغول بـود و بـا احتیـاط و زیرچشـمی کریم‌خان و تیمورخـان را زیـر نظـر داشـت. گدالالـه می‌دانسـت کـه هـدف و منظـور حسـین‌علی‌خان پـرت کـردن حـواس آنها از گدالالـه بود کـه مبادا شـناخته شـود و بفهمنـد کـه گدالاله کسـی جز کلاعباس نیسـت. ولی انـگار تلاش‌های او هیـچ نتیجـه‌ای نداشـت و حواس و فکـر و ذکر کریم‌خـان و تیمورخان روی گدالالـه بـود و بـه حسـین‌علی‌خان و نمایش او کمتـر اهمیت می‌دادنـد. انگار حسـین‌علی‌خان آنجـا نبـود و هـردو چهـار چشـمی بـه گدالالـه خیـره شـده

بودنـد. البتـه سـر و شـکل گدالالـه هـم از زمیـن تـا آسـمان عوض شـده بود. سـی سـالی بـود کـه نـه ریشـی زده بـود و نـه سـبیلی و نـه مـوی سـری. فقط دوتـا چشـم بـه انـدازه‌ی فنـدق بیـن موهـای بلند سـفیدش که سـر و صورتـش را پوشـانده بـود، دیـده می‌شـد و چیـز دیگـری از صورتش دیده نمی‌شـد. ولی انـگار بـا این‌حـال بـا همان نـگاه اول تیمورخـان رفیق و شـفیق قدیمی‌اش به او شـک بـرده بود. بـرای همین هم بود کـه چشـمانش را از روی او برنمی‌داشـت. کریم‌خـان هـم بـه گدالالـه شـک بـرده بـود ولـی نـه بـه انـدازه‌ی تیمورخان. دلیـل شـک کریم‌خـان از آنجـا شـروع شـده بـود کـه می‌دیـد گدالاله سـعی در ایـن داشـت کـه خـودش را از آنهـا دور و مخفی نـگه دارد. البتـه کریم‌خان و تیمورخـان هـم حـالا هـر دو بسـیار مسـن و شکسـته شـده بودنـد. خصوصاً کریم‌خـان کـه به‌سـختی می‌توانسـت روی اسـبش بنشـیند و بـه زور تریـاک در جنـب و جـوش بـود ولـی نمی‌خواسـت پیـر شـدن و از پا افتـادن خودش را قبـول کند:

- ‌‌‌‌‌‌‌‌گدا اسمت چیه...؟

هنـوز کلام کریم‌خـان تمـام نشـده بـود کـه حسـین‌علی‌خان کـه همه چیز را زیـر نظـر داشـت از زدن و رقصیـدن بـاز ایسـتاد و جلوی کریم‌خـان پرید و صدایـش در آمد:

- ‌‌‌‌‌‌‌‌خـان بیچاره لالـه ... تازه اگر هـم لال نبود صدای شـما را نمی‌شـنید کـه جـواب شـما را بـده... بدبخـت کـر هـم هسـت...

ولـی انـگار کریم‌خـان کرم بهش افتـاده و دسـت‌بردار نبود. خصوصاً اینکه گدالالـه خـودش را بـه کوچـه‌ی علـی چـپ زده و همچنـان مشـغول زدن و رقصیـدن بـود و انـگار نـه انگار صدای کریم‌خان را شـنیده و یا آنها را می‌دید:

- ‌‌‌‌‌‌‌‌می‌دونی که جزای دروغ گفتن یعنی، تیکه بزرگت گوشته...
- ‌‌‌‌‌‌‌‌آخـه خـان میـش چیه که دنبـه‌اش چی باشـه... جان ما کـه قابل خان رو نـداره... گـوش مـا هـم مال شـما... آخـه خـان دروغم به چیـه... اهل

ایـوان کیفـه خـان... از قدیـم و ندیـم می‌شناسـمش... از وقتـی باباش از ایـوان کیـف کـوچ کـرده بـود بـه طـرف مـا... باباش رو هـم خـوب می‌شناختم... بدبخت سـل گرفت و مـرد...

تیمورخـان کـه دیـد کریم‌خـان دست‌بـردار نیسـت و اسبش را بـه طـرف گدالالـه بـه حرکت درآورده است، به اسـبش هی کـرد و جلـوی کریم‌خان را با اسـبش سـد کرد:

- خـان؛ حسین‌علی‌خان هـر چـی بگـه دروغ نمی‌گـه... لال و کـره... از بچگـی دیـده بودمـش... خـان معطـل نکن... هـوا حـال و روز خوشـی نـداره انـگار می‌خـواد بـرف بیـاد... تـا در روزی آسـمون باز نشـده و رو سـرمون نریختـه راه بیافـت بریـم... منقـل و چـای داغ تـو ایـن سـرما شـفای جونـه خـان... راه بیافـت...

گدالالـه کـه تـا حـالا همین‌جـور بـه زدن و رقصیدنـش ادامـه داده و خـودش را بـه کوچـه‌ی علی زده بود، با حرکـت تیمورخـان و به‌دنبالش کریم‌خـان کمی خیالـش راحـت شـد. ولـی هـردوی کریم‌خـان و تیمورخان حتـی بعـد از راه افتـادن تـا فاصلـه‌ی دوری هـم همین‌جـور برگشـته و بـه او نـگاه می‌کردنـد. گدالالـه می‌دانسـت و فهمیـده بـود کـه تیمورخـان دوست قدیمـی‌اش او را شـناخته بـود. ولـی تـه قلبـش بـرای دوسـت و یـار و شـفیق قدیمـی‌اش حوشـحال بـود. می‌دیـد کـه حـالا تیمورخـان خودش مردی شـده بـود و جـای پـدرش را هـم گرفتـه و رئیـس امنیه‌خانه شـده بود. با دور شـدن کریم‌خـان و امنیه‌هـا دوبـاره بچه‌هـای ده از داخـل سـوراخ‌هایی کـه در آنهـا قایـم شـده بودنـد، بیرون زده و بـاز مثل مـور و ملخ دور و بر حسین‌علی‌خان و گدالالـه را گرفتنـد ولـی هـوش و حـواس گدالالـه هنـوز بـه دوردسـت و کریم‌خـان و امنیه‌هـا بـود، نـه بچه‌ها. تـازه به‌یادش آمـد کـه بـه ده ربـاط‌کریم آمـده بودنـد. یـادش افتـاد کـه کریم‌خـان بـرای قتـل کلاعباس جایـزه گذاشتـه بـود. بـرای همیـن هـم هیچ‌وقـت پایـش را بـه ده ربـاط‌کریم نمی‌گذاشـت.

این‌بار هـم بـه‌خاطـر سـرما از وسـط بیابـان میان‌بـر زده بودنـد کـه زودتـر به محلـی کـه قصد رفتن داشـتند، برسـند. از تیر قضاکوری بایـد از ده رباط‌کریم رد می‌شـدند.

گدالاله اشتباه نکـرده بـود. کریم‌خان هنـوز در فکر بـود کـه گدالاله به چشـمش آشـنا آمـده اسـت. بـرای همیـن هـم بود کـه به‌محض رسـیدن به عمارتـش تیمورخـان و امنیه‌هـا را در اتـاق مهمان‌خانه جـا داده بود و خودش را یواشـکی و دور از چشـم تیمورخـان بـه یکـی از پیشکارهایش رسـانده و بـه او دسـتور داده بـود کـه بـا چنـد سـوار برگردنـد و گدالاله را گرفتـه و کت‌بسـته آورده و تـوی طویلـه حبسـش کننـد و بعد به کریم‌خـان اطـلاع بدهنـد. راه و روش کریم‌خـان ایـن بود کـه دشـمنانش را در طویله‌ی کوچکی کـه در انتهـای عمـارت و دور از چشـم و گـوش همـه بـود زندانـی می‌کـرد تا تکلیف‌شـان را معلـوم کنـد.

پیشـکار کریم‌خـان و تعـدادی از نوکرانـش بـا عجلـه در راه بودنـد و بـا سـرعت خودشـان را بـه ده و محلـی کـه حسین‌علی‌خان و بچه‌ها معرکـه گرفتـه بودنـد، رسـاندند ولـی هـر چـه اطـراف را وارسـی کردند هیچ نشـان و اثـری از گدالالـه دیـده نمی‌شـد. پس از پـرس و جـو از بچه‌ها دریافتنـد که گدالاله سـراغ مسـتراح را گرفتـه اسـت. نوکـران کریم‌خـان فـوری بـه طرف مسـتراحی کـه بچه‌هـا نشـان دادنـد رفتـه و دور آن را گرفتنـد. بچه‌هـا هـم دیگـر حسـین‌علی‌خان و رقـص و آواز و شادی‌شـان را پـاک فرامـوش کردنـد و بـه دنبـال نوکـران کریم‌خـان افتادنـد تـا ببیننـد کـه چـه اتفاقـی ممکن بود بـرای گدالالـه بیافتـد. حسـین‌علی‌خان هم نگـران بـا رقـص و پایکوبی خودش سـعی داشـت حواس نوکـران کریم‌خـان را پرت کنـد و یا آنها را کمی معطل کنـد کـه گدالاله فرصتـی پیـدا کرده و خـودش را از شـر آنهـا خـلاص کند. ولـی هیچ‌کـس، چـه نوکـران کریم‌خـان و چـه بچه‌هـا هیچ‌کـدام هیـچ اهمیتی در آن لحظـه بـه حسـین‌علی‌خان نمی‌دادنـد و انـگار او وجـود خارجـی نداشت

و آنجـا نبـود. حـالا نوکـران کریم‌خان دور و بر مستراح را گرفتـه و با سـر و صـدای خـود از گدالالـه می‌خواسـتند کـه از مسـتراح بیرون بزنـد. ولی هر چه بیشـتر تـوپ و تشـر زدند و صـدای خـود را کلفت‌تـر کردند هیچ اثری نداشت و هیچ نشـان و علامتی از داخل مسـتراح شـنیده و یا دید نشـد. بالاخره یکی دوتـا از نوکـران کـه حـالا عصبانی هـم شـده و خونشان هـم به‌جوش آمده بـود بـا عصبانیت و تـوپ و تشـر وارد مسـتراح شـدند. ولی با تعجب دیدند که مسـتراح خالـی اسـت و هیچ اثـری از گدالاله نیسـت. انـگار گدالاله آب شـده و بـه داخـل زمیـن رفتـه بـود. حسـین‌علی‌خان هـم بـرای بـازی گرفتـن و رد گـم کـردن نوکـران کریم‌خان وارد مسـتراح شـد و از نبـودن گدالالـه تعجب خـودش را نشـان داد. حتـی داخـل سـوراخ بزرگ مسـتراح را هم وارسی کرد کـه نکنـه گدالاله داخـل آن افتاده باشـد.

حـالا نوکـران کریم‌خان در ده راه افتاده بودند و همه‌ی سـوراخ سـمبه‌های ده را بـه دنبـال گدالالـه می‌گشـتند. جارچی‌هـا هم بـه راه افتادند. تـا به آنجا کـه صـدای آنها بـه عمارت کریم‌خان و بـه گـوش تیمورخـان هـم رسـید. تیمورخـان فهمیـد کـه کریم‌خان احتمـالاً کلاعباس را شـناخته و برای همین هـم جارچـی راه انداختـه و نوکرانـش را هم به‌دنبالش فرسـتاده اسـت.

نـگاه تیمـور خـان وافـور به‌دسـت به‌طرف پنجـره و بیـرون افتـاد. از داخل رقـص دودهـای تریـاک کـه از دهـن و دماغـش بیرون می‌زد، دیـد کـه در بیرون بـرف هـم حـالا شـروع بـه باریـدن کـرده اسـت. حـالا اگـر تیمورخان کوچک‌تریـن شـکی هم داشـت کـه گدالاله همـان کلاعباس رفیـق قدیمی‌اش اسـت، کریم‌خـان بـا فرسـتادن سـوارانش به‌دنبـال گدالالـه شـک او را از بین بـرده بـود. بـرای همیـن هـم حـالا نگـران او شـده و از جایـش کنده شـد که مبـادا کلا گیـر کریم‌خـان بیافتـد.

تیمورخـان از غیـاب کریم‌خـان کـه بـرای دادن دسـتور بـه نوکرانش برای یافتـن کلاعبـاس از اتـاق خـارج شـده بود، اسـتفاده کـرد و خانـه‌ی کریم‌خان

را به‌دنبـال کلاعبـاس تـرک کـرد. تیمورخـان سـوار بـر اسـبش همـراه چند تـن از هم‌قطارانـش در کوچه‌هـای از بـرف پوشـیده شـده‌ی رباط‌کریـم به راه افتـاد. طولـی نکشـید کـه سـر و کـول همـه‌ی آنها را بـرف پوشـاند. تیمورخان و هم‌قطارانـش در راه بـه چنـد نوکـر کریم‌خـان هـم برخـورد کردنـد. از چند کوچـه و پس‌کوچـه گذشـتند و بالاخـره بـه بیـرون ده رسـیدند. جارچی‌هـا بـه آنهـا راپـورت دادنـد کـه انـگار گدالالـه زده بـوده بـه کوهپایه‌هـای بـالای ده رباط‌کریـم. تیمورخـان می‌دیـد کـه مـردم در بیـرون ده و زیـر بـرف جمع شـده و بـه تماشـا نشسـته بودنـد کـه بفهمنـد چه بر سـر گدالاله خواهـد آمد. می‌خواسـتند بدانـند کـه گدالاله کیسـت و چه کاره بـوده که آنقـدر یک‌دفعه مهـم شـده و همـه به‌دنبالـش هسـتند. بـا رسـیدن تیمورخـان چنـد تـن از ریـش سـفیدان همـراه کدخدای ده خودشـان را به او رسـاننده و گـزارش دادند کـه انـگار گدالالـه زده بـه کوهپایـه هـا و چندتـا از نوکـران کریم‌خـان هـم به‌دنبالـش رفته‌انـد تـا پیدایـش کننـد. نـگاه تیمورخـان بـه حسـین‌علی‌خان افتـاد کـه کنـاری نشسـته و بـه کوهپایه‌هـای مجـاور خیـره شـده و در فکر و خیـال گـم شـده بـود و چنـدان خرسـند هـم نشـان نمی‌داد. انگار داشـت می‌دیـد کـه بـالای کوهپایه‌هـا نـوک چوب دسـتی گدالاله داخـل برف‌ها گم و پیـدا می‌شـد و بـه گدالالـه کمـک می‌کـرد تـا راحت‌تـر در برف‌ها قدم بـردارد. بـرف زیـادی روی زمیـن نشسـته و حرکـت را بـرای گـدای پیـر ژنده‌پـوش سـخت‌تر کـرده بـود. همه‌جا سـفیدپوش بود و سـوز و سـرما کـولاک می‌کـرد. گدالالـه بـرای اینکـه بـه دسـت نوکـران کریم‌خـان رباط‌کریمی نیافتـد، بدون اینکـه بدانـد، داشـت بـه طـرف منطقـه‌ی ممنوعـه می‌رفت. زمسـتان سـرد و سـختی بـود. ده رباط‌کریـم و شـورچه و تیکـن را همیـن کوهپایه‌هـا از هـم جـدا می‌کرد.

پاییـن صخره‌هـای ده رباط‌کریم، سـرکار تیمورخان سـرامنیه و همکارانش خودشـان را بـه پاییـن صخره‌هـای ده رباط‌کریم رسـاننده و ایسـتادند و بـه

بالای صخره‌ها خیره شدند ولی هیچ‌یک از آنها جرأت رفتن به منطقه‌ای که گدای پیر به ناچار به آن پناه برده بود تا گیر نوکران کریم‌خان نیافتد را نداشتند. در دامنه‌ی صخره‌ها چند نوکر کریم‌خان اگرچه از رفتن به طرف منطقه‌ی ممنوعه وحشت داشتند، اما از ترس اربابشان کریم‌خان، تفنگ در دست هنوز در تعقیب گدالاله بودند و می‌خواستند هرجور شده او را بگیرند و کت‌بسته تحویل اربابشان بدهند. می‌دانستند اگر بدون گدالاله برگردند، کتک و تنبیه دردناکی از طرف کریم‌خان در انتظارشان است.

همه‌جا تا چشم کار می‌کرد سفیدی بود و سرمای سخت. برف هم هنوز سخت می‌بارید و دست‌بردار هم نبود. حالا آنقدر برف روی زمین نشسته بود که چوب دستی گدالاله تا نیمه داخل برف فرو می‌رفت و بیرون می‌آمد. چوب دستی‌اش عصای دستش شده بود تا بتواند به راهش ادامه بدهد. گدالاله در تپه‌ها گم شده بود و نمی‌دانست مسیرش را در کدام جهت ادامه دهد. همه‌جا سفید بود. او دیگر آن بنیه‌ی جوانی را نداشت و رمقی هم برایش باقی نمانده بود. با سرعت فاصله‌ی زیادی را طی کرده بود و می‌دید که نوکران تنومند کریم‌خان هر لحظه به او نزدیک‌تر می‌شدند. تعداد آنها هفت یا هشت نفر می‌شد و تفنگ‌هایشان را هم آماده‌ی شلیک کرده بودند. گدالاله می‌دانست حتی اگر خودش را از دست نوکران کریم‌خان خلاص کند باز هم جانش در امان نیست. می‌دانست دیر یا زود شب می‌شود و گرگ‌های گرسنه‌ی آن منطقه که به وحشیگری و درندگی هم معروف بودند به سراغش آمده و کارش را تمام می‌کردند. اگرچه بارش برف سنگین‌تر شده و جلوی دید او را هم سخت کرده بود، ولی هنوز می‌توانست شبح‌های نوکران کریم‌خان را ببیند که از دور به او نزدیک می‌شدند.

سرش را به جلو برگرداند. گمان کرد که شبح درخت و کلبه‌ای را از

دور دیده است ولی مطمئن نبود. کمی نزدیک‌تر شد. حالا انگار روی سکوی جلوی اتاقک شبح حیوانی هم به چشمش خورد. با بلند شدن سر حیوان که بین دست هایش پنهان بود. فکر کرد که باید سگ یا گرگی باشد. چه گرگ بود و یا سگ به طرف گدالاله در حرکت بود. در همین احوال با پیچیدن صدای خور خور سگ و زوزه کشیدن گرگ‌ها سکوت زمین و زمان شکست و گدالاله از ترس سرش به این طرف و آن طرف می‌چرخید و نوکران کریم‌خان پاک از یادش رفتند. بعد هم چشمش به چندین گرگ وحشی و گرسنه افتاد که بالای صخره‌ها و در چند متری او بودند او را نگاه می‌کردند. گدالاله هنوز تکلیفش را با گرگ‌ها و سگ و درخت و کلبه یکسره نکرده بود که صدای غرش چند تیر که در کنار پاهایش برف‌ها را شکافت، نفسش را از او گرفت. صدای تیرها چنان وحشتناک بود که حالا گرگ‌ها و سگ و درخت و کلبه را از یاد برد و توجه گرگ‌ها را هم از روی او برداشت. گدالاله حتی نمی‌دانست که از ترس، چند متری هم به هوا پریده بود و پایش روی یکی از سنگ‌ها نشسته و زیر پاهایش خالی شده و محکم روی برف‌ها به زمین خورده بود و صورتش داخل برف‌ها مدفون شده و همه‌چیز مقابل چشمانش تیره و تار شده بود.

گدالاله هنوز فرصت نکرده بود تا صورتش را از لای برف‌ها بیرون بیاورد که صدای عجیب و غریبی که بیشتر شباهت به صدای جن و پری‌ها داشت، شنید و به‌دنبالش هم صدای شلیک چند تیر دیگر در گوش‌هایش که هنوز به برف‌ها چسبیده بود، پیچید. چنان عروسی‌ای به پا شده بود که بیا و ببین. گدالاله بی‌اختیار و بدون اینکه خودش متوجه باشد، صورتش را از داخل برف‌ها بیرون آورد. صورت و چشمانش را هنوز هم اندکی برف پوشانده بود. نمی‌دانست آنچه که جلوی چشمان تارش ظاهر و غیب می‌شدند را در خواب و رویا می‌دید و یا واقعیت و حقیقت

داشت. فقط می‌دید که اشباحی با سرعت از جلوی چشمانش رد می‌شدند و صدای عجیب و غریبی هم که درکش برای او چندان آسان نبود در می‌آوردند. حرکت آنها حالت و فرم رقصی را داشت که انگار کسی آن را تنظیم کرده بود. اشباح در آن لحظه کاری به گدالاله نداشتند و رقص و جنگ و گریزشان اطراف نوکران کریم‌خان متمرکز شده بود. گدالاله می‌دید که از هوا و از غیب و بدون اینکه کسی ببیند از کجا، گوله‌های برف به حرکت درآمده و به سر و کول نوکران کریم‌خان می‌خوردند. آنها هم که نمی‌دیدند چه کسی و از کجا به آنها حمله‌ور شده است، گیج و گنگ و بی‌هدف در هوا شلیک می‌کردند. از بین رقص و جنگ و گریز اشباح با نوکران کریم‌خان، گدالاله شبح کم‌رنگ گرگ‌ها را دید که حالا بطرف نوکران کریم خان حمله ور شده بودند. گدالاله آنقدر در تعجب فرو رفته و خسته و ناتوان شده بود که همه چیز جلوی چشمانش بلوری شده بود. احساس می‌کرد که شبحی به او نزدیک می‌شود. نمی‌دانست که شبح گرگ است یا چیز دیگری. یادش افتاد که در آن بیابان که آدمیزاد نمی‌توانست پیدا شود، آن هم در آن سرما. تازه مطمئن شده بود که ناخواسته باید به منطقه‌ی ممنوعه آمده باشد. گدالاله خوب می‌دانست که آن منطقه را ممنوعه اعلام کرده بودند چرا که جن و روح در آنجا پیدا شده بود و شب‌ها در بیابان به زدن نی و رقص می‌پرداختند. گدالاله در کندوکاو این بود که آیا به منطقه‌ی ممنوعه آمده است یا نه که صدای نی بلند شد و در کوهپایه پیچید. کم‌کم چشمانش هم داشتند از توان دیدن می‌افتادند. چندبار پلک‌هایش را به سختی باز و بسته کرد و بالاخره از توان رفته و بسته ماندند و همه چیز برایش تاریک شد.

گدالاله دیگر ندید که طولی نکشید که نوکران کریم‌خان گدالاله را پاک فراموش کرده و حالا یاد چیز دیگری افتاده بودند، جن‌های منطقه‌ی ممنوعه و حمله دست جمعی گرگها. حالا با چشمان خود

داشـتند می‌دیدنـد کـه جن‌هـا و گرگهـا بـه جنگ و نبـرد آنها آمـده بودند. یک‌بـاره تـرس و وحشـت چنـان بـه تـن و جـان آنها افتـاد کـه خودشـان هم نمی‌دانسـتند چـه بایـد می‌کردنـد. در همیـن احـوال بـود کـه شبحی پشت سـر پـاکار کریم‌خـان کـه سـرکردگی نوکـران او را به عهده داشـت ظاهر شـده و بـا صـدای نخراشـیده و نتراشـیده‌اش در بیـخ گـوش او زمزمـه کـرده بـود:

- زینعلی...؟ جن... جن...

بـا شـنیدن صـدای جـن طرف کـه زینعلـی صدایش می‌کردنـد برگشـته و بـا تـرس و لـرز دنبـال صاحب صـدا می‌گشـت. ولـی هیـچ چیـز و یا کسـی را پشـت خـودش ندیـده بـود ولـی صدا دوباره از پشـت سـرش و در گوشـش زمزمـه کـرده بـود و این‌بـار بـا صـدای بلندتـر و خشـن‌تر. ولـی این‌بـار قبل از اینکـه زینعلـی فرصت برگشـتن بـه طرف صـدا را کـرده باشـد انگار دسـتی او را از پشـت هـل داده و فریـاد کشـیده بود:

- جن... باید با من بیای... وگرنه خونت رو می‌مکم...

بـا هـل برداشـتن، چنـان تـرس و وحشـتی وجـود و تـن و جـان زینعلی را گرفتـه بـود کـه هیـکل تنومنـد و گنده‌اش هـم تـوان اسـتقامت پیـدا نکرده و زینعلـی روی زمیـن در پرتگاه صخـره‌ای دراز شـده بـود. سـنگ‌های زیـر زینعلـی هـم کـه در اثر ریزش برف‌ها سسـت شـده بودنـد، تـوان تحمل هیکل سـنگین زینعلـی را نیاوردنـد و زیـر زینعلـی خالـی شـده و هیـکل گنـده‌ی آقا زینعلـی بیـن انبـوه برف‌ها و سـنگ و خـاک راهـی پاییـن شـده بود:

- ج... نننن... جن...

و البتـه فریـاد بلنـد زینعلـی کـه معلـوم بود کـه مملـو از تـرس و وحشت هـم بـود چنان در سـینه‌ی کـوه و گوش‌های دیگـر نوکران کریم‌خـان پیچیده بـود کـه تـرس و وحشت آنهـا را صـد چنـدان کـرده بود. حالا همـه فقط به یـک چیـز فکـر می‌کردنـد، فـرار و رهایی از شـر جن‌هـای منطقـه‌ی ممنوعه. در سـر راهشـان هـم داشـتند هیـکل زینعلـی را می‌دیدند کـه هنـوز در حال

سقوط بود. هنوز چند قدمی برنداشته بودند که زینعلی از دید آنها گم شده بود و حالا فقط صدای فریاد او را که هنوز در سینه‌ی کوه می‌پیچید را می‌شنیدند:

- جن... جن... جن...

در پایین تپه، سرکار تیمورخان و همراهانش با شنیدن صدای «جن... جن...» و صدای زینعلی نگاه و حواسشان به طرف صدا رفته بود، هنوز اراده‌ی ایستادن نکرده بودند که هیکل گنده‌ی زینعلی قاطی برف و خاک و سنگ‌ها از صخره‌ای به پایین سقوط کرده و بعد از کمی سر خوردن جلوی پای اسب تیمورخان متوقف شده بود. زینعلی را حالا چنان ترس و وحشت گرفته بود که نمی‌دانست که خون از دماغ و دهانش که بر اثر برخورد با صخره‌ها خرد شده بودند، بیرون زده بود. حتی حس نمی‌کرد که یکی از دست‌هایش هم شکسته بود. چشمان زینعلی و تیمورخان در هم عکس شده بودند. تیمورخان حالا می‌دید که لب‌های زینعلی تکان می‌خورند:

- سرکار، گدا نیست... اون جنه...

بعد هم صدایش دیگر شنیده نمی‌شد که داشت به تیمورخان می‌گفت که گدالاله، گدا نیست بلکه جن است که به صورت گدا ظاهر می‌شود.

تیمورخان هنوز به خودش نیامده بود که سر و کله‌ی باقی نوکران کریم‌خان فریاد کنان پیدا شد:

- جن‌ها حمله کردند... اون جنه... نه گدا...

سر و وضع و رفتار و کردارشان نشان می‌داد که از ترس و وحشت جن‌ها انگار خودشان را خراب هم کرده بودند. بعد با یک چشم بر هم زدن پشت دیواری گمشان زده بود و دیگر نوکران کریم‌خان نه دیده می‌شدند و نه صدایشان شنیده می‌شد. حتی زینعلی را هم از یاد برده بودند که جلوی سرکار تیمورخان بی‌حرکت دراز کشیده بود. سرکار

تیمورخـان می‌دیـد کـه درسـت چنـد دقیقـه بعـد از رسـیدن خبـر جن‌هـا بـه‌وسـیله‌ی نوکـران کریم‌خـان بـه مـردم ده ربـاط‌کریـم، آن‌هـا کـه بـرای تماشـای دسـتگیری گدالالـه آمـده بودنـد، از فـرط تـرس و وحشـت جن‌هـا همـه مثل مـوش بـه خانه‌هایشـان پنـاه بـرده و درهـا و پنجرهـا را بسـته بودنـد و در یک چشـم بـر هـم زدن ده ربـاط‌کریـم حکـم قبرسـتان را پیـدا کـرده بـود. سـرکار تیمورخـان در بـرف کـه هنـوز کم‌کـم می‌باریـد روی اسبـش نشسـته و بـه طـرف بـالای صخره‌هـا و جایـی کـه گدالالـه گم شـده بود خیـره شـده و سـخت در فکـر فـرو رفتـه بـود:

-     خـدا را چـه دیـدی سـرکار شـاید هـم اگـر جن باشـد بـرای همـه بهتـر باشـه...

تیمورخـان برگشـت و نگاهـش بـه حسـین‌علی‌خان افتـاد کـه حـالا کنارش ایسـتاده و نگـران حـال گدالالـه بـه طـرف تپـه خیـره شـده بـود. سـرکار تیمورخـان و بـه‌دنبالـش دیگـر امنیه‌هـا سـر اسبشـان را کـج کـرده و بـه طـرف ده حرکـت کردنـد ولـی نگاه سـرکار تیمورخان تـا قبل از اینکه وارد ده شـوند و از دیـد حسـین‌علی‌خان ناپدیـد شـوند بـه حسـین‌علی‌خان بـود و حالا فقط شـبح حسـین‌علی‌خان را می‌دیـد کـه در برف‌هـا و بـالای تپه‌هـا تنها ایسـتاده بـود و همین‌جـور بـه جهتـی کـه گدالالـه رفته بود خیـره شـده بـود.. بعد هم با برف‌هـا یکـی شـده بـود و دیگـر حسـین‌علی‌خانی دیـد نمی‌شـد.

❊ ❊ ❊

پلک‌هـای بـالا و پاییـن گدالالـه چندبار بـر روی هـم نشسـته و برداشـته شـدند. نـور کمـی جلـوی چشـمانش را پوشـاند. همه‌چیـز هنـوز بلـوری و تار بـود. پلک‌هایـش یکـی دوبـار دیگـر بـاز و بسـته شـدند و بالاخـره گدالالـه به خـودش آمـد و فهمیـد کـه زنده اسـت ولـی نمی‌دانسـت کجاسـت. چشـمانش در اطـراف اتاقـک کوچکی کـه کنـار دیـوارش دراز کشـیده بـود، سـفر کـرد. اتاقـک سـاده بـود و خالـی از هـر نـور و زرق و بـرق. فقـط یکـی دوتا کاسـه و

قاشـق و دو تـا قـوری کهنه و از رنـگ و رو رفتـه و حصیر کهنه‌ای که کف اتاقک خاکـی پهـن بـود و کـوزه‌ی کهنـه‌ی آبی که بـه دیوار تکیـه داده شده بود، از چیـز دیگـری خبـری نبـود. گدالالـه نمی‌دانسـت کجاسـت. لحاف کهنـه‌ای را کـه رویـش را پوشـانده بـود، کنـار زد. کیسـه‌ی گدایـی‌اش کنارش بـود. هیچ چیـز داخـل کیسـه‌اش دسـت نخـورده بـود. پارچـه‌ی کهنـه‌ای را کـه جلوی پنجـره‌ی کوچکـی آویـزان بود، کنـار زد و نگاهی بـه بیرون انداخت. بیرون تا چشـم کار می‌کـرد هنـوز برفـی و سـفید بـود. بااحتیاط به در نزدیک شـد و در را بـا نگرانـی و دلهـره بـاز کـرد و بیـرون رفـت. در اولین نـگاه در چنـد متری کلبـه، درخـت توت نسـبتاً بزرگ دوشـاخه‌ای که سـر بـه فلک کشیده بود را دیـد. کنـار درخـت محلی شـبیه به یـک قبر بـود. برف‌هـای روی آن کنار زده شـده بـود، سـنگ قبـر روی آن دیده نمی‌شـد و سـنگ‌های کوچـک و بزرگی روی آن را پوشـانده بودنـد. چشـمانش افتـاد بـه کسـی که زیـر شـمد کهنـه‌ی خاکسـتری رنگی زیـر درخت و کنار قبر چمباتمـه زده بود. نمی‌دانسـت که او کیسـت، فقـط می‌دیـد کـه گاهی کمـی تکان می‌خـورد. چند متـری دورتر از درخـت و سـنگ قبـر چشـمانش افتاد به سـنگ‌هایی کـه دایـره‌وار و منظم روی هـم چیـده شـده و از بـرف پوشـیده شـده بودنـد. تنهـا چیـزی کـه بـه ذهنـش آمـد ایـن بـود کـه باید دهانـه‌ی چاه آبـی باشـد. گدالاله با خـور خور حیوانـی از تـرس کمـی بـه عقـب رفت و بـه طرف صدای خور خور برگشت. تـازه متوجه سـگی شـد کـه روی سـکوی مقابل زیر تاقی لم داده و سـرش را بیـن دسـت‌هایش پنهـان کـرده و بـه شـمد خیره شـده بـود. یادش افتـاد که انـگار ایـن همـان سـگی بـود که قصد گرفتن کیسـه‌ی گدایـی او را داشـت و وقتـی کـه گداهـای دیگـر کتکـش می‌زدنـد بـه یاری‌اش آمـده بـود. بعد هم فقـط سـکوت بـود و سـفیدی. بـرف هـم بنـد آمده بـود. ولی هنـوز هـوا ابری بـود. گدالالـه خـودش هم نمی‌دانسـت چه کسـی از تـوی برف‌هـا نجاتش داده

و بـه داخـل اتاقـک منتقلـش کـرده بـود. حـالا با دیدن سـگ بیشـتر متعجب شـده بـود. بااحتیـاط و دلهـره و گیـج و گـم کنار در روی سـکو و مقابل سـگ نشسـت و نمی‌دانسـت چـه کار کنـد. فقـط همین‌جـور بـه سـگ و شـمد و کسـی کـه زیـرش چمباتمـه زده بـود، خیـره شـده بـود. گدالاله گیـج و گنگ یکی دو ساعتی روی سـکو نشسـته و هاج و واج به کسـی که زیر شـمد بود و سـگ خیـره شـده و منتظـر بـود کـه حرکتـی از یکی از آنها ببینـد. ولی نه هیچ خبـری از کنـار رفتـن شـمد بـود و نه سـگ تکانی به خـودش می‌داد. کم‌کم خسـته شـد. هرچـه زمـان می‌گذشـت تـرس بیشـتری بـه جانـش می‌افتـاد. می‌دانسـت کـه بایـد برحسـب اشـتباه بـه منطقـه‌ی ممنوعـه و محـل جن‌هـا آمـده باشـد. نمی‌دانسـت کـه سـگ جن بـود یـا واقعاً سـگ، و یا کسـی کـه زیر شـمد چمباتمـه زده، جـن بـود یا نه.

بـرای همیـن هم دوبـاره فکر و خیـال منطقـه‌ی ممنوعـه در ذهن و فکرش زنـده شـد. خـوب می‌دانسـت کـه منطقـه‌ی ممنوعـه یعنـی چـه. بارهـا و بارها شـنیده بـود کـه جن‌هـا و ارواح، بـالای دهـات شـورچه و تیکـن و در تپه‌ها پیـدا شـده و سـاز می‌زدنـد. همـه حکایـت از صـدای نـی می‌کردنـد کـه از آن جانـب بلنـد شـده بـود. بعـد هـم بارهـا امنیه‌هـا به مـردم اعلان کـرده بودند کـه مـردم نبایـد بـه آن منطقـه سـفر کننـد و بـه آنها گفته بودنـد کـه اگر کسـی بـه آن طـرف رفتـه و گـم و گور شـوند، انتظار هیـچ کمکـی را از طرف امنیه‌هـا نبایـد داشـته باشـند و بعـد قصـه‌ی جن‌هـا بـا پیـدا شـدن درختـی کـه بـه مـرور زمـان بلندتـر و نمایان‌تـر از تپه‌هـا دیـده می‌شـد و صـدای نـی زدنـی کـه هـر شـب از آنجـا می‌آمـد، پیچیده‌تـر هم شـده بـود. در طـول این سـی و چنـد سـالی کـه از پیـدا شـدن جن‌ها و درخـت توت و صـدای بلند نـی می‌گذشـت هیچ‌کـس بـه آنجـا سـر نـزده بـود. در همین احـوال تـازه گدالاله یـاد گـم و گور شـدن و بـردن مشـهدی حسـن گورکـن توسـط جن‌هـا افتاد ولـی هیـچ نشـانی از مشـهدی حسـن گورکـن هم نمی‌دیـد. تمـام قصه‌هایی را

که شنیده بود حالا در ذهن گدالاله زنده می‌شدند و می‌مردند. در یک لحظه به ذهنش خورد که نکند گور مربوط به مشهدی حسن گورکن باشد. خلاصه گدالاله گیج گیج شده و ترس برش داشته بود. سگ هم هیچ توجهی به او نمی‌کرد و انگار گدالاله اصلاً آنجا نبود و در تمام این مدت نگاهش همین‌جور روی درخت توت و شمد و کسی که زیرش چمباتمه زده بود ثابت مانده بود.

حالا گدالاله می‌دانست بدون اینکه بخواهد، خودش را در منطقه‌ی ممنوعه یافته و به درخت توت که حالا همانند چتری تناور بالای کلبه و آنجا را پوشانده بود، نگاه می‌کرد. از این هم ترس داشت که نکند کسی که زیر شمد چمباتمه زده بود جن باشد. کمی خودش را جمع و جور کرد و برای اینکه کاری کرده باشد که از ترسش کاسته شود یا در خیال خود جن‌ها را ترسانده و یا با آنها رفیق شود، چپقش را چاق کرد. در تمام این مدت هم نگاهش بین سگ و شمد در رفت و آمد بود. از طرفی هم جرأت نمیکرد به سگ اشاره‌ای بکند. می‌ترسید جن باشد و به جانش بیافتد. شباهت بیش از حد سگ به سگ خودش که در جوانی داشت و با چشم خودش دیده بود که مردم سگش را کشته بودند حالا برایش معمای دیگری شده بود. برای همین هم بیشتر احتمال می‌داد که سگ، جن باشد و یا روح سگش. حالا دود چپق او در هوا می‌رقصید و گم می‌شد. گدالاله ساعت‌ها به انتظار نشست ولی هیچ خبری از کنار رفتن شمد از روی کسی که زیر آن چمباتمه زده بود و یا حرکت سگ دیده نشد. حالا هرچه زمان بیشتری می‌گذشت، نگران‌تر می‌شد. برایش قابل قبول نبود که یک آدم بتواند مدتی آنقدر طولانی زیر شمد در یک حالت چمباتمه بزند و یا سگ در تمام این مدت پلک هم نزند و خسته هم نشده باشند.

در همیـن احـوال بـود کـه گدالالـه متوجـه یکـی دوتـا گـرگ شـد کـه در بـالای تختـه سـنگی ظاهـر شـده بودنـد و معلوم بـود کـه بایـد خیلی گرسـنه هـم باشـند کـه در آن بـرف و سـرما از لانه‌هـای خـود بیرون زده بودنـد و به دنبـال طعمـه می‌گشـتند. بـا پیـدا شـدن گرگ‌هـا حـالا گدالالـه بیشـتر هـم نگـران شـده بـود. می‌دانسـت کـه گرگ‌هـا بـا یک چشـم بـر هـم زدن کار او و کسـی را کـه زیـر شـمد بـود می‌سـاختند. بـرای همیـن هـم نـگاه گدالاله بین شـمد و سـگ و گرگ‌هـا کـه حـالا بـه او خیـره شـده بودنـد در سـفر بـود. حـالا از جایـش بلنـد شـده و چـوب دسـتی‌اش را هم آمـاده کـرده بـود. گدالاله تنها نگـران جـان خـودش نبـود بـا اینکـه نمی‌دانسـت چـه کسـی و یا چـه چیـزی زیـر شـمد اسـت، بـا این‌حال بیشـتر نگـران کسـی بـود کـه هنـوز زیر شـمد چمباتمـه زده بـود. پیـش خودش خیـال می‌کرد کـه بایـد بـرای او کاری کند. فکـر می‌کـرد حتمـاً او بـوده کـه او را از تـوی برف‌هـا نجـات داده اسـت. حـالا چـه جـن باشـد و چـه نباشـد، او را نجات داده بـود. ولی هنـوز مریـض حال بود و قـوت خـود را تمـام و کمـال کسـب نکـرده بـود و می‌دانسـت کـه بـه تنهایی از پـس گرگ‌هـا برنمی‌آیـد.

نـگاه گدالالـه همین‌طـور گیـج و گنگ در سـفر بین گرگ‌هـا و شـمد سـگ و اطـراف بـود و دنبـال چـاره‌ای می‌گشـت کـه چطور بـا گرگ‌هـا در بیافتد و آنهـا را از آنجـا برانـد، یک‌دفعـه روی شـمد عکـس شـد. دیـد که بالاخره شـمد تکانـی خـورد و انـگار سـایه‌ای از زیـر شـمد خـارج شـد و حرکـت کـرد. هـوا ابـری بـود و گدالالـه حـالا آنقدر گیج شـده بود کـه یاد گرگ‌ها از ذهنش رفت کـه بـه طـرف او راه افتـاده و حـالا بـه چند قدمی‌اش رسـیده بودنـد. گدالاله می‌دانسـت کـه خیالاتی نشـده اسـت. بعد متوجه شـد کـه بالاخره خـور خور سـگ هـم بلنـد شـد و سـر سـگ هـم انـگار تکانی خـورد ولـی بیشـتر حواس گدالالـه بـه شـبحی بـود کـه از زیر شـمد بیرون زده بـود و در اطرافش حرکت می‌کـرد. در تعجـب بـود کـه چرا شـکل و شـمایل شـمد هیـچ تغیـری نکرد،

زیرا که می‌دید داخل برف‌ها دوتا جای پای آدمیزاد بین او و گرگ‌ها ایجاد می‌شد.

طولی نکشید که گرگ‌ها در چند قدمی‌اش ایستاده و به او خیره شده بودند. گرگ‌ها حالا پوزه‌هایشان را روی برف‌ها می‌مالیدند و آماده‌ی خیز برداشتن روی او بودند. گدالاله حتی نمی‌دانست که چوب دستی‌اش را هنوز روی هوا و جلوی چشمانش بی‌حرکت نگه داشته بود که تا با گرگ‌ها مبارزه کند. حالا گدالاله سر جایش از تعجب و حیرت میخ‌کوب شده بود. اگرچه می‌دید که نگاه گرگ‌ها از روی او به طرف دیگر رفته است به جایی که حالا جای پاها روی برف‌ها، جلو و بین او و گرگ‌ها متوقف شده بود. گدالاله می‌دانست که گرگ‌ها چیزی را می‌دیدند و طبق روایتی که شنیده بود باید روح و یا جن باشد. حالا گدالاله پاک گیج شده بود و نمی‌دانست چه باید بکند. هر لحظه هم با مشاهده کردن اینکه چه اتفاقی مقابل چشمانش می‌افتاد گیج‌تر هم شده بود. حالا می‌دید که جای پاها دوباره شروع شده و انگار حالا داشتند جلوی گرگ‌ها رقص سماع می‌کردند. گرگ‌ها هم گیج شده بودند و چشمانشان دائم به طرف جای پاها که در حال رقص بودند روی هوا می‌گشت و نمی‌دانستند چه کنند. می‌دید که جای پاها دور و بر گرگ‌ها می‌چرخیدند و گرگ‌ها هم گیج‌تر و گنگ‌تر شده بودند و آنها هم حالا همین‌طور دور و بر خود می‌چرخیدند. به نظر می‌رسید که انگار آنها هم با جن مشغول رقص سماع شده بودند. حالا سگ هم روی پاهایش بلند شده بود و گاه‌گاهی خور خوری هم می‌کرد و تمام نگاهش به طرفی بود که جای پاها روی برف‌ها ایجاد می‌شدند. در این احوال نگاه گدالاله افتاد به چوب دستی و ساز دهنی‌اش که سر آن بسته شده و هنوز روی هوا بود. به فکرش خورد که او هم باید کمکی به جن بکند. به نظرش آمد که بهتر است مشغول

ساز زدن شود و با این کار دوستی خود را به جن نشان بدهد. بالاخره ساز دهنی گدالاله بین لبانش قرار گرفت و صدای آن همه‌جا پیچید و با هوای ابری و رقص گرگ‌ها و جن و خور خور و پاس سگ قاطی شد. با بلند شدن صدای ساز دهنی گدالاله حالا رقص سماع حال و هوای خاص خودش را پیدا کرد. بالاخره گرگ‌ها کم‌کم به طرف تپه‌ها دور شدند.

حالا گدالاله سخت گرم زدن و رقصیدن بود و تمام حواسش به جای پاهای روی برف‌ها که با او می‌رقصیدند، بود. همه‌ی هوش و حواسش به این بود که مبادا به جن نزدیک بشود و به آن بخورد. آنقدر سرگرم و محتاط بود که پاک حواسش از گرگ‌ها که حالا مقدار زیادی هم از آنها دور شده و روی بلندی لم داده و گرم تماشای آنها بودند، پرت شده بود.

مدتی از رقص و پای‌کوبی گدالاله گذشت و در انتظار چاره‌ای بود که ببیند چطور می‌تواند خود را از منطقه‌ی جن‌ها دور و رها کند. در این گیر و دار و زدن و رقصیدن، گدالاله بدون اینکه خودش هم بداند به کنار قبر و درخت توت و شمدی رسیده بود که کنار قبر پهن شده بود. هنوز هم شکل و شمایل شمد هیچ تغییری نکرده بود. گدالاله آنقدر در فکر جن گم شده بود که خودش هم نفهمید که در حین زدن و رقصیدن پایش برحسب اتفاق روی شمد نشسته و کسی را که زیر شمد خوابیده بود لگدمال کرده بود. پشت گدالاله به شمد بود و تا گدالاله آمد به خودش بیاید و برگردد و ببیند که چه کسی را لگدمال کرده است، دستی از زیر شمد دراز شده و ساق پای گدالاله را که هنوز روی شمد بود محکم گرفته بود ولی هنوز شمد روی سر و دست و بدن او پهن بود و گدالاله نمی‌توانست ببیند که چه کسی پایش را گرفته است. گدالاله دید که شبحی که با او در رقص بود هم یکباره غیب شد. حالا از ترس نفسش بند آمده و ساز دهنی‌اش بین لب‌هایش چسبیده بود و صدای

جیـک هـم ازش درنمی‌آمـد. چیـزی نمانـده بود که سنـگ‌کوب کند. سکوت محـض بـود و بس. نسیـم سـرد ملایمی هم صورت از ترس سرخ شده‌اش را نـوازش مـی‌داد. بدتـر از همـه حـالا یقین داشت که حتمـاً باید دست جن و یا روحـی کـه زیر شـمد بـوده پایش را محکـم گرفته باشد. حتـی گرگ‌های گرسـنه هم راهشـان را گرفتـه و رفته بودند پی کارشـان. گدالالـه بدون اینکه بدانـد از تـرس پلک‌هایـش روی هـم نشسـته و چشـمانش بسته شده بودند و همه‌چیـز و جـا بـرای گدالاله تاریـک و تـار شـده بـود. تـرس و وحشـت تا جایـی بـه جانـش افتـاده بـود که بـه دعا و ثنـا و صلـوات افتاد ولی نفسـش از تـرس بنـد آمـده بـود و فقط لب‌هایـش کمی تـکان می‌خوردنـد و صدایش در دلش شـنیده می‌شـد.

آنقـدر ترسـیده بـود کـه چنـدی طـول کشـید تا حس کند که هر کسـی کـه سـاق پایـش را گرفتـه بـود، حـالا آن را رها کرده بـود. بالاخره چشـمانش را که هنـوز بسـته بودند دزدکی کمی باز کـرد و بااحتیـاط و آرام اطرافش را وارسـی کـرد. حـالا نه شـمدی دیـده می‌شـد و نه گرگی و نه سـگی که روی سـکو لـم داده بـود. فقـط سـفیدی برف‌ها بـود و جـای پاها داخـل برف‌ها. بعد هـم چشـمانش بـه پاهایـش افتـاد و دید کـه روی قبر ایسـتاده است. از تـرس فـوری از روی قبـر کنـار رفت. تـرس و وحشـت تمـام جـان و تنش را گرفتـه بـود. در همیـن احـوال بود کـه دید دود نسـبتاً سـفید رنگـی از پنجره‌ی کلبـه بیـرون مـی‌زد و رقصـان تـوی هـوای سـرد ناپدیـد می‌شـد. گدالالـه حـالا می‌دانسـت کـه بایـد داخـل اتاقـک آتشـی روشـن شـده باشد. این را هـم می‌دانسـت کـه کسـی بایـد آتـش را روشـن کرده باشـد. چند دقیقـه‌ای می‌شـد کـه گدالالـه همین‌طور ایسـتاده و بـه اتاقـک خیره شـده بـود. بالاخره هـر طـوری شـده بـود بـه خـودش آمـد. بایـد راهـی اتاقـک می‌شـد تا ببیند داخـل آن چـه می‌گـذرد. بایـد تکلیف خـودش را بـا هرکس کـه درون اتاقـک بـود چـه آدم و چـه جـن و چـه روح روشـن می‌کـرد. بنابراین چاره‌ای نداشـت

جـز اینکـه بفهمـد کـه داخـل اتاقک چـه خبر اسـت. هر طـوری بـود خودش را بـه کلبـه رسـاند و بااحتیـاط داخـل کلبـه را نـگاه کرد. چندی طول نکشـید کـه در صورتـش، ابتـدا تعجـب و بعـد لبخنـدی نمایان شـد و دیگـر از ترس و لـرز در جـان و تنـش خبـری نبـود و بـدون هیچ تـرس و لرزی داخـل کلبه از دیـد گرگ‌هـا ناپدید شـد.

٭ ٭ ٭

دنباله‌ی قصه را در جلد سوم و آخر «توت دوشاخه» بخوانید...

پایان.

The end.